赵凝 ◎ 著

锦上花

图书在版编目（CIP）数据

锦上花 / 赵凝著 . -- 北京：北京时代华文书局 ,2016.6

ISBN 978-7-5699-0962-3

Ⅰ.①锦… Ⅱ.①赵… Ⅲ.①长篇小说－中国－当代 Ⅳ.① I247.5

中国版本图书馆 CIP 数据核字 (2016) 第 118092 号

锦上花

著　　者	赵　凝
出 版 人	杨红卫
选题策划	陈　玲
责任编辑	王　水　程　帅
责任校对	程　帅　尚　蕾
装帧设计	小徐书装　赵芝英
责任印制	刘　银

出版发行	时代出版传媒股份有限公司　http://www.press-mart.com
	北京时代华文书局 http://www.bjsdsj.com.cn
	北京市东城区安定门外大街 136 号皇城国际大厦 A 座 8 楼
	邮编：100011　电话：010 - 64267955　64267677
印　　刷	北京中科印刷有限公司　010 - 69590320
	（如发现印装质量问题，请与印刷厂联系调换）
开　　本	710×1000mm　1/16
印　　张	20
字　　数	270 千字
版　　次	2016 年 10 月第 1 版　2016 年 10 月第 1 次印刷
书　　号	ISBN 978-7-5699-0962-3
定　　价	42.00 元

版权所有，侵权必究

清平乐

王安国

留春不住,费尽莺儿语。
满地残红宫锦污,昨夜南园风雨。
小怜初上琵琶,晓来思绕天涯。
不肯画堂朱户,春风自在杨花。

目　录

第一章　柳元百货小康之家　小女玩蛇祸从天降 / 001

第二章　花婆婆巧遇蒋书芬　貌美女惨遭寇蹂躏 / 016

第三章　富商家中金屋藏娇　荣华富贵沧海一笑 / 028

第四章　雨繁馆初遇琵琶女　俩挚友共听销魂曲 / 044

第五章　柳叶眉暗恋痴心男　动物园巧合白蛇传 / 056

第六章　小丫鬟斗胆藏玄机　杨先生被迫逃香港 / 069

第七章　春纷旅馆浪漫幽会　甘家公馆再添新丁 / 081

第八章　张灯结彩迎接解放　琵琶重弹获得新生 / 092

第九章　柳叶重逢昔日恋人　李兰动情坠入黑暗 / 103

第十章　诗情画意难抵凡俗　玉女沦落英雄相救 / 115

第十一章　英雄巧设计谋求婚　佳人心相许得幸福 / 128

第十二章　共沐日出夫妻浪漫　平静生活再起波澜 / 142

第十三章	赌徒水中捞月坠桥	柳母千钧一发获救 / 154
第十四章	北京汇演大获成功	母亲失踪另有蹊跷 / 166
第十五章	拍电影巧遇掌上珠	赵春雷家中遭变故 / 179
第十六章	寻访南方河岸人家	揭开小美身世之谜 / 191
第十七章	女儿小万不请自来	母亲阿眉悉心呵护 / 203
第十八章	周末舞会倩影如织	微雨泛舟三人成行 / 216
第十九章	万红叛逆乖张不羁	细雪产后抑郁多疑 / 228
第二十章	小万万酿错知悔改	评弹女变身美女蛇 / 238
第二十一章	红灯记里铁梅甩辫	现实世界细雪凝眉 / 251
第二十二章	雍正粉彩惹出祸端	阿峰贪财换走真品 / 264
第二十三章	青春重现故人缘来	上海探母玉镯相赠 / 276
第二十四章	琵琶女子屡被纠缠	苦中作乐迎来春天 / 287
第二十五章	琵琶声声光阴如梭	一生等待修成正果 / 300

第一章　柳元百货小康之家
　　　　小女玩蛇祸从天降

1

　　1937年冬天的一个早晨。太阳刚一露头，小女孩就出来玩了。她穿着一身白色小缎子棉袍，眉清目秀，长得好看。小女孩正在家门口的空地上玩一条纸做的小白蛇。这是一个再平常不过的早晨，从她身后隐约可以看到南京的街景，还有她家"柳元百货"的店铺招牌。

　　玩"蛇"的女孩今年9岁，她有一个好听的名字，柳叶眉。女孩手里拿着"蛇"慢跑，左右摇晃，模仿蛇的动作。她口中呼出的一团团白色哈气，像雾一般美好。"呵呵……呵呵……"，孩子玩耍时发出的快乐笑声感染了路人，有人回过头来看她，说一句"这孩子，好漂亮"，就又匆匆赶路了。

　　小女孩柳叶眉在自家门口玩儿，她爸妈柳元熙和蒋书芬一对恩爱夫妻在屋里吃早餐。室内气氛宁静祥和，妈妈身穿淡蓝色毛衣，戴一对漂亮的蓝宝石耳环。他们没说什么，只是安静地吃早餐。生活是幸福安宁、井然有序的。这时，不知何处传来一声炮响，仿佛晴天霹雳一般。紧接着，就像地震来袭，圆桌上的东西剧烈抖动起来。"眉眉！眉眉！"妈妈大声喊叫着冲了出去。

　　街上到处都是惊慌失措的人群。他们奔跑呼喊着，不时有人摔倒。妈妈在混乱的人群中找到还在玩"蛇"的柳叶眉，拉起她就跑。"小白蛇"被摔在地上，妈妈拉着孩子急急忙忙向家奔去。孩子回头时，看到"小白蛇"被慌乱的人群践踏，脸上不禁露出了伤心的表情。

日本人打进城来，南京市民感到惊慌。他们都是安分守己的城市平民，战争的突然到来，使他们手足无措，只有逃到传说中安全的地方去。南京一部分市民逃往云台山避难，柳叶眉一家三口，也准备去那里避一避。

妈妈带着柳叶眉进门。爸爸在慌乱中收拾东西，抬起头见母女俩进来，就说："日本人打进城了！再不走就来不及了！咱们上云台山躲一躲。孩子的东西简单收拾一下，得马上走！"妈妈点点头，拉开衣柜收拾东西。炮声越来越近，震耳欲聋。柳叶眉的爸爸说："不行不行，得赶紧走了！什么都不要了，逃命要紧。"

蒋书芬一手拿着铁锅，一手往孩子脸上抹锅黑。柳元熙手里拿着一个包袱，走进来。他说："值钱的东西，都在这个包袱里面了。赶紧走吧，日本人说来就来，逃命要紧！你们还在那儿磨蹭什么？"

"给孩子脸上抹点锅黑，装扮成小男孩，逃难的路上省得惹眼。"蒋书芬边忙碌边说。孩子被换上黑衣黑裤，脸上被抹得黑黑的，像个男孩。爸妈乱作一团，忙着收拾东西。这时，房梁上出现一条小白蛇。以小女孩的经验，蛇从来不会盘在房梁上，可它为什么会出现在那里？小女孩抬着头，一直盯着那小白蛇看，看它是不是真的存在，还是自己眼花了，把射在上面的光线当成了一条小蛇，还是……

就在她要搞清楚事情真相的时候，突然间被母亲一把拉住胳膊，拽着上路了。

大路朝天，荒草漫漫。南京郊外的一条土路上，尘土飞扬，一支大约有二三十人的逃难队伍，向着石台的方向匆忙奔去。柳元熙带着妻女紧跟队伍，疲于奔命。他听得见男人女人们急促的呼吸声，还有孩子们娇嫩的喉咙里发出的尖细声响。蒋书芬领着孩子，跟在爸爸后面疾走。小女孩忽然仰起头对妈妈说："妈妈，我要尿尿！"

"哎，小孩子就是事儿多。这兵荒马乱的，上哪儿给你找厕所去？"

柳元熙说："书芬，别怪孩子。你带孩子到那边草丛去，要快！"

蒋书芬说:"哎,元熙,你站这儿别动,千万别走散了!这光景,一步错,步步错。"

"没事儿!你们去吧!"

妈妈带着孩子走进草丛。很快地,前面那群人也走远了,郊外路口只剩下柳元熙一个人。半人多高的枯草随风摇曳,满目凄凉。这时,从路上走过来一个装扮怪异的老妇人,穿一身破棉袄,身上有黑黢黢的"鳞片",头上却戴着一条红绿相间的多彩头巾,头巾几乎遮住了整张脸,只露两只眼睛,看上去很像一只鸟儿。柳叶眉的爸爸心里叫她"鸟人"。

起风了。爸爸看着渐渐走远的人群,等得有些着急,他原地踱着方步,从这里走过来,又再走回去。随身细软是用包袱皮儿包着的一个小包,随时背在身上,里面是他们的全部家当。"鸟人"朝他走过来,脖子一伸一伸的。爸爸警觉地看了那"鸟人"一眼,用手护着身上的包袱。

老妇人突然开口说话了。她声音沙哑,喉底深处发出铁勺敲击破砂锅的声响。鸟人说:"这兵荒马乱的,你们还带着孩子,我给你们指条近道吧。"

爸爸问:"你怎么知道我们要去哪儿?"

"鸟人"说:"除了上云台山,还能上哪儿?日本人打进南京城,子弹可不长眼。能逃的赶紧逃,能躲的赶紧躲。"这时,妈妈带着孩子回来了。"鸟人"继续说:"从这个岔路口走过去,很快就能追上前面那拨人。这是条近道,信不信由你。"起风了,飞沙走石,天空忽然暗下来。柳叶眉一家三口按照"鸟人"所指的方向匆匆赶路,结果,他们却走上了一条不归路。

命运这东西有时真是说不清道不明,如果没有小姑娘那一泡尿,她父母也不会跟大部队走散,更不会跟鬼子近距离遭遇,那柳叶眉的故事就将全部改写。可惜生活就是那么残酷,它有时比戏剧更加曲折和难以预料。

2

走了没多远,迎面出现了一队日本鬼子。开道的是一辆军用车,其余人步行跟着。没等他们一家三口反应过来究竟发生了什么，鬼子已经围上来了。他们上来就要抢柳元熙身上的包袱，他不肯给，誓死保护。他这种反抗行为激怒了日本鬼子，那人反手给了他一枪托，他被打翻在地。

柳叶眉正要叫"爸爸"，话还未出口，一只手捂住了孩子的嘴。柳叶眉感觉得到那只手的柔软和温暖，那是妈妈的手。

柳元熙从地上爬起来，日本鬼子又来抢他手中的包袱。他破口大骂："把我的东西还给我，你们这些日本鬼子！狗强盗！"日本鬼子被激怒了，他冲着柳元熙的肚子，狠狠地捅了一刺刀。血溅出来，肠子流了一地，人慢慢倒了下去。妈妈别过脸去，不忍目睹爸爸死去时那悲惨的一幕。日本鬼子围了上来，开始对柳叶眉的妈妈推推搡搡，推搡间妈妈右耳的蓝宝石耳环掉了下来，正好落在小女孩的手心里。妈妈被日本人五花大绑推上了军用汽车，汽车扬长而去，只留下一路烟尘。

柳叶眉半张着嘴，惊恐的眼睛里没有一滴泪。她被眼前所发生的一切惊呆了，不敢相信这一切都是真的。她慢慢张开手心，手心里是妈妈留下的唯一纪念物——那只蓝耳环。

太阳就要落山了。天空中分布着大片奇异的火烧云。公路上出现一队人马，有男有女，一个伙计牵着一辆马车，马车上堆放着行李物品，上面还坐着一个梳"马桶盖头"的男孩子。他们匆匆赶路，看起来像是一个戏班子在迁徙途中路过此地。

公路旁，一棵参天大树孤独站立。一个穿黑衣的孩子站在树下，她刚刚失去父母，孤独无依，脸上却是淡漠茫然的表情。"戏班子"一队人马在公路上继续赶路，领头的是个身材高大的中年男子。这位就是江南一带颇有名气的评弹艺人高满天。这一年，高满天收留了一个九岁的女孩子，她的名字叫柳叶眉。爸爸被日本人用刺刀捅死，妈妈不知去向……事后，高满天常跟人说，阿眉这孩子是路上捡来的。兵荒马乱的年景，在路上拾到个把孩子，也是常有的事。

高满天走到大树下，对着孤零零站在那儿的小女孩看了一会儿，也没说话，就像扛起一只小动物似的，将她扛在肩上，大步流星向马车走去。马车上，那个留"马桶盖头"的小男孩看着刚刚被父亲捡来的小女孩。他从包袱里摸出一个小玩具来给柳叶眉玩。柳叶眉拿过来一看，竟然是一条小白蛇。

柳叶眉瞳孔里出现了自己的那条"小白蛇"。早晨她还在家门口玩它。妈妈拉着柳叶眉的小手逃难时，"小白蛇"掉在地上，被许多人践踏成泥。

黄昏时分，他们终于来到一处驿站。戏班子里的人都在忙碌着，搬东西，卸车。柳叶眉站在一棵大树下发呆。她已经换了女装，做小女孩打扮。

一个女人唱评弹的声音凭空而来，充满幽怨，声如天籁。小女孩第一次听到这种声音，她把手放在耳边，侧过脸，转动身体一直寻找声音的来源。那细如游丝的声音却听不见了。小女孩悄悄摊开自己的手掌心，里面藏着那只蓝宝石耳环。

师父的儿子高子文走过来。他说："你手里藏着什么东西？"

"没有，什么都没有。"

"真的？"

"嗯，真的。"

"那让我看看你的手？"

柳叶眉先是张开左手手心，然后张开右手。手心里果然空空的，什么也没有。

"走吧，吃饭去！"他说。

3

晏城。1938年春。童年的柳叶眉坐在一张古色古香的木椅上，怀抱一把琵琶。师父高满天站在她对面，表情严肃，教孩子弹琴。

高满天说:"书坛不乏琵琶高手,他们靠的全都是一手童子功。按说你今年已经十岁了,已经过了学琴的最佳年龄,小姑娘最好是五岁就开始学琴,从那时开始练,才叫真正的童子功。那时小孩的悟性最高,等到天目张开,额心会有一只琵琶眼。柳叶眉,你弹琴我听听。"

柳叶眉试着弹了几个音。"停!"高满天打断她说,"你的手指软弱无力,弹出来的琴音如浮在水面上的泡沫,那怎么行!从今天起,要练习你手指的力量。先练人,再学艺。你指头上的功力不够,这样吧,从明天开始,你先别练琴了,到院子里去练手指功。"

柳叶眉皱着眉头说:"师父,我不喜欢弹琴!"

"什么?不喜欢?谁喜欢!"师父说,"我刚才说过,练琴很苦,冬练三九,夏练三伏,这吃苦受累的营生,谁天生喜欢?人天生都喜欢享受,扇着扇子嗑瓜子,抱着暖炉听小曲。吃鲜鱼,吃螃蟹,吃头汤面。听三国,听水浒,听西厢。这些个享受的事,是个人就会,不用练,人天生向美。可这些都是达官贵人们的事,富人可以啥都不学,单凭一张嘴,会吃就可以了。可咱穷人不行啊,不趁年纪小,在身上长点本事,长大以后凭什么吃饭?柳叶眉,师父现在就可以告诉你,我教给你的手艺,就是你一生的伴侣,它是最牢靠的。手艺长在自个儿身上,它是你的胳膊腿儿。"

"师父,我想听你弹琴。"

师父高满天在江南一带有"琴王"的美号,他之所以出头办这个歌舞、评弹、戏曲、小杂耍混杂在一起的小戏班,追其源头还是因为他弹得一手好琴。他这琴王的名头可不是盖的,他会弹的琴可多了,琵琶、月琴、扬琴、古琴样样精通。

师父童年喜乐器,少玩耍,从小跟着自己的师父,把把琴都摸过。虽说是喜欢,但孩子也有偷懒的时候,所以也挨了不少打。他组的这个小戏班名曰"江南小歌班",说是"歌班"却以琴类为主,还有一些新编的节目,例如戏曲小段、小戏法之类，唯一可以称得上"歌"的，就是男女对唱的评弹。

苏州评弹是苏州评话和弹词的总称。它产生并流行于苏州及江浙沪一带，用苏州方言演唱。评弹历史悠久，清乾隆时期已颇流行。最著名的艺人王周士，曾为乾隆皇帝演唱过。高满天的小歌班里除了评弹，还有其他节目，但让"江南小歌班"独步天下的，还是师父那一手"魔琴"，他的指力高超，传说他的手指曾让一个来家中库房偷盗古琴的小毛贼一指毙命。

驻扎在江南一带的日军，迷恋乐器的大有人在。日本有一种弹拨乐器从造型上看很像中国的三弦，但弹奏出来的声音与三弦迥异。驻军司令小野一郎就很喜欢乐器，偶有雅兴自弹自唱一曲，让副官和翻译跪在对面条案前聆听，听后要发表各自的感想，例如，《秋曲》要听出"风萧萧兮枫落叶飘零，归来兮"，《夏夜》要听出"雨打芭蕉绿，水滴无痕"，《冬之序曲》要听出"风雪来兮，佳人此去无音讯"。

一日，小野司令正在弹琴给副官们听，日文翻译田耳领着一个人急匆匆走进"铁雪路"日军司令部。只见这个男人瓦刀脸，小眼睛，中分头，手里拿着一顶礼帽，身上穿的却是中式绸衣绸裤，见谁都要点头哈腰一番。此人正是大汉奸李一。

田耳把李一带进日军司令部小野一郎的办公室。小野停止演奏，一脸疑惑地看着眼前这个长脸男人，从发梢看到脚尖儿，又从脚尖儿看到发梢，用半生不熟的汉语问："你的名字叫什么？"

那男人立刻点头哈腰地答道："我的名字最好记，姓李的李，一二三的一。话说当年我娘怀着我的时候……"

小野猛地一挥手，粗鲁地打断他说："停止！我问你的名字，没问你娘。我让田耳托你打听的事，有结果了吗？"

李一凑近小野讨好地说："有结果了！您让我打听附近一带弹琴弹得最好的人，我打听出来了，他是江南琴王，名叫高满天。听说此人精通各种乐器，只要你能叫得出名字来的乐器，这个琴王他都能弹。此乃高人也。"

小野皱皱眉，反问道："真的？"

"千真万确。"

小野性格诡异多变，上一秒还是细声小嗓的蚊子声，到了下一秒，突然间如洪峰暴发，大喊大叫道："那还等什么？还不把琴王找到这儿来演出！"

第二天上午，"琴王"高满天就被日本人抓走了，到傍晚才被送回来，人被打得遍体鳞伤，因为他拒绝给日军司令小野一郎演出，所以招来一顿毒打。

"不做亡国奴。誓死不给鬼子弹琴！"

师父这句话给年幼的柳叶眉留下了深刻印象。她又想起父亲惨死那一幕，心如刀割。

4

柳叶眉站在高满天家的小院当中，两手一左一右用手指托着两块砖头，一动不动，看起来像个木头人。而高子文正带领几个孩子玩"官兵捉贼"的游戏，孩子们绕着她嬉笑打闹，热闹非凡。

突然，天空中乌云密布，眼看就要下雨了。孩子们四散逃去，嘴里喊着"要下雨啦！要下雨啦！"随后，雨点便噼里啪啦地从天而降。再看柳叶眉，此刻她正托着砖头站在原地，泪水和雨水混合在一起，任凭雨水将她淋得透湿。高满天隔着窗户朝院外张望，师娘欲去外面把阿眉叫进来，而师父高满天却伸手制止了她。

高满天的儿子高子文悄悄从屋里跑出来，手里拿一把油纸伞给柳叶眉撑着。

柳叶眉说："你走开！我不需要别人可怜！"

高子文说："我不走！"

柳叶眉倔强地说："走开！快走！不然我今天的功就白练了。"

大风大雨袭来，将高子文手中的伞掀翻在地。一时间，高子文也成了落汤鸡，只好狼狈地跑回屋去。

终于，雨过天晴。柳叶眉的头发湿漉漉地贴在脸上。她仍用手指托着砖头，咬紧牙关坚持着。师娘心疼她，跑出来，拿毛巾给她擦脸。

柳叶眉坚持了一段时间，手指练出了劲儿来，无论什么东西，只要她轻轻弹一下，立刻就会发出特别的鸣响。有一天，师父拿来一只陶瓮，令阿眉过来用手轻弹之，阿眉虽是纤纤玉手，手指功力却超出常人许多，食指和拇指圈成圈，对着陶瓮"哒哒"一弹，陶瓮即裂成两半。

师父"啪啪"猛烈击掌，大声说"好"，又说："阿眉，你这功夫算是练成了！明天可以开始练琴了！"

"谢谢师父！"阿眉对师父深鞠一躬，心里暗下决心要刻苦练琴学戏，她虽然只有十岁，却也明白自己得长本事，好好跟着师父学唱评弹，以后才有活路。话是这样说，道理她也懂，可当真练起来，还是很苦的，手指一遍遍重复同样的动作，单调枯燥得令人发疯。

白天，她咀嚼着师父的话，一遍又一遍地苦练琵琶，一张小小的鹅蛋脸如同绷紧的丝绸一般，波澜不惊，几乎不动任何表情。然而到了夜里，她小小的身子轻盈地躲进蚊帐，屋里吹熄了蜡烛也没点煤气灯，黑暗包围着她，让她感觉安全。她从枕头底下拿出一只青绿色花纹的小方盒，借着月亮微弱的光亮将它打开，盒内的那只蓝宝石耳环像是通了电流，立刻发出蓝盈盈的光亮。

那是母亲的耳环，是母亲被日本人抓走时脱落在她手心里的唯一物件，看到它，柳叶眉就想起在鬼子刺刀下惨死的父亲、下落不明的母亲，或许，他们如今都在天上看着她，而这只蓝蓝的耳环就是他们的眼睛。

"什么宝贝，还不让人看？"

"男孩子莫看这东西，你们拿了也没用的。"

"那就让我看一眼嘛！又不要你的。"

师父高满天的儿子高子文是个调皮捣蛋的小男孩，年龄只比柳叶眉大一岁，是个喜欢打打杀杀的男孩子，平时对女孩的东西并不感兴趣，这两天不知怎么总缠着柳叶眉，要看她小盒子里藏的东西。柳叶眉偏是不肯。这只在黑暗中会发光的耳环是阿眉的宝贝，她把它深藏在枕头底下，每晚拿出来反复擦拭，反复看。可是，有一天晚上，阿眉用手一摸，忽然发现装耳环的那只小盒子不见了。

"高子文，你还我东西！"

"什么东西啊？"

"你还敢抵赖？你偷了我东西，你乖乖交出来，我就不告诉师父，要不然的话，别怪我不客气，告诉师父打你手心！"

顽皮的子文翻着眼皮，无辜地摊开双手说："你说什么，我怎么不懂啊？"

柳叶眉冲过去，推了一下他的肩膀，说："我枕头底下的小盒子不见了！你看见没有？"

高子文说："噢，你是说那个小绿盒子呀，我当啥东西呢！那小盒子我没弄丢，我拿它养蚕了。走，我带你去看我的蚕宝宝去！"

柳叶眉一听高子文说拿她的小盒子养蚕了，就有一种强烈的预感，母亲留下来的那只耳环，很有可能被这混小子给弄丢了。

"盒子里面的东西呢？"

"扔了呀！我看是一只单只的配不上对儿的耳环，就想，这东西丢了一个还有啥用？谁也不会左耳朵戴耳环，右耳朵不戴吧？所以我就把那只没用的耳环给扔了。"

"走！去跟我把耳环找回来！"

"我随手扔在了院子里，哪儿找得回来！"

"找不回来也得找！那耳环对我来说比命还重要，它是我妈妈留给我的唯一的东西，见到它就如同见到我妈妈……算了吧，这种心情你是不会懂的！"

他们从下午一直找到天黑，把院子里大大小小的角落都翻遍了，可还是没有找到那只蓝宝石耳环。阿眉有些绝望，爸爸走了，妈妈走了，现在连妈妈留下的唯一纪念物都不见了，阿眉站在门前伤心地哭起来。

门旁一左一右挂着两盏小红灯笼，那红灯笼的光焰正好照在阿眉脸上，把她脸上的皮肤照得像大理石一样光洁发亮，红红的分外好看。可惜她在哭。眼泪像断线珍珠，大而飘忽，一颗一颗掉落下来，落在她的手背上，无声无息，就像那只失踪的耳环，仿佛从来不曾存在过，印记全无。

晚风吹过来，小红灯笼随风晃动起来，阿眉的脸变得忽儿红，忽儿白，变幻莫测，高子文在一旁看得心慌起来，忙劝道："阿眉，你莫急！等我长大了，给你买一对世界上最好看的耳环。"

阿眉不做声，眉头紧锁，一根独辫编在脑后，伏在背上，辫梢扎了一朵肥厚的玉色蝴蝶。她和她的玉色蝴蝶在门洞里一闪，就消失不见了。子文从没见阿眉如此伤心过，他打定主意，等全家人都睡着之后，他再溜出来，就算挖地三尺，也要把阿眉妈妈那只耳环找回来。

"我会把它找回来！阿眉，你等着！"

这天夜里，高子文从爸爸屋里拿了一只手电筒，偷偷藏在了被窝里。那手电的金属外壳，奇滑奇凉，硬邦邦地抵在身上，让他的心怦怦跳得厉害。他好似要去经历一场大冒险，一个11岁的男孩忽然间长大了，他要去保护阿眉，要让阿眉不再哭泣，他要找回那东西。午夜过后，高子文一个人溜下床，为了不弄出响动，他索性光着脚出去。轻轻推开房门，见外面一片漆黑，就从怀中掏出手电，四处张望着……这时候，他看到了奇异的一幕：一只罕见的小白蛇口衔蓝宝石耳环出现在电筒的光晕之中，让人不敢相信自己的眼睛。

第二天一早，高子文就把蓝宝石耳环找到的消息告诉了柳叶眉。他跑到柳叶眉房间的时候，柳叶眉还没起床，一把琴在墙上挂着，琴旁还挂着一只竹节做的小白蛇。

"阿眉，阿眉，你快起床！"

"出什么事了？"

"耳环找到了！"

"真的吗？我不相信！拿来我看看！"

"你先起床，我就给你看！"

"你先给我看，我才起床！"

两个孩子似乎已经忘记了昨天的不愉快，有说有笑地聊起来。柳叶眉让高子文先出去一下，她好穿衣服。高子文撇着嘴说，你们小姑娘就是麻烦，说着背过身去，催她快穿衣服。

阿眉用最快的速度穿好衣服，跳下床来，催着高子文快点把耳环拿给她看。高子文像变戏法似的在手中变出一个盒子来，柳叶眉一看，正是自己丢失的那只青绿花纹的小方盒。

"打开来看看。"高子文说。

阿眉接过那盒子，小心翼翼地将它打开，看到盒子里那只静静躺着的蓝宝石耳环，阿眉惊讶得说不出话来。

过了半晌，才开口问道："子文，你从哪儿找到的？"

"说出来你可能不信，昨天夜里我拿着手电打算去找它，谁知刚一开房门，就碰到一条小白蛇，它竟口衔耳环在那里等着我。"

"净胡说！你编故事来哄我。"

"阿眉，我对天发誓，如果我说的事情是假的，待会落雨打雷，让雷劈死我！"

阿眉捉住他的一只手说："不准你胡说！东西找到了就好。这是我妈妈留给我的唯一一件东西。"阿眉拿出盒中的耳环，仔细看了好久，说："子文，你帮我这么大忙，我以后管你叫哥好不好？"

"好啊，我比你大一岁，正好你管我叫哥哥，我管你叫妹妹，爹要知道咱俩成了兄妹，还不定多高兴呢！"妹妹，妹妹，妹妹！"他一迭声地叫着，绕着妹妹的床来回跑。两个孩子都很兴奋。

阿眉坐在床沿上，用手反复抚摸那只失而复得的耳环。关于高子文口中小白蛇的传奇故事，她将信将疑，也不知是真是假。见到耳环如见到人，她手中的蓝宝石耳环让她愈发思念起母亲来。母亲现在是否还活着？她现在在哪儿……一点消息都没有，现在可以依靠的人，只有师父、师娘和今天认的这个"哥哥"了。

5

自从认了"妹妹"那一天起，高子文这个哥哥就处处担负起照顾妹妹柳叶眉的职责来。他俩年龄都很小，事情往往有失分寸，哥哥偏袒妹妹，也便难免做得过分，调皮捣蛋过了火。

评弹师父高满天对两个孩子要求十分严格。他对阿眉说，要弹得一手如行云流水的好琵琶，必须苦练，等到天目张开，额心会有一只"琵琶眼"。

"别听我爸说得那么邪乎，世上哪有什么琵琶眼？莫听！莫听！弹琵琶靠的是天分，只要老天肯赏饭吃，你就能吃得上这碗饭！"

哥哥每次说这种话的时候，口气活像个大人。哥哥专门跟师父唱反调，师父说东，他偏要说西。师父让他上学，他偏要逃学去看些没名堂的地方戏。说那才子佳人的戏，唱得慢慢悠悠的，他不喜欢，专看武戏，打打杀杀，上下翻腾，徒手翻筋斗。师父让他练琴，他却一有空就在屋里翻筋斗，有时撞翻了茶杯茶碗，碎瓷片落一地，阿眉就赶紧拿笤帚打扫，免得让虹大娘看见了，他俩又要挨骂。

虹大娘一直在高家帮工，已经许多年了，逃难也跟着。她家在绍兴乡下，两个孩子最喜欢听她讲乡下的故事。她说日本人没打进来那会儿，天下太平的时日有多好啊！家家户户吃过夜饭，就划上乌篷船赶去看戏。所有的戏都在水上表演，看客都在船上，一家一条船，坐在船上边看戏边吃小点心，嗑瓜子，吃小河虾，吃老酒，美哉美哉。

虹大娘又问阿眉，日本人打进来之前，家里是做什么的。阿眉一边剥毛豆，一边对大娘说，父亲叫柳元熙，战前在南京开了一家小百货店，因为地处闹市区，生意还是蛮好的。谁知日本人打进南京城，父亲命薄，在逃难路上被日本兵用刺刀活活捅死了，母亲也被他们抓了去，至今生死不明。

"虹大娘，你怎么又问阿眉这些伤心事？不是说好叫你不要问的吗？"高子文跑到厨房来找吃的，就撞见虹大娘跟柳叶眉聊过去的事，他不许她们聊这些，是怕妹妹伤心，耳环的事让他一下子长大了，他懂得要保护妹妹。

柳叶眉说："不怪大娘，是我自己聊起来的。"

这时，师娘来厨房叫柳叶眉赶紧回屋练琴。"你师父又在那儿大发脾气呢！"师娘说。

师父板着一张脸，坐在一张太师椅上，厉声训斥阿眉。他说天下不太平，日本人都欺负到咱们脑门顶上来了。他们杀人放火，烧杀抢劫，奸淫妇女，无恶不作。阿眉，难道你忘了吗？你的父亲是怎么死的？那是被日本人活活用刺刀捅死的啊！好好的中国人，没招惹谁，没得罪谁，就这样不明不白地被人弄死了！他死得冤啊！还有你的母亲，至今活不见人，死不见尸，被日本人抓去，那还有个好啊！就算是活着，也早就被折磨得不成人样啦。

我现在收留你，给你一口饭吃，就是想让你好好练琴，将来有点本事可以一个人出来走江湖，饿不着冻不着，别的孩子可以懒点儿、馋点儿，那都无所谓，因为人家有爹有妈，而你就不行了，你将来靠谁？师父师娘早晚是要老的，唱不动了，挣不到钱，全家老小就得饿死。

他的嘴一张一合，溜溜地把柳叶眉骂了个够。柳叶眉操起琴来，一言不发开始练琴，屋子里顿时充满了急切、慌乱、有金属质感的声音，连对面墙上挂着的那条纸蛇都跟着动了起来——那条"小蛇"还是她跟哥哥高子文刚认识的时候，哥哥送给她的呢。

清晨。日本人打进南京城，她正在家门口玩一条"小白蛇"，突然被父母打扮成小男孩，在慌乱之中踏上逃难的旅程。她的"小白蛇"被母亲扔在地上，千人万人从上面踏过，碾得粉碎……

回忆像梦魇一样，从眼前掠过。柳叶眉的琵琶弹得已经有些像样了。她的师父当着面骂她，暗地里还是把她夸成一朵花，不是因为别的，就是因为这孩子有灵气，是唱苏州评弹的那块料。

"比你年轻的时候强多了。阿眉这孩子有灵气啊！"

师父暗地里跟师娘谈到柳叶眉，常常拿她跟师娘年轻的时候做比较。师娘年轻的时候也学过评弹，那时她还有个好听的艺名，叫"一日红"。师父笑言，是"一日红"这个艺名起坏了，所以只红了一日，就无声无息嫁人了。师娘笑道："还不是急着嫁给你，就再没心思唱下去。"师父点头称是。人各有命，唱不唱得出名堂，就要看各人的造化了。

那阵子柳叶眉日日刻苦练琴，琴技大长，手指却一日比一日疼痛。有时候，她实在不想练习，想逃跑，却听到师父在里屋"咔咔"地咳嗽，又只好咬着牙坚持练下去。终于有一天，琴弦断了。原来，高子文帮阿眉用剪刀剪断一根琴弦，假装是阿眉练琴时弹断的。师父识破了诡计，以为是阿眉自己的主意，用戒尺打阿眉，惩罚她撒谎。谁知第二天，阿眉竟然不见了。

第二章　花婆婆巧遇蒋书芬
　　　　貌美女惨遭寇蹂躏

1

　　高满天全家都很着急，老少出动进城去找阿眉。城里到处都驻扎着日本鬼子，阿眉的处境很危险。柳叶眉逃出来是为了找妈妈。她相信妈妈一定没有死，她在城里瞎跑乱撞，一路打听妈妈的下落，谁知竟被两个出来买烧鸡的日本兵盯上了，"花姑娘……花姑娘……"，他们一路尾随她进了小巷，眼看离她越来越近了，就在这千钧一发的时刻，巷子尽头有一扇门忽然开了，柳叶眉跑了进去。一个老婆婆出手相救，将她巧妙地藏进米缸里，这才躲过一劫。

　　"姑娘，快出来吧，那些日本兵已经走了！"

　　柳叶眉躲在米缸闷久了，腿有些麻。她知道刚才救她那个老婆婆在米缸上面又堆了许多杂物以掩人耳目。鬼子走了以后，她得把那上面乱七八糟的杂物都拿下来，她年纪大，手脚又不麻利，柳叶眉只听得头顶发出"叮叮当当"的响声，并不见顶盖打开，光亮进来。

　　这次冒险出来找母亲，柳叶眉是在挨打之后的那天夜里决定的，师父用戒尺打她手心，其实打得并不疼，但她哭得很厉害。她委屈地想到，她在这里学唱评弹受的这些罪，都是因为自己是个没娘的孩子，她要是有爹有娘，没准她现在还在家门口的空地上玩"小蛇"呢。她最喜欢用竹节和纸做成的小白蛇，只要活动后面的竹节，"小蛇"就会自动扭动起来，每当这时，她脑袋里就会出现奇怪的声音，那是一种轻声吟唱，咿咿呀呀，是她以前从未听到过的声音。

"姑娘！姑娘！"

米缸顶上终于有了些许松动，有一些灰尘稀稀拉拉地落到头顶上来。老婆婆终于把米缸顶盖掀掉，露出光亮来。

"快点出来吧！日本人已经走了！"老婆婆哑着嗓子在那儿喊。柳叶眉从米缸里爬出来，掸掸身上的灰尘，又弯下腰来抖抖头上的土。站定之后，老婆婆这才发现，姑娘穿一件月白绣花上衣，粉蓝滚边，模样长得像瓷娃娃一样精致好看，一双水汪汪的杏仁大眼，鼻梁端秀挺直，嘴唇泛出自然清新的嫩粉红，让人想起新鲜的水果。

"这姑娘，长得可真好看……你姓柳吧？"

"花婆婆，原来是你啊！"

柳叶眉定睛一看，救她的不是别人，正是她家在南京时的邻居花婆婆。花婆婆在南京时就孤身一人，开了一家小门脸儿，靠给人家算命为生。她的屋古里古怪，点着荷花灯，摆着水晶球，但里面仍然很黑，柳叶眉每回路过她的店，都以最快的速度跑过去，生怕被花婆婆伸手抓进去。

爹说："那花婆婆是有巫术的，切记不可靠近她。"

娘说："是的。隔壁的小矮子就是被她抓了去，施了巫术，再也长不高了。他都二十多岁了，看上去只有五岁，个子只有那么一点点，比板凳高不了多少。"

爹娘的话唠唠叨叨，没多大意思，可现在想听却再也听不到了。父亲被日本鬼子用刀捅死的场面，柳叶眉一闭上眼就能看得见。一刀下去，血涌了出来，但父亲很坚强，还在说话，还在骂，骂那些小鬼子抢他东西，不得好死。父亲倒下去那一刻，柳叶眉脑子里"轰"的一声巨响。她闭着眼，可那些红色血浆如铺满天地的红色油漆，把柳叶眉的世界都染红了。

红色的天空，黑色的树……她常常梦到这样的场景。这场景仿佛就在离她很近的一个房间里，只要梦一开始，那场景就会喷涌而出。只要一抬脚，她就能进入其中，视野里充斥着鲜血的红色。那是惨死的中国人的血。

"孩子啊，如今这世道乱，满街都是日本人，你这一个人在外面乱跑乱撞的，要是被鬼子抓了去，多危险啊！"

"花婆婆，我是出来找妈妈的。"柳叶眉说。"我妈妈失踪了，不见了，她一定很难过，一定也在找我。自从那天被日本鬼子推上车，我就再也没见过我妈。幸亏在逃难的路上遇见了师父高满天，是他收留了我，教我弹琵琶、唱评弹，我这才有口饭吃。"

花婆婆留柳叶眉在家住一晚，说："有什么事咱们慢慢聊，天色已晚，我给你拿点吃的，吃完饭早点睡。"说着，她的身影就在门帘后面消失了，等她再次出现的时候，手里面多出两个粽子，那是扎得紧紧的、尖角形的湖州粽子。花婆婆说："兵荒马乱的，好不容易得来两个粽子，你就赶紧趁热吃了吧。"

柳叶眉拿起粽子吃了起来。瘦肉和江米都在酱油里浸过，味道真香。柳叶眉吃着吃着就从粽子里吃出一个东西，尖尖的，硬硬的，拉出来一看，竟是一只耳环。

"蓝宝石耳环？这是妈妈的东西！花婆婆，你见到我妈妈了？快点告诉我，你是不是见到我妈妈了？"

花婆婆说："前两天，我怕鬼子来这里翻宝贝，就把这只蓝宝石耳环包进了粽子里。谁承想你又恰好出现，吃到这只粽子，这真是天意啊！"

"这是我妈妈的耳环。"

"是的，另一只在你那里。"

"你见到她啦？"

"噢，这可就说来话长了。"

花婆婆告诉柳叶眉，她妈妈并没有死，而是被日本人囚禁在751集中营。751里有不少日本鬼子从各处抓来的女人，她们被囚禁在那里，遭受日本人的凌辱和折磨。花婆婆说，她那天是化装成日本女人混进集中营的，她原本是想进去打听一个亲戚的下落，没承想竟在里面遇到了南京的老邻居蒋书芬。她样子全变了，身上穿着和服，面色苍白，像个纸人。会客室里放着陌生的音乐，气氛肃杀。书芬跟脸色铁青的领班讲了很久，才被允许在这里会客喝茶。她们坐在榻榻米上面对面说话。

"这个，你想办法交给我女儿柳叶眉。"

"这是什么？"

"一只蓝宝石耳环，另一只在柳叶眉手里。我被抓走的时候，耳环掉了一只，我回头看时，见女儿手心攥得紧紧的，估计手心里是那只耳环。"

花婆婆说："阿眉是个好姑娘，但茫茫人海，我到哪里去找她？"

"如果见不到我女儿，你就先替我保管起来。"

"为什么？"

"因为我不自由。"她停顿了一下，等那走来走去的看守走过去，又说，"再说我现在这个样子，也不愿意让我女儿看见。"

她们各自喝着一杯茶。在这短暂的瞬间，柳夫人似乎忘记了自己的处境，忘记了那些兽性大发的鬼子，又重新变回自己。她有好久没有见到窗外的阳光了，这天恰好窗帘没拉严，有一束阳光好似舞台上的追光，不偏不倚正打在方方正正的榻榻米上。

这一刻，柳夫人感觉自己仿佛又回到了战前的美好时光，她和柳先生带着可爱的孩子一起去公园玩。九岁的女儿柳叶眉头上一左一右扎着两只大蝴蝶结，跑来跑去就像一阵风……绿草地一直延伸到很远的地方。树是遮天蔽日的法国梧桐。空气中到处回荡着孩子银铃般的笑声……

柳夫人断断续续的回忆被一个士兵一声粗暴的吼叫给打断了。他用生硬的中文说："喂！会客时间到了！你的朋友，她，该离开了！"

柳夫人就像被人突然从眼前抽走了电影幕布，刚才的绿草地、阳光、孩子的笑声全都不见了。柳夫人很快被那个日本兵推进一间铁皮小屋，黑暗的铁皮门发出刺耳的声音。屋门并未合拢，而是虚掩着，露出一条宽缝，房间内传出男人的淫笑声。花婆婆被人逼着离开那里，袖筒里藏着那只蓝宝石耳环。

2

　　整整一夜，柳叶眉都在想花婆婆口中的那个小黑屋，以及那里面传来的野兽般的叫声。那叫声此起彼伏，就像从动物园牢笼里发出来的声音。她无法入睡，只要一闭眼，就有面容丑陋的恶鬼追着她跑。她想离开这儿，独自一人去日本人的751集中营找妈妈。她决定先睡一会儿，凌晨出发。不管怎么说，她一定要找到妈妈。

　　凌晨时分，柳叶眉蹑手蹑脚从花婆婆家溜出来。外面雾气很重，走在黑沉沉的巷子里，柳叶眉一度迷失了方向。然后她就看见了那条小蛇，白色的，异常工整地盘在巷口的一块青石板上，头向上伸起，左右张望，看上去像是在等人。

　　她想起哥哥描述的那条小白蛇。这条蛇跟那条蛇样子相仿，它们都是精灵一样的灵物，神出鬼没，来去无常。

　　天一亮，柳叶眉就被几个日本鬼子盯上了，他们端着枪，跟着柳叶眉在迷宫一样的小巷子里转悠，把柳叶眉追得满头大汗，她一手叉腰，另一只手按住头上一顶红色的草帽，站在原地呼哧呼哧喘着粗气。这时，只见迎面走过来一个人，她定睛一看，竟然是师父！

　　幸亏遇见师父。师父摘下柳叶眉头上戴的玫红色小草帽，利落地扣在自己头上，朝着巷子的另一个方向一指说道："阿眉，快点！你朝那个方向跑！我把鬼子引开。"

　　"师父？"

　　"别说了！再啰嗦就来不及了！快跑！"

　　师父狠狠地推了她一把。柳叶眉感觉自己的腿变得异常轻盈，脚尖儿轻微离地，如飞起来一般。师父戴上她的草帽，迅速朝另一方向跑去，将那伙鬼子引开。

柳叶眉连忙跑回家搬救兵，她告诉师娘和哥哥，师父有可能被鬼子抓住了，问师娘该怎么办。

师娘问："阿眉，你又在外面闯祸了吧？"

哥哥说："妈，你就别责怪妹妹了，她是跑回来搬救兵的，咱们赶紧走吧！"

等他们几人赶到的时候，已经有些晚了。只见鬼子把高满天用绳子捆在一棵大柳树上，有个鬼子正在用皮鞭抽打他，打得他皮开肉绽，逼他交出逃跑的少女。鬼子叽里哇啦说着话，那只玫红的小草帽被他们踩在脚下，已经碾烂了。躲在暗处的柳叶眉认出，那是自己的帽子，刚才师父为了掩护她，才把帽子戴在自己头上，引来如此灾祸。

柳叶眉跟师娘他们一伙人躲在一处隐蔽的墙头后面，静观事态发展。一大片乌云被风吹得飘了过来，黑压压地形成了淡墨色的云际线，像大师用墨笔随意泼洒，又觉意犹未尽，再用画笔细细勾勒，描出奇特无比的云际线。

暴雨就要来了。只几秒钟的工夫，仿佛是天怒一般，鞭子一样粗大的雨点抽打在小鬼子身上。暴雨同时还伴有冰雹，刚刚围在师父四周的那几个小鬼子见势不好，纷纷四散奔逃，消失得无影无踪。柳叶眉和师娘几人立刻冲上去救师父，将捆绑他的绳子解开来，师娘抱着师父哭，师父连声说着"没事，没事"，但从表情看他已相当痛苦了。

这一切都是因为我啊，阿眉在一旁低着头自责地想道。

3

柳叶眉从此成为一个勤学苦练的女子，她的琵琶技法独树一帜，慢时如清泉涌动，滴滴流入人心；快时如刀兵剑戟乍起，十面埋伏，大战在即。琵琶声中小柳叶眉逐渐长大，就像电影中的快速镜头，她变成了十六七岁的少女。高子文也变成了一个英俊少年，二人兄妹相称，两小无猜，感情很好。

他俩经常在一起抄戏文，弹琴做诗，拍档出演新评弹《红楼梦》。高子文说，柳叶眉长得还真像《红楼梦》里的林妹妹。一天，高子文送给柳叶眉一把新琵琶，上面刻有他亲手题写的字。柳叶眉爱不释手，更勤练习，技法不断精进。

她一向管师兄高子文叫"哥哥"，他跟柳叶眉从小一块学戏，他俩刚认识的时候一个九岁，一个十岁，还完全不懂男女之事，学戏之余打打闹闹、你推我搡是常有的事。直到过了十五岁，两个孩子忽然生分了，女孩不再跟着男孩子们一起出去疯闹，而是喜欢托腮坐在窗口，看窗外的小桥流水如画卷一般徐徐展开，初春的柳叶儿刚刚吐露出一点鹅黄，装点着画卷的一角，就像女孩的心事，欲露还羞。

她膝上放着《红楼梦》唱本，师父教她识得些许字，那些评弹的唱词是她一笔一画抄在纸头上的，师父说，抄字可以过心，那些唱词如果不是嵌进你心里去的，那嗓音再婉转，唱腔再嘹亮，也不过是空唱，打动不了人心。

柳叶眉牢牢记住了师父的话，她手握一管小巧玲珑的自来水笔，一有空就坐在窗前写啊写的。她伏案的样子可真好看，腰肢细细的，穿了件莲粉色小衫，紧裹着腰身，就越发显得腰细。细腰上伏着一根独辫，辫上打着缎质的玉色蝴蝶。哥哥打门口跑来跑去，每回都要朝里面望一望、看一看，看那腰身纤细的小瓷人儿坐在里面，忍不住要跑进去跟她逗着玩。

有一天，哥哥突然从背后抢走她的自来水笔，藏在身后不给她。哥哥说："抄什么呢？就跟着了魔似的，也不跟我们出去玩了。"

柳叶眉说："快把笔还给我！让你一碰，都抄坏了。"

"让我看看，哪儿坏了？"哥哥凑过来，在离她很近的地方细细看那纸上的戏文。柳叶眉正抄到"情切切良宵花解语，意绵绵静日玉生香"一行字。哥哥看得仔细，夸她字不错，可柳叶眉并没有听见他在说什么，她感觉自己似乎闻到了哥哥身上淡淡的香气。

"哥哥，你身上可曾戴玉？"

"我哪里有什么玉？没有没有。"

"可我明明闻到你身上有香味。"

"我又不是贾宝玉，穿金戴玉的。阿眉，我说你是不是看《红楼梦》看入迷了，满眼里都是宝哥哥、林妹妹的，哎，你别说，你这皱眉头的样子看上去跟林妹妹还真有几分相像呢！"

"你胡说，林妹妹是林妹妹，我是我，哪儿像呀？我才不要做弱不禁风的林妹妹呢！倒是你，有几分像戏里的宝哥哥呢！"

4

1945年日本人投了降，小城里到处充满喜气。柳叶眉唱的评弹在晏城已小有名气，古董富商万叶轩打起了她的主意。万叶轩有个管家，名叫老黑，梳着两片乌鸦翅膀一样黑的中分头，嘴角旁边有颗黑痣，绸衫褂，小脑袋。脑袋虽小，鬼点子却不少，整日里跑跑颠颠，盘点货物，要账催租，在主子面前表现得格外卖力。

战前万叶轩生意做得很大，在晏城闹市区有一家很大的古玩店，店名跟他本人的名字相同，也叫"万叶轩"。"万叶轩"三个字可以说是名震四方。日本人进城损坏了他的店，生意虽伤了元气，但毕竟底子丰厚。这年日本人战败投降，万叶轩觉得重整旗鼓的机会到了，恰逢生日，就想大摆宴席，借寿宴好好热闹一下。

老黑摸准了主子的心思。

有一回，主子带领他们几个去茶馆喝茶，恰巧有人在那儿唱评弹《红楼梦》。刚一落座，身穿一身白袍的万叶轩就被台上一红衣女子给"定"住了。只见她，鹅蛋形的脸盘刚刚好，少一厘太瘦，增一厘稍肥，整个人好似绢人一般轻巧美艳。只见她在台上红唇轻启，美目传情，一把琵琶抱在怀中，拨拨停停，一招一式惹人怜爱，直弄得见多识广的万叶轩一时间好想把自己缩小几倍，变成她怀中那把琵琶，让她搂抱着，拨弄着，发出声响。

"她是谁？"

"新来卖唱的。叫柳叶眉。"

"唱得不错啊。"

"她是高满天的得意门生，一直跟随她师父学唱评弹。"

"难怪。"

老黑通过跟万叶轩这番简短对话，再看主子的那种眼神儿，一下子摸准了主子的心思。那次喝茶回来，老黑就开始忙里忙外张罗起老爷寿宴的事来。

他列了一个菜单，十荤十素，外加两道高汤。战争刚结束，百业凋零，某些行业要想恢复到战前水平，还需一些时日，只有在吃方面，民众恢复得最快。痛快饮食，庆祝胜利。老黑派众老妈子下去采买肉菜，外加葱姜蒜调料都得备齐。自己则亲自到唱评弹的高满天家里跑一趟，小提包里备足了银子，拎包上车，信心满满。

这天，梳着中分式乌油头的老黑，出现在高满天家的客厅里，鞠躬作揖，说明来意，上茶看客，两个男人落座细细商谈起来。原来，老黑到府上不为别事，却是真真地慕名而来。

"听说您的女弟子柳叶眉唱《三笑》那是一绝，明天是我家老爷的寿宴，不知可否让柳叶眉和她的搭档一起来府上唱一曲，这是酬金，一点小意思，我先送上了。"

"咚"的一声，他将装满钱的提包往桌上一放，师父想都没想就同意了。师父并不是贪财之人，只是"养兵千日，用兵一时"，高满天从九岁收养了柳叶眉，这一晃也有七八年了，八年抗战都胜利了，孩子也该出去练练兵了。这样想着，师父便点头称是，当下定了演出日期，说是到时一定捧场。

事情就这样定下来。

柳叶眉的命运也因师父这样一个决定而定下来。

5

柳叶眉记得自己那天穿的是浅蓝底色半袖丝绸夹旗袍,独辫上扎的是一朵白色蝴蝶结,整个人清亮得像一汪水一样。她和哥哥是下午三点带着乐器乘马车去的万府,他俩清楚地记得,出发那一刻两人不约而同的一个对望。那一眼,世界上最清澈的湖水都比不上他俩的眼眸,他们的眼睛明亮、清澈、含有笑意。他们纯洁得像两朵刚刚开放的花,清清淡淡,清香还来不及释放。

"我记得《红楼梦》第三十四回说的是'情中情因情感妹妹,错里错以错劝哥哥',不知为什么,这个标题我记得特别清楚。"高子文在路上跟阿眉谈天,说到《红楼梦》的章节。

柳叶眉笑而不语,不知危险已逼近眼前,她透过马车上的小窗口看到外面的一小块蓝天,那小块蓝天随着车的节奏不断跳动,因此显得格外的蓝。

寿宴的排场果然很大,连庭院里都布满了用色彩浓烈的绸缎扎成的寿棚,客人们来往穿梭,衣着华丽,奇怪的是却没人看到寿星出场。

"怎么不见寿星出场?"

"再等等吧,听说今天的寿星万叶轩不是一般人呢。"

演出还没开始,柳叶眉和高子文挤在人群里听着人们七嘴八舌的议论,不知真假,但觉有趣。这时,有个穿银白长袍的男人出现在大家面前,只见他,长阔脸,鼻子很长,两道浓眉像剑一样向上挑,看上去不像个生意人,倒像个说书人。

"还真没见过出席寿宴穿白袍的呢!"

"听说此人总是出怪棋、出怪招,是个商场奇才,做生意很有一套,就是爱女人爱得过分了,听说有三位美貌的太太养在家里,这还不够,到外面也还是拈花惹草,见一个爱一个呢!"

邻座的两个人又在议论。原本这些话跟柳叶眉一点关系都没有,可不知为何,她却字字句句听入耳中,就好像这两个人是专门说给她听的,抑或有个小喇叭安放在她耳朵旁边,她居然能在异常嘈杂的环境中听到别人聊天。

轮到他俩上台唱《三笑》，环境依然很乱，有人高声叫喊"严顺德"、"严顺德"，过了一会儿"严顺德"扭哒扭哒走出来，居然是个五岁的孩子。有人大声道喜贺寿，拱手作揖行大礼，全然不顾台上还有人在演唱。有个玩纸蛇的小女孩从白袍寿星身后跑出来，不知是谁家的孩子。

唱罢回来吃饭。高子文吃得很香，居然还喝了一点主人家提供的花雕酒。这酒说来也怪，高子文只喝了一小杯，就感到有些头晕，趴在桌上起不来了。

"对不起……我去、去去就来。"

高子文说了这样一句奇怪的话，就拖着醉酒后沉重的身子，跟跟跄跄离席而去。柳叶眉觉得很奇怪，哥哥他从来不喝酒，今天怎么喝成这样。但出于礼貌，她没有跟出去，低头不语，继续吃菜。几十桌客人同时吃喝，发出异常吵闹的声响，在这种情况下一个人走出去，就像一滴水滴进海里，无声无息，无人知晓。

这时，柳叶眉看见老黑在邻桌招呼客人，就过去问了一声。她说："黑先生，我师兄他不舒服，刚才也不知去了哪里，你能帮我去找一下吗？"老黑油腻的中分头点得跟鸡叨米似的，说："柳姑娘，没问题！没问题！让我帮你去找一下！"

黑先生黑衫飘飘，一闪，也不见了。十分钟过去了，既不见哥哥回来，也不见老黑的人影。喜宴棚里人影晃动，站起的，坐下的，新来的，喝高的，气氛有些诡异，阿眉坐不住了，站起来去寻子文的身影。她走在一道长长的花廊里，不知不觉间迷失了方向。花香扑鼻，却不知是什么花的味道。在回廊拐角处站着老黑和一个姑娘。姑娘个子不高，脸儿白白的，手里提着个红灯笼。阿眉正奇怪，为什么大白天有人提灯笼，只见老黑向她招手。

柳叶眉朝那两个人走了过去。

"有没有找到我哥哥？"

"你跟她走，柳姑娘。"

手提红灯笼的姑娘带路，阿眉跟在后面，以为很快就能见到哥哥，谁知这一去竟然走上了不归路，或者说，走进了别人设计好的圈套。姑娘带她走进一个房间。房间里隐约有个穿白袍子的人。只有他一个人。房门在柳叶眉身后"哒"的一声合上了，姑娘不知去向。

柳叶眉感觉到危险一点点向她靠近。万叶轩正一步步逼近她，连脸上的痣和利剑一样的眉毛都看得清清楚楚。她注意到那件白袍已挂在衣帽钩上，那人只穿着里面的小褂。

她想跑。

她试图东躲西藏。

她一不小心撞翻了那个衣架。白袍掉在地上。

……

那人说："哈哈，没有用的。房门已经反锁了，一切都是我安排好的。你还是乖乖听我安排得好。外面到处都是我们的人，你那个师兄，早被我们的人用马车给送回家了。我万叶轩喜欢哪个女人，是哪个女人的福气。我会小心对你，我会让你很高兴的。"

柳叶眉想说，我心里已经有人了。可是，她的双手已经被人按到了雕花大床上，命运仿佛清清楚楚写了一个"万"字，她连挣扎的力气都没有了。随后，那两道剑眉靠近了她，脸贴着脸，眉贴着眉，他很小心地亲吻她的眉毛。这举动很怪，别人都是亲嘴，他却亲的是眉毛。她听到万叶轩呼哧呼哧喘粗气的声音……他离得非常近，压在她身上，以最快的速度掀起她的旗袍，然后进入她身体……万劫不复。

她反抗，挣扎，喊救命……一切都没有用。

第三章　富商家中金屋藏娇
　　　　荣华富贵沧海一笑

1

　　高子文一直追问："那天下午你比我晚回来两小时，究竟去了哪里？"阿眉淡淡地说："哪儿也没去，就坐在喜棚里喝酒、吃饭。"哥哥说："那是寿棚不是喜棚，看来你对事情的记忆有误吧。"这一句话戳到了阿眉的痛处，她不想回忆那天傍晚发生的事，只短短一刻钟的时间，她的人生就发生了变化。万叶轩强占了她。这些事她不想告诉哥哥，因为害怕。

　　万家寿宴那天，高子文只记得自己喝多了，被人扶上车，以后就人事不知了。后来想来，一定是被人在酒里下了迷药。这是个阴谋。但当时年轻单纯，哪知什么阴谋阳谋，又被那种欢乐气氛感染，不知不觉多吃了一杯酒。离开酒席当即被人扶走，睁开眼时，已躺在家中床上。

　　母亲进来问："阿眉呢？叫你保护阿眉，怎么是你自己一个人先回来了？"

　　高子文从床上微微欠起身，有些吃力地回忆道："寿宴上人很多，我俩唱完了一段《三笑》，就坐下吃饭喝酒。桌上摆的酒，好像是绍兴的花雕酒，每个人都在喝，自斟自饮，好不热闹，我一个男人，岂有不喝之理？"

　　母亲用手点着他的头说："喝昏头了吧？连妹妹的事都不管了？"说着，叫家里的马嫂给子文倒了杯茶来，让他喝杯茶，醒醒酒。马嫂是新来的帮佣，头发在脑后盘成个整齐油亮的髻，脸有点长，长得倒真像一匹马。

高子文听母亲说，马嫂其实不是真的姓马，只是因脸长，大家都马嫂马嫂地叫她，这就传开了，她也默认了。谁也不知马嫂到底姓什么，只是半开玩笑似的这样叫她。马嫂其实身世很苦，日本人打进来那天，一家八口都叫鬼子给杀了，她是因为当时闹肚子去围墙外的野地"长蹲"，这才意外躲过一场杀戮。

马嫂对子文和阿眉两个孩子都很好，细心照料他俩，他俩练唱的时候，她总是一边干活儿一边听，有时还能跟着哼两句。阿眉有什么女孩儿家的私房话也爱跟她说，请她帮着拿主意。阿眉对师娘总有几分惧怕，对她却不怕。

万家寿宴后不久，哥哥高子文便得了严重的肺病，医生说传染，别人都不敢再靠近，唯有柳叶眉留在床边细心照顾。哥哥说病好后要娶她，柳叶眉不想将万叶轩强占她的事告诉哥哥，只好暂时先答应下来。

哥哥的病一天天好起来。柳叶眉却发现自己怀孕了。

2

阿眉派马嫂到万叶轩家跑一趟，找万叶轩商量她怀孕的事，看看怎么办。她一个十七岁的小姑娘，父母又不在身边，遇到事没商没量的，只有去求马嫂帮忙，想个权宜之计把事情解决掉。

这天下午，师父和师娘都上街去了，哥哥找邻居家二毛下棋，估计这会儿正杀得昏天黑地，一时半会儿回不来，柳叶眉瞅准这个机会把正在干活的马嫂拉到小屋里讲悄悄话。穿过庭院的时候，看到马嫂在院子里栽种的粉蔷薇已开成一片，粉嫩娇媚的洋红色的朵儿开得直让人心疼。这样的美，不是随处可以见到的。

"马嫂，我怀孕了。"

马嫂正在用白瓷小圆茶碗给阿眉倒茶，听了她淡淡的一句话，手一抖，滚水泼了她一手。她放下茶碗小脚紧捯赶过来说："柳姑娘，这样的话可不能随便乱说啊!"

阿眉说:"我没乱说,这事是真的。"

"那孩子是谁的?"

"万叶轩。"

"什么……你是说晏城有名的那个大古董商万叶轩?听说他家里有三位太太,他怎么还……"

阿眉什么话也不说,却捂着脸呜呜地哭了。哭过之后出人意料的镇定平静。像她这样的女孩,从小父母离散,无依无靠,内心变得异常坚硬。"大不了就是一死"。这世上没有比死更糟糕的事了。有了这样的想法做底牌,她倒是镇定许多,什么也不怕了。

"这件事,子文知道吗?"

"当然不能让他知道。马嫂你得替我保密,万千不能让他知道。我得去找万叶轩,让他找医生帮我堕胎,等这件事过去了,我再亲口跟他解释。"

马嫂说:"那还解释什么呀解释?叫我说啊,这种事就让它烂肚子里,永远不要跟任何人提起。子文的心,我是知道的。我一个乡下婆子也不会说个话,但我明白男女之事必须得你情我愿才好,子文喜欢你,你跟他才是真正的一对。"

"马嫂,可是我现在这个样子,已经配不上他了。"

"你先别这样想,当务之急是要先去找万叶轩,打孩子的事让他帮着想办法。有钱人也不像咱们想的那么大方,要是你肚里的孩子他不肯认账了,那这事麻烦可就大了。"

听马嫂这么说,阿眉委屈得要命,眼睛里泛起了泪花,心想,自己这一辈子算是完了。果然,派马嫂去打探很快有了结果,马嫂说万叶轩是认这个孩子的,但他不同意把孩子打掉,他说他可以立即娶柳叶眉。他还告诉马嫂,他是真心喜欢这个唱评弹的女子,克制不住自己,才动了点小心思把她骗到手的。他让马嫂回去找柳叶眉商量,她要怎样的条件,才能做他的四姨太。

"怎样的条件我都答应。"他说,"只要她能来就好。孩子我也要。"

他说得就是那么爽快。嘎巴麻溜脆。马嫂说这话的时候,立场好像变了,去的时候像是找人家兴师问罪,而现在扭脸就变成了帮凶。柳叶眉估计,马嫂是收了人家的好处费,这才向着人家说话。

3

柳叶眉瞒着哥哥去找万叶轩,想让万叶轩找医生为她堕胎。谁知万叶轩趁机将她扣留在家中,软禁起来。他找了两个身强力壮的老妈子日夜看住柳叶眉,不让她离开万府半步。

万府是一座典型的苏州园林式建筑,飞檐高耸,怪石林立。回廊曲径通幽,水塘里的大红鱼游来游去,怡然自得。如果是来这儿做客,一定会心情大好、流连忘返的,但阿眉却全然无心欣赏风景,她被万叶轩关进一个叫"海棠园"的地方,门口有家丁把守,屋里有张妈和李妈二人严加看管,就像看着犯人一般,不得走出房门半步。

海棠园的门正对着一片碧绿的水塘,从门口隐约可以看到塘中的鱼。柳叶眉扶着门朝外张望,她看到西边的云彩已渐渐变成粉红色,太阳就要落山了。她想起天一黑,如果她还没有回家的话,师父一家人该有多着急,哥哥一定急疯了,在巷子前后疯狂找寻,逢人便问:"看见柳叶眉了吗?""你们看见柳叶眉了吗?"众人皆摇头,表示什么也没看见。

"不要朝外张望,万老板说了,你是不能出去的。"张妈坐在椅子上数佛珠,一边说话一边数。李妈拿着鸡毛掸子拂尘,东拂一下,西拂一下,如同一种漫不经心的舞蹈,缓慢而自有韵律。衣服上镶的金边也在夕阳的光晕里一闪一闪,好像老妈子这份工作不知有多好,让她好享受似的。

"我说,柳姑娘,要我看你就留下来吧!这里有多好,要别人告诉你,你才知道。这里每一件东西都很值钱,比如说,喏,就拿我手里这只花瓶来说，别看它小，它是唐朝的，值好多钱呢！"

"哎哟，你可小心点！要是打破了，咱们两个老妈子可是赔不起！""是的啊！这可很值钱的啦！"

这二人一唱一和，关系倒是蛮和谐的。不知万叶轩当初是如何给她俩介绍自己的，把自己说成一个孕妇、四姨太的候选人，还是一个天真无邪、非要赖在这儿的小姑娘？反正她俩对自己的态度怪怪的，也不知万叶轩是如何跟这两个老妈子交代的。

这一夜，柳叶眉睡得很不踏实。父亲被日本鬼子用刺刀捅死的画面，一遍又一遍地在眼前反复出现，令她不寒而栗。她从梦中惊醒，青绿与暗绿繁复交错的中式大窗的缝隙里，透进来一缕月光，冰凉凉，滑腻腻，落在胳膊上如同液体一般。

"我这是在哪里？"

柳叶眉睁开眼睛，环顾四周，她闻到了陌生的气息：白色的荷叶边枕头，是陌生的；葱绿的缎子面薄棉被，是陌生的；还有这淡紫色的蚊帐，泛着金光的蚊帐钩，一切的一切，全都是那样陌生。"我这是在哪里？"她一次又一次地问自己。

就这样醒来又睡去，睡去又醒来。到了后半夜，她又梦见失身的那个傍晚发生的事。太多的红色缎带飘在空中，太多的人脸，太多的碗筷。偏西的太阳只挪动了一点点，大地上的人们各自忙碌着，为他庆生的人还在吃着，喝着，唱着民间小曲，相互打招呼，讨要账目款项，说着家长里短，互开玩笑，笑声不断，没人注意到主人已不在生日宴现场，跟他一起失踪的，还有刚刚为客人唱了段评弹的小姑娘。

小姑娘回忆自己的故事。那天究竟发生了什么？在梦里，她再一次看见发生过的一切：锦缎白袍挂在衣帽钩上。一个穿着锦缎白袍的男人向自己扑来。也许是另一件白袍。另一个自己。柳叶眉在梦里没弄清。一次又一次，白袍男人扑向自己，但他们之间好像总隔着一层看不见的物质，总也不得近身……

她再次睁开眼睛的时候，再次看到那件白袍。万叶轩就坐在床边，穿着那件锦缎白袍，手里擎着一支白色蜡烛。

"我来看看你。"

"我有什么好看的？"

"行了，柳姑娘，别耍小孩子脾气了！你在这儿好好给我安胎，健健康康地给我生个儿子，我就放了你！"

"生男生女我可决定不了。"

"那你生什么我都要。"

"可我才17，我不想生孩子。"

"那，你说怎么办？"

他手中的蜡烛摇晃着，烛火照亮他的脸，使他微长的单眼皮看上去很像蛇眼。他是那样清瘦，难怪总穿白衣白袍，视觉上好显得膨胀一些。传说中光鲜美艳的三位太太，一个也没见着，不知她们一个个都躲到哪里去了，这让柳叶眉百思不得其解。

"咱们去上海，"柳叶眉说，"然后你帮我找个妇科大夫把孩子做掉，咱们就井水不犯河水，各走各的路。"

"做掉？你是说要堕胎？噢，不不不！那万万不可！宝贝啊，你听我跟你说，我呢，已经娶了三房太太，可她们谁都没有给我生个一男半女，如今我遇见了你，好不容易怀上我的孩子，我也是真心喜欢你，你就让我娶了你、给我生个孩子让我有个后吧！"

说着，他一手拿蜡烛：另一手一掀袍摆，"扑通"一声跪在地上，声嘶力竭地说道："柳叶眉，我求你啦！"

一个十七岁的小姑娘被一个大男人这样跪地恳求，小姑娘真被吓坏了，她看到蜡烛光焰里不断晃动的苍白人脸，忍不住问自己："难道，我要跟这个男人同度一生吗？我从小就答应子文要嫁给他的，我在这里跟这个男人不明不白地在一起算怎么回事？"

高子文四处打听柳叶眉的下落，不见了柳叶眉，他失魂落魄，整个人都变了。一日，他进城去万叶轩家询问，仆人只开大门上的小窗，回他道，柳叶眉不在这儿，高子文只好悻悻离开。

柳叶眉在"海棠园"海棠形的后窗里看到哥哥的影子，她用力拍打后窗，哥哥却没看见她，两人擦肩而过。肚子里怀着孽种，阿眉想求一死，她开始绝食自杀。万叶轩到房间来劝她，说自己是真的喜欢她，又说自己是古董商，家里随便一件东西都够她吃一辈子了。劝柳叶眉嫁给他，并为他生下肚里的孩子。然而，柳叶眉仍然坚持不吃东西。没过多久，体力不支的柳叶眉便被送往了医院。

在医院的走廊里，柳叶眉跟高子文再次擦肩而过。

柳叶眉躺在推车上，看到哥哥的脸，哥哥却没有看到她。她伸手去抓，却怎么也抓不到。哥哥陪着师娘在化验科门口拿化验单。"一日红！一日红！"广播里有人大声念着师娘的名字，仿佛一场好戏就要开始，演员马上就要上场。

幽静的巷子深处，行走着一位白衣男子。他腋下夹着一把杏黄色的油纸伞，是江南最常见的那种伞。他虽已人到中年，但因身材清瘦颀长，看上去并不显年纪。

他没有让家丁跟着，只是只身前往，这样显得更为虔诚。他是听说有一个人能够劝说柳叶眉，才来虔诚拜访的。万叶轩并不是个坏人，他只是喜欢美人。庆生宴那天，他的确动用了一点小手段，让老黑往高子文喝的茶水里放了一点安眠药，但也再三叮嘱下人一定要保证他的安全。千万不要出人命。

那天，具体的事情是老黑去办的，倒也干得漂亮，不露一点蛛丝马迹。就是高满天家的人找了来，他们也无话可说。就说柳叶眉对万老爷一见倾心，拦都拦不住，爱得热火朝天。男女之事，只要当事人愿意，你情我愿，别人就是再有意见、再不开心，那也是没权阻拦的。拦这事的除非是柳叶眉的父母。而心细如发的万叶轩早已打听过，这个柳叶眉根本无父无母，父亲在日本人打进城那年，被鬼子用刺刀捅死了，母亲下落不明，估计存活的可能性不大。

而今天，万叶轩要亲自登门拜访的人正是那位用水晶球算命的花婆婆。他想求她帮自己一把，去说服阿眉为他生下孩子。

4

"呵呵！我就知道今天有贵客要来！"

花婆婆的门敞开着，里面光线很暗。万叶轩出现在门口的时候，里面的声音随之响起，那是花婆婆略带沙哑的古怪声音。

"贵客，你坐啊！"她说。

万叶轩在花婆婆对面的蒲团上坐下。他们面对面席地而坐，中间隔着水晶球。以古玩商万叶轩的眼光来看，这五颜六色的水晶球分明是件赝品，但今日有事相求，不必那么锋芒毕露说出真相，只含糊着说："花婆婆，你这水晶球是件宝物啊！"

彩色玻璃制成的水晶球在两个人中间转动着，两人都有千言万语要说，却不知从何说起。

"我知道你是为何而来。"

"为何？"

"为求子。"

"你怎知道我膝下无子？"

"从我的水晶球里看得见你的过去和未来。"

"未来如何？有无子女？"

"天机不可泄露。"

听她这样一说，万叶轩这才想起应该先塞些钱给她，就从身上拿出钱夹，抽出两张大钞递给她。花婆婆接过钱，开始用手转动水晶球，先慢后快，又由快变慢……万叶轩屏住呼吸，屋里的气氛开始紧张起来，万叶轩生怕她说出什么让自己不能承受的结果，他紧盯着花婆婆苍老混浊的眼睛，盯了一会儿，又觉得吃力，索性低下头去，一副听天由命的样儿。

水晶球开始转动起来，五彩缤纷的光斑在老婆婆皱纹丛生的脸上掠过，使她的脸变得诡异神秘起来。商场纷繁复杂，万叶轩经历无数，也算得上是个老江湖，但这架势他也是头一回见。

"孩子……我看到了孩子！一个漂亮的女孩子……婴儿时的照片……"

花婆婆的话让万叶轩感到毛骨悚然。仿佛她真的能看到未来世界里的人和事，甚至还未出生的孩子的样貌，她都能看得一清二楚。她说这个孩子很重要，万叶轩问她，对谁很重要，花婆婆说，对每个人都很重要。又补充一句，一定要把孩子生下来。她这句话一说出口，万叶轩心里松了一口气，他知道，事情成功了一半。

柳叶眉在医院里住院，她希望护士小姐帮助她逃走。有个姓张的护士小姐跟她很投缘，小时候家里穷，也被父母逼着送去唱过几天戏。后来自己又偷跑回家，据说是因为师父打得厉害，父亲无奈只好不再逼她学戏。然而，到了兵荒马乱的年代，生活愈发困难。张小姐眼见着家里已揭不开了锅，只好进入战地医院做义工。虽然没有薪水，但一日三餐却有保障。抗战胜利后，张小姐凭借自己丰富的医护经验，顺利考取护校，两年后毕业，很快就能用薪水养家了。

张护士说，有了孩子，为什么不要呢，还要绝食，真是作孽哟！

柳叶眉平躺在病床上，听着张护士说这些话，心想，我怎样才能跟你解释清楚我心里的苦呢？她说："其实我心里一直住着一个人，从很小的时候开始，我就知道自己将来是属于他的。我们从小一起长大，两小无猜，甚至，我已经答应他将来要嫁给他了。可是,'白衣人'横刀夺爱,冷不丁演了这么一出,让我怀上他的孩子,你让我怎么办?我不爱他,你让我怎么办?"

张护士说:"那也不能绝食啊!再饿坏了身子!"

柳叶眉叹了口气说:"我这样的身子还有什么用?我永远不可能嫁给高子文了!与其这样,还不如死了好,死了干净……"

两个女人正说着话,忽然听到病房外面传来喧哗之声。护士长正冷着脸阻止一名硬闯病房的老妇人。这老妇人打扮得极为古怪,只见她穿了件洋红绉纱短袖上衣,脖子上挂着密密麻麻粉色小花组成的长花环,下身穿的是水果绿窄长裙,裙摆很小,紧紧地裹着她的下半身。从这堆砌的颜色上看,此人应该只有十五岁,但抬起头来细看她的脸,禁不住倒吸一口凉气,她看上去有一百岁了,她是那样苍老,脸上皱纹丛生。

"我是花婆婆!你去跟她说,你说是花婆婆来了,柳叶眉她一定想见我。"

"什么花婆婆绿婆婆,这儿是医院不是舞场。我们有我们的规矩,现在不是探视时间,任何人都不能进病房。"

那冷面的护士长伸出结实的长胳膊,将穿得花里胡哨的花婆婆挡在门外。花婆婆可不是吃素的,她的嗓门一声高、一声低,就是想让里面的柳叶眉听到。

柳叶眉果然听到了,她去求身边的护士,说:"你去跟护士长说说看,还是让老人家进来吧。她上了年纪,来一趟不容易呢。"张护士说:"那我去求求情看。"门虚掩着,她们就在门外交涉,柳叶眉听到高高低低的嗓音操着不同方言说着话。敞开的窗户外面,可以看得见一棵开满花的树。不知名的花朵是粉紫色的,很密,花朵硕大,看着让人喜欢。柳叶眉望着窗外愣神儿,心想,这是什么树什么花?以前怎么从没注意过有这种树这种花?

一阵喧哗过后,花婆婆风风火火闯了进来。

她大声嚷嚷,也不知对象是谁,反正就是大声嚷嚷。"日本人都没敢把我怎么样,你们还想把我怎么样?还敢打我?还敢骂我?难道还想杀了我不成?"柳叶眉见到她,忽然心里一暖,好像她是真正的家里人似的。她躺在病床上,声音小小地叫了一声"花婆婆"。

花婆婆的这次到访确实改变了柳叶眉的主意,婆婆说她会用水晶球算命,可以看到未来的人和事。她说柳叶眉肚子里的孩子是个女孩儿,十分乖巧美丽。柳叶眉似乎也在婆婆的描述中第一次感觉到了胎动,她心底最柔软的地方被触动了……

八个月以后,柳叶眉生下一个美丽的女婴,万叶轩来医院看她们母女。他疼爱女儿,随口给孩子取名"小万万"。柳叶眉生完孩子,在医院里求护士帮忙,趁机逃出万叶轩的魔掌,重新获得了自由。

5

要把小万万一个人留在医院里,柳叶眉哪里舍得。但一想到要当万叶轩的四姨太,她就感觉自己快要疯了。她绝不能当那个人的小老婆。万叶轩横竖会来找她,她必须尽快逃走,逃到没人知道的地方,离万叶轩越远越好。她也明白万叶轩只是把她当成生育工具,前面三个老婆都没能给他生下孩子,他已人到中年,所以心急如焚,只盼着哪个女人能给他生下个一男半女。他这也算病急乱投医,抓住一个是一个。只是柳叶眉运气不好,正好撞到了他的枪口上。

五月的早晨,柳叶眉背着一只蓝底白花的小包袱,在南方雾气浓重的小巷子里一路狂奔。她是做好了被抓回去的准备的。老黑腿脚好,奔跑如飞,又忠于主子,一旦被他发现了行踪,事情可就闹大了,被他抓回去不说,可能还得挨顿打。

万叶轩对女人采取的是软硬兼施的办法,好的时候把你捧在手心里,一天到晚问你想吃什么,还会亲自下厨熬火腿粥给你吃。到了夜晚又很会温柔,把大床上的帐幔放下来,一点点地帮你脱衣服,每一寸肌肤都不放过,爱抚很久。生起气来却会打女人，据他自己讲，他的大太太、二太太全都挨过他的打。

这次逃跑，柳叶眉冒了极大的风险，张护士也很帮忙，一大早帮她换装，把医院的病号服脱下，换上张护士从家里拿来的衣服。所有这一切都是在几分钟之内完成的。柳叶眉逃出医院，隐约听到二楼婴儿室传来女儿的哭声，可她不敢回头，她知道一旦回头，她就再也逃不出去了。她在青灰的雾霭里独自狂奔，几乎看不清路。她想，跑到哪儿算哪儿吧。

晨雾消散，南方小巷变得眉清目秀。白墙黑瓦，世界清朗。她已来到师父高满天家门口，然而，眼前的景象却让她惊呆了。

"吉屋出售。"

柳叶眉看到高满天家堂屋门上贴着簇新封条，整幢房子静悄悄的，从窗子朝里面看，屋内空无一人，并且收拾得干干净净，并无杂物。她愣在那里。看封条上的日期，竟是昨日。她眼前出现一天前师父全家兴师动众搬家时的情景。这日期上的巧合竟像是他们有意在躲着自己。为逃避万叶轩的追求，柳叶眉用身上仅有的钱买了一张火车票，连夜逃走。

6

列车是短途慢车，车上的人大都困顿疲倦，怀里搂着细软把头歪在硬木座椅的靠背上，摇着摇着很快就进入了梦乡。

柳叶眉一开始还警醒着，把自己蓝底白花的小包裹放在身边，尽量睁大眼睛不让自己睡去。车窗外的夜色浓黑如墨，大片大片快速掠过，仿佛旧时的记忆隐藏在里面，她要以最快的速度逃离那记忆。逃离到另外一个城市是为了忘却。万叶轩一定会把那孩子从医院接走，至于说是否会派人四处找她，柳叶眉目前还不能确定。

她个人的判断是：就算万叶轩打着灯笼四处找她，也不至于找到另外一座城市去吧。晏城离云城虽近，但毕竟是江南的两个城市，它们有点像双胞胎，又像姐妹花，有许多相似之处，比如说：评弹。她只会这一个手艺，她要去一个用这个手艺能生存的地方，想来想去，也就只有云城了。对云城，她一无所知。好不好混只有靠运气了。她觉得自己的命运就像一只被人随意扔进海里的小船，忽上忽下，随波逐流。

柳叶眉就在这忽上忽下的节奏里睡着了。遇小偷真是她没想到的事情，一路上都很警觉，没想到一觉醒来身边小包袱就不见了。就在她慌张之时，列车员宣布，车子已经到站了。

"到站了！到站了！"

他反反复复地喊，声音之大，震耳欲聋。他的嗓音非常难听，像鸭子叫。但人们都顾不上这些了。所有人都从座位上站起来，去行李架上抢行李。拿起自个儿的皮箱、包裹、提篮、柳条箱，一股脑地往车厢门口挤，冲锋陷阵一般。

柳叶眉觉得自己不是从列车上走下来的，而是被挤下来的。当她双脚落地，茫然地望着云城这片新天地时，还不知后面将有怎样的传奇故事在等待着她。

7

"姑娘，住旅馆吗？"

"你还是别围着我转了吧，我的钱都让小偷偷了。"

"那你怎么办？你在云城有亲戚吗？"

"没有。"

柳叶眉从云城火车站一出来，就碰上个替旅馆来车站拉客的小伙子。柳叶眉觉得这个年轻小伙看上去倒也不像坏人，就问他，他们家旅馆近不近。小伙子用手挠了挠头，露出白牙笑了一下，说道："近啊，怎么不近。"

就这样，柳叶眉就上了这个自称"小健"的人的三轮车。小健将车子蹬得飞快，毕竟年轻，有一把子力气。车子很快进入闹市区，路边店铺林立，有百货店，旗袍店，肉铺，大饭店，咖啡馆，一派繁荣景象。

有个女人抱着婴儿在街上走。柳叶眉透过狭小的车窗一直看她。

可走着走着，就有些不对劲儿了。三轮车越骑越荒凉，所有的繁荣景象都不见了。

柳叶眉问："这是什么地方啊？"

车夫说："湖边。"

"怎么这么偏僻啊？"

"偏僻吗？不觉得啊！这风景多好啊！"

柳叶眉说："我哪有心思看什么风景！我又不是来游山玩水的！"

"那你是来干什么的？"

"你管我是来干什么的！"

听了这话，车夫闷头骑车，不再说话。有一片云彩遮住了日头，天开始变阴变暗，柳叶眉觉得气氛有些异常。心想，该不会是遇到骗子了吧？她昏昏沉沉地坐在车上胡思乱想，一会儿工夫，竟然睡了过去。

她梦见一座高大的楼宇，式样极其怪异，是中西合璧又偏西洋式的建筑，楼的中间有一扇黑色木漆大门，门高二丈，形状瘦长。小健把车骑到屋宇前，大门慢慢敞开，里面忽然冲出一伙人来，黑衣大汉站成一排，然后，身穿一身白衣的万叶轩拨开人群露出头来。

他还是那样淡定，脸上保持着微笑。

他说："嘿嘿！我早就说过，孙悟空怎能跳出如来佛的手心？"

柳叶眉回头看那车夫，车夫摇身一变，也成了黑衣人。原来他们是一伙的。柳叶眉转身想跑，黑衣人聚拢过来，将她团团围住。

车子"咯噔"一下，柳叶眉猛地从梦中惊醒，大叫道："停车！"

车夫道："又怎么啦？你们女人真是麻烦！"

车夫停车。二人僵持在那里。

柳叶眉问："小健，你跟我说实话，是谁派你来的？"

车夫说："谁派我来的？没人派我来呀！"

"是不是万叶轩派你来的？"

"万叶轩是谁？我不认识他！"车夫看上去一脸无辜。

柳叶眉说："你真的不认识他？"

车夫说："哎呀！我说你到底还走不走？"

"不走！"

"不走我走了啊？把你扔在这荒郊野外的，你可不能怪我！"

说完，小健蹬起车就走，溜得比兔子还快。柳叶眉跑去追车，边跑边喊："哎——你等等我！"

小健停车。柳叶眉又重新坐上那辆三轮车。

春纷旅馆里人不多。小健带柳叶眉去的时候，只有老板娘一个人弯腰蹲在草地里拔草。小健走过去跟她说了几句话，阿春便转过身来看柳叶眉，两人相视一笑，仿佛早就认识似的。

柳叶眉觉得看阿春像看镜子里的自己，只是阿春年长几岁，显得成熟些。

"你不觉得我们长得很像吗？"阿春问，"你从哪儿来？"

"晏城。"

"你为什么……是逃婚出来的？"

"不、不是。"

"还说不是，看着就像！"

阿春是个风骚美貌的女老板。腰肢柔软，说起话来常常一手叉腰，另一只手不时地摸摸鼻子抑或刘海儿，眼风飘飞，眉眼活络。她人长得虽然美，却给人一种不稳定的感觉，好像一脚踏地的仙鹤，风一吹就倒。

她把一只手搭过来，胳膊肘搭在柳叶眉的肩上，用眼睛斜瞟着看她，伸出一根食指来抵在柳叶眉下巴上,说道:"我介绍你到茶馆唱评弹怎么样?"
　　"你怎么知道我会唱评弹?"
　　阿春古灵精怪地说:"我猜的。"

第四章　雨繁馆初遇琵琶女
　　　　　俩挚友共听销魂曲

1

　　老甘第一次看见阿眉，是在雨繁茶馆里听《白蛇传》。她穿的是月白色丝缎旗袍，上面有细细的柳叶，远远望去，腰肢很细，比一只青瓷花瓶的弧线还要好看。老甘不常听评弹的。他是一个大商人的儿子，平日里打交道的都是一些生意人。老甘对风花雪月的向往埋在骨子里，平时绝不外露，老甘的父亲，老老甘对这个长子非常满意，19岁那年早早给他娶了一房妻，妻子是米商的女儿，名叫凤喜。

　　这家雨繁茶馆，离老甘家住的巷子并不太远，老甘每天进进出出，倒也不时地路过这里。可他一次也没有进去过，里面传来的袅袅乐音常常令他心痒难忍，越是这样，他就越是要管住自己的脚后跟，仿佛一脚踏进去，就永远不能回头。

　　后来老甘知道，命运这东西你是逃不掉的，有一天，你注定会来到某个地方，注定会遇到某个人。

　　台上怀抱琵琶的女子端坐在那里。茶馆四周竹帘低垂，茶客们都很安静，偶然听到茶碗盖发出"叮"的一声轻微细响，很快地就被三弦和琵琶声盖过去了。她唱苏州评弹已经有些时日了，偶尔，老甘会听父辈们提到这个名字：柳叶眉。在闹哄哄的饭桌上，老甘听到这个名字，心里竟会微微一振，别的就没有什么了，他吃他的排骨汤泡饭，父亲的朋友们谈论他们的生意经。

有许多声音在老甘这里是不过耳的。在这个庭院里长着青苔的大家庭里，每天一睁眼，各种声音不绝于耳。有父亲训斥下人的声音，有婆媳拌嘴的声音，孩子哭，大人叫，耳根子一刻不得闲。

老甘是喜欢一个人琢磨事的人。除读古书之外，平时还喜用毛笔画些山水画。他画山水，与别人不同。别人或素墨线描，心细如丝；或豪放泼墨，大刀阔斧。他却偏爱彩绘，用细条勾勒，彩墨着色，画花鸟，画古亭，画山水，画妇人，色彩艳丽夺目，看过的人无不惊叹。

就是这些"不伦不类"的画，让老甘成为了朋友圈子里的一个异类。别人爱好的都是纯正的中国山水，画鸟，画牡丹，画荷花，素墨，画面清淡，老甘却反其道而行之，画出疯狂浓烈的视觉效果。一个留洋回来、见多识广的读书人对老甘的画做出如下评语："美哉！集西洋画与国画于一身矣。"

这个留洋回来的人就是老甘的朋友杨先生。这天，他和老甘一起在雨繁茶馆里听《白蛇传》，关于阿眉的一切，都是这位见多识广的杨先生透露给他的。

他说，阿眉父母双亡，是个孤女。他又说，她父母是日本人杀的，死状惨烈。这样简单聊了两句，杨先生对老甘使了个眼色，说道："听戏听戏。她唱的《白蛇传》，真真是腔调美得来！"台上，一桌二椅两个人表演评弹，而在老甘眼里却始终只有阿眉一个人，左边那个身穿青布长衫手执三弦的男人，好像在瞬间隐了身形，只闻其声，不见其人。右边坐着的那个女人，把光彩全都夺了去。她太耀眼了。

怀抱琵琶的阿眉眼睛望着虚无的远方，边弹边唱，她正唱到《白蛇传》第三回《移家》。评弹是盛行于江南一带的地方曲艺，是评话和弹词的合称。因为起源于苏州，也被称为苏州评弹，在老甘居住的这座江南名城也很流行。父辈们常听这种柔声细语的曲调，在下午或者晚上消磨着如丝绸般柔软细滑的时光。儿时的甘嘉义真是搞不懂，那些大人们上茶馆去干什么，咿呀，哝呀，兜来转去总是那么几个调调，有啥好看的呢？

这个下午，见到阿眉，他终于有些开悟了。他们哪是来听戏的，他们是来看女人的。

2

下午两三点钟的光景，老甘午睡刚醒，正欲铺开纸笔作幅新画，外面急匆匆跑进个小丫鬟，气喘吁吁，人都站不稳的样子，手按在胸口定了半天神，这才说出"杨先生来了"这句话来。

老甘手里拿着一支蘸满墨汁的毛笔，一手按在宣纸上，侧过脸来看那丫头，不紧不慢地说道："杨先生来了，又不是鬼来了，你慌什么？"

小丫头一时间红了脸，正欲说话，竹子青色丝缎门帘一掀，西装革履的杨先生走了进来。杨先生是一个颇招女孩儿们喜欢的俊朗人物，个子长得高大，面孔轮廓分明，高鼻梁大眼睛，下巴突出有力，整个人生得漂亮得很。女孩子们见他，嘴上不说，心已怦怦跳个不停，不论主仆个个都要暗地里瞄他几眼。

"我说怎么弄得我家院子里鸡飞狗跳的呢，原来是俊才来了。"

杨先生一边用手整理一头乌黑浓密的头发，一边笑道："就这么不欢迎我？"

老甘说："正画画呢！"又对傻站在一旁的小丫鬟说道："还不快去泡茶！"

支开了小丫鬟，两个男人有机会说起悄悄话来。原来，那天在雨繁茶馆听《白蛇传》，杨俊才对那个唱评弹的柳叶眉发生了兴趣，回到家中入魔一般，看到屋里、墙上、地下……哪儿哪儿都是那唱评弹女子的影子。

"我可能犯了毛病了。"杨先生说。

"什么毛病啊？"

"就是恋爱病呀！以前犯过几次，都没伤到筋骨。就拿上次我爱上的那个唐小姐来说，你还记得吧？头发卷卷的那个——"

老甘眼睛向上翻，努力回忆着杨先生说的那个头发卷卷的唐小姐，可想了半天也想不起来。杨俊才推了他一把，说："哎呀，算了吧，想不起来就算了。我来是想跟你说另外一件事情。"说着，就把想请唱评弹的阿眉吃西餐的事情，跟老甘说了一遍。

老甘说："你请她吃饭，叫上我干吗？"杨先生说："三个人一起吃，不会太尴尬嘛，这么说定了啊。"杨先生早年间曾在法国留过学，学业上不知学了哪些，倒是性格上有些像法国人了，浪漫得很。从年岁上说，杨先生比老甘大约要年长八九岁，推算起来已是三十出头了，却依然还是单身一人。恋爱倒是没少谈，左一个唐小姐，右一个苏小姐，个个伤筋动骨，撕心裂肺，中间过程曲折而又复杂，可就是没有结果。

这回他说，他看上那个唱戏的柳小姐啦。老甘心里一动，嘴上本能地犟了句，评弹不是戏。老杨却说，一样一样，在我眼里，戏不重要，唱戏的女子本身才是重点。

老甘就不想再跟他争下去了。这女子虽然是他跟杨先生在同一时间、同一地点认识的，但是人家老杨毕竟是未婚人士，恋爱谈得再多，也不影响人家再追女子。而自己却是已婚男子，遇见再美丽的女子，也只能远观罢了，动不得心思的。他老婆凤喜人虽粗陋些，但干活还算勤快，况且已怀有身孕，大着肚子在老屋的房前屋后走来走去，像一种无言的提醒，远远地对他喊话："喂，老甘哪，我是你的人啦，生是你的人，死是你的鬼！"

大肚子凤喜对夫君的喜爱是尽人皆知的。甘家全家人围坐在圆桌前吃饭，仆人端上来一锅鸡汤，砂锅的盖子刚一揭开，身穿翠绿夹衣的凤喜便拿红漆筷在砂锅里捞呀捞的，捞到鸡腿后毫不犹豫地夹出来，放到夫君的米饭碗面上。

"吃啊吃啊，鸡腿最香了！"

甘家父母对看一眼,只是窃笑,并无多言。

甘家是开明人家,对凤喜持宽容态度。若是遇上家教严苛的人家,这样没规矩的女子,是要遭到严厉呵斥的。但在甘家却能得到宽容,特别是老甘的母亲,她很喜欢这个儿媳妇。虽然她长相平常,人又有几分男孩性格,粗鲁豪放,但她的母亲王夫人是极其温婉和气的。两位夫人是牌桌上认识的,有一天,忽然聊起儿女来,当得知甘家的儿子与王家的女儿正好同岁,都是十九岁时,这桩婚事就在稀里哗啦的洗牌声中敲定下来。

吃饭的地点定在"小巴黎"。这是本市最大的一家西餐馆,面积最大,装潢也最奢华。它坐落在市中心的一条繁华街道上,靠外侧的窗户上装饰七彩玻璃,甚是炫目耀眼。

老甘并不喜欢吃西餐。江浙一带的菜肴足够精致,日常饭菜都甚是好吃,红烧肉烧得油汪透亮,里面还有笋干和酱煨蛋。这其中的滋味在西餐中是根本吃不到的。但为了见到柳叶眉小姐的真容,老甘答应了杨先生的请求,陪他一起请柳小姐吃饭。

第二天,天空淅淅沥沥落起雨来,老甘拿出家里的油纸伞,用抹布擦了一擦。凤喜在一旁看到了,就挺着大肚子走过来问:"你这是要出去呀,晚上不在家里吃饭了?"

老甘低着头,专心擦拭雨伞,不想多言,只应付着"嗯"了一声。凤喜又说:"是商会里的应酬吧?以前我父亲也常常出去应酬的。"

老甘支吾着说:"其实也算不上什么应酬,几个朋友凑在一起吃吃饭罢了。"

"吃吃饭?那么,吃什么呢?"

"吃西餐。"

"西餐有什么吃头?那面包跟嚼木头一样,干巴巴的。依我看还是我们的饭好吃。"

老甘说:"吃饭不是为了吃饭。"

"那为什么?"

老甘扬起头来想了一下,说道:"男人的事,你不懂的。"

凤喜听了他的话,也就不再多说什么,而是挺着大肚子到别处晃去了。老甘望着凤喜的背影,心里面突然觉得恍惚。这个女人……这女人肚子里居然怀了孩子,这一切是怎么发生的,真是稀里糊涂。只记得那日鞭炮的碎屑像暗红色的血,厚厚地散了一地,族人们敲敲打打,抬来一个女人。

新房也是红得像血,那场景使人头晕。老甘并不喜欢这个新娘,只觉得她身上有一股子陌生人的气息。她像一颗钉子硬插进老甘的生活,从那一刻起,老甘就觉得自己已经老了。19岁,他已经决定让人家称他为"老甘"了。

他是第一个到的,坐在西餐厅里等他俩。空气里弥漫着咖啡和奶油混合在一起的香味,这里的气氛与雨繁茶馆完全不同,雨繁里到处弥漫的不是味道,而是声音——是无处不在的评弹的唱腔,那声音似乎弥漫进茶馆的骨髓里,不唱的时候,也好似有人在唱。阿眉的影子无处不在。

阿眉出现在他面前的时候,他再一次被惊着了。她没有穿在茶馆里唱评弹那身装束——丝缎旗袍,而是完全变身成一位摩登少女。她穿着大荷叶边领的象牙白衬衫,衬衫下摆束进西式长裤里,脚上配着双光洁白净的白高跟皮鞋。她这身打扮在1948年的云城是无比摩登的。鞋跟那么细,他无法想象阿眉是如何穿着这双鞋,从远处走到这里的。她站在他面前,双手交叉,在身体前面握着,看上去略显紧张,因为他们并不熟悉,而且约她来的人也不是他,而是风流倜傥的杨先生。

"您是杨先生的朋友吧?

"您比我想象的要年轻许多。他说,他的朋友名叫老甘……原来您并不老,看上去还很年轻呢。

"啊,我是不是认错人了?"

一直是阿眉一个人在说。老甘嘴拙,都没插上话。她的声音不如唱评弹时那般悦耳,有轻微的沙质感,不似别的女人那般尖细,但在老甘听来别有一番韵味,好似一个女人的小手在他心底里轻轻摸了摸,然后,那只小手就留在他心里了。

"哎呀呀!是我来晚了,还是你俩来早了呀!"杨先生夹着公文包,风风火火地赶了来。这时候,他并没有意识到情况有什么异样,他非常风趣,落落大方。一面对着大菜谱翻看,一面对着老甘打趣,因为今天他俩穿了同样款式的西装,连颜色也一样,他自嘲地说道:"柳叶眉,你看我俩像不像双胞胎?"

他点了这家店拿手的奶油蘑菇浓汤,一人一份牛排,意式面点了两份,给老甘和阿眉吃,他自己则点了法式面包。他不喜欢吃面条,中式西式一律不喜欢,他认为面条这东西实在没什么嚼劲儿,滑溜溜的。他独自一人在欧洲游学时,一天三顿面包他都没什么意见,在饮食上他是个不较真的人。他的心思都花在女人身上,吃什么不重要。点好菜,他把印制美观的菜谱递交给侍者,拉开架式开始大谈特谈起来,从巴黎的建筑到法国乡村的风景,他谈得活灵活现,那风景如同呈现眼前一般。

方形餐桌,杨俊才坐在老甘和阿眉之间,这一坐就坐出个等腰三角形来,这三个人奇特的"三角关系"从一开始就自然形成了,只是他们三人都浑然不觉。

3

这一面见过之后,有半个月的时间,老甘和阿眉没有见面,彼此的挂念都是在心里的,默默的,表面上什么也看不出来。老甘照常吃饭、睡觉,听大肚子的凤喜唠唠叨叨。窗外细雨绵绵,阴湿的小雨总是下个不停,老甘几乎不出门,潜心作画,意外地配出几款新鲜的颜色来。

这期间发生了许多事,柳叶眉和她唱评弹的拼档艺人面临困境,评弹在茶馆唱不下去了。原来，雨繁茶馆高老板找柳叶眉谈过几次话，明示暗示都有，意思是说国内战乱不断，时局不好，来茶馆喝茶听评弹的人也越来越少了，老板说，如果支撑不下去，他只好把评弹给停掉了。这个老板叫高士奇，和高满天同姓。

杨先生听闻这一消息，心急如焚，担心柳叶眉又因此流落他乡，与自己无缘再见，思忖再三，杨先生索性资助了茶馆老板高士奇一笔钱，使得原本支撑不下去的评弹，得以在茶馆里继续演出。老甘和杨先生偶尔会来喝茶听评弹，有时候，就他们两位客人，但台上的人也得接着弹，接着唱。

从表面上看，老甘是陪着杨先生来给柳叶眉捧场，其实老甘是有私心的。从第一眼看到阿眉起，他就痴痴地喜欢上了这姑娘，从表面上看，他整日闷在房里读书画画，并无过多行动，但心里面却是翻江倒海，像是有几条大江大河同时汇聚在一处，在他心里翻腾撞击，就要冲破堤坝，倾泻到大地上形成水害。他努力克制着自己，用画画的方法使自己平息。他知道在女人问题上，多一事不如少一事，千万不可冲动。特别是那杨先生是自己的知己好友，他看中的女人是万万不能碰的。

但他心里奇痒难耐，一种从未有过的情绪无处排解，他只有把桌上的墨，研了一遍又一遍，把搁在椅子上的油彩，调了一层又一层。这一晚，从吃过晚饭他就钻进书房没出来，老夫人派用人进来送过一杯茶之后，就再也无人进来打扰他。

他打算根据白居易的名诗《琵琶行》创造一幅图画。

唐人的诗，各人有各人的解读，心境不同，幻想出来的画面也完全不同。"浔阳江头夜送客，枫叶荻花秋瑟瑟。"老甘就想从画的一边的荻花开始画起。画着画着，眼前出现的尽是手拿琵琶的阿眉的形象。左一个阿眉，右一个阿眉，手抖得不行，无从下笔。

老甘画着画着，竟然伏在条案上睡着了。梦里他看见另一个自己和阿眉待在一起，他们坐在水边的一幢房子里，窗子的竹帘是打开的。他们临水而歌,又好像在做诗,兴致很高的样子。

另一个老甘坐在岸边以一个适宜的角度朝那边张望。他手里拿着画笔,像是要做画的样子。他用力研磨着砚台里的墨,研了一圈又一圈,待抬头看时,竹帘子里的那对男女已经不见了。竹窗帘再拉开时,窗前的那对男女变了样儿,男的变成风流倜傥的杨先生,女的变成年龄稍长一点的妇人,仔细看时,却发现那妇人不是别人,正是柳叶眉。柳叶眉的美,并没有因为年龄稍长而消退,相反,她变得更有女人味了。他暗自有些伤心,心想着,这个女人到底是跟杨先生在一起了……

他正伤心的时候,用力一动,就醒过来。醒来时小腿抽筋,感觉很痛,他一边用手揉着小腿,一边对着满桌子的画吃吃地笑。他好高兴啊!原来那都是梦里的情形,杨先生还没有跟阿眉在一起……他还是他,阿眉还是阿眉。他忽然来了灵感,再开几盏灯,挥毫泼墨,挑灯夜战,画了"枫叶荻花",再画芭蕉叶和美人儿,一只握着笔的手臂,上下游走,犹有神助。

第二天一早,杨先生来访,看了画,感觉惊讶。他说:"这幅画多少钱?我买下了。"老甘淡淡地说:"开什么玩笑!老杨你也知道,我作画从来不卖的。"杨先生拿着画左看右看,他说:"太像了,太像了,你画得实在太像柳叶眉了,我把它买下来赠与她,如何?"

老甘想起昨夜梦中情景,又想到杨先生正在追求阿眉,心里感到隐隐作痛。他把画小心翼翼卷起来,卷成一个纸筒,然后双手握着赠与杨先生。"喏,拿去送她吧!"

"免费出让?"

"嗯。"

杨先生有些不好意思地用手在西装上用力蹭蹭,接过那画,又兴奋又害羞地说了句:"那个……这回我是认真的。"

"我知道。"

4

阿眉对杨先生和老甘说起了自己的身世。她讲到自己和父母如何出逃南京，父母怎样惨遭日军毒手，又讲到自己与师父高满天一家的机缘。讲到动情处，柳叶眉不禁心下思忖，自己九岁开始跟着评弹老艺人高满天学艺，从此与琵琶结缘，这似乎是命运安排。每个人都有各自不同的命运，柳叶眉的命运就被这样一场战争做了修改。如果不是这场战争，她跟琵琶这种乐器可能永远不会相遇，她跟杨先生和老甘也永远不会相遇。

杨先生对阿眉展开追求，这事老甘是知道的。也合情合理，他们两个，一个未婚，一个未嫁，杨先生有留学背景，又有一家不大不小的丝绸厂，经济上也是宽裕的。更难得的是，杨先生还是个有情趣的人，诗词歌赋，国画油画，都还略懂一点。

这天下午，连续几个阴天终于过去，太阳从厚厚的云层中艰难地探出头来，给大地万物涂抹上一层淡金的色泽，让人看着喜庆，心情不那么压抑了，就连呼吸也顺畅许多。

杨先生吃过午饭就开始更衣打扮。他命丫鬟小蕊过来帮他扎领带。这小丫鬟是上个月母亲从上海过来"视察"时随身带过来的。父亲的生意越做越大，除上海的总公司外，苏州、无锡、云城等地都有生意，而云城这边的生意就归杨先生掌管，他是留洋回来的人，年纪又已三十好几，父亲有意将他培养成一个上进的生意人，而不要像《红楼梦》里的贾宝玉，除了艳词歌赋，就只对女人感兴趣。偏偏这杨先生在西方学了"恋爱自由"的新式观点，老大不小，婚不肯结，恋爱一场接一场谈，就跟唱戏似的。

父亲把杨俊才派到云城掌管公司，又不时派母亲过来"视察"，看看儿子有没有胡闹，交些不三不四的朋友，或者带不明身份的女人回来留宿。这些荒唐事，儿子以前在上海时可是常有的。

杨先生的母亲最近一趟来云城，回去跟他父亲交差，说是儿子近来变得很乖，女朋友是一个也没交，潜心做业务。狐朋狗友也不再来往，倒是时常跟一个名叫甘嘉义的生意人聚聚，那是一位年轻先生，人看上去正派诚恳，家里也是做生意的，看起来倒不像是胡闹之人。父亲说，难怪近来云城那边的生意也还算平稳，这小子总算长进了。

母亲又说，我把小蕊那丫头留在云城那边了，照顾一下儿子的饮食起居，那丫鬟还算细致。父亲说，丫鬟再多也不如娶一个妻子。他这婚到底是结还是不结。

母亲笑言，有看中的女人，自然是要结的。这事急不得，先让小蕊那孩子照顾他一阵。

小蕊说男人领带的几种新式打法，她全都会，她在上海的时候专门学过，是太太送她去学的。杨先生觉得她的说法有意思，第一次见面就跟她贫了几句，问她十几了，会烧几样菜，会不会做西餐。

"西餐？我又不是餐馆里的厨子，我可不会做西餐。"小蕊扭着身子说话，一看就是个任性的丫鬟。母亲在一旁忙说："小蕊，怎么这么跟少爷说话，完全没了规矩！"

俊才笑道："妈，你也别怪她，她说的是实话。就把她留我这儿吧，正好云城这边儿也缺人手。"母亲又把小蕊叫到一旁叮嘱了很久，这才放心离去。母亲前脚一走，这小蕊后脚就粘上来，说这说那，绕在杨先生书房里不肯离去。

小蕊在书桌上一翻，恰好翻到了老甘画的那幅画，就将那画徐徐展开，看到画中的女子美如天仙，就问杨先生："先生可是已有意中人了？"杨俊才看她一眼，从她手中夺过那画说道："有没有意中人，关你何事？去去，出去干杂活儿去！"

小蕊放下画，有些不高兴地往门外走。俊才望着她的背影，只见她编着一条粗粗的独辫,辫梢上用缎带扎着一个玉色蝴蝶。那只玉蝴蝶在杨俊才眼中不知为何有种特别柔软的感觉,好想伸手去摸上一摸。随即他叫住了那小美人,叫她回来给他扎领带。小蕊又高高兴兴地返回来,边替先生扎领带边问:"先生这是要出去见什么人吗?"

俊才故意绷着劲儿,不动声色地说:"跟你一样,也是个美人。"

第五章　柳叶眉暗恋痴心男
　　　　　动物园巧合白蛇传

1

　　杨先生出了门，手里拿着那幅美人图，直奔雨繁茶馆而去。今天穿了新订制的西装，领带又是小丫鬟亲手绕来绕去结的所谓"新打法"，一切都弄得妥帖，对镜一照，还真是漂亮呢。出得门来，随手招来一辆黄包车，车夫腿脚伶俐，车子跑得颠颠的，不一会儿工夫，雨繁茶馆就到了。

　　"姑娘在里面呢！"

　　杨俊才刚一跳下黄包车，恰巧遇见正在门口迎客的茶馆老板高士奇。高老板身穿蓝布大褂，肩上搭了条白得耀眼的白毛巾。高老板一见杨俊才，就知他的来意。前些天那些资助款项可不是白拿的。"里面请！姑娘在里面呢！"

　　高老板满脸堆笑地在前面带路，杨俊才衣冠楚楚地跟在后面。因时间尚早，茶馆里还没有什么生意，客人寥寥无几，也没有任何演出，堂内显得异常安静。高老板领他走过厅堂，又拐了两个弯，穿过一个带玻璃顶棚的极小天井，来到一扇半椭圆形的红漆门前。"就是这儿了！"高老板笑得诡异，并且，轻巧的身板倏忽一闪就不见了。

　　"他真当我要求婚呢，哪儿那么快？"杨俊才心里觉得好笑，正欲抬手敲门，门却开了。"高老板说你要来，你果真就来了。"柳叶眉一只手搭在门把手上，脸上画着素淡的妆，只是唇上的口红比一般人要浓些，是水晶系的玫瑰红,很是娇艳。

俊才很想弯下腰亲她一下,当然他没这么做,他只是动了动心眼儿,表面上依旧是彬彬有礼,做足绅士派头。他说:"你这间小琴房真是曲径通幽啊。"阿眉说:"在后院隔出来这么一间房,有时用来接待特殊客人,比如说官员政客什么的。"俊才又问:"那我算不算特殊客人?"阿眉看了他一眼,说:"你不算。"她今天穿了件淡粉色的旗袍,里面有一条黑色丝绸长裤,脚上配着一双与旗袍同色的绣花鞋。两人说着话,走进屋内,只见屋内暗处的沙发上早已有人坐在那儿品茶,杨先生细看那人,不是别人,正是老甘。

"原来呀,原来!"杨俊才说,"特殊客人在这儿呢!"

这本是一句玩笑话,老甘听见了却觉得心虚得很,脸上也顿时感到一阵燥热。头天夜里,老甘折腾了一夜,为第二天该不该来茶馆找柳叶眉,他整整犹豫了一夜。

凤喜在身旁不断地翻身,让他心里更加烦躁。这个女人是家里强加给他的,他这个年纪是一生中最有个性的年纪,眼里不揉沙子,更不要说在他的生命里硬塞一个女人给他了。

窗外的月影从窗帘透射进来,照在妻子过分隆起的红缎被表面,像一个小山丘。他似乎并不关心她究竟受孕几个月了,孩子究竟什么时候生下来,这些都不是他想要知道的。母亲替他做主早早选了这个新娘,让他喘不过气来。男人要是喜欢上一个女人,就怎么看她都顺眼,要是不喜欢一个女的,无论她做什么,吃饭,睡觉,走路,亲热,怀孕,怎么看怎么不喜欢,甚至她的一举一动男人都会觉得厌恶。

犹豫着明天要不要去看阿眉,老甘觉得自己罪孽深重,就越发睡不着觉了。隐隐地听到不知何处传来婴儿的哭声,断断续续,像一个死去孩子的魂儿,在漫长的夜里没完没了地纠缠着他。

第二天,见到柳叶眉,老甘才觉神清气爽。他倚着琴房的门看她练琴。墙角有一架钢琴,她正坐在琴凳上弹琴,她的琵琶放在一边,像一个竖起的小人儿，有模有样。

"你来啦？"

"想不到你还会弹钢琴！"

"正是因为不会，这才要学的嘛！你先坐呀，我弹完这一段。"

"你弹，你弹，蛮好听的。"

老甘坐在一旁的沙发上，边抽烟边看她弹琴。从他的角度看过去，看到的几乎是她半侧着的背影，淡粉色的旗袍将她的身线勾勒得美极了，真像一只静态的花瓶，每一个小细节都别有韵味。

老甘不知道这个美丽背影将会给他带来什么，他好像着了魔，明明知道这个女人不可能跟自己在一起，她跟单身的杨先生更合适些，可心里就是没着没落的，一刻不停地想念她。

感觉门口有个人，阿眉就去拉开门看，果然有人，是杨先生手拿一幅画站在那里。她对自己奇异的心理感应有些惊讶，有时心里"腾"地出现一个影像，过一段时间就会变成真的。

杨先生手里拿着一幅画，兴致很高的样子。坐在沙发上的老甘看到杨先生进来，笑道："那是我的画吧？借花献佛？"杨先生说："噢？想不到你也在这里。"

杨先生这样子摆明了是来追求柳叶眉的，人家也有资格，有钱又单身，自己又算什么呢？老甘这样想着，起身就要离开，想不到杨先生却说："走啊，我们三个一起到湖边走走吧？我包里带了照相机，这会儿雨停了，咱们拍照去。"

阿眉一听照相，露出孩子气的一面，一连声地说道："好啊，好啊！正好我下午没事。"老甘却显得心事重重，一副很勉强的样子。三个人一起从茶馆出来，在门口叫了黄包车，三辆车前后脚相跟着，就往太湖边上去了。阿眉不常出来游玩，一般她都要上班，空闲时间不多。这回三个人一起去湖边拍照，她很期待能跟老甘拍张合照留下来。

他们两个中间有种莫名其妙的东西相互吸引着，从他看她第一眼起，她就注定要跟他走，不论以哪种形式，她都希望自己的一举一动和他有所关联。杨先生却完全看不出这一点。来到湖边，下了车，付了车钱，三人一起漫步在湖边，才发现这一趟出来玩，真是来对了。湖边风景宜人，柳树的叶子颜色虽然有些深了，但毕竟也还绿着，不像是秋天的样子。湖水碧蓝，让三个在湖边走的青年忍不住哼起歌来。他们哼的是一支江南小调，柳叶眉一左一右挽着他俩，兴致正浓。

"俊才，快点！拍照！拍照！"

"来吧，我先给你们俩拍一张。"

说着话，杨俊才已经举起相机，动作老练地连拍两张。说来也巧，等轮到老甘给俊才和阿眉拍时，那德国产的相机竟然卡壳了。这是从来也没有过的事，杨俊才摸摸头发有些自嘲地说："看来，这是天意啊！老天不让我跟阿眉存在于一个镜框里。"

于是，三个年轻人说说笑笑，继续往前走。沿湖走了一会儿，天色有些暗下来，三人又商量着到哪里去吃晚饭。杨俊才说，他知道一家馆子菜烧得不错，而且那家店紧挨着一家电影院，吃了饭三个人一起去看电影。难得阿眉今天休息，就玩个痛快。

走在后面的老甘和阿眉相互看了一眼，连声说好。不知什么时候，阿眉已经把搭在手腕上的一件薄呢大衣穿在身上，湖蓝的颜色，配上阿眉窈窕的身段真是好看。

"阿眉，你今天打扮得真漂亮啊！"老甘忍不住说道。

"哎呀，天都这么晚了，你才想起赞美人家来，你早干吗去了？"杨先生说。阿眉抿嘴微笑，并不言语，看着两个男人互相斗嘴打趣，她一脸很可爱的表情，眼睛转过来又转过去，看看这个，又看看那个，终于笑出声来。

杨先生说："不是，我说你笑什么啊？"

阿眉说："笑你们好笑呗。"

她就像一个淡蓝色的幻影，同时走入两个男人的心。一个是未婚的、自由自在的男子，而另一个则是有家室牵累、不自由的男子，他们都同时爱上了阿眉，一样在心里偷偷将她当成宝贝，悄悄珍藏于心，而表面上却是以不以为然说说笑笑的形式表现出来，一派潇洒绅士做派。

2

晚餐去的那家中餐馆是杨先生去熟的一家，餐馆老板亲自接待，热情安排了一个舒适的雅间给他们。老板还认出了柳叶眉，赞美她的琵琶弹得好，人也长得好看。他说他也喜欢听评弹，特别是柳小姐唱的《白蛇传》，唱腔好美的。

柳叶眉表现得落落大方，谈吐不俗。给足了杨先生面子。杨先生变得满面红光，还没吃饭，脸上就油汪汪的。他跟餐馆老板相互拍着肩膀，相互赞美着，兴致高的时候，另一只手竟然按到柳叶眉肩膀上，非常自然地搂了她一下，老甘看在眼里，心里"咯噔"一下。

看得出来，杨先生是极力想表现给外人看，"阿眉是我的女朋友"，不管对方是否承认，反正他先"表演"出来给外人看，他的自说自话让朋友感到不舒服，但为了不破坏气氛，老甘并没有说出来。他知道他是嫉妒了，只有两个男人同时爱一个女人，才会有这么强的嫉妒心。难道自己真的爱上阿眉了……他不敢再想下去。

那顿饭大家都吃得很舒畅，包括后来杨先生叫来的两位生意上的朋友。老甘心里清楚，他这是要把事情"弄假成真"，在朋友圈子里造成"阿眉是我女朋友"的印象，这样今后他俩就可以名正言顺地谈恋爱了。

柳叶眉的态度也让人摸不透，她对杨先生既不反感，也不特别亲热，她是默认这种关系，还是台面上照顾大家的情绪，实在让人摸不透。老甘一边吃菜一边规劝自己："好啦，你就别在这儿瞎操心啦！柳叶眉爱不爱杨俊才,这事跟你半点关系都没有!"这样一想,他也心情大好,把红烧肉汤浇在饭上,肉汤拌饭,吃得很香。

原以为这件事就这样过去了,谁可想,吃过饭三人又一起去看了电影。就在电影散场的时候,柳叶眉趁乱塞给老甘一个纸条,没等老甘反应过来,柳叶眉就乘上一辆黄包车,匆匆消失在夜色里。杨先生已有几分醉意,但还问老甘想不想再找个地方喝上一杯。老甘的手里攥着那张字条,攥出汗来。那东西折磨着他,竟连头上也冒出虚汗来。

"庆祝一下。"

"庆祝什么?"

"庆祝柳叶眉成为我女朋友啊!"

"你确定?"

"当然确定。你没看见柳叶眉今天有多高兴嘛!我从没见她这么高兴过,今天可是第一次。走吧走吧,再陪我喝一杯去!"

老甘被杨俊才拉住胳膊,原地待着等空车。影院门口霓虹灯闪个不停,灯光打在刚散场的红男绿女身上,令人感觉不安。他们竟像一些快速移动的幻影,让人感觉日子瞬息万变,下一秒将要发生什么,无从知道。

3

白蛇是一种神性的动物。它诡异,敏感,生性多疑,当你把手指贴在玻璃上,试图接近它的时候,它会倏地跳起来试图攻击你,头撞在坚厚的玻璃上,发出"砰砰"的响声,令人产生某种恐惧,会不会有一天,在它的猛烈撞击下,动物园的房子在顷刻间倾覆,所有房子在同一秒倒塌,顷刻间化为乌有。

老甘是在雨繁茶馆听过《白蛇传》之后,才研究起蛇这种动物来的。他知道本城有一座公园,里面有蛇可以观看。他一连去了好几次,每次都盯住最大、最长的那条白蛇看。一个人站在冰凉的蛇馆里发呆。蛇卧住不动,似乎也在思考、发呆。

下午3点，动物园里空无一人，老甘穿着深秋的厚呢黑大衣，头戴黑色礼帽，在空无一人的石板路上游荡。他心里一直想着柳叶眉，想着她那晚电影散场时，悄悄塞给他的那张纸条，心里就像被人压了石头，犹豫不决，备受折磨。那张纸条现在还在他上衣口袋里，只要手伸进去就可以触碰到它。那就像一块烫手的热山芋，碰一碰，烫一烫，不知如何解决才好。

老甘不知不觉已走进空荡荡的蛇馆，四周的厚玻璃让人感觉冷。那条白蛇还在那里，静卧着，像是睡着了。老甘的到来似乎惊扰了它，它摆动蛇尾开始游动起来。他听到一种奇怪的声音，似风声，又似人声，好像一个女人在遥远的地方唱评弹。是《白蛇传》的腔调吗？待他侧耳细听时，那声音竟又消失不见了。

玻璃上出现一个人影。

一个男人。

他的穿戴跟老甘一模一样，黑呢大衣，黑礼帽。老甘疑心那是镜子里的自己。他猛地一回头，发现站在面前的是一个脸型瘦削的中年男人。一个陌生人。

"你是谁呀？"老甘问。

"我是艾园长。管理这家动物园的。"他说，"我看你很喜欢这里，而且特别喜欢蛇。你有什么心事吗？可以跟我说说。我这儿有时候一天到晚见不到一个人，正想找人说说话呢！"

老甘犹豫着。他的手插进衣兜里，恰好触碰到兜里那张字条，就像触电一般，又把手拔出来。说道："好吧。"

花圃的玻璃房离蛇馆不远。两个男人一前一后往前走，几分钟之前，他们还素不相识，谁也不认识谁，此刻却往同一个方向走，仿佛老朋友一般，仿佛很久很久以前，他们就曾见过面。这次见面絮谈，是自然而然的事。

绕过那条石子路,花圃就到了。从外面看,这所房子与其他房子并无不同,只是玻璃多些,呈几何图形,形状有些像蜂巢。谁知进入其中,竟是别有洞天,奇花异草随处可见,阔大的植物叶遮天蔽日,有醉鱼草、斑竹、百子莲、美人梅、木芙蓉、阔叶箬竹、四季绣线菊、珍珠花、金娃娃萱草、花叶扶芳藤、美丽月见草、芍药和牡丹。

艾园长带着老甘走过曲折的小径,来到一处花丛中的开阔地,只见此处玻璃顶棚呈圆拱形,阳光透过玻璃照射下来,正照在玻璃下面的一张椴木矮茶几上,茶几四周放着几张舒适的木椅,艾园长做了个"请坐"的手势。

茶几上摆着成套的宜兴紫砂壶,铺着淡粉色的纱,令人想起柳叶眉的旗袍来。她穿淡粉色旗袍是最好看的,袅袅婷婷,如同仙女一般。这里的茶、屋顶透下来的阳光、安静的氛围,都使老甘感觉非常想念阿眉,他已经有几天没有见到她了。她的邀请使老甘进退两难,他也正想找个人聊聊这事。

艾园长泡上茶,两人絮絮地说着话。"我看你是遇上什么麻烦了。""可不是嘛。不瞒你说,我虽年纪轻,但已然是个已婚人士了,近来却有一件事难以启齿:最近,我收到一位单身女士的情书,不知如何是好。"

"您跟夫人关系如何?"

"这个嘛……关系很不好。"

"是父母为你做主的?"

"是啊。"

"这就难怪了。外面的女人,一定是你先有情,人家才有意的。"

"她是唱《白蛇传》的,她唱评弹很有感觉,唱腔委婉,很有意境。说是常常来这里看白蛇。"

"难怪你也常来。我有种预感,无论你怎样躲闪,这段感情都会纠缠你一辈子的。来,喝茶喝茶。"

于是,两个人闷声不响,静心品起茶来。老甘仔细回味艾园长刚才说的话,"别人追你,一定是你先有意",他没跟任何人谈起过此事,包括杨先生在内都不知道——他是对柳叶眉动了心的。虽然杨先生也很爱柳叶眉,但他不清楚这个女人心里到底是怎么想的。

四下里很安静,刚才还能听到鸟叫的声音,现在却"唰"地一下仿佛回到远古,空寂无声,只有炉火上坐着一只水壶,发出空洞的"噗噗"的声响,仿佛有人拿着一只钝锤在敲哑锣,想要发出声响,却又无能为力。

"那么,先生打算怎么办呢?"

漫长的沉默之后,艾园长终于开口说话。老甘正想解释什么,忽然有人飞奔来报:"艾园长,不好啦!那条白蛇逃跑啦!""什么?"艾园长顾不上细问,跟着那人冲出门去。

门帘一撩,花圃里走进来一个女子。她大概是游园迷了路,正站在门口的小厅堂里四处张望着,阳光透过顶棚的玻璃照在她脸上,使她的脸呈现出细滑幼嫩的质感,更令老甘感到惊讶的是,进来的女子不是别人,正是他日思夜想的柳叶眉。

柳叶眉今天穿了一身白,里面是一件月白色丝缎棉夹旗袍,外罩软羊毛纯色白斗篷。眉毛轻描,弯弯如月,是真正的柳叶眉。唇的颜色是淡红色的,透出妩媚妖娆的感觉来。羊毛斗篷遮不住她胸部美好的线条,她一转身一投足都充满唱评弹的女人所特有的韵味。

她四处张望着,忽然看见一个令她念念不忘的人,脸上立刻笑成一朵花,很开心地冲他跑过来,说道:"老甘,你怎么在这?"

老甘说:"你怎么也在这儿?那条白蛇跑了,你知道吗?"

"怎么?白蛇跑了吗?我就是来看蛇的。"

"白蛇跑了。"

"白蛇跑了,你怎么知道?"

"是这样,我跟动物园的园长正在这儿喝茶聊天,天南地北,对了,有一段还聊到你。"

"聊到我？"柳叶眉有些顽皮地说："怎么说？噢，我知道啦，你们说我坏话了吧。"

"哪里。"

两人意外相遇，都显得很兴奋，就打算坐下来好好聊聊，单独说会儿话。恰好这时，坐在炉子上的水沸腾起来，发出咕嘟咕嘟的响声。老甘就对阿眉说："我泡杯茶给你喝。"

阿眉笑而不语，坐在藤椅上看他，似乎有一肚子话要说。果然，阿眉谈起她的母亲，她说，母亲离开她的时候，她只有九岁，现在已想不起母亲长什么样子了。只记得母亲梳一条大辫子，辫子很长，一直垂到腰际。

"母亲很美。"阿眉说，"不过是我想象出来的，我已经不记得她的样子了，只记得一条长辫子。有时候，在街上看到留辫子的女人，我就会忍不住跟着她走，一走走半条街，有次遇见一个很凶的女人，回过头来对我说：'跟什么跟？有毛病呀？'

我当时眼泪就在眼眶里打转。我冲她用力点点头。听到她骂我'十三点'，然后扬长而去。我站在原地没动，前后左右到处都是急匆匆的行人，只有我站在原地没动。我多么希望人群中能有一个人走过来对我说：'小姑娘，我知道你妈妈在哪里。她还活着。她没有死。'我总是梦见我站在十字路口等人。我总是梦见一个年轻女子的背影，醒来才知那是十年前的妈妈。"

阿眉的讲述很生动，就像在讲别人的故事。阳光透过玻璃照在她鹅蛋形的脸上，使她显得更加明艳动人。老甘把手伸过去，轻轻盖在阿眉的手背上。阿眉略略挣扎一下，想把那只手抽回来，动了两下，就不再动了，任由他握着，墙上的钟表嘀嗒嘀嗒走得很快，他俩似乎都听到了对方的心跳声。

一掀门帘，艾园长从外面进来。他脸色看上去不太好看，一进门又摇头又叹气地说:"白蛇让它跑掉了!我带着几个人,把整个动物园都找遍了,还是没找到。"说完这番话,他长舒了一口气,坐下来定了定神,这才注意到温室里原来多了一位穿旗袍的小姐,旁边放着她的斗篷和随手带的小箱笼。

那小箱笼竟有些特别,细金属丝的骨架,黑丝绒长方形圆顶,上面有一个纯皮的把手,看上去十分合适,想必拎着它的时候一定非常舒适。很少有女人拎这么别致的手袋上街,艾园长心里正琢磨着,再抬头看那箱笼的主人,他的心像被电击了一下,发出"嘡"的一声响:这女人太漂亮了!

然后那条蛇就从阿眉奢华的箱笼中跑了出来。这太奇怪了!刚才艾园长带人找来找去,就差将这座园子翻个底朝天了,可白蛇的影儿都不见,这下不找它,它倒又冒出来,而且是从一个女人的随身物件上"变"出来的……男人们不禁倒吸一口凉气。关于蛇的影像,在老甘脑子里快速闪过,千变万化,千姿百态。阿眉静止不动,任凭身边两个男人左突右扑,忙不迭围堵那条白蛇。

4

这两年国内战事不断,时局不稳,云城也不例外。云城、晏城和虎城都是富饶的江南小城,这两年却因战事搞得人心惶惶,杨先生的母亲一再来信,催他找个合适的女子尽快完婚,杨先生却不予理睬,该玩玩,该追女人追女人,但是有一条他是一直坚守的,那就是这辈子他一定要找个他爱的人做伴侣,决不凑合。

实际上他已经有喜欢的人了。不过这件事他埋在心里,没对任何人说过,包括他的好友老甘在内,都不知道他真心实意喜欢的女子到底是谁。在一帮朋友眼里,他杨俊才十足花花公子一个,见到漂亮女人,立刻一脸馋相,不是帮人拿提包,就是帮人拉开座椅。

"这是西洋人的做派,并不是我杨某人花心呀。"

他总是从西装口袋里掏出雪白的手绢来,象征性地擦擦额头上的汗。其实他哪有汗呀,身经百战,他早已是个俏皮话张口就来的人了,所以每回请客吃饭,或者到外面一起去玩,他张口闭口说柳叶眉是他女朋友,没一个人当真的。

"听说你在外面追琵琶女?果真有此事的话,可当心我回上海告诉夫人去。"

近来杨先生每晚从外面回来,都听见有人唠唠叨叨说这些不着调的话,这人就是小蕊。小蕊仗着自己是从上海母亲那边过来的人,人又长得漂亮,就对杨先生管头管脚起来。这晚,杨先生从外面喝完酒回来,其他佣人都睡了,只剩下小蕊一人坐在灯下专心致志摆弄着什么。俊才凑过去看一眼,那小蕊却偏把东西藏起来,双手背在身后不给看。

"到底是什么嘛?你让我看一眼——就看一眼,我很好奇。"

"不!"她说,"我不!"

"噢,不敢拿给我看。不让看,我偏要看,拿来,你快点拿来!别是偷了家里什么东西,你才这样害怕的吧?"

听了他的话,小蕊似乎有些生气了,粉红色的小嘴抿成一条线,脸憋得通红,说道:"先生,你诬赖好人!"

"那你拿出来呀!给我看看。"

"喏!"

小蕊张开手心给他看。灯光下只见她的手心细嫩白滑,白生生的好像刚剥开壳的水果一样,手心里躺着一只紫水晶耳环,以男人的眼光看,那耳环并没有什么异常。

"紫水晶耳环?这不是上次我赏你的吗?怎么啦?"

小蕊撅着嘴说:"耳环坏掉啦。你没看到吗?那个连接耳坠的钩子松掉了,我正拿老虎钳夹它呢,你就进来了。"

杨先生刚在外面喝了些酒,酒足饭饱,面泛红光,他随手从小蕊手中拿过那耳环，想也不想地说道："这有何难，快快去仓库把我那工具箱取来。"小蕊很快取了工具箱来，杨先生就伏在灯下摆弄那只纤细小巧的耳环。他摆弄钳子镊子这些器械入了迷，并不知道房间里的气氛已悄悄发生了变化，姑娘不知何时已悄悄绕到他身边，用两手紧紧抱住他的腰。

"小蕊，你这是干什么？"

"哥，我喜欢你！在上海家里第一眼看见你的照片，我就爱上你了，真的，我不骗你！骗你是小狗，我……"

杨俊才用力掰开小蕊的手，一把把她推倒在沙发上。杨俊才心想，拿我当什么人了！是啊，我杨俊才是留学法国回来的，是的，我有点浪漫，喜欢女人，但我也不至于连身边的丫鬟也不放过呀！这点人性我还是有的。

可人家小蕊另有一番说词，她躺在沙发上叽叽歪歪，一边用手摸索着寻找另一只掉下来的耳环，一边说："哎哟，你就别假装正经了，你的秘密我全都知道。"

"你知道什么？"

"我知道你看上谁了。你不喜欢我，就是因为你心里装着别人。你们男人全都一个样，吃着碗里的，看着锅里的，你那个经常来玩的朋友叫甘什么的，他表面上看是你的朋友，可实际上也不是什么好人。"

杨先生朝她走过去，用手撑在沙发上，距离很近地看着沙发上这个女孩儿。他发现这孩子长得还不算难看，就是心眼儿太多，一双眼睛骨碌骨碌转，不安分。

他说："你给我听好了，我不是你想象的那种人。"

她有些撒娇地说："那么，你也给我听好了，你一直暗恋的女人，柳叶眉，那个琵琶女，她爱的是你的朋友而不是你。"

时钟在墙上发出嘀嗒嘀嗒的响声，屋子里的一对男女，感觉到了四周的黑暗和安静，不知是谁，发出若有若无的一声叹息。

第六章　小丫鬟斗胆藏玄机
　　杨先生被迫逃香港

1

《白蛇传》里的白素贞爱上许仙，现实世界里唱评弹的女子爱上老甘，这中间似乎存在两个平行延展的空间。故事在不同时空里各自发展着，有时又会在歌女的吟唱中交汇在一起，有了交集和共通之处。

自从那回去动物园之后，老甘就在柳叶眉身上看到了"蛇影"，他暗暗告诫自己，这个女人是不好惹的，况且自己又有家，更得躲她千里万里，让她不得近身才好。

因此，他花更多的时间待在家里，推掉不必要的应酬，潜心在家研墨作画，这阵子他自创了一路"甘派国画"，对绘画充满兴趣，铺开纸笔，蘸饱浓墨，打底画线，大处布局，小处描绘，处处充满乐趣。沉浸其中的时候，他似乎已经忘记了现实世界的烦恼，对周围的一切不再留意。

凤喜皱着眉，挺着大肚子，在他眼前晃来晃去，他拿她当空气。平时他很不喜欢这个女人说话的样子，她总是喜欢抱怨周围的一切。天太冷冻死人啦，巷子里来了个卖臭豆腐的味道太难闻啦，怀上孩子是"作死"啦，丫鬟偷抹她的雪花膏啦，这些事唠唠叨叨，没完没了，她能溜溜说上一整天。这天，凤喜因为一枚金戒指丢了，就在屋里到处翻找，外屋翻过了又到里屋来找，接下来竟然寻到老甘的书房里来了。她看到老甘的画纸上画着一条条白色的东西，凑近细看，那竟是狂舞的白蛇。

"咦？跟你说话呢，怎么听不见？嘿嘿，别是被蛇精缠住了吧？"

因为不喜欢这个人，凤喜说的每一句话、每一种口气都让老甘觉得不舒服，所谓人与人之间的气场就是这样，对的人就会感觉一顺百顺，不对的人，他说什么你都听着刺耳，他做什么你都看着别扭，只想躲他远远的，眼不见为净。

老甘的《蛇舞图》刚刚打了草稿，还未进行细部描绘，这下凤喜闯了进来，张口就骂，伸手就翻，把老甘桌上的画翻得乱七八糟。她总是这样，没事找事，故意找茬儿。她心里也憋气，不知道这个家到底哪儿出了问题，按说她跟甘家这门婚事，门当户对，年龄相当，家长做主，明媒正娶，没有一丁点儿出错的地方。

"你总画蛇！总画蛇！当心我肚子里怀的胎，生下来就是一堆蛇呀！这也不是没有可能的事情呀，老话说得好，怀孕的时候老看什么东西，肚里的孩子就像什么！"

她说话唠唠叨叨，声音又过于尖厉，像是有人用刀片刮玻璃，不时有毛躁的、飞跳起来的小噪音刺人耳膜，她自己却无知无觉，神啊鬼啊胡乱说着话。老甘木着一张脸，任她翻找胡闹，寻找那只金戒指，别的没怎么听清，有一句话倒是真听进去了，那就是凤喜说老甘是不是已经被蛇精缠住了。想到《白蛇传》里的白素贞，他眼前幻化出来的形象是亦人亦蛇的柳叶眉。

为了躲避柳叶眉这个"心魔"，甘嘉义跟着商人父亲去了外地。一来讨要货款谈生意，二来他也想换个环境，去个一两个礼拜，回来时说不定就把外面那女人给忘了。他已经听从了父亲的劝告，目前时局不稳，一切奢侈的想法和爱好都得放弃，好好守着家，守住祖上传下来的一份家业才是正道。

甘嘉义的父亲是一个穿长衫的老派商人，他信奉的生活方式就是规矩做事，诚恳做人，"离经叛道"是他最为痛恨和不屑的，甘嘉义那个吊儿郎当从法国回来的留学生朋友杨俊才，在甘老先生眼里是典型的不务正业，跳舞、听戏、玩女人，三十郎当岁了还不肯结婚，想要用所谓"自由身"留住青春。其实，青春只不过是一个虚无的概念，并没有什么实际意义。

儿子甘嘉义虽不像他的老友杨先生那般荒诞，但也画龙画凤画蛇、泡茶馆、听评弹、不务正业胡闹折腾，生意上的事很少过问，总是热衷于那些没有用的闲事，这回带他出来，就是想扳扳他，让他学着做些正事。

这天下午，太阳青黄青黄地挂在天上，老甘穿着青蓝色长布大褂跟着父亲走在街上。这条街道用青石板铺路，两旁有暗旧的门板，一家店紧挨着一家店，都在利用午后时光开门做生意。有穿旗袍的小姐三三两两穿街而过，有一位小姐大概是高跟鞋出了毛病，低下身子摆弄半天。这个人不知为何让他想起柳叶眉，她现在在干什么呢？她知道不知道我在外地？杨先生有没有去找过她？

父亲带他进了一家本地有点名堂的茶馆，约朋友在那里谈生意。茶馆名曰唤日茶馆。名称真是又别致，又有新意。真想不到这样的小地方倒有这样好的去处。进去之后，更让他眼前一亮，里面竟有一男一女在唱评弹《白蛇传》。老甘一进去，人就有些恍惚，异地他乡，却仿佛一脚踏入了相似的场景、茶馆、白蛇传、评弹、阿眉……时光的片断在眼前闪过，老甘突然觉得胸口一堵，仿佛不能呼吸似的。

父亲的老朋友早已在此等候，见客人来，拱手作揖，相互行礼，长衫微动，风度翩翩。老甘懵懵懂懂跟着父亲进去入座，心里却像长了草，发了疯似的想要找机会离席，找地方去给阿眉打个电话，他环顾四周，发现这家茶馆的柜台上并无电话。

他坚持了很长时间，一直在听父亲和客商说话，脸上是专注而又谦卑的表情，他忍耐这段谈话就像忍耐他的婚姻，到忍耐不了的时候那根弦就会崩的，他心里很清楚自己的处境，他外面平和，内心却充满张力，一触即发。

客商说："贵公子看上去面相平和沉静，一眼就知将来是做大事的料啊。"

父亲闻听此言，心中甚是欢喜，但表面上却替孩子谦言道："哪里哪里，犬子还未成器，还望仁兄不吝赐教。"两人一来一往，彼此客套一番。客商又拿出古玩字画，请父亲点评鉴赏，谈天说地，就是不进入正题。父亲此番来访，是为了收取一笔生意上久未收回的款项，可对方就是不提钱的事，急得父亲抓耳挠腮有些坐不住了。老甘在旁边坐着也非常难受，一根脖子转东转西仿佛安了轴一般，父亲在旁边暗想，谁知这小子东张西望在找什么。

他们还在谈生意。连老甘都听出来，对方根本没有要还清货款的意思。客商说："目前战事吃紧，时局动荡不定，上次那笔货物的款子，还是不能凑齐给您，还望仁兄见谅。"总之，他找各种理由拖延着，好话倒是说了一箩筐。

听着《白蛇传》，老甘越来越想给远在另一座城市的阿眉打个电话，听听她的声音，想知道她此时此刻在做些什么。想念这个东西就是一念之间的事，想到了就得马上去做，不然下一刻就再也鼓不起勇气来做荒唐事。打电话的柜台就在茶馆旁边。刚刚进来时，老甘就留意到了。于是，他站起身来佯装上厕所的样子，先对着客商微微一鞠躬，然后从父亲身边挤过去，径直向外走去。他太想听到阿眉的声音了，不知为什么，他总觉得阿眉也在四处找他。

2

阿眉这两天急着找老甘，是因为杨先生已经直截了当地向她求婚了。事情来得太突然，阿眉想，这件事先不能答应，得先跟老甘商量一下。

杨先生为什么突然会向柳叶眉求婚，这事说来有些复杂。就在老甘跟着父亲去邻城做生意的这几天，杨先生家里发生了变故，这事还得从杨先生身边宠爱的丫鬟小蕊说起。小蕊长得非常乖巧，鹅蛋形的长圆脸，一天到晚穿着粉嫩的半长小棉袍，领口和袖边都缀有白色羽毛，纯洁得跟个天使似的，想不到这样乖巧的丫鬟身上竟然藏着惊天秘密。

就在杨先生帮丫鬟小蕊修那只耳坠子的那个晚上，小蕊告诉杨先生家里的一个秘密。她说："杨先生，我们家现在住着一个人。"杨先生坐在沙发上喝小蕊为他斟的一杯醒酒茶，没听清她到底在说什么。就在这时，小蕊突然跪下，把事情来龙去脉一五一十说了一遍。

原来，自从小蕊跟随母亲从上海来到这儿这段时间，家里一直住着一个"外人"，这件事只有仆人阿宝和丫鬟小蕊两人知道。阿宝带来的这个男人名叫赵春雷，是个地下党，此人在上海受了伤，来到这座小城市养伤，小蕊一直负责照顾他。

杨先生听罢，意识到事情的严重性，酒也醒了大半。他把茶杯"啪"地往桌上一撂，说道："小蕊啊小蕊，家里藏着一个大活人，这么大的事，你都不跟我说，你和阿宝，你们胆子也太大了。事情万一被人发现了，巡捕房派人来搜，那咱们这个家就保不住了。"

小蕊低头不语。

杨俊才继续训斥她，言辞激烈，训斥过后又说："好了，你也别跪着了，这事不怪你，你也是好心帮助别人，但这个人长期住在家也不是个事，早晚会被人发现的。"杨先生当即让人把阿宝叫来，也没多说什么，只说把藏在地下酒窖里的那人叫来一见。

杨先生和那赵春雷前后一共见过两面，都是在夜里。那人不过是一个普普通通的中年人，脸膛黑黑的，身手灵敏，也看不出他身上有什么伤，杨先生想，可能是内伤。凭杨先生的直觉，这黑脸的汉子是个好人，但他处境危险，必须尽快离开本城。在杨先生知道家里藏人的第三天晚上，他决定派阿宝护送那人去乡下躲藏，并给了他们一笔不大不小的盘缠。

临走,黑脸汉子拱手一拜,朗声说道:"谢谢杨先生慷慨相救,日后有机会必会报答先生。后会有期!"

黑脸汉子走后的第二天晚上,杨先生家就被人包围了,警方派人进来搜查,屋里东西被翻乱了不少,但并未找到证据,只好悻悻退兵。他们虽然没发现什么,但杨先生还是决定离开此地去香港。在做了这个决定之后,他第一个想到的人就是柳叶眉。

这天晚上,杨俊才穿好大衣外套叫好黄包车出了门。他手里拿着一只用红纸包住的小纸盒,里面装着他白天去大凤金店买来的一只钻戒。有点怕窘,他把戒指的盒子藏在皮手套里,藏进去的时候,有点像做贼似的,心里没底。

刚在家里吃完晚饭,三黄鸡煨的汤多喝了两口,现在觉得堵得慌,黄包车跑得又快,颠得他心慌慌的,胃也难受。快接近雨繁茶馆的时候,他叫车夫停了车,索性提前下来走两步。手心里握住那红纸包住的盒子,天虽冷,手心却一直在出汗。不知今天求婚结果如何,心中越发忐忑。

雨繁茶馆的评弹已经开唱了,隔着窗子就能听到只言片语。杨先生在门口迟疑了一小会儿,然后深吸一口气,走进茶馆。远远地,他看到柳叶眉怀抱琵琶坐在那里,身上穿了件宝蓝色锦缎旗袍,旗袍上漂浮着闪闪发亮的"萤火虫",一走一动,一走一动,像一身艳丽的铠甲,兜兜圈圈保护着她。杨先生坐在台下,悲哀地想到了"拒绝"二字。他手心发凉,刚才出的汗全都干了,求婚的事,他不知道待会儿该怎么跟柳叶眉说。

不知什么时候,杨先生已经退到外面去了。有时候,撤退是为了进攻,他靠在茶馆门边的一扇窗旁,从口袋里掏出一支烟来,叼在嘴上,点上。他皱着眉头抽烟,深吸一口,然后微扬起头来对着黑沉沉的夜空吐出许多烟圈。有队巡警排着小队从他面前噼里啪啦跑过去,他想起阿宝还未归,不知那个藏在他家的赵春雷现在情况如何。兵荒马乱,能保个平安就不容易。

他在外面等了一支烟的工夫，雨繁茶馆的月亮门开了，柳叶眉穿着她的"萤火虫"款款而出，背后衬着茶馆门口仿青砖的月亮门，看上去就像一幅画儿，虚幻而又美好，是走不进去的一个梦。

"咦？你怎么一个人在这儿？"她从里面出来，看见杨先生靠在门旁的一个柱子上吸烟，就问他道。

他显得有些紧张，从口袋里掏出一个盒子来，当着柳叶眉的面把它打开，略微有些结巴地说："阿眉，我想……我想向你求婚！"一个表面看上去潇洒自如、貌似花花公子的男人，倒是这样的腼腆结巴，还真是让人想不到。柳叶眉觉得很突兀，按说她跟杨先生从条件上说还是很合适的，杨先生留学海外，三十未婚，家里有钱，自己又经营公司，可以说是样样具备，可不知为什么，柳叶眉和他之间，总还是觉得隔着些什么。

他接着又说："我今天看似冒昧来求婚，其实是想好了的，喏，你瞧，我连求婚戒指都带来了，专门去大凤金店买的。我这样急着来找你，是因为家里最近出了点变故，我很快就要离开此地去香港了。"

"出了变故？是生意上的事吗？"

"那倒不是。这事说来话长……总之为搭救一个人，把我也搭进去了。"

"那么，你的意思是……去香港？把我也带过去？"

"阿眉，你答应啦？"

杨先生显然是会错了意，他激动得声音有些颤抖，不仅声音抖，连手也跟着抖起来，只见他手中牢牢捏着的钻戒，忽然变成一条精光湿滑的小白蛇，滋溜一声，从他手中逃脱钻入地缝，无影无踪。

这次求婚不成功好像是命中注定的事。戒指丢了。杨先生的脸涨得通红，他低下头来用鞋尖儿踢着泥土反复查找，又弯下高大的身躯用鼻尖儿贴近地面，在昏暗的光线下努力搜寻，他的一番努力显然毫无结果。他只好说:"算了,下次再买一个给你。"

柳叶眉说:"杨先生,你的好意我领了。你看这样好不好?你给我三天时间,容我好好想想。三天之后,我给你一个准信儿,跟不跟你去香港,这件事事关重大,我也得跟老板好好商量一下。"大概是刚才趴在地上找那戒指找得太卖力,杨先生忽然感觉很不舒服,他的脸在月色下由红变白,又由白变黄。他跟跟跄跄上了一辆黄包车,匆忙消失在了夜色中。

3

时间只有三天,柳叶眉却觉得像过了三年那样漫长。她不知道接下来会发生什么,她的命运将来会发生怎样的转变。杨先生已经明确向她求婚了,准备带她去香港完婚,同时把事业的一部分也移至香港。目前内地兵荒马乱,情况尚不明朗,她一个从小学唱评弹的孤苦女子,按说要嫁一个像杨先生这样可靠的人,是最好不过的归宿了,可人有的时候就是不按常理出牌,她还是想等老甘回来,问问他看。

她是一个身世复杂的女子。有些事,连她自己都不愿意去想,不去触碰就没有烦恼,她一根筋地要等老甘回来,想把自己的身世和盘托出,把杨先生求婚的事也跟他说,一切由他来定夺。

可是,在关键时刻要见老甘一面也是不容易的。老杨求婚第二天,柳叶眉就去了甘家,她不知老甘去了外地,只是把一封书信交予来开门的男仆,说了声这是给甘先生的。

男仆特意问了声,是老甘先生,还是小甘先生。

柳叶眉说,是甘嘉义先生。

男仆将信封装进怀里,说了声放心,就把大门上那个小方门洞"咔嗒"一声给关上了。她心慌慌地走在回家的路上,天已经变冷了,湖面上结着小薄冰,反射着一点点太阳的光亮,一道道好像刺一样,直刺入柳叶眉的心脏。她在湖边的一条长椅上坐了下来,她想休息一下,就在这时,有个拾荒的老妇人慢吞吞地向她走过来，冷不丁说了声："姑娘，想知道你妈妈的消息吗？"

这老妇人的打扮引起了柳叶眉的注意，只见她身上穿着一件百衲衣，补丁摞补丁，鸽子灰、豆绿、绛红、土黄，各等颜色一应俱全，棉袍上面连着一个怪模怪样的黑帽子，脸被遮去大半，眼睛就像藏在黑洞深处的一双猫眼，闪闪发亮。

拾荒的老妇人说："你妈妈在你很小的时候，就跟你分开了。"

这话一说出来，着实让柳叶眉吃了一惊。她虽然很想知道母亲的消息，但她不愿意这个消息从这样一个女人口中吐露出来。好在老妇人并不多言，只留下句"你妈妈现在还活着……"，她欲言又止的样子，令人生疑。她讨到一点钱，就离开了。

拾荒人的话，当然不可全信，但也让柳叶眉心中生出一点希望，她不敢回想十多年前父亲被日本人杀害、母亲被他们带走的那一幕，母亲至今音信全无，但她相信妈妈一定还活着，在世界的某个角落，过着忧心忡忡的生活。

从湖边走到春纷旅馆，用了很长时间。柳叶眉一路上边走边想心事，走得很慢，再加上心思飘忽，竟然忘记了去春纷旅馆的路。天色渐渐黑下来，她心里想着近来发生的事，又想，不知老甘此刻接到她的信没有。信中只写了这样简单的几个字："今晚9时，临江路9号半，春纷旅馆见。"她心中忐忑，恍恍惚惚走到了巷子深处。巷子两旁乌黑的墙壁上布满青苔，边上滴滴答答漏着阴湿的雨水。这天并没有下雨，这些水也不知从何而来。

巷子尽头有一点微弱的灯火吸引着她，她明知那不是旅馆的方向，却一直向里走着，有一股莫名其妙的东西吸引着她，使她想上前去一探究竟。她耳朵上戴着一副淡绿色的玉耳环，脖子上戴的是小颗淡白色珍珠项链。她今天是经过精心打扮的，下午登门拜访，原以为会见到老甘本人，谁承想他家佣人说他跟他父亲去翼城了，得一个礼拜才能回来。

对柳叶眉来说，一个礼拜就等不及了，杨先生那边催得紧，只限三天时间就要回答是否跟他去香港。她心乱如麻，胡乱地往前闯，巷子尽头亮着的那盏灯越来越近了，她迷迷糊糊闯进了一座宅院。

院中无人，正房的一盏灯却是亮着的，远远望去，里面坐着个衣着华丽的老夫人，奇怪的是左右并无丫鬟相伴，独独她一人坐在那里。柳叶眉想，这里好像聊斋中的场景，如果老夫人和眼前这所房子突然消失，她一点也不会感到奇怪。柳叶眉大着胆子接近那房子、那灯光，耳边响起奇怪的"咻咻"声，像是风声，又不是风。老夫人孤身一人端坐在太师椅上，缓慢地抬起右手向她招手，勾她过去。

柳叶眉走上台阶，仰脸看着那老夫人，禁不住倒吸一口凉气，原来待在屋子里的这名贵妇与下午在路上遇到的捡垃圾的老妇竟然是同一个人，相同的面孔做了不同的修饰打扮，竟然几乎认不出来了。

"啊？原来是你——"

"是的，正是我。我知道你会来，来打听你母亲的下落。所以我早早做好了准备，你看我升了炉火，捻亮了灯，巴巴地等你来。关于你的母亲，我三年前同她有一面之缘。"

柳叶眉对她的话将信将疑。关于母亲，在茶馆里她曾零零落落打听到各种各样的消息，有的说她已经死了，说得有鼻子有眼，好像亲眼所见。也有的说她没死，并说在某某地方与她有一面之缘，就像眼前这位贵妇一样。

"你坐呀，"贵妇说，"姑娘请坐下说话。"

柳叶眉上前一步，在妇人斜对面的一把雕工精致的小叶紫檀木椅上坐下，单手撑住座椅扶手，身体略向前倾，显现出身体的窈窕美态。"姑娘有事要问吧？对于占卜未来，姑娘只需把手伸过来，我看看你手心便可知道一切。"柳叶眉略微迟疑了一下，把手伸给老夫人。谁知老夫人一开口，便说出一个惊天秘密。

"17岁那年,你生过一个孩子。"

老夫人看着她的手,看手形,看纹路,看了好一阵子,忽然皱起眉来,说出关于生孩子的事……这是一个天大的秘密,这世上恐怕鲜有人知。柳叶眉感到齿冷,她像被人当众剥了衣服,被人看穿了一切。她抬眼的时候,正与那老夫人一双犀利的眼睛相遇,她缩回手,那手已变得像在冷水里浸过,冷得像玉。老夫人盯着柳叶眉的脸看了一会儿,只见一张肤如凝脂的鹅蛋脸上,轻微晃动的是一对淡绿色的玉耳环。

老夫人伸出手来,用手指摩挲柳叶眉耳朵上的玉耳环。一边摸,一边喃喃自语。她说这可不是一般的耳环,这玉的成色是顶上等的,姑娘你跟我说实话,这对耳环是那个跟你秘密生下一个孩子的男人送的吧?

腾地,万叶轩的身影在柳叶眉眼前快速掠过,他急迫的喘息声如同飓风一般,在瞬间降落,排山倒海,声音奇大无比。那声音包围着她,让她无处可逃,就像噩梦中梦见的那样……她的脸发起烧来。她想回避这个话题,但那老妇人依旧喋喋不休,她说她跟万叶轩的事,她是知道的,万叶轩是个很有钱的人,收藏价值连城的古董,富可敌国。

她说:"这耳环是万叶轩给你的吧?"

"是的。"柳叶眉立刻把脸分别向左、向右侧过一点,摘下那对耳环,把两只耳环一块放在手心里,轻轻颠了那么一颠,说道:"耳环送你了,我只希望你告诉我一点真相。"

老夫人接过耳环,如获至宝。"真相?什么真相?"

"我知道,你是个巫师,从我手掌心的纹路里,你可以看得到我的未来,对不对?请把你看到的真相告诉我。记住,不要对任何人说,只告诉我一个人就可以了。"

"好。有两点,一点关于你的过去,一点关于你的未来。你有一个孩子,是跟财主万叶轩生的,你不想让任何人知道,因为你是一个唱评弹的。

你的未来是——我清晰地看到一个'嘉'字。跟你相守一辈子的男人,他名字当中一定含有这个字。"

"甘嘉义。"柳叶眉在心里默念出这个名字。她已明白了一切,未来的路她已了然于心,何去何从已在心里做好决断。

第七章　春纷旅馆浪漫幽会
　　　　甘家公馆再添新丁

1

柳叶眉去老甘家送过信之后，就到临江路9号半的春纷旅馆开了一个房间，关上房门，不吃不喝，安心打坐，等待老甘的到来。春纷旅馆是一座建造在江边的房子，二楼拐角处的小房间极其清幽。季节已到了初冬，房间里升着炭火，柳叶眉一进屋就拉上厚厚的窗帘，脱去鞋子盘腿坐在床上，白床单白蚊帐构成了一个小世界，她坐在里面像一朵莲花。

她不知道老甘到底会不会来。她已打定主意，三天一过，她就跟着杨俊才远去香港，离开这座城市，再也不回来。算命人的话犹在耳边，她居然知道柳叶眉苦心隐藏的过去，她自以为她跟万叶轩那一段已经被时间掩埋，无人知晓。她不想回忆过去，她在努力清空自己。

与此同时，老甘正从另一座城市往这儿赶。他跟父亲在外谈生意，抽空给柳叶眉打了一个电话，他迫切地想要听听她的声音，电话却没有打通。他挂上电话就决定往火车站赶，连跟父亲打声招呼的时间都没有，他要立刻赶回去。坐了半天火车赶回家，一问仆人柳叶眉果然来过，还留下一张字条。打开来一看，他什么都明白了。

他推开门，看见一朵洁白的莲花正开放在床单上。不知是什么地方刚摘下来的莲花，还带着晶莹的水珠。按说这不是莲花开放的季节，莲花开放的季节已经过去了，现在已进入初冬，万木凋零，这朵白莲花为什么会开在这里，它的主人又是谁？

柳叶眉就在这时从帐幔后面出现了，只见她身穿白纱宽袖及膝裙，下穿一条白色缎子裤。衣领和袖口镶有二寸宽滚边，滚边上缀有闪亮的小细珠，宛若莲叶上的水珠一般。

"你终于来了。"她白衣飘飘，朝他这边走过来。

"我看这儿的园子里万木凋零，独独玻璃花房里的莲花开得好，就叫跑堂的去摘了一朵来。"

"我来了。"老甘说。他声音极小，小到连自己都听不见。老甘跟柳叶眉虽是早已熟识，今晚却又像是第一次认识，老甘禁不住产生疑惑，这个像从画儿里走出来的花容月貌的女子，她究竟是谁呢？刚才在火车上他就曾十次、二十次地设想见面时的情景，可等真的见到了，却又有些不相信这是真的似的，将对面的女子看了又看，她姣好的面容在柔和的灯光下越发显得精致好看，他忍不住伸手去摸她的脸，轻轻触碰到的时候，感觉到她的脸好像白瓷一般，冰冷滑润。他的手指慢慢移动，触摸到她的嘴唇，他用手指抚触她，轻微俯下身来吻她。

她眼前闪现出17岁那年发生的激烈片断。快速的，不安定的，流星一样快速闪过的画面。有一些画面并不连贯，断断续续，像跳跃的小音符。当老甘的抚摸加剧的时候，阿眉的心都要跳出来了。可是，眼前另有不和谐的画面，那是17岁时古董商万叶轩强占她时的画面。

她的呼吸变得急促起来。

她知道，她该忘记过去，在老甘身边，她没有什么好怕的，因为她知道老甘是爱她的，这是她盼望已久的一天。可老甘对她越好，她越是有内疚心理，她变得有些羞涩，在他怀里瑟瑟抖动着，脸上发着烧，并且涨得通红。

老甘并没有注意到她的变化，只是用力将她搂在怀里，千般疼爱，万般疼爱，竟有些束手无策，一只手从她的领口轻轻伸进去，缓慢摸索着。阿眉闭上眼，感觉像在做梦。她感受着他的爱抚，轻重缓急，一切都是她想要的那样。他是一个会爱的男人，有经验又有激情，他就像有一只手长进女人心里，那么妥帖，那么轻柔。可是当他的手触碰到她的乳房，阿眉脑中"砰"的一声，电光一闪，在强烈的电光中曾经的画面快速闪回，她看到了另外一张脸，那是万叶轩的脸。

"不！不不！"呼吸急促的阿眉忽然喊叫起来。老甘的手停在那里，不再往前。他声音急促地问阿眉："你是第一次吗？"阿眉回吻他说"不是的。"说完她紧紧地抱住老甘，指甲嵌进肉里。老甘知道这时候什么也不用说了。

他们长时间地接吻，天旋地转。这时候，不知从哪儿传来唱评弹的声音，一句句飘到阿眉耳朵里，细听，唱的竟是《白蛇传》，咿咿呀呀，好绵软。

2

弹词里的情人，往往都是一见面，就迫不及待想要在一起。柳叶眉和老甘也是这样的一对儿，自从他俩认识到现在，不知有多少个无眠的夜晚是在想念中度过的，此刻终于在一起了，竟有些恍惚。他抚摸着她如丝般滑腻的肌肤，脑子里空空一片，只想着这辈子要是能跟这样的女人一起度过，抛弃什么也是值得的。

这一晚，他们睡在一起，睡姿甜蜜。柳叶眉的亮片裙子、闪缎长裤零零落落丢了一地，还有那朵让伙计特意掐来的白莲花，并没有因为它的主人们的亲密行为而扭结在一块儿，凋零成泥，而是在房间的一个角落里静静开放着。

睡梦中，他俩被一声清脆的枪声惊醒，两人同时从床上坐起，警觉地竖起耳朵，细听动静。战事不断，从来就放不下一张平静的床，男女恩爱就更是一件奢侈的事，两个人中间隔着无数的人和事，有情人在一起看似容易，实则千难万难。

"出事了！我出去看看，你在这儿等我，待这儿别动！"老甘一边说一边披上衣服。

"老甘，你别走！"柳叶眉抱住他的腰不让他走。

老甘说："怎么？你还怕我一去不回啊？阿眉，你放心，这一次我见到你，这辈子就不会再跟你分开了。"

"你说的是真的吗？你们男人的话，谁敢相信？"

"请相信我，阿眉。"

他俩正说着话，急促的敲门声"砰砰砰"响了起来。"救命！救命！"伴随着敲门声，他俩还听到有人在喊救命的声音。老甘起身不顾一切地去开了门，这时候，躲进来一男一女。男的戴大礼帽穿黑衣，女的穿件翠蓝长呢大衣，戴闪亮的银耳环。齿白唇红，目面清秀。衣冠不整的甘嘉义原以为进来的是一对陌生人，谁承想那女的原来竟是认识的。

"小蕊？怎么会是你？"

进来的那女子，原来是杨先生家的丫鬟小蕊。这个小蕊，老甘是认识的。以前去杨先生家玩牌，这小蕊进进出出，端茶倒水送热毛巾，男人们还常常拿她调侃一番，说是这丫鬟不错，不知将来会落到谁口袋里。说得姑娘不好意思，掩嘴微笑而去。

"甘先生，原来是你，怎么这么巧？"

小蕊喘着粗气焦急地说："这是我的朋友赵春雷，外面的人到处抓他。你们这里是上等套房，估计巡捕不会进来搜的。"

柳叶眉像身上只穿了半透明长睡袍的仙女一样出现在众人面前，毫不慌张地说了声"你们跟我来"，她走在前面，那两个闯进来的人跟在后面，老甘惊讶于她好像早有准备，将那两个人带到里屋的壁橱里，轻轻松松藏了起来。

"你把他们藏起来,要是巡捕真来搜怎么办?"老甘有些慌张,凑过来问。柳叶眉说:"瞧你那胆儿,还没针别儿大呢。慌什么,要是他们真敢来,我自有办法对付他们。"

就在这时,敲门声应声响起,柳叶眉让老甘赶紧躺到床上去,盖好被子,她又随手将大床上的另一床被子揉揉乱,这才迈着莲步朝房门走,口中娇声应着"谁呀?"声音分外甜糯,外头的人听到后定是心头一暖。

这一次,老甘看到了柳叶眉的另一面,也就是她周旋事务的本事。她是那样甜,那样嗲,款摆腰肢,从容不迫。明明知道外面的人来者不善,却能从容应对,利用美艳姿色诱惑对方,使其心思散乱,混水摸鱼掩护了赵春雷和小蕊。

以前大家都以为,小蕊和杨先生是一对儿。说是丫鬟,实则是养在家里娇小玲珑的小情人。其实不然,小蕊只是借主人的家掩护地下党,老甘和柳叶眉在无意中助他们一臂之力,并不知道这一无意之举将对他们的生活产生深远影响。

"砰砰"的敲门声响彻整个旅馆,在旅馆住店的人都知道,要出大事了,他们本能地关紧房门,躲在门后头不出声。巡捕敲的是别人的房间,事不关己,千万不能多管闲事。他们以最快速度跳上床,与恋人纠缠在一起,压得床铺吱吱响,好像是在做最后的挣扎,要死也做风流鬼。只有柳叶眉不慌不忙地走去开了门,面对眼前黑压压一片警察,柳叶眉一点也不慌,用手撩撩头发,莺声燕语,从容应对。

"哟?这么多人啊?我跟我们那位刚睡下,还没来得及亲嘴呢就听见外面有人叫门。怎么啦老总?到底出什么事了?"

"刚才有没有一男一女两个人来过?"

"一男一女?哈哈!怎么可能啊!你看看这屋里,就我们一对男女,干柴遇烈火，哪还容得下别人？"

领头的那人伸头看看，只见里面床上躺着一个男的，被子凌乱，果然像一对野鸳鸯的约会现场。他心里骂道，奶奶的！艳福不浅啊！只见眼前站着的这个年轻女子，身上穿了件云锦织鸳鸯图案长睡袍，虽说捂得严严实实，但也令人心生遐想，喉咙痒痒。

"要不然？进来看看吧？"

"不了不了，公务在身，耽搁不得。对不起，打扰了。你们继续，继续……"门被砰的一声关上了，柳叶眉这才出了一口长气。她听到哒哒的脚步声走远了，才让小蕊和那个男人出来。

那天晚上，他俩躺在床上，聊了一夜。柳叶眉把自己曾经生过一个女孩儿的故事和盘托出，一五一十讲给心上人听。她说："我有一个女儿，算起来她今年才两岁多一点。这个秘密我从来没跟任何人说起过，不过我不想瞒你。我女儿是个私生女，名叫小万万。我并不想把她带到这世上来，因为我恨那人……"

"为什么叫小万万？这也不像个女孩的名字啊。"

"没正经给她起过名字。强奸我的那个人姓万，我生孩子那天他来产房等，随口喊婴儿小万万。"

"过去的事，你不想说就别说，我爱你这个人，就意味着我不计较你的过去。"

"可我担心有一天，孩子会突然出现，从哪个角落里突然跑出来找我们。我很担心呢！"

"那我们就一起来养她，让她长大成人，成为一个好姑娘。"

"哪儿那么容易。我现在心里可矛盾了，既希望有一天小万万能来找我，又怕看见她。我现在都不知道那孩子怎么样了。"

"一直没见过她？"

"从生下来就没见过。当时年纪小，才17岁，哪懂什么为人父母，羞都羞死了，再说又是被强迫的，生下一个孽种，生下后掐死她的心都有，我看都没看一眼就让人抱走了，从此以后音信全无，再也没有那孩子的消息。"

老甘说："我想那孩子肯定长得特别漂亮，像你。要是当初你把孩子留在身边，现在已经满地跑了，将来还能跟你学唱苏州评弹，那多好呀！"

柳叶眉问："你那么喜欢孩子啊？"

老甘说："喜欢啊。"说着话，便紧紧地将柳叶眉揽入怀中，下巴抵住她的头顶，顶得她头上那块骨头都有些疼了，也半天不见他再说什么。柳叶眉挣脱他，换个角度扬起脸来看他。她看到他眼睛亮亮的，毫无倦意，他们差不多说了一整夜的话，最后柳叶眉听到甘嘉义下决心似的说出以下的话来。

"我想办法跟她离婚。我们是父母包办的，没一点感情，烦透了。阿眉，你听好了，我想郑重地对你说：这辈子我要跟你在一起，咱俩永远不分开。"他说话文绉绉的，使人想起苏州评弹里的那些戏文。

"我给你唱一段《白蛇传》吧？"阿眉饶有兴致地问。

"我抱着你，你唱吧。"

"那我唱不出来。"

"那你要怎样才能唱出来？"

阿眉就在老甘怀里微微摇着头轻声唱起来。唱的是许仙与白素贞初次见面那一段……

两人在旅馆住了一宿，清晨起来，老甘信誓旦旦，说："阿眉你放心，我这就回去跟我娘说，我要尽快离婚，离完婚之后就来娶你，你放心，我说到做到。"阿眉依偎着他说："我相信你。"俩人又亲亲热热粘在一块儿，弄了好一会儿，这才依依不舍地分手离去。

3

原以为跟凤喜离婚是一件容易的事，其实不然。凤喜虽平日里一向喜爱夫君，但却是个急脾气，凡事稍不顺心，便摔锅打碗，指桑骂槐，让人误以为她对这个家处处不满意，不喜欢。

凤喜是老甘母亲相中的人。一场牌桌上的玩笑竟然能促成一桩婚姻，这真是太荒唐了，老甘想起来都觉牙根痒痒。在他眼里，婚姻就像一张渔网，他是拼死也要挣脱这张网的。柳叶眉的出现加强了他离婚的决心。

甘嘉义从春纷旅馆出来，坐上一辆黄包车。他袖着手，双手缩在袍子里，眯缝着眼，有些不适应早晨清新的空气和阳光。他想盘算一下自己的事，却又静不下来，心突突地跳。一想到离婚后跟柳叶眉在一起，过着情投意合的生活，他的心跳得更厉害了。他盘算着如何把离婚的事跟家里人说，如何说得委婉一些，不失体面却又把意思表达清楚，反正婚是一定要离的。这婚他是离定了。

黄包车飞跑在石板路上，轻微的颠簸使他清醒许多，心情大好。他感到浑身上下有使不完的劲儿，他甚至想叫黄包车夫停下来，他下车大跑两步回家。虽然已过了二十岁，但像他这样富裕家庭长大的孩子，也还是天真得很。一想到触手可得的新生活，他高兴得有些坐不住了，他从座上跳起来并大声吆喝车夫"停车停车"。大清早的，他要跑步回家，这是从来没有过的。下车后他就迫不及待地开始跑起来，并且张开双臂，就像一只充满力量的黑色大鸟。

然而，事情并不像他想象的那么简单，离婚的路上充满荆棘，就在他张开双臂冲向新生活的同时，他的家里已乱成一锅粥：凤喜肚子疼得撑不住，怕是就要生了。

甘家一大清早就忙碌起来。老爷太太得知媳妇就快要生了，一时间也慌了神儿，因为比大夫预计的时间足足早了两个礼拜，家里人似乎还没有准备好，但是时间不等人啊，生孩子这事儿谁能说得准？有的产妇到了足月足份也不见得有动静，有的产妇却猴急猴急的，不到日子就把肚里的孩子给生出来了,甘家的媳妇凤喜大概就属于这后一种情况。

老爷慌慌张张地戴上眼镜迎出门来,大叫仆人小孙,让他火速去请接生婆来。又叫女佣去预备热水和剪刀,准备剪脐带。这些原本该是太太张罗的事,可老爷一人大包大揽全都代劳了。

"哎哟,少奶奶痛得不得了,孩子怕是不好生吧?"

"谁说不是呢!前些日子吃了这许多滑的粉皮儿,按说是帮助胎衣润滑的,怎么也不管用啊?"

家里的佣人老妈子七嘴八舌议论着。丫鬟们风一样跑来跑去,被慌了神的太太支使着,脚不沾地,可还是有人嫌她们跑得太慢。凤喜的房间里传来痛苦的呻吟声,又听她大声喊叫丈夫的名字"甘嘉义"、"甘嘉义",老爷太太这才知道,少奶奶要生孩子,混账儿子却在外面寻花宿柳,一夜未归。

那条巷子是那样长。老甘回想着昨晚发生的事,一幕幕像在拍电影。杨先生的丫鬟小蕊带来一个人,情况万分紧急,多亏柳叶眉从容掩护,才使情况化险为夷,救人一命。

危险已经过去,不知杨先生还会不会离开本城。他跟柳叶眉的事,他想第一个告诉好朋友杨俊才,让他分享自己的快乐。压抑的、被人包办的痛苦婚姻就要结束了,他就要迎来真正属于自己的生活,那种全新的、快乐的、情投意合的夫妻生活。

回想昨晚的恩爱场面,老甘的心跳再次加快。爱情,多么神圣的字眼儿啊!像老甘这一代新青年,接受了新思想,个个都以包办婚姻为耻,以追求恋爱自由为新风尚,他们阅读了许多国外翻译过来的译作,理论书籍以及爱情小说,他们很喜欢"追求自由"这类说法,幻想着前面有一个新世界。

然而,当甘嘉义终于跑到家门口的时候,所有的梦想都破灭了,他又回到原本的世界里。

"嘉义回来了?噢哟,我跟你说啊,凤喜昨天晚上肚子疼了一夜,孩子太大生不出来，凤喜一路喊你的名字呢！"母亲态度倒还平和，絮絮叨叨说着凤喜生孩子的事。父亲的脸却黑得像包公，他从台阶上一步一步走下来。"你小子疯到哪儿去了？还学会夜不归宿了？长本事了啊！"就在跟儿子说话的同时，眼尖的父亲无意中发现一只钩在儿子呢大衣领子上的绿松石耳环。那一定是外面女人的东西。父亲越想越气，抬手给了甘嘉义一耳光，震得刚刚钩在身上的那只耳环"扑簌"一下落进土里，无影无踪。

事情正僵着，只听得屋里传来一声嘹亮的婴儿啼哭声，老甘的父母这才丢下正在发愣的儿子，争先恐后冲进屋里。

"生了生了！恭喜你了甘少爷！少奶奶生了个8斤多大胖小子呢！"

老甘却愣在那里。在婴儿的哭声里，许多幻影纷至沓来：凤喜苍白的略带幽怨的脸，婴孩红喷喷带着血渍的脸，接生婆枯瘦的接受赏钱的手……这一切的一切，都是老甘不喜欢的。那天在旅馆，他偶然间听到小蕊和赵春雷他们在说"砸碎一个旧世界"，此时此刻，老甘的心情就是这样的，他太想砸碎这个旧家建立起一个新家来，"旧世界"、"新世界"对他来说就是"旧家"和"新家"。他的血冲到头顶上，他的右拳用力一砸，没砸出一个新世界，却只砸进自己左手的手掌心。

离婚的念头就这样被他一拳头砸了回去，老甘看着一家子愉快地忙里忙外，佣人煮了三十斤红鸡蛋分送亲戚邻里，半大的小孩子们争抢红鸡蛋剥来吃，剥得手指头都红了。老甘眼睁睁地看着这一切，婴儿哭，大人叫，丫鬟跑，小狗跳，往来送礼，互致贺喜……这一切热闹仿佛与己无关，他眼里只有一个人——只有她在眼前晃：柳叶眉。柳叶眉。柳叶眉。

这些日子，江南炮声隆隆，听说解放军很快就要渡过长江了，一些有钱人纷纷逃往香港。甘先生一家老小雇了一艘大船，也准备全家迁往香港。甘家是有钱人家，金银财宝装了满满一船，就这样，还没有装完，一些祖上留下来的红木家具，屏风、花架、几案都无法随船带走，特别是那张用料极考究的雕花大床，凤喜怎么也舍不得丢掉，这摸摸，那弄弄，就跟丢了魂儿似的。

老婆说："到香港，这样好的大床哪里找得到！"

老甘说："是大床要紧，还是命要紧？"

老婆说："反正就是舍不得。"

老甘说："舍不得，也得舍。"

就在开船那一刹那，老甘听到岸上有人唱评弹的声音，一时间，他仿佛着了魔，他身不由己地跳下船，留在了岸上。大船渐渐开远了。

原来最舍不得离开这里的竟是他自己。

闻声寻去，岸边唱评弹的那个人并不是柳叶眉。他怔怔地站在那里，回望大船已走远，这一切就像一场梦。他又去找花婆婆。水晶球在不停转动，算命的花婆婆告诉甘嘉义，这份情缘说不定要穷其一生才能追到结果。

第八章　张灯结彩迎接解放
　　　　琵琶重弹获得新生

1

　　云城街道两旁张灯结彩，锣鼓声响成一片。柳叶眉头天夜里跟几个朋友玩牌，第二天睡了个懒觉，一直睡到中午才起来。一觉醒来，云城已经解放了，她加入到迎接解放军的腰鼓队里，陌生而又笨拙地扭了起来。这种秧歌并不难学，但却需要眼手脚配合。柳叶眉弹琴是高手，跳舞却并不怎么在行，但几个鼓点下来，柳叶眉和姑娘们混在一起，也就跳熟了。

　　这时候，有个穿蓝卡其布中山装梳小分头的男人，拨开人群站到柳叶眉面前，久久地盯着她。换了装束，柳叶眉几乎认不出这"中山装"是谁。熟悉的搭档、从小一块长大的哥哥，几年不见，竟然摇身一变看上去有点像个干部了。

　　"哥哥，原来是你呀！差点没认出来。"

　　"你眼里哪还有我这个哥哥？现在解放了，不要叫哥哥了，你要叫我同志——高子文同志。"

　　柳叶眉笑起来。"是！高子文同志，请问你有何指示？"

　　高子文用手摸了摸中山装脖颈处的风纪扣，一本正经地说："不是我有什么指示，是上级有指示。"

　　"上级？上级是谁？"从小唱评弹的柳叶眉从没听说过"上级"这个词，她想，这个高子文，不仅穿上新衣服，连头脑都被武装成新的了，满嘴新名词，看来解放了真是新天新地新世界，每个人都不一样了啊。

高子文说："真是好事！你想不到的大好事呢！"

这时候，姑娘们的腰鼓队长龙一般地环绕过来，和着"咚嚓咚嚓"的鼓点儿，将正在说话的柳叶眉和高子文合围在了当中。一张张欢庆的笑脸如葵花一般从他俩面前依次闪过，那场面新奇又欢喜，如同场面别致的婚庆典礼一般。

柳叶眉望着这红绸飞舞的场面，心想，要不是因为万叶轩，她和师兄高子文说不定早已结婚，每天早上一起练声，下午一起去演出，唱弹词开篇。他弹月琴，我弹琵琶，一唱一和，声声色色。到了夜里，两人手拉手到摊子上去吃无锡小馄饨，味道鲜美之极。这样的小日子也是美的。

只可惜想象终归不是现实，到现在说什么都晚了。事到如今，柳叶眉已经不恨万叶轩了，他也是因情所致，一时冲动，酿成骨血融合，并且有了他们的女儿小万万。关于这个孩子，柳叶眉总是掖着藏着，不肯走露半点风声。对于自己曾经深爱过的男人，更是绝口不提，隐藏得很深。然而每当夜深人静，面对梳妆镜里的自己，她都会想到黑暗处躲着的那个小女孩，没有人看得见她，可她还是会随时出现。

他们去了一家餐馆，坐下来细聊高子文所说的"大好事"。原来，文化局下文件要成立"云城评弹曲艺团"，局长点名让柳叶眉来参加。柳叶眉觉得诧异，局长怎么会认识自己？想问又不便多说，就在心里打起了小算盘，她听说老甘已离开本城，跟随全家去了香港，结婚的事已是不可能了。

"我说，这样好的事，你还犹豫什么？"子文在一旁说道。

"你让我考虑考虑。"

"你们女人家就是这样，什么事都婆婆妈妈的，到剧团当演员，这么好的事你还考虑什么？现在是新社会了，跟旧社会不一样，演员不能再单干了，全都是一个团一个团的，集体出去演出，大家同吃同住同劳动，亲热得就像一家人一样。多么好！"

紧接着高子文又说："柳叶眉同志，你就别考虑了，实话告诉你吧，我已经给你报上名啦。"

这"同志"二字对柳叶眉来说相当陌生，可因是师兄的安排，她还是欣然接受。就这样，她稀里糊涂进了刚成立的"云城评弹曲艺团"，成为一名专业唱评弹的曲艺演员。

评弹团分了新宿舍，柳叶眉搬家了。搬家的运货卡车前脚开走，老甘后脚就赶来找她，可已是人去楼空。面对一间空屋子，跟她在一起的画面一幕幕闪过。老甘此时心如刀割，自己放弃全部家产留在这里，只为跟她在一起，而如今人去楼空，留下的只是属于前世的回忆。

柳叶眉住过的旧屋，是典型的江南旧屋，白墙黑窗，雕花木窗，从木窗里可以看见外面的一个小花园。从前，他俩曾一起坐在小花园里喝茶，木几上的花瓶里随意插着几朵小花。如今从窗子里望出去，那木几已经破败，桌面上不知为何放着几块鹅卵石。

人去楼空。老甘不甘心，背着手在旧屋里转来转去，试图拾到个把碎片，塞进衣袖，留作纪念，无奈旧屋打扫得干干净净，连一片鸡毛也没留下。这时候，从门口走进来一只猫——一只甜美的小花猫。猫冲他喵喵地叫了几声，然后"嗖"的一声蹿上窗台，不知去向。

他们就这样错过了。

老甘到工厂当起了临时工。这是一家生产农用机械的工厂，所有机器都相当粗笨，日日夜夜发出震耳欲聋的轰鸣声，让老甘一走进厂房心就突突直跳。

1949年，老甘的阔少爷生活彻底地结束了。在此之前，他一直帮家族打理生意，他家是盐商起家，兼做缫丝、印染、纺织、航运等多种生意，他比较熟悉的是丝绸生意。解放以后，男女老少人人都穿人民装，丝绸这东西就好像一只金碗沉进海里，再也寻不见踪迹。

为了一个女人，他没有随全家移民香港。他相信自己的能力，阔有阔的活法，穷有穷的过活，他一个大男人，有手有脚，横竖饿不着自己。但想象总归是想象，一旦付诸行动，必是困难重重，到处碰壁。

他先是没有注意到服装问题，穿了一套深蓝色毛哔叽左晃右晃，到人家人事部门询问用人情况，得到的答复一律都是"对不起，我们这儿不招经理"。后来才知是自己身上的服装不合适。行头很重要啊。他对自己说了句，就用毛哔叽西装跟人换了套深蓝色的工人装，外带一顶已经有些退色的工作帽，这样一打扮才找到这份农机厂的工作，每天用铁锤敲敲打打，没干几天耳朵就快被震聋了。

他们又一次错过了。柳叶眉搬家那天坐在卡车后斗上，手扶着那些东倒西歪的家具，正在手忙脚乱之时，她抬眼看见了一个人，穿着深色西装，戴一顶礼帽，正往她以前住过的那条巷子里走。

她觉得那人有些眼熟。"难道他是老甘？"

此话刚一出，柳叶眉就被自己的话吓着了。我是不是想男人想疯了？要不然为什么看到穿西装的人，就想到会是他。老甘已经走了，走了，走了！有人在湖边亲眼看见他家的金银财宝装了满满一大船，他和老婆神色严峻忙于运宝一言不发。

卡车很快开远了，那个酷似老甘的影子也"倏"地一闪就不见了。一切转瞬即逝，花开花谢，人来人往，一切都是过场，是过往的风景……这样想着，她对老甘那份感情也就放下了。她推开新家的门，那是评弹团为她分的新宿舍。里面一片雪白，墙壁粉刷得极干净，玻璃也已抹过了，干净得能照见人影儿。

柳叶眉走过去照照,她看见另一个柳叶眉,于是她跟旧的柳叶眉说"再会"。

2

二十一岁的柳叶眉迎来了她的艺术春天,她在团里得到重用,成为尖子演员。师兄高子文当上了评弹团团长,事业蒸蒸日上。一日,柳叶眉正在团里的更衣室跟一女演员赛丽丽聊天,高团长带来一个女人,细腰宽胯(虽然也是穿着人民装,却把腰部改小了许多),一双妩媚的丹凤眼看人的时候轻微地眯着,头发烫得卷曲蓬松,戴一副水滴形的小耳环,窄小油亮,像一颗缩小了的人心。

"噢,你们这儿怎么这样挤呀?"

她声音尖细刺耳,一开口说话就不招人待见。高团长介绍说:"这位是杨细雪,以后她就在咱们团里工作。"赛丽丽说:"呦,团长亲自带着来,不会是高团长的相好吧?"

丽丽这个人,说话就像她的下巴颏一样尖刻。

别人都说她也暗恋高团长,但高团长显然跟杨细雪走得更近些。

对于赛丽丽,他向来是公事公办的,也不知人家暗恋他,只是一门心思让这个女子提高业务。他听过她的唱腔,声音不是很好,吐字也不算太清,她的优点是人长得格外清丽,下巴尖尖的分明是个美人胚子。

自从杨细雪入团后,柳叶眉就似乎闻到了细雪与丽丽之间浓浓的硝烟味。果然,一周之后,战争在更衣室里爆发了,杨细雪和赛丽丽因争抢衣柜而动起手来,细雪失手用茶杯盖打伤了丽丽的头,柳叶眉连忙送丽丽去了医院。

柳叶眉陪赛丽丽在医院急诊室里包扎伤口,偶然看见有个打扫卫生的妇女从门外一闪而过,她感觉那影子颇有几分熟悉,就追了出去。只见走廊里空空如野,那人已不见了。

躲在医院走廊拐弯处的勤杂工不是别人，正是柳叶眉的母亲蒋书芬，此时的她戴着大口罩，用以遮盖已毁坏的面容。当年，为逃离日本集中营，蒋书芬用火钳烫伤自己的脸，并且撞伤自己的额头，血流满面，疼得在地上打滚，被日本兵从兵营里抬着扔了出来。

蒋书芬九死一生，渐渐养好了脸上的伤，但脸上已留下很大的疤痕，面容已毁。伤养好了之后，她靠卖小烧饼为生，整日用素蓝头巾遮面，从来不与邻居搭讪讲话，独来独往。就这样苦熬硬撑，好容易熬到解放，在医院找到一份勤杂工的工作，隐姓埋名，改名李兰。她的新名字为她确认了一个新身份，她不想有人再记起她的过去。她尤其不想让自己的女儿因为这样一个妈而被人笑话。

柳叶眉急于找到母亲。第二天，她又从评弹曲艺团来到市第一医院。医院很大，走廊如迷宫一般，要找到一个清洁工何其难。柳叶眉在医院里到处寻找，有几个清洁工远看背影像母亲，走近一看却又不是。她来到医院人事科查询，李科长告诉她，有个叫"李兰"的可能是她要找的人，但今天一大早，此人已经辞职了，去向不明。柳叶眉没能找到母亲。

李兰急匆匆走在街上，拐进巷子深处的一间小破屋，她气喘吁吁地关上门，这才敢摘掉裹在脸上的头巾，露出右脸脸颊上明显的疤痕。她摸出脖子上的鸡心项链，打开按钮，长久地凝视藏在项链里的那张照片。那是柳叶眉一家三口幸福的合影照。李兰一直带在身上。

这时，房门外响起了敲门声。房东瘸老七上门来收房租。李兰问能不能缓一缓？瘸老七嘿嘿笑着走了。

3

柳叶眉到部队大礼堂慰问演出，她和高子文拼档演出一个新节目：评弹

《战上海》，这是一个歌颂解放军的节目，是解放后柳叶眉自己创作的。

解放后，文化局组织演员上夜校，学文化，演员们的文化素质有了很大提高。柳叶眉开始创作新评弹，自己写词，编写革命故事，受到局里的表扬。在部队大礼堂，坐在第一排看节目的部队首长很多，还有一些地方的领导干部，坐在当中的有一个穿白衬衫的男人，柳叶眉边演唱边看他，总觉得有几分眼熟。

演出结束，领导上台与演员握手。柳叶眉与那白衫男子面面相对之时，才认出这位领导原来是解放前她曾经掩护过的地下党——赵春雷。旁边的人介绍说，这位是文化局的赵局长，柳叶眉这才恍然大悟。

一日，赵春雷在局里开完会，心血来潮去评弹团找柳叶眉，赵春雷一到剧团门口，引来人们猜测纷纷，局长到底是来找谁的？这时，只见柳叶眉穿着一条刚及膝盖的红色短裙从楼里急匆匆走出来，走向那辆车。趴在二楼窗台上的一大排姑娘发出一阵羡慕的嘘声。

"今天心情好，心血来潮想去湖边散步。小柳，没影响你们排练吧？"

"没有。我们下午开会，刚开完。我也正想到湖边走走呢！"

"那就走吧？"

"好啊！"

两人相视一笑，默契十足。两人漫步在通往湖边的小路上，淡雅的江南民居如画中仙境一般。他俩一路上话并不多，似乎过于安静。柳叶眉知道赵局长并非心血来潮，而是有意将她约出来聊聊，好好叙叙旧。她对赵局长只有敬重，并无其他多余情感。

他们在湖边的碎石路上，徒步款行，阳春三月的江南总是让人着迷。湖边的柳树发芽了，它们像薄纱一样轻轻摇摆着，朝着某个方向飘散开去，柔美之极。桃花也开得正好，一棵紧连着一棵，满树鲜极了的粉色朵儿，像中毒一样浓烈，让人见到后有轻微的眩晕感。

"喜不喜欢这些花？"

赵春雷似乎一下子找到了聊天的话题，望着那些花树，问柳叶眉。

"那是桃花。好看，可惜花期太短。"

"好东西总是短暂的。"

"局长的话很有哲理。"

"我参加革命之前，曾是大学外语系的学生，要不是因为打仗啊，我这会儿说不定已经成为一名作家了呢。我对外国文学很感兴趣。我年少时的梦想，是想翻译外国文学作品，翻译许多东西，同时自己也写小说。国内许多翻译大家自己本身就是十分优秀的小说家。"

"局长说这些，我就没有发言权了。我从小没念几天书，识字还是师父教我的。"

"那以后，我教你读书。"

"我？我都二十多岁了，再读书会不会太晚？"

"二十多岁，很年轻呢，怎么会太晚呢？"

说着话，他们就来到了湖边的一处集市，集市虽不很大，但挺热闹，赵春雷说："这儿和我家乡的集市倒有几分相像呢。"柳叶眉问他家乡在哪里，他说在北方。

湖边集市里到处都是卖好东西的摊位，有卖蝴蝶风筝的、卖书法字画的，卖小泥人的，还有卖绒花发卡的，再往前走，一排迎风舞动的小白蛇吸引了柳叶眉的注意。她走上去问摊主，这纸蛇怎么卖。摊主幽默地回应，这不是纸蛇，是真的。

小白蛇勾起了柳叶眉的回忆，她又回到了那个清晨，九岁女孩在家门口玩一条"小白蛇"。女孩手里拿着"小蛇"慢跑，左右摇晃，模仿蛇的动作。女孩口中呼出的一团团白色哈气，似云朵一般四处飘散……所有故事都是从那个清晨出发，变得轰轰烈烈，不可收拾的。

"父亲死后，我一次都没梦见过他。早晨起来还好好的，一家人转瞬间就没了。他被日本人刺了一刀，肠子流出来还在说话。那时的我以为父亲不会死,以为一切还可以挽回。"

他们在湖边找了一处安静的茶楼闲坐,聊着过往发生的事。柳叶眉第一次对他说起她的家人,还有老甘,她说他去了香港。赵春雷"哦"了一声,并未做出太多评价。

"小蕊牺牲了。"

赵春雷忽然开口说话,提到小蕊。柳叶眉猜测,他跟小蕊当时可能是一对相爱的恋人。

"你爱她吗?"

"曾经是相爱的,但当时斗争太严酷了,没有心情好好地谈一场恋爱,直到她中了枪,她临死前我们在一起。柳叶眉,你相信那些死去的人能看到我们现在的生活吗?"

"我相信。"

"他们在空中俯瞰我们,花树,柳枝,波光粼粼的湖面,还有这茶楼以及茶楼里的我们,他们统统看得见。今天的生活,是多么美好啊,真像梦境里的情景。"

夜色降临在茶楼四周,放眼望去,湖面以及湖面尽头的山影,变得极为神秘。死亡与梦境的话题全都消失了。

4

夜幕也同样降临在柳叶眉的母亲、已改名为"李兰"的女人的租住屋窗外。她隐姓埋名,为的是忘掉过去,一切重新开始。她的脸已经毁了,可她的心还是干净的。

李兰极少回忆过去,她觉得想那些糟心事对自己也没有什么好处。人有的时候总得学会麻木自己,把身上那些尖锐的、敏感的东西收起来,免得扎着别人,也扎着自己。但有时候,周围的环境就是不让你安生,你不用刺扎别人,别人却来扎你。房东瘸老七就是这样一位。

这天夜里，瘸老七已做好了充分准备，包括事先在李兰的房门上做了手脚，房门即使从里面反锁上，他还是能轻易进入其中，好像自有轻功一样。另一个准备是，他事先炖了一只小公鸡，多少给自己补补气。他一个老光棍，有多少年没那个了，也不知还行不行，别进了李兰的屋，钻了她的被窝，却办不成男人那事，那可就亏大发了。

瘸老七人虽瘸，可心却蛮灵的。靠着三间屋的出租过日子，日子虽不富裕，却也有吃有喝，给女人买个衣裳什么的钱，他还是有的。他见李兰第一面，心就喜悦。这女子虽说脸上有疤，衣装也很老气，但细皮嫩肉的，面皮白得像块豆腐，真想伸手摸一摸呢。

"我给你钱，你去买件新鲜些许的衣裳穿，身上这件太老气，扔了吧。"

"我不要。我的衣服很好。钱你留着自己花吧。"

"你才四十几岁，干吗把自己弄得跟老太太似的？"

"我已经很老了，是心老。"

"我喜欢你穿得鲜亮些，看着喜庆。"

"我穿衣不是给你看的。我有手有脚，做点小买卖能养活自己。"

"就你做的那些芝麻烧饼，卖一年也添不起一件衣，这些钱算我送你的，快拿着吧。"

下午，他在屋门口的那片空地上，支起煤球炉子，上面放着一只铁锅，锅里炖一只现杀的小公鸡。锅开了，他又随手加上些调料：葱，姜片，还有一些料酒。香气很快出来，他深吸一口气，陶醉在里面。

他坐在炉子旁边，边扇炉火边想着自己的心事。他想，晚饭吃了这只鸡，补足了气，夜里一定到她屋里去求爱，求成求不成，都得拼死一试。这样想着，手里来了蛮力气，蒲扇抡得起劲，火苗旺得很。

空地上有几个孩子正在跳橡皮筋，只听得他们唱道：

"小皮球，香蕉梨，

马兰开花二十一，

二八二五六，二八二五七

二八二九三十一。"

其中有个梳童花头的女孩黑眼仁特别大，眼睛亮亮的，跳起来的样子有些笨拙，但是很可爱……

这一刻，夜里十一点，瘸老七似乎就开始行动了。他特意挑了件好看的衣服穿在身上，对着镜子梳了梳头。那只小公鸡补的，浑身上下好像着了火。"哼哼"，他用力做了两下扩胸运动，发出强有力的声响。他多么希望今天晚上能成功啊。他希望有个女人一道过日子。

瘸老七忽然变得腿脚灵便，身轻如燕。门板是他动过手脚的，只需要轻轻一挪，那松动的合页就掉了下来，瘸老七轻松进入李兰的房间，站立床前，凝视着自己喜欢的女人。

她的脸在此刻变得完美无缺，额角和面颊两块暗黑的伤痕已消失不见。瘸老七凑近她仔细一看，原来月光透过窗棂照射进来，投射到她脸上，那窗棂的暗影正好落到伤痕处，巧妙地掩盖了她的不足。

瘸老七伸出手来，抚摸那张在夜晚变得美丽光滑的脸。她平躺在那里，一动不动，似乎没有知觉。月亮移动了一点点，似乎躲到云朵后面去了，屋里的光线更暗了。瘸老七一不做二不休，索性掀开盖在李兰身上的棉被，整个人钻了进去。

第九章　柳叶重逢昔日恋人
　　　　　李兰动情坠入黑暗

1

　　李兰睡在浓黑的夜里，她觉得自己一直在往下沉，手脚不得动弹，然后她看见一张人脸，离自己非常近以至于变形的人脸——月光暗淡，她看不清那人是谁。

　　她觉得非常瞌睡，眼皮重得抬不起来，就又闭上眼重新睡去。几分钟之后，李兰觉得被窝里上下左右忽然多出几只手来，在她身上捏来捏去。

　　"你是谁呀？"

　　李兰非常困，用力推那些手。但推了上面又顾不了下面，脑袋沉甸甸的，好像要掉进一个非常深的洞里去。这时，有人捧住她的脸，像捧住一只苹果。他小心翼翼嗅那只苹果，不停地吸气，发出咝啦咝啦的声响。

　　当那个人的嘴真的吻到李兰的嘴唇，李兰突然明白过来是怎么回事，她从床上跳起，一脚将瘸老七踢到地上去。老七跪在地上求她，老七说反正我也瘸你也有疤，咱俩就在一起凑合凑合吧。没想到这个"疤"字一出口，深深地伤害到李兰，她从床上跳下来，目光凶狠，像一只从未经过驯化的母豹子。

　　她扑向他。他们扭打起来。瘸老七一边抵抗一边说："其实我都是为你好。"说着话，手一松，李兰的头磕到桌角上，头破血流。瘸老七这下慌了神，连忙用平板车将她拉到医院，谎称夫妻打架，不小心弄成这样。

那家医院的大夫一脸讪笑。"你老婆的脸是怎么弄的？"瘸老七忙说："啊，你说她脸上那两个伤痕啊，还用说嘛，叫可恶的日本人弄的，用烧红的烙铁'吱'地那么一按，当时皮就裂开了，痛得哇哇叫，满地打滚啊。"

他说得活灵活现，仿佛他当时就在现场，亲眼所见。日本鬼子人人都是恨之入骨的，他们侵华时杀害了无数中国同胞。这是中国人共同的话题。那缝针的女大夫也来了神，一边给李兰缝针一边说："日本鬼子，作孽呀。我也有几个亲人被他们毁了。好在现在解放了，咱们中国人的好日子来了。"

她给李兰缝合好伤口，在灯下端详李兰的脸，仔仔细细看了好一会儿，然后她说："好了，丈夫去交费吧。"瘸老七点头哈腰将那大夫谢了又谢，像个真正的丈夫那样乐颠颠跑去交费。见他跑远了，女大夫忽然俯下身来凑在李兰耳边小声说：

"哎，我问你，那家伙是你丈夫吗？"

"不是。"

"他想强占你呀？"

"你怎么知道的？"

"都打得头破血流了，我傻呀？这种事，你可以选择报警的。"

李兰摇摇头，不再说什么。瘸老七回来，把交费的单子交给大夫又对她说了"谢谢"，然后扶着李兰就往急诊室门外走。李兰甩开他的手不让他扶。瘸老七小声嘀咕："这又是怎么了？"再扶上她的时候，她就不再挣扎了。在医院门口走了一小段路，才遇到黄包车，瘸老七将"太太"扶上车，自己则跟在后面跑路。

"今天这一架打得值得。"他想。

2

出国演出的消息传来，团里的人都削尖脑袋想要参加。局里的出国名单发下来，女演员中第一个就是柳叶眉。落选的杨细雪对柳叶眉怀恨在心，心生一计，在团里抖出猛料：一天夜里，她偷偷在公告栏上贴出题为《万叶轩的小妾——柳叶眉》的一篇文章。解放前，万叶轩有一家大古董店，以万叶轩名字命名的。那家店在云城很有名气，人人皆知。

一时间，全团哗然。团长高子文找柳叶眉谈话，询问当年究竟发生了什么。柳叶眉当然不肯说出她跟万叶轩之间的事，曲艺团华书记以柳叶眉"有历史污点"为由，将她从出国名单中划掉，杨细雪顶替了她。

柳叶眉站在大柳树下和高子文说话。微风吹动着她的头发和裙摆，使她看起来好像浮在半空中一样。办公室里到处是人，他俩想单独聊聊。

"哥，是我对不起你。"

"这就是你不肯跟我结婚的真正原因吧？当年你莫名其妙失踪，你身上到底发生了什么，你为什么总是不肯说出真相？柳叶眉，你现在变得我都快不认识你了。"

"我已经对你说'对不起'了，你还要我怎么样？"

"不是我要你怎么样，我是想亲口听你解释一下。"

"解释什么？"

"你跟万叶轩，你们到底是什么关系？"

"我们没关系，我不认识他。"

"这么说是有人故意造谣诽谤你喽？"

"也可以这么说吧。"

柳叶眉低下头，看见大柳树的影子在自己脚下移动，心里也有一些飘浮着的东西在缓慢移动。她心里忽然有些感谢揭开历史秘密的那个人了，她以这样一个暴烈的方式说出柳叶眉的身世之谜，让人知道她不再是个年轻姑娘啦，她早已是生过一个孩子的妇女啦。

"可是……那孩子呢？我怎么从来也没见过他们说的那个孩子？孩子是他们编出来的？是他们造谣惑众，对不对？"

"也可以这么说吧。"同样一句话，她又说了一遍。

这时，出国名单上的人排成一列长队，静默无声地从他俩身旁经过。门口停着一辆大客车。仿佛约好了似的，每个人走过来都瞥他俩一眼，然后再上车。他们去的那个欧洲小国，柳叶眉连名字都没记住。她站在大柳树下想了想，觉得也没什么遗憾的。

他俩站在原地没动，大客车就开远了。

李兰出院后，躺在床上不能动，瘸老七天天来照顾她。一日，瘸老七无意间发现李兰项链里的照片，照片上的女孩正是事业如日中天的当红评弹女演员柳叶眉。瘸老七不动声色，悄悄放回照片。

李兰被瘸老七的感情打动了，一天夜里，瘸老七留在李兰房里没走，但瘸老七跟她亲热之时，她的脑子里出现许多幻觉记忆，"砰"地一下，那些日本兵狰狞的脸重叠着出现在她眼前，她感到恐惧，满头大汗，一把推开了瘸老七。瘸老七问她怎么了，她说："我是从日本鬼子死人堆里爬出来的，从那以后，就再也没碰过男人。"

瘸老七干柴烈火，还要跟她亲热，被李兰拒绝了。瘸老七很生气，一股邪火顶上来，大发脾气。

"到底发生过什么，让你对男人这样惧怕？"

"老七，你给我一点时间。我需要一点时间疗伤。"

"有我老七在，你什么也不要怕。什么妖魔鬼怪老子都见过，今后你跟了我，谁要再敢欺负你，看老子不活劈了他！"

瘸老七在生活中喜欢动用一把短柄的板斧，他曾经用板斧活劈过一只羊，后来他们把那只羊炖了吃，直说新鲜。羊的主人没敢管他们要钱。板斧还砍过一棵树，那天夜里，瘸老七喝醉了酒，手拿一把板斧，见东西就砍。他砍倒一棵树。第二天有人上门来罚款，可前一晚的事他完全不记得了。

他的板斧和人，就这样出了名，远近闻名。提起瘸老七，老实人都有些不寒而栗，躲他远远的，见面也不打招呼，而是低着头假装没看见。李兰倒是不再怕他，知道他在外面凶神恶煞，回家却服帖得很，对女人甚至有些温柔呢。

她目前所要克服的，就是她自己内心对男人的恐惧。这件事，想起来也明白的，但一旦男人靠近她，那些鬼魅般的幻影就会"砰"的一声跳出来，干扰她的视线，让她无法平静。

一日，她还看见死去的丈夫柳元熙在窗口徘徊，而瘸老七按住她，不让她追出去。他把她按在床上，用手捏她，想要跟她亲热。他总是火烧火燎想要亲热。李兰身体动弹不得，眼睛却始终朝窗帘外在看。她看见柳元熙像平时在家门口等货的模样，有些焦急，有些按捺不住，心神不宁，走来走去。

那时他们家在南京繁华街市开有店铺，每隔一两天就有人来给他们送货，有时髦的日用品，还有一些女人用的东西，东西卖得都很俏。想想那时的日子过得真叫安逸，要不是日本人打进来，他们的女儿柳叶眉今年也该成家了吧？

柳元熙的影子只在窗口出现过一两次，随着瘸老七与李兰的关系逐渐亲密，柳元熙就再也没有出现过。李兰受伤的身体被另一具受伤的身体拥抱着，她似乎找到了某种平衡，不再反抗，变得平静似水。

3

柳叶眉并不知道，母亲李兰就在与她相隔两条街的某间民房中居住，上回在医院偶然看到一个背影，追出去看，却又不是。母亲行踪诡秘，要找到她也不是一件容易的事。

柳叶眉在团里越来越红了。虽说上次出国的事让她有些受挫，但那件事很快就过去了。团里的演员短期演出回来，各就各位，该干吗干吗。团里琵琶弹得最好的、评弹唱得最棒的，还要数她柳叶眉。她又恢复了从前的生活状态，到处去表演，排练新节目，并不介意别人私下里对她的议论，而是按照自己的喜好生活。

柳叶眉喜欢到艺术品一条街"景蓝街"去转转，那里的水墨画、彩笔写的美术字、篆刻、民间匠人做的玩意儿，应有尽有。柳叶眉到那里去，是去收集纸蛇。

每次想起九岁那个清晨发生的事，都像一场梦一样。父亲没有了。母亲没有了。小白蛇没有了。她惊喜地发现，小白蛇又回来了。景蓝街上到处都是。她收集了许多这样的纸蛇。

这一天，柳叶眉在字画一条街上，偶然看到一幅画，觉得似曾相识，就把画买回去仔细观看，果然，她在画的一个不起眼的角落，发现了"老甘"二字，欣喜若狂。

柳叶眉把画挂在卧室墙上，她知道甘嘉义总有一天会来找她。这天，有人敲门，上门来找她的不是甘嘉义，竟是赵春雷。赵春雷说，他是军人出身，喜欢直来直去，他这次上门来，就是来求婚的，问柳叶眉愿不愿意嫁给他。赵局长说，当年小蕊为了掩护他牺牲了，从此他就一心忙工作，再也没有交过女朋友。柳叶眉告诉赵春雷，她心里已经有人了。

在团里，排练的时候，赛丽丽和柳叶眉说悄悄话。丽丽说："天哪，你连局长都敢拒绝，你胆子也太大了。赵局长条件多好啊！"柳叶眉说："可是我心里已经有人了，住不下别人。"丽丽说："那个人在哪儿，我怎么从来也没见过？"柳叶眉说："你会见到的。"

一天晚上，演出结束后，柳叶眉收到一束花，卡上写着老甘的名字。她在人群中寻找，终于在礼堂大厅里找到了久未见面的老甘。他穿着旧呢子大衣，还是老样子，只不过消瘦了许多。

大厅里人很多，是演出散场准备回家的人们。来来往往的人群阻挡了他们的视线，他俩生怕再次被人群冲散，努力用眼睛捕捉着对方。拨开人群，终于手拉手站到了一起。

"这些年去了哪里？"

"我哪儿也没去，其实，我一直在这里等你。"

恋人重逢，有说不完的话，柳叶眉把老甘带回家里。老甘看到墙上那幅画。他俩有六年没见面，再次见面时，天地都变了。他不再是有钱人家的阔少爷，而是一个在工厂做苦工、业余时间画画贴补生活的艰辛男人。而她呢，不再是那个可怜巴巴的孤儿，而是变身为受人尊敬有名气有地位的当红女演员。两人地位变了，调了个个儿，唯一不变的，是那种叫做爱情的东西。

老甘和阿眉沉浸在爱情里。他俩几乎天天约会。吃饭，游玩，享受生活，像是要把这些年丢失的时间补回来。

李兰和瘸老七一起，度过了一段较为平静的时光。白天，李兰就在家中生火和面，做一种巴掌大小的芝麻烧饼，然后由瘸老七推着车到巷子口去卖。到了夜里，他们就在充满芝麻味的小屋里做爱。瘸老七到了四十几岁，生命中积攒的能量都要在这几晚得以释放，他一遍遍爱抚他的女人，欣喜若狂。

他们每次都点盏小油灯做那事。

他很猛烈。是太久身边没有女人的缘故吗？做到激烈之时，油灯就自动熄灭了，屋里一片黑暗。瘸老七在枕边发出轻微的喘息声，然后，倒头睡去，不省人事一般。

李兰眼前却浮现出晃动的画面：日本兵的脸。街景。坍塌的楼宇。炮声。一家三口跟跄着往前跑，街道在他们身后自动消失……

"李兰，你又做噩梦了吗？我刚才听见你在哭。"

瘸老七忽然醒过来，跟她说着话。他想问李兰关于她女儿柳叶眉的事，但却欲言又止。各自有各自的生活，倒也相安无事。

4

月色温柔。柳叶眉和老甘趁月色在湖心划船，清凉的湖水发出哗啦哗啦的响声，岸边的灯火影影绰绰，只看得见一个轮廓。此刻，有柔美的歌声断断续续传来，不知是谁家小妹倚窗而唱，歌声缥缈，令人浮想联翩。

一个月以前，柳叶眉绝对想不到有这样一个夜晚，她和老甘在湖心泛舟。老甘划船，她靠在他的臂弯里，后背紧贴着他的胸脯，能明显感觉到他的心跳。

这一刻，湖对岸的剧团显得遥远无比，像是关于另一个世界的回忆。剧团里有许多零星琐事，在湖心一艘动荡的小船上想那些事，真是不值得一提。

"老甘，我们好像是上辈子认识的。"

"我记得第一次见面是在雨繁茶馆。不知道茶馆现在还在不在。"

"肯定不在了。解放后不兴茶馆了。现在是新社会，人人都忙。没有了茶馆，我们还能再相遇吗？"

"这不是遇见了吗？"

说着话，他就低下头来吻她。她刚好就在他怀里，他们接吻的动作自然极了，没有一点生疏。六年时间一晃而过，他俩仿佛从未分开过。接吻。接吻。这一吻牵动了大地的某根神经，太神奇了，堤岸边竟然蹿起一串焰火，他俩仰起头来，看那焰火，谁承想伴随着"嗖嗖"的声响，又是一连串的烟花腾向空中，姹紫嫣红，将夜空照得通亮。

"这一吻，惊天动地。"老甘说，"柳叶眉，咱们结婚吧。"

"结婚吧。"

事情总以奇特的方式向前发展，柳叶眉和老甘的婚事受到阻碍，这是他俩谁也没有想到的。老甘的前妻早已去了海外，几年来杳无音信。柳叶眉也是单身一人，他俩为什么不能结婚？百思不得其解。

柳叶眉的结婚申请被驳回后，她决定找评弹团领导好好谈一谈。她倒不是仗着评弹团团长高子文是她师兄，熟人好说话，她觉得自己本来就有理嘛。结婚乃人生大事，每个人都会相当慎重，不可当儿戏。柳叶眉正是想明白了这一点，才向团里正式提出申请的。

这一阵子，团里好像接了新任务，团领导东奔西走都显得非常的忙。柳叶眉见缝插针在排练间隙去了一趟团长室，却没有见到团长，只好又匆匆忙忙返回排练厅。

近来团里在排练女声小合唱，考勤很严格，连一小时假都不让请。排练小合唱是政治任务，谁要是表现不够积极，就是思想不够进步。柳叶眉仗着自己嗓子好，业务尖，对于"进步"表现得并不太上劲儿，再加上又在谈恋爱，整个人云里雾里，处于犯晕状态，能开溜就开溜，有一回，她趁着下午排练间隙，溜去老甘所在工厂，连招呼都不打，就擅自跑去看他。

柳叶眉骑着一辆自行车就出发了。

她刚学会骑车，以前都是坐黄包车，现在黄包车逐渐被淘汰，男女老少都骑自行车。丽丽教会柳叶眉骑车没两天，柳叶眉就技痒难忍，问丽丽借了一辆自行车，去工厂看老甘了。

她沿着湖边骑行，有一种奇怪的感觉，感到自己脑后拖着一只红色的气球，待她回头看时，又无法看到它。她以前唱《白蛇传》，唱的时候也会看到茶馆角落有一只探头探脑的小白蛇，没有人能看得到它，它只为她一个人而存在。

她来到工厂门口，看到身穿工作服的老甘竟然手搭凉棚站在工厂门口等她。

"你骑车来的？"

"你在等我吗？"

"不，我在等一个技术员。你怎么会骑车了？"

"丽丽教我的。老甘，你看我后脑勺有什么东西没有？有没有一只红气球？"

"红气球？"他拉过她，仔细查看她的头发。"看起来没什么异常的呀，阿眉，骑车来是不是很累？快进去，我们进去说话。"

"好。"

这是柳叶眉第一次走进这家工厂，到处堆满了钢铁、器材、木料，还有一种说不清道不明用稻草捆扎的东西，一箱一箱堆放在那里，就跟小山似的。

"这样的环境，你能受得了吗？"

"环境怎么啦？不是挺好的吗？现在解放了，人人都要靠双手吃饭，我不再是阔少爷了，我是劳动人民的一员，一个普通劳动者。"

"行啊你，进步挺快的嘛！看到你现在这样子我也就放心了，我们书记老说翻天覆地、翻天覆地，这种变化在你身上体现得最明显了。你看你现在不再穿西装了，而是穿这种粗布工作服，从头到脚都像变了个人。"

"不好吗？"

"当然好。"

他俩有说有笑穿过厂区，来到一间堆满机器的车间。老甘指着一台满是油污的旧机床说："瞧，那就是我的车床。""很好啊。"柳叶眉嘴上这样说，心里却有些难过。以前那个在舞厅跳舞的老甘，跟眼前这个穿工作服、戴工作帽的老甘判若两人。人这一辈子命运起落，浮浮沉沉，究竟是怎样的神秘力量在背后安排妥当，不偏不倚？

"我们都是随遇而安的一片叶子，漂在水面，走到哪儿算哪儿。"老甘似乎看穿了柳叶眉的心思，他想告诉她，他现在这样很好，能够留在这里，等到自己心爱的人，并且终将有一天跟她在一起，生儿育女，这样就很好。

但是，柳叶眉要求结婚的请求被拒绝了。

是丽丽骑车来告诉柳叶眉这个消息的。当时柳叶眉和老甘正在柳叶眉的房间里睡午觉，忽然听到楼下有个尖声尖气的声音大叫："柳叶眉！柳叶眉！"

老甘推醒在自己臂弯里熟睡的柳叶眉，说道："阿眉，楼下好像有人喊你！不会是我们结婚的申请批下来了吧？"阿眉正睡得迷迷糊糊，听到有人说起结婚的事，一下子就醒了，她看到老甘轮廓分明的脸，忍不住吻他。老甘拥着她，说："好啦，快去阳台看看，谁在叫你。"

阿眉回转过身，抱紧身边失而复得的这个人说："老甘，不管结果如何，我们都不分开。"又说："我们永远在一起。""行了行了，你怎么跟小孩儿似的，又不是生离死别，听个信儿就回来。再说，生离死别的事，咱们都经历过了，结婚，就是扯一张纸的事，你慌什么？"

阿眉就是喜欢老甘身上那种从容不迫的劲儿。像所有经济条件优越的家庭成长起来的孩子一样，老甘也是那种不紧不慢极有安全感的人。这种情绪会传染，与这样的人待在一起，对方也会感到安静平和，心情舒畅。虽然那些优越条件如今已荡然无存，但成长过程中遗留下来的从容淡定还是原封不动地保留在他身上，成为永不磨灭的印记。

柳叶眉好像有预感，结婚的事不会那么顺利地批下来，她从床边捞起那条白裙子从下往上套的时候，发现自己的手不停地在抖。她穿好白裙子和一件短上衣，拉开窗帘站到阳台上去。

丽丽站在楼下，皱着眉头焦急地向她挥手。

"柳叶眉，团长叫你赶紧到团里去一趟。事情紧急，就派我骑车来喊你！"

"出什么事了？"

"说不太清，你去了就知道了。"

"哦，我马上就来，你等我一下！"

她的白色裙摆在阳台栏杆上闪了一下，如同一只白色大鸟的翅膀，在空中白得让人惊心。丽丽站在楼下，看见那白色，她恍惚觉得她看到了事情悲哀的结局：柳叶眉不能嫁给自己喜欢的男人，命运处处给她设坎。

果然，他们被告知不能结婚。

"团里培养一个评弹演员不容易。如果你这么早就结婚，势必会影响到你的艺术生命。你是团里的尖子演员，团里很重视对你的培养，你的一举一动我们都看在眼里。再说，结婚也不是你一个人的事，你底下还有一大批女演员呢，要是她们全都学了你的样儿，一个个全都早婚早育，那又成何体统？剧团就不是剧团了，就成幼儿园、保育院了。"

高子文调到局里去工作了。评弹团换了新团长，姓辛，名叫辛建国。辛建国团长说考虑到柳叶眉的艺术生命，暂时不批准她结婚。因为老甘出身不好，团长担心那个人会影响柳叶眉进步，他反复强调"团里培养一个评弹演员不容易"。

柳叶眉面对陌生的团长，面对他的一大套说辞，一时间不知如何应对。她是一个九岁就失去父母的孩子，她就像一棵孤零零的小苗独自成长，她是何等的孤单，无依无靠……想到这些，她眼角有一颗泪滑落下来。

团长近视，他什么也没看见。"行了，我还有一大堆会要开，这事就这样吧。"说着，谈话中断，他撇下柳叶眉独自离开。

第十章　诗情画意难抵凡俗
　　　　玉女沦落英雄相救

1

　　柳叶眉的人生，一直像坐过山车，忽高忽低，命运多舛。她和老甘的这场恋爱，看似平常，不过是一个男人和一个女人想在这滚滚红尘中拥有一张温馨安稳的床。

　　这张床，有的人有，有的人就没有。

　　阿眉和老甘并排躺在狭窄的单人床上，天气炎热，窗帘低垂，一扇阿眉从剧团搬来的旧式黑色电扇劳而无功地转来转去，送出阵阵热风，把单人床的床单掀得一起一落。他们躺在那里，并没有入睡，只是有一搭没一搭地说着话。

　　"老甘，将来结婚后我要买一张法式黑色铸铁大床，皇后尺寸，那么宽，那么长，咱们两个人可以在上面打滚，在上面唱戏，在上面演《白蛇传》。你是许仙，我是白娘子。我们穿上神仙的服装，飘逸俊美，站在我们的大床上唱越剧，唱绍兴戏，唱黄梅戏，唱京戏。"

　　"你慢慢教我。"

　　"哦，对了，还要给你买一个最大尺寸的书桌，上面摆满文房四宝，让你在上面写字，画画……还有就是，你要教我画画，画翠鸟，画荷花。"

　　"画荷花？这个容易，让我慢慢教你。"

　　柳叶眉房间里就有笔墨纸砚。闲来无事，他手把手教柳叶眉画画。他们画的是一张《初荷图》，画的上方是一只嫩绿的小莲蓬，小巧可爱，就像一只透亮的水晶杯。画的中间是一张大荷叶，叶的中心还捧着一颗晶亮硕大的水珠。

盛大的莲花，画在画的右下角。

这就是《初荷图》。

老甘有睡午觉的习惯。在睡意蒙眬之中听阿眉絮絮地说着话，声音忽近忽远，就想起他独自一人留在云城等柳叶眉，一直没有勇气去找她，日子过得艰难，画些画弄到街上去卖，挣些零花钱勉强度日。工厂的工作是他正经体面的工作，机器再吵，环境再差，他还是每天坚持上班，虽说工资不高，但中午可以在厂里吃一顿午饭。

他终于等来了身边这个女人，不知如何爱她才好。重逢后，他几乎每天都到她的剧团单身宿舍去找她，与她一起吃饭，睡觉，画画，唱戏，工厂那里去得不那么密了，工作耽误不少，恐怕饭碗不保。不过也无所谓啦，他骨子里的阔少爷脾气又再次生长出来，为了爱可以豁出去，什么都不要了。

2

这个中午，他们还不知道危险早已向他们逼近。他们还流连于床笫之间，耳语呢喃，肌肤相亲。事后他们被人抓到时，两人都没有穿衣服，冲进来的人正好抓了个现形。

冲进来的是老甘工厂里的一些蓝衣人。他们说，早就看这个资本家阔少爷不顺眼了，班不好好上，一有时间就跑到外面找女人。这不，在评弹团的单身宿舍，我们一抓一个准，瞧瞧啊，光天化日之下，这对狗男女，他们连衣服都没穿，我们把门踹开的时候，这对野鸳鸯干得正欢呢。

这一次，云城评弹团的丑闻轰动全城，他们无论走到哪儿演出，都有人指指点点，猜哪一个是跟"工厂坏分子"乱搞的"破鞋"柳叶眉。

柳叶眉站在小合唱的队伍里，微仰着脸，迎着光。舞台上的灯光就像钻石一样闪烁，照耀着她们葵花一般的脸庞。她们还没发声，观众的坐席里已开始发生骚动，他们指指点点，说："喏，看到了没有，就是站在舞台中央烫大波浪头那个，就是柳叶眉。"

"工厂坏分子"、"破鞋"、"柳叶眉"这三个词汇在人们口中来来回回地滚动，顺序不同，说来说去还是觉得精彩。在那个沉闷的年代，能有一桩亲眼所见的桃色新闻是多么不易。而此刻那女子就站在台上，为他们唱歌，其实他们早就不要听她唱歌，兴奋地想象着她的所作所为，发出尖叫和鼓掌的声音。

但这都不是他们真正想做的，他们真正想做的是把这个女人揪下台来，带有侮辱性质地揪她的头发，让她双手背后批斗她。既然她跟"坏分子"好，那就说明她已经是敌人了。对敌人还有什么好客气的？趁乱斗一斗她，踢一踢她，打打骂骂、摸摸掐掐，这些都不算过分吧？

人们沉浸在带点血腥的疯狂想象之中，面色潮红，呼吸急促。人们无法克制自己的情绪，就在小合唱的和声里摇摆自己的身体，作陶醉状。木椅发出咯吱咯吱的声响，好像快要垮掉一般。就在这时，小礼堂电路发生故障，舞台上下照明设备在一瞬间全部灭掉，台上台下乱成一团。就在辛团长领着大伙儿从礼堂后门撤退的时候，一个女演员被疯狂的人群扯掉大波浪假发套一顶。

这人是杨细雪。混乱中有人误把她当成了柳叶眉。

"说说看，你还要怎样拖大家的后腿？"
"我没有拖大家的后腿。"
"那为什么只要你一出现，场面必定混乱？是群众觉悟太低吗？柳叶眉，你为什么不从自身找问题，总以为咱们全团你最红，其实呢，人家杨细雪唱得也不比你差嘛，人家就很谦虚。这样吧，柳叶眉，这一阵子市里举办的文艺汇演你就不要参加了，你也不要到处乱跑，你要深刻反省自己，写出一份深刻的检查来交给我。好吧？"

辛团长宣布了柳叶眉停职检查的决定。柳叶眉愣在那里，仿佛没有听懂他在说什么。这时，团长办公室那扇冲着庭院走廊的大窗，好像上映皮影戏一般，红的人，绿的人，一队穿戏装的小人儿依次从窗前闪过。

她趴在团长办公桌上写检查，耳朵里灌满他们的笑声。她好想回到他们的队伍里去，可是不行，没有团长的命令，谁也不敢收留她，让她加入排演。他们都知道她犯了错误，可那错误说一千道一万也不过是个男女爱情问题。跟自己心爱的人在一起，又有什么错呢？

柳叶眉写着写着，竟然趴在桌上睡着了。她梦见了母亲的脸，那是她童年的眼睛里母亲的脸，温文而又俊美，说话细语轻声。她梦见母亲靠近她，说："孩子啊，你父亲走了多年了，现在我要结婚。"说着，拉出身边一个男人，食指朝他一指，说，"就是他。"

阿眉努力想看清那个男人的脸，却无论如何也看不清，就像一张聚焦不清的照片，无论你怎么换角度，却也总还是虚掉一块。

李兰答应瘸老七正式结婚，是在得知女儿出事之后。她听说女儿因为男女关系问题而被团里停了职，心里非常难受。她一直在暗中关注她，保护她，看她演出，打听她的私生活，但毕竟她无法代替她生活。

"李兰，李兰，咱们啥时候上民政局呀？"

瘸老七已经等得不耐烦了，他想，真不知她要拖到什么时候才算完？瘸老七觉得李兰这个女的太不务实了，既然有个唱评弹有名的女儿在云城，为什么不去相认，或许还能捞点实惠。

女儿出事以后，李兰突然感觉万念俱灰。嫁就嫁了吧。随便结个婚得了。这是她的真实想法。她嫁给瘸老七，还真有点破罐破摔的意思。女儿以前名声在外，事业做得蒸蒸日上，李兰虽不上前相认，但心里总算有个念想,一直躲在观众的队伍里默默支持女儿。

柳叶眉不知道,她在云城的全部演出,都有一个戴面纱的神秘女人在场。她坐在礼堂的某一角落,不会发出任何声响,从不鼓掌,就好像是一个局外人,并不受场内气氛所感染。

有一回,为了看云城评弹团慰问解放军的演出,李兰被一个持枪实弹的小士兵拦在了门外。交涉多时,不得入内。此时,手拿演出道具的柳叶眉从那儿经过,看到一个蒙面的女子正在尽力说服士兵放她进去,她说哪怕就看一眼也行。

小士兵说,要换了平时,也没有什么。你想进去看一眼,就看一眼,也无所谓,问题是今天首长们要来,上面要求很严格,无票人员一律不得入内。

柳叶眉手里拿着一枝纸制的小红梅从旁经过。小红梅是他们此次表演的小型歌舞剧的道具。由于形势需要,评弹团也演其他节目,小歌舞,小合唱,滑稽戏,快板书,观众喜欢看什么,他们就排什么,所到之处大受欢迎,迎合了当时人们的心理需要。

柳叶眉并不知道这位纱巾蒙面想看演出的女子是谁。她只是走过去本能地替她解了围。她说:"我这儿有两张票,送给这位同志好了。"说着从兜里掏出两张票,交给士兵,然后举着道具小红梅从关卡处匆匆走过,远远地留下一个背影给母亲。

李兰眼睛里涌出泪来。这是她与女儿交汇的一个节点。她想,以后可能再无机会这样近距离地看到女儿。谁承想就在她答应瘸老七去民证局领证那天上午,她再次与女儿擦肩而过。

她看见一对男女站在树下说话。

她认出其中那个亭亭玉立的女子,就是自己的女儿。

3

柳叶眉和从看守所偷跑出来的老甘，站在一棵树下说话。老甘说："这次我是冒死从看守所跑出来见你一面。明天他们就要把我们这批出身不好的'坏分子'送到苏北农村劳动改造去了。"

"到时候，再见一面可就难了。"他细长的眼睛在阳光下眯成一条缝，似乎有千言万语要讲，但到了关键时刻却又欲言又止，什么也不想说了。

"你的母亲，找到了没有？"

"还没有，但我相信她还活着。"

"等我走了以后，你又变成孤苦伶仃一个人了。阿眉，有一句话我不知当说不当说。"

"你说你说。"

"你看我这一走，也不知啥时候才能回来。要是身边有不错的男人，尽早结婚倒也是一项不错的选择。"

"结婚？你让我跟谁结婚啊？"

"我倒是有个合适的人选推荐给你，如果我说错了什么，你可不要生气啊。"

"说吧。我们没有多少时间了。我发誓，只要是你的想法，我会按照你的意思去做的。"

"我听说赵春雷一直在追求你。他人很不错，是个正直的好人。虽然年纪大一些，但年纪大的男人懂得心疼女人。"

"你是说赵春雷？"柳叶眉笑了起来。"我跟他不可能的。"

"为什么不可能？"

"因为我设想的婚姻，一直是跟你结婚，每天过琴棋书画的生活。我们有我们的精神世界，与那种凡俗夫妻不同。"

老甘说："我理解你。但凡事总有它的另一面。目前像我这种情况，一时半会儿是没办法娶你的。再说我出身不好，就算是勉强结了婚，也会连累你的。如今干什么都讲究出身，出身不好的人就如过街老鼠，人人喊打。"

又说："你看咱俩的事，还没怎么样呢，就已闹得满城风雨，成为云城的一桩桃色新闻。柳叶眉，你苏州评弹唱得好，人又长得漂亮，别人对你羡慕又嫉妒，这很正常。他们正没处下手找你茬呢，一下子知道了咱俩的事，他们奔走相告，恨不得敲锣打鼓上街贴告示去才好，真让这帮居心叵测的人乐疯了啊。阿眉，这件事是我对不起你，是我连累了你，对不起……"

阿眉微仰着脸望老甘，细语轻声地说："别说对不起，还谈什么连累不连累。我爱你，我愿意这样。你走吧，到了乡下好好劳动改造。你刚才说的那事，我会认真考虑的。"

老甘将几幅家传的古画交柳叶眉保存。挥挥手，轻松上路。

4

老甘离开云城去了苏北，柳叶眉的生活重又变得空洞无味起来。家里到处都是他画了一半的画，柳叶眉将它们晾干卷好，放置在橱柜顶端，又把他用过的毛笔和颜料小心翼翼地收好，想着有一天老甘回来，还能接着再用。

柳叶眉停职在家，日子过得无聊，也见不着什么人，团里这几天发生了什么事，她全然不知。既然被停了职，单位食堂自然也是不能去了，不然会被人笑话，说："瞧这人脸皮厚的！班儿都没得上了，还跑这儿来蹭饭吃！"想想只有自己上街买菜。

她觉得自己飘浮着，走起路来没有重量感。她边走边想那些伤心的往事，想到父亲的惨死，母亲的失踪……自己与师兄高子文两小无猜，原本以为长大以后能嫁给他，却无端杀出个古董商人万叶轩，并且跟他生下女儿小万万。从此以后，柳叶眉就感觉自己再也配不上高子文了，一再躲避他俩之间的感情。

她伤师兄很深。师兄并不知道这件事背后的隐情，只单纯地以为，柳叶眉爱老甘更多一些，所以才会放弃自己。

他这样想，自然也有道理。

一路上，她看见了许多熟人，丽丽，玲玲，沙沙，最后一个出现的是杨细雪。杨细雪穿一身崭新的列宁装，正以一种奇怪的步态向前走着。柳叶眉见迎面走过来，笑着说："你穿这么漂亮，要去干吗呢？"

"我嘛。"她说话有点得意洋洋的劲儿。"我到照相馆，去拍结婚照呀。哎呀，麻烦死啦！"

"结婚？这是跟谁结婚？"

"怎么，你还不知道啊，就是你师兄高子文呀！我俩秘密恋爱很久了，这下终于可以把我们的关系公开了，好高兴哟！"

柳叶眉僵在那儿，不知说什么才好。杨细雪说："怎么啦？柳叶眉，我俩结婚难道你不高兴？你不会是吃醋了吧？"

"恭喜恭喜！我现在停职在家，消息也不灵通，你看连你们结婚那么大的事都没人告诉我。前两天我还去过师父家呢，也没听他们提起。"

"还说呢，你那老顽固的师父，对我俩的婚姻好像并不支持，连句话都没有，也不肯拿出钱来办婚礼。哎呀，我都忘了，柳叶眉，你从小是在他们家长大的，要不你去帮我跟你师父说说吧！"

柳叶眉觉得不好推脱，只好点头答应。她知道师父一直不喜欢杨细雪，视她为妖孽。此番杨细雪要跟他儿子结婚，师父高满天一定是又气又怨。柳叶眉最见不得师父生气，但对于师兄的婚事却也无能为力。

她买完菜之后，顺道去了师父家。上回她跟老甘在宿舍里被人围堵捉奸的事，闹得沸沸扬扬，人人都说柳叶眉这姑娘完了，名声坏了，作风不好，将来哪个男人还敢要她。又听说柳叶眉已经被剧团停职检查了，师父更是火冒三丈，派人把柳叶眉叫来骂了一顿。

师父一家人正在小院里围着小饭桌吃饭。见柳叶眉来，师娘忙去添副碗筷，招呼柳叶眉坐下一起吃饭。高子文低头划饭，并不多说什么。师父主动提起儿子的婚事，说："他们什么事也不跟我商量，婚姻大事，擅作决定，我这个爹算是白当了。"

师父吃饱了饭，将碗筷一推，说："阿眉，你来，到我屋里来。"说着就背着手进屋了。师娘冲阿眉挤挤眼说："他这是要跟你发牢骚呢，说什么你就听着好了。"

"嗳。"

师父的房间里摆着各式乐器，有琵琶，月琴，古琴，还有一把西洋乐器小提琴也并列摆放在一起。师父这辈子最爱乐器，他的家就像一个乐器博物馆，陈列有序，每把琴都有它的特殊来历。

"阿眉，你坐。"

师父点起烟斗，皱起眉头深吸一口。柳叶眉在琴凳上坐下来，她知道师父好久没有训话了，今天这一番谈话时间自然短不了。果然，高满天从日本人打进南京城讲起，讲到如何在路边拾到一个没爹没妈哭哭啼啼的小女孩。又讲到如何教柳叶眉学艺，学琵琶，学身段，学唱戏。

"评弹是世界上最好听的声音，"师父说，"多温婉，多柔美，多滋润。"

师父说："本以为你和子文两个人都出息了，都加入了云城评弹团，一个当团长，一个唱主角，这日子过得不知有多和美。可你们这两个没出息的，好日子刚过了两天，就开始胡闹啦。一个因为男女之事被团里停了职。另一个闹得更荒唐，竟连招呼都不打一声，就要娶那姓杨的小妖。那女子面相不正，是个闹腾的命。"

柳叶眉说："师父，人各有命，您就准许他们结婚吧。"

"是啊，证都领了，我又能如何阻拦。"

师父突然凑近阿眉的耳朵小声说:"那女子是个蛇妖,我儿子这辈子有得闹了!"

阿眉耳边响起评弹《白蛇传》的唱腔。那声音凭空而来,一声声,一句句,婉转伤痛之极。

5

婚礼是在云城最洋气的饭店"华侨饭店"举行的。男方父母没有露面。女方亲属倒是来了一大堆,杨细雪的二姨三姨四姨全来了,一个个烫着头,腕上挎个小包,那做派,那长相,那衣着,全都像一个模子里刻出来的。

杨细雪穿着新衣,脸上激动得直放光。

她的二姨三姨四姨将她团团围在当中,这个帮她梳头,那个帮她整理衣领,都对她关怀备至,看得出来,细雪在她们家是个受宠的孩子。她们对男方父母没到场不仅没生气,反而显出几分高兴,她们说,反正新郎来了就可以了,新郎可是市文化局的官人。

说到市文化局,婚礼现场倒是来了一位女方亲戚并不认识的大人物,他就是赵春雷赵局长。他笑吟吟地坐在宾客中间,并不多言,表现得十分低调。

不知什么时候,赵春雷端着一杯酒大步流星朝柳叶眉这边走过来。他过来跟她碰碰杯,小声说:"你过来,我有话跟你说。"柳叶眉问他去哪儿,他朝门廊的方向努努嘴,又调皮地挤了挤眼睛。

他们一前一后来到门廊。门廊里空寂无声,

"不是有话跟我说吗?什么事,快说吧。"

"你瞧你,你这么用大眼睛瞪着我,我倒不好意思张口了。"

"你是问我借东西吧?没关系,你说吧。只要我有的。"

"你有的。"

"是什么呢?"

"是人。"

"人？什么人？"

"就是想把你借过来，借一辈子。"

"什么意思？"

"啊，我是军人出身，就不绕圈子了，柳叶眉，我一向喜欢你，想娶你，今天在高子文的婚礼上，我正式向你求婚，柳叶眉，你愿意嫁给我吗？"

看得出来，他是鼓足勇气才说出这番话的。柳叶眉想，这可能是世界上最特别的求婚吧？像借东西一样把人借过去，那么，你什么时候还呢？

两个人正面对面在空寂的回廊里站着，有青灰色的空气从他俩之间穿过，有鞭炮和美食的味道。事情进行到这里，好像有点僵，幸好这时有个穿中山装的小伙子跑出来，气喘吁吁地说："赵局长，您怎么还在这儿，他们让我来找您，该您上台讲话了！"

"讲话？又不是代表大会，谁讲还不一样啊！"

"那可不一样，您是局长啊！"

"是啊是啊，那可不一样，您是局长啊！"杨细雪的二姨三姨四姨同时出现，将赵春雷团团围住，一口一个局长地叫着，好不隆重。赵春雷笑容可掬："好，好，我去。"说着，还抽空跟柳叶眉挤了挤眼睛，然后被众星捧月般推去会场，空剩柳叶眉一个人，在酒店回廊里发呆。

赵春雷这个人接触起来还真挺有味道的。想象中的他，军人出身又是领导干部，平时应该是不苟言笑、一本正经的样子。柳叶眉从婚礼现场骑车回家的路上就想，自己是个演员，如果当真接受赵春雷的求婚，两人的性格能合得来吗？

第一次约会就出乎她的意料，他把约会地点定在了射击场。他在电话里说，他的一个老部下约他去靶场打靶，问柳叶眉想不想一起去。柳叶眉心里觉得好笑，哪有约一个女的出去玩，约到靶场去的？但是到了靶场她就明白，赵春雷太聪明，他知道自己执枪瞄靶的样子很帅，所以约女人到这儿来看他打枪。

"那，你可以教我开枪吗？"

柳叶眉一手拿着电话，倚靠窗边，无比风情地讲电话。她身穿白色蕾丝旗袍，身旁白蕾丝窗帘呈X形被束起两束，就像舞台上被束成的幕布，幕布旁站着绝世佳人。

第二天，天气晴好。赵春雷派司机开车来接阿眉。阿眉穿了练骑马穿的马裤，上面是一件海军领白衬衫，帅气十足。

小司机说："今天好帅啊！看起来像一个军人！"阿眉轻轻一笑，显得心情很好。汽车开去文化局，在办公楼前的台阶上停下来，这时赵春雷正好从楼里走出来，只见他身穿没有领章的军装，大步流星，身上带着一股风。

他亲切地坐到她身边，问她这两天好不好，剧团里忙不忙。柳叶眉说："我刚恢复工作，哪有什么事可忙。"赵春雷说："有段时间反思一下自己，是件好事情。"经他这样一说，柳叶眉倒觉得，前段时间"停职检查"也不是件坏事情。

赵春雷就是这样一个充满正能量的男人，跟他在一起，你会觉得生活是简单而美好的。有的人生活是做减法，把一切不必要的麻烦减掉，生活在简单清爽的环境里，一门心思做自己喜欢的人，这样的人更容易成功。还有一种人正好相反，这类人可简称为"麻烦制造者"，一件原本简单的事，经他们的手一办，立刻会变得麻烦无比。大体来说，杨细雪就是这种人。

因为路途遥远，柳叶眉他们有很长时间可以聊天。柳叶眉问："赵局长，你跟我好是不是为救我？"

"你怎么会这样想？"

"我名声不好，我配不上你，会影响你进步的。"

赵春雷说,"老子枪林弹雨都闯过来了,还怕几个唾沫星子?"

汽车一个急刹车,两人在瞬间碰撞一下,又很快分开。然后他很自然地拿过她的右手,自自然然地握在他手心里,就这么握了一路。

第十一章　英雄巧设计谋求婚
　　　　　　佳人心相许得幸福

1

　　初夏时节，阳光晴好。射击场坐落在西郊一处风景如画的地方，远山的轮廓线仿佛仙人信手一抹，蜿蜒千里。近处的池塘，碧水幽幽，一池荷花开得正艳。

　　车子从远处开过来，路过荷塘时，柳叶眉大叫："看！荷花！"

　　这样的举动感染了一向忙于政务的赵春雷。他睁开眼睛看世界，看到了不一样的天与地。这是在一天郊外游玩结束后，赵春雷在自己的日记本上写下的话。他有写日记的习惯，参加革命前，他曾是大学外语系的高材生，文笔极佳。如果不是战争来临，他现在恐怕已是大学者、大翻译家。

　　"停！停车！"

　　赵春雷忽然拍拍前排小司机的肩，示意他停车。柳叶眉和小司机都不知道局长想干什么，睁大眼睛看着他，眼睛里满是问号。

　　"你们等一下，我去去就来！"

　　说着，他动作敏捷地下了车，大步流星朝荷塘边走去。两分钟之后，他手里拿着一朵硕大的荷花朝这边走来。他浪漫的举动打动了阿眉，他对阿眉说"给！这是给你的！"阿眉的心怦怦直跳，她对自己说"我已经无处可逃了"。他用意想不到的浪漫举动征服了阿眉。当这个男人用举枪的手举着一朵花向她走来，她的心被软化了。任何一个女人，面对这样的铁汉柔情，内心恐怕都会松动开一条缝吧？

"给！这是给你的！"

"怎么不接着啊？这就被感动了？"他凑近她耳边小声说，"那这辈子我让你感动的事还多着呢！"

射击场门口有人来迎接他们。司机停下车，刚才站在门口穿浅灰色干部服的男子快速跑了过来开车门，他旁边的女子手捧鲜花，微笑站立。

"赵局长，您好！"那人虽然身穿便服，却敬了个正儿八经的军礼。连衣裙女子也微笑上前，给领导送上鲜花。

赵春雷走下车来，与老战友寒暄之后介绍说："这位是小柳，以后就是你嫂子了。"

这话说得让柳叶眉脸上有些发烧。虽说对他有些好感，但当他战友的"嫂子"似乎还需要一些时日，他这样擅做主张做介绍，似乎把事情已经定下来，并且，说完"嫂子"这话，他还非常得意地看了她一眼，让人看到革命者童心未泯的一面。

"这两位是肖处长和他爱人刘娜。"

那位被称作刘娜的连衣裙女子，一直用眼睛看着柳叶眉，并赞不绝口地说："嫂子长得可真漂亮啊！"

柳叶眉笑道："就叫我小柳好了。"

"那怎么行，还是叫嫂子比较好。"

肖处长问："老首长，您说先喝茶还是先打枪？"

"当然先打枪啦！好久不上战场，这手都痒痒啦！"

刘娜拉着柳叶眉的手说："走！咱俩先到那边喝茶去！老肖藏了上好的龙井，在家里谁都不让喝呢！"

说着，刘娜带柳叶眉到射击场边上一处小凉棚坐下，立刻有人拿来茶具和热水壶，冲茶倒水，殷勤周到。刘娜是一个宣传干事，说起话来句句在理。她对那冲茶倒水的小伙儿说:"茶泡好了,你就去吧,我们姐妹俩好好聊一聊。"

支开那小伙儿之后,刘娜也就单刀直入,直接聊起赵春雷这个人来。她说赵春雷是战斗英雄,嫁给他肯定不会错的。再说又是相貌堂堂,男人味很足呢。话聊到这儿,柳叶眉才明白,原来来射击场练习打手枪只不过是个幌子,赵春雷托人提亲才是真正目的。

这个可爱而又狡猾的赵春雷啊!

"你们说什么呢,这么热闹?"赵春雷走了过来。

"还能说什么呀,我跟小柳聊你呢呗!"刘娜说。

"我有什么好聊的,傻大黑粗,不过枪打得不错,把把十环。"

柳叶眉撇嘴笑,一脸不相信的样子。赵春雷说:"怎么,不相信啊?以为我吹牛啊,不信你俩过来看。"

刘娜和柳叶眉跟着赵春雷往靶场那边走,刘娜用手捅捅柳叶眉说,你看他的背影,多有男人味!柳叶眉就腼腆地笑了,心想这小媒婆倒挺尽心尽责的啊,赵春雷事先一定做足了功课。

到了靶场,赵春雷连续射击,果然枪法不错,打了五发子弹,竟有四发十环,一发九环。真是神枪手啊!

打靶之后,柳叶眉和赵春雷来往更加密切。赵春雷是大人物,出门有司机秘书跟着,动静太大,不宜常来评弹团宿舍找她。他俩经常通电话,人却见不着面。

这天晚上,窗外下起了蒙蒙细雨,柳叶眉在水房洗了几件贴身小内衣,用夹子夹好晾到阳台上去。阳台在三楼,从三楼阳台往下看,可以看得到楼下的路灯和行人。柳叶眉晾好衣服朝楼下张望,看到有人骑着自行车从路灯下经过——她简直不敢相信自己的眼睛,骑车而来的不是别人,正是白天还通电话的赵春雷。

她快速回到房间里，匆匆对着镜子梳妆打扮，抚了一下头发，又抹了一点淡粉色的唇膏，正对着镜子轻轻抿着嘴唇的时候，坚定有力的敲门声"笃笃"响了起来。

"是他！"

她脑海里像有闪电掠过，既惊喜又懵懂，她到底爱不爱这个人呢，这是她目前亟须搞清的一个问题。她以前也经历过几段情感，师兄、老甘，甚至万叶轩，他们在她心里都留下了或深或浅的刻痕。对老甘的感情似乎还很深，在这种情况下接受另一个男人的爱，是否合适……

她拉开门，看到赵春雷站在门口，头发被小雨淋得湿漉漉的，脸上却挂着微笑。

"你怎么来了？"

"我怎么不能来？干吗一脸惊讶的表情。怎么，不请我进屋吗？"

阿眉微微一笑，"我是说，你骑自行车，这太奇怪了。"

赵春雷朗声笑道："哈！哪条法律规定领导干部不能骑自行车了？我这个人啊，不仅枪法好，车技还好得很呢！你有自行车吗？待会儿咱俩下楼比一比？"

"好啊，没问题。快请进，进来喝杯茶。"

这一晚，赵春雷就没走，留在了柳叶眉宿舍。他原本是来给柳叶眉出主意的，他说下班的时候他忽然想起个好主意来，吃过晚饭就匆匆骑着车子赶了来。

柳叶眉问他是什么好主意。他说，当然是关于创作的。他说可以以他做地下工作的战斗经验为蓝本，写一段关于地下工作的新评弹，名字他都想好了，就叫《暗战》。

柳叶眉听后颇为欣喜，当即拿出纸笔，伏案构思起新戏来。赵春雷在屋里踱着方步，手里拿着烟，边讲述边抽烟。他的讲述颇为生动，口才真好，出口成章。到了后半夜，两个人全都困了，就倒在床上和衣而眠，再睁眼时，窗外已天光大亮，楼下有人晨练，传来打羽毛球的声音。

"你要去哪儿？"

"现在几点了？我要去上班啊。今天还有个会要开。"

阿眉按住他说："今天不用上班，今天是礼拜天。"

赵春雷松了一口气说："啊，你看我都忙晕了，日子都记混了。"

他们脸对脸看着对方，都有一种似曾相识的感觉。其实他俩还是第一次离得这样近，脸对脸面对面，听得见对方的呼吸。早晨细微的光线透过乳白色窗帘缝隙照射进来，照在阿眉洁白细嫩的脸上，她离得这样近，又仿佛那样远。他用食指的骨节在她细腻的皮肤上轻轻画着圆，说："睁开眼睛第一眼看到你，是一件美好的事。"

阿眉起身道："我去洗个脸。"

说着去浴室刷牙洗脸，对着镜子看自己的眼睛，看了很久，有一根睫毛掉进眼睛里去了。

赵春雷抱住她，帮她找那根眼睫毛。她的头靠在他怀里，身体轻得像一片羽毛。这柔若无骨的女人，在他怀里显得越发娇小，安静甜美，似粉红莲花一朵，在湖面上无端盛开，等待有缘人去采摘。在这样静谧柔情之时，赵春雷不知为何，竟然回忆起解放前被特务追杀的那次经历。那一晚，他们意外跑进旅馆，那天是柳叶眉掩护了他和小蕊，才使他俩逃脱了敌人的追杀。

"你在想什么？"她柔声问。

"我在回忆过去。"赵春雷说，"阿眉，我们今后一起生活吧，永远在一起，让我来照顾你、保护你。"

柳叶眉说："眼睛好了。舒服许多。"

这个早晨发生了许多美好的事，有工厂在今晨开张，远处隐约传来热闹的鞭炮声。有两个年轻的孩子在楼下打羽毛球，一来一去传来啪啪的响声，还有她们因快乐而发出的呵呵的笑声。还有一件美好的事，他和她今天早上终于在一起了。这在他们个人历史上绝对是一件值得庆贺的事。但柳叶眉觉得，她错过了一件非常重要的事，那就是关于她跟万叶轩所生的那个女儿小万万，虽然她并不知道小万万今在何方，但她觉得自己有必要将这件事和盘托出，说个明白才好。

但机会一再错过去。

先是他去淋浴，阿眉半躺在床上想小万万的事。她想上次单位里闹的那事，想必他也听说了，但他未必知道有个孩子。孩子是活生生的人，又不是什么看不见摸不着的东西。如果不告诉赵春雷，万一哪天小万万突然出现，肯定会影响夫妻感情。

"我洗好了，你要不要也去冲一下凉？"

他突然出现在她面前，竟让她有种吓一跳的感觉。柳叶眉抬起头来打量眼前这个男人，只见他浑身上下全是紧实的肌肉，健美的身体着实让柳叶眉有些意外。赵春雷比柳叶眉大了将近十岁，他是那种面容沧桑比较显老的男人，再加上平时工作中又很严肃，柳叶眉很容易将他看成"大叔"那一类人，没想到身体如此青春，结实健壮，真是意外中的意外。

"有件事，我想跟你说一下……"

"洗完澡再说。"

就这样第一次错过了跟他说小万万的机会。

等洗完澡回来她刚要说，他却一下子抱住她，用嘴堵住她的嘴，亲得她天旋地转，想说什么已经完全想不起来。身体光滑如水，像是坐着水滑梯，一路飞奔着去了很远很飘渺的地方，现实世界里的事一件也记不起来了。

"想不到跟你在一起有这么好！"

"这跟打靶一样，把把十环。"

"得意。"

"眉，你刚才想说什么来着？"

"哦，没有，什么也不想说了。"

暴风骤雨过后,一切绚烂归于平淡,世间安静下来,鞭炮声远去了,连打羽毛球的小姑娘的笑声都不见了,他俩仿佛到了一个安静的岛上,没有电话,没有会议,没有演出,没有排练。只有一张平静的大床,床头柜上放着一盒已开启的香烟。

他点上一根烟,搂着她边抽烟边说话。回忆起过去,他似乎有许多话要说。他就像一本翻开的大书,厚重丰富,里面似有无穷无尽的内容,令人钦佩。

"柳叶眉,不如我带你去一趟北方,苏北,山东,还有好几个我曾经战斗过的地方,走一走,看一看,激发创作灵感。顺便呢,我也去拜访一下老战友,多年不见,大概都老了吧。"

"好啊,我愿意陪你去。"

她又开始写新戏了。她打算以赵春雷当年做地下工作的独特经历为故事原型,写一段新评弹《暗战》。这是讴歌革命战争题材的新戏,对柳叶眉来说,题材很有吸引力,写好了能受许多人欢迎。

2

就在柳叶眉开始一段幸福旅程的同时,杨细雪和高子文之间却展开了一场无休止的战争,他们从早吵到晚,摔锅砸碗是常有的事。星期天一大早,杨细雪挎着菜篮子去菜市场买排骨,遇到高子文他们单位同事的爱人小苏,寒暄之后,两个人站在市场门口聊了一会儿。

小苏说:"小杨,你知道吗?文化局最近正在选拔干部,准备提拔一个处长。你们家高子文很有希望哦。"

小杨说:"是吗?我怎么没听说啊?小苏,你可不知道,我们家高子文是闷罐里煮豆腐,什么事全都烂在肚里了。"

"处长候选人这几天就要定了,这事闷着可不成,得让你们家老高去活动活动,找找关系看。我可听说你们家老高的师妹柳叶眉跟局长关系不错,不如去找找她？"

杨细雪听后觉得有道理，道别小苏，就拎着菜篮子匆匆赶回家。一进门，放下手中的菜就直奔卧室，火烧火燎去掀丈夫的被窝。星期天早晨，高子文好容易捞着一个懒觉，睡得正香，被子忽然被人掀了，不由得火冒三丈，冲着掀被子那人就嚷嚷了两句。他说：

"你干吗呀！疯疯癫癫的，大礼拜天的，也不让人睡个囫囵觉！"

"囫囵觉？我叫你睡囫囵觉！我叫你睡囫囵觉！"杨细雪不仅掀了被子，还拿起一个枕头来狠拍丈夫的脸，丈夫生气极了，一把抓住她的手说："杨细雪，你闹够了没有？"

"没有！你赶快起来穿好衣服听我说。"

"听你说，说什么呀？"

"还能有什么呀？你们单位里那些事呗！"

"单位里的事，从星期一到星期六，我听得耳朵里都长出茧子来了，星期天还不消停，还让不让人活了？"

说完这话，他继续蒙头大睡，杨细雪继续上演掀被游戏，她把床上的两床被子统统掀到地上，用脚来踩。她平时最爱干净的，知道现在这样做，被子糟蹋脏了，得拆，得洗，还得找个大太阳天来晾，这些还不都是她一个人的事？

可她就是受不了男人窝囊。"处长候选人"已闹得满城风雨了，人人都削尖了脑袋往那个位子上钻，可他们家这位大头鬼倒好，不管不顾，蒙头大睡，实在太气人了。

高子文猛地从床上坐起，冲他老婆吼道："姓杨的，你疯了吗你！好好的被子放在脚底下踩，晚上还睡不睡了？"

"不睡啦！睡什么睡！"杨细雪气呼呼地骂道，"不上进的男人，连狗都不如。得过且过，混吃等死。我怎么跟了你这么个没用的男人？"

"我怎么没用了？"

"高子文,我问你,你们单位是不是要提拔一个处长?"

"这跟我有什么关系?"

"有什么关系?猪脑袋啊你!你得去争去抢啊。就像你这样,屁都不放一个,好事儿怎么会落到你头上来?等着天上掉馅饼啊,门儿都没有!"

她说话字字句句铿锵有力,一句砸一个坑,直砸得高子文眼冒金星,在这种情况下,她又提到他师妹柳叶眉,说她目前正春风得意,是局长面前的大红人,说来说去倒把高子文给说糊涂了。

"去找柳叶眉?"

"嗯,当然,不找白不找,放着现成的关系不用,过期作废。"

高子文当然不会去找柳叶眉求情,就算她是局长夫人也不会。他老婆杨细雪的口头禅"我怎么跟了你这么个没用的男人"就是指他不会往上爬,而他有他的做人原则,托关系走后门不是他高子文的风格,他干不了那些蝇营狗苟的事。

列车北去,大片秋日的原野快速向后掠去,就像梦中铺天盖地的缤纷风景,它们迎面而来,然后不知所终,不知去了哪里,快速变成白茫茫的一片。天空很蓝,蓝得近乎不真实,没有一片云彩。车速很快,发出有节律的"哐当哐当"的声响,柳叶眉微闭着眼,任那有节奏的声响撞击在心头,像战鼓,又像心跳……她似乎找到了一些灵感,不时拿出笔,在纸上刷刷写着什么。

赵春雷坐在她对面,在看一本英文小说书。要知道,在参加革命以前,赵春雷可是某知名大学英文系的高材生,一直痴迷于读英文小说,而手上这本海明威的《永别了,武器》更是陪伴他渡过了整个战争年代。如今战争胜利了,虽然很多年轻人都在学习俄语,但赵春雷还是一有闲暇便会翻出这本小说,也算是对自己军旅生涯的一种怀念吧。

两人都在看书。有时候,阿眉抬起头来,看赵春雷一眼,两人相视一笑，又低下头来各自看书。阿眉想到如果将来真的嫁给他，家里的学术氛围一定很浓厚吧？柳叶眉虽然没有读过几天书，却是向往那种氛围的，她喜欢读书写字搞创作。他们到餐车吃饭，不知怎么，话题就谈到老甘。

赵春雷说："甘先生怎么样，听说他后来过得挺苦的。"

柳叶眉说："他命不好，事事不顺。"

餐车里人不多，每张小桌上都铺着白色桌布，立着朵小小的塑料花。赵春雷拉着柳叶眉的手说："柳叶眉，以后你也别当我是局长，我也不当你是演员。我们有什么话，就开诚布公地说，内心坦白，才能活得轻松。"

她微笑，说："那样好。"

3

这天晚上，柳叶眉梦见了婚礼。她和赵春雷的婚礼。非常非常多的人，面目却很陌生。柳叶眉在人群里看到了年轻时的母亲。她穿着战争爆发前的衣裙，戴着那对蓝宝石耳环，容颜像被冷冻了一般，从未有任何改变。

柳叶眉想要走近母亲，却听见赵春雷从另一个方向喊她的名字"柳叶眉""柳叶眉"，他跟所有人都不一样，关系非常亲密了，他还是连名带姓地喊她，这让她有些意外，因为赵局长毕竟是比她年长许多的男人，按说应该娇宠她，温柔地叫着她的小名，就像父亲呼唤女儿。

他们的关系却不是那样的。自然，平和，有些像朋友，大大方方，旁人看了又很舒服。他俩结婚是郑重而自然的事，只是认识他们的人都觉得，男方似乎比女方更心急一些，爱情也多些。

他在梦中依然叫她柳叶眉。新婚这一天，他破例换上西装，平时只穿旧军装的他，一换上西装就像换了个人，整个人显得很有活力。他看上去很高兴，脸上放着光。这时，柳叶眉听到《婚礼进行曲》在遥远的地方响起，她有些着急，"音乐声为什么这么小？"她正想转身寻找赵春雷，却看见那个穿西装男人的脸变成了另一个人。

那人竟是老甘!

柳叶眉用力一挣,醒过来。她看见一切如常,一颗悬着的心才放下来。

这时,门口传来了敲门声,柳叶眉打开门一看,只见两个小姑娘手捧一条红色波点的布拉吉鱼贯而入,说是赵局长派人在她们店订的,让今天一大早就送到这儿来。

"我们来晚了吗?没晚吧?"那俩姑娘问。

"没晚没晚。"

"那您就在这张纸上签个字吧?"

"好。"

柳叶眉忽然觉得,签完这个字,婚事就真的定下来了。未来会怎样,她心里还是没底。赵春雷的电话随后就到了。电话在楼道里,柳叶眉披了件晨衣去外面接。

"喂,收到了吗?"

"什么呀?"

"听口气就知道是收到了。怎么样?我老赵的眼光还可以吧?款式怎么样,尺寸合不合适?"

"这衣服是给我的?"

"柳叶眉,我们结婚吧。"

柳叶眉终于同意嫁给赵春雷了。老甘变成一段记忆,住到了柳叶眉心中的某个角落。爱情总与时代相关联,柳叶眉身处在风云剧变的时代,新社会,新天地,连爱情都沾染上了革命气息。那天赵春雷带她去打靶,"砰砰"的枪声让柳叶眉感到这个军人是要用枪打走住在她心里的旧文人,让她活在新社会。

结果,他赢了。

4

柳叶眉终于嫁给赵春雷。两人举办了一个俭朴的婚礼,地点在文化局食堂。市里领导也来参加,形式虽俭朴,但含金量却很高,高朋满座。柳叶眉穿着赵春雷为她订制的衣服,优雅大方,裙摆褶皱层层叠叠,美不胜收。

大家都很羡慕赵春雷,说新娘子实在太美。

婚礼上,有一双躲在暗处的眼睛,也默默流下了热泪。原来,李兰得知女儿要结婚的消息,就化装成清洁工来到婚礼现场,目睹了女儿的幸福时刻。当看到女儿身穿长裙、佩戴着自己当年戴过的蓝宝石耳环出现的时候,她眼泪止不住奔涌而出,连忙捂着脸跑出会场。

柳叶眉并没有注意到母亲的存在,她被幸福包围得里三层外三层,"幸福是盲目的"这句话,正好拿来形容此时的她,她什么也看不见、听不见了,耳边的声音嗡嗡作响,她知道,全都是祝福她的话。虽然她没有看到母亲,但她心里是想了一下的。她记起梦中那场婚礼,母亲穿着战争爆发前的衣裙,戴跟她一模一样的耳环站在那里……

她看到一个女人匆忙逃去的背影。

她不知道那个打扫卫生的女子为何突然逃走……容不得她多想,婚礼正式开始,新郎新娘走上贴着喜字的小舞台,拘谨地笑着,给大家鞠躬。

婚后的生活简单而平静。赵春雷是那种生性简朴的人。文化局给他们调配了一套住房,有上下两层,带有一个很大的会客厅,赵春雷有时会在客厅里会见外地来的客人。

这天傍晚,柳叶眉下班回到家,见客厅里坐着客人,就问正在做饭的满姨,说家里来了什么人。满姨是新来的阿姨,说来了一对男女,日子过不下去,要求打离婚呢。

"打离婚?有这样的事?"

柳叶眉隔着厨房玻璃远远地朝客厅那边张望,只见背对着厨房方向的那张沙发上坐着一对男女，沙发背过于高大，挡住了他们身体的大部分，只露两个后脑勺，猜不出他们是谁。

满姨说："刚蒸好的烧麦，要不要尝一只？"

柳叶眉说："好啊，刚好也饿了。"

烧麦刚刚出锅，香气四溢。满姨蒸烧麦是一绝。糯米用酱油浸得软糯，将切好的大颗粒香肠拌入米中，用面皮包裹放入锅中大火蒸二十分钟，香肠的香味全都蒸到米里去了，美味无比。柳叶眉从满姨手里接过盘子，里面放着三只娇小玲珑的烧麦。她用筷子夹开一只正要吃，却听到客厅那边吵起来了。柳叶眉连忙放下盘子，赶过去看个究竟，原来，那对男女不是别人，正是师兄高子文和他老婆杨细雪。

柳叶眉走到客厅门边，倚门而立，那对男女竟也不说话了。其中一个放下手中的杯子说，既然嫂子回来了，我们也该回去了。语气见外，就好像跟柳叶眉不熟，只是因为工作关系偶然来到局长家的客厅，汇报完毕转身告辞一样。

他们走后，柳叶眉就问丈夫，他俩到底怎么了。赵春雷说："还不是为了提拔的事。按说，作为一局之长，我会考虑到他的进步的，可给他这样一闹，事情反倒被动了。因为他毕竟是你师兄。"这时，满姨来请夫妇俩去吃饭，师兄的事就暂且放下了。

晚上睡觉的时候，再提起此事，赵春雷说："你师兄他爱人——那个杨细雪，这女人实在不怎么样。她太势利了，太在意你高师兄的官职了。真让人怀疑，她到底爱不爱高子文？"

柳叶眉说："结婚以后，还谈什么爱与不爱？"

赵春雷说："谁说的？结婚以后，我比从前更爱你。一天见不到你，我简直不能活。所以现在我尽量少出差，多多在家陪老婆。"

他把床灯的光线调暗。吻她。

"瞧你这话说的，怎么听上去一点也不像个老革命，老战士，一个从容机智的地下工作者。"

"那我像什么？"

"像个可爱的坏老头。"

"好啊，我就是坏老头。坏老头来啦！"

说着，他就伸手去抱她，将她紧紧地拥在怀里，亲她的脸颊和身体。柳叶眉嘴上不说，心里却充盈着甜美的感觉。窗外夜色正浓，淡白色的月影映在厚重的丝绒窗帘上，像一幅淡雅的水墨画。他在身边已经沉沉睡去。他对她是那样好，让她误以为今天所拥有的一切皆为梦境。她是一个随遇而安的人，生活的潮水托着她起起伏伏，未来无法预料。这段婚姻，坦白说，男人爱她更多一些。

第十二章　共沐日出夫妻浪漫
　　　　　平静生活再起波澜

1

生活安定下来，柳叶眉终于有了一个像样的家，结束了她从9岁起就一直过着的颠沛流离的生活。

跟赵春雷结婚虽然有些仓促，但结局却是好的。她不再流浪，有了一个安稳的家，得以从容生活。她在新家里挑了一个方正朝南的大房间做自己的书房，里面摆放着她从四处淘来的收藏品：竹节纸蛇、油纸花伞、丝缎旗袍、绣花鞋、古书、琵琶、古琴谱。

她对写新戏也充满了兴趣。描写地下工作的新段子《暗战》，使她跟丈夫有了许多共同话题。他们常常谈论到深夜，饿了还叫满姨到街上去买两碗馄饨来给他们吃。

"夜里吃馄饨总让人回忆起过去。"

回忆使眼前这个男人眼睛闪闪发亮。在白色恐怖的年代，他像一把闪闪发亮的钢刀，直插敌人心脏。他们肚子里装着许多不为人知的故事，他们是一个个冒险旅行者，所经历的事如果不加整理，随着时间的流逝，故事就会被冲淡，渐渐退出记忆，甚至忘却。

他的故事很多。他们吃饭的时候说，睡觉的时候说。甚至有一次睡到半夜，他突然想起一个细节来，就把妻子推醒，兴奋地把那个关于情报的故事讲给妻子听。这样一来，两个人都兴奋起来，柳叶眉又去找来纸笔记下细节。他俩就这样展开谈话,一个像老师,一个像学生。一个像海水,一个像海绵。心生敬慕,情投意合。

"要不要泡点茶喝?今年的新茶,龙井茶。"

柳叶眉说:"还是算了吧,喝了茶,后半夜就别想睡了。"

赵春雷像个老小孩似的兴奋地说:"喝兴奋了咱俩就不睡了,凌晨到露台上去看日出。"

柳叶眉笑了笑说:"那我去泡茶。"

柳叶眉见满姨已经睡了,就决定亲自泡一壶茶给丈夫喝。她站在灶边烧开水。锡水壶发出咕嘟咕嘟的涨闷的声响。这时候,丈夫悄无声息地站到她身后,用手搂住她纤细的腰肢,把脸贴过来很亲热地对她说:"老婆,你辛苦了!"

平日里,家中这些琐事是一件也不用她做的,自有阿姨替他们张罗,日子过得清闲舒坦。只要她稍一进厨房,稍一动手做事,老公就会挤进来嘘寒问暖,生怕她纤细的手指泡在碱水里会脱皮。

"我可没那么娇气。"柳叶眉从小在师父家刷锅洗碗做惯了的,并不觉得动手干点活儿是什么难为情的事。相反,她常常劝忙了一天的满姨回屋休息,厨房里没干完的活儿,由她来完成。因此满姨对这家主人常常心怀感激。

他们泡了茶,把茶壶端到书房里去喝。家里房间宽裕,男女主人各有一个书房,男主人的书房布置得相当清雅,四壁摆满了书,像个小型图书馆兼会客厅。丈夫的书房也是他们夫妇俩夜里聊天的地方,睡不着的时候,就来这边的沙发坐坐,谈天说地,两人总有说不完的话。

其实,这中间她是有机会把孩子的事跟亲爱的老公提一提的。她的女儿小万万总有一天会找了来,管她叫妈妈,寻求她的帮助。孩子这样大的事,如果黑不提白不提,无异于在这个幸福家庭里埋下一颗定时炸弹。她现在生活得这样幸福,她可不愿意有什么突然爆炸的东西埋藏在她的生活里。

那样太残酷。

好不容易得来的幸福将毁于一旦。她知道孩子的事是应该告诉丈夫的。可不知为何,每回话到嘴边,又咽回去了。比如说有一回,提到竹节纸蛇,柳叶眉说起她的孩提时代。

1937年冬。清晨。日本人打进南京城,她正在家门口玩一条"小白蛇",突然被父母打扮成小男孩,在慌乱之中踏上逃难的旅程。战争爆发,打碎了她的梦想。她的"小白蛇"也被母亲扔在地上,千人万人从上面踏过,碾得粉碎。

这段回忆几乎成为她的梦魇,如同电影片断,反复回忆。战争爆发,父亲惨死。她说了许多的话,但就是没提到她跟万叶轩生的孩子小万万。机会又一次从嘴边错过,她和丈夫,他们又聊到别的事情上面去了。

不知不觉就到了凌晨。他们决定去看日出。在他们家房子的二层,有一个大露台是朝东的,新婚那天,两人就有看日出的打算,只是那夜折腾得太欢,凌晨便睡过去了。新婚夫妇俩一觉醒来,已是早上九点,太阳早已升高,光芒四射,把新房角角落落都照得亮堂堂的。

新娘对新郎说:"是不是晚了?"

新郎说:"永远不晚。"

在露台上看日出,一般夫妇可能永远没有机会做到。今天推明天,明天推后天,日子一天天过下去,当初结婚时的所有浪漫想法,都被日后平凡的日子磨损了。

他俩却不同,永远有孩子般的新鲜感。露台上风很大,柳叶眉裹了条淡白色针织披肩,下面穿了条黑色阔脚长裤,苗条的身体隐藏在宽大的织物下面,略带一点神秘感。

他簇拥着神秘的妻子去露台看日出。天空一片混沌,颜色灰暗。几颗懒洋洋的星星分布在天幕之上，连眼睛都懒得眨一下，仿佛在这里守候了一夜，它们也都困顿了，盼望尽快离开。

他拥她更紧些，一起朝远处的地平线眺望。地平线上有远处屋宇的轮廓，高低错落，像齿轮的边缘。齿轮后面的天幕开始一点点变淡，变成了水粉画里那种可爱的粉红色，很快地，又变成了桔红色。初升的太阳已经孕育在那片桔红色后面，跃跃欲试。

太阳露出一点小脸来，像一片倒扣着的、微小的月牙儿，颜色微红，稚嫩。他拥她更紧些，说，快看！就在这一句话的工夫，太阳已从地平线后面探出大半个身子来，非常艳丽，是那种亮红与鹅黄糅合在一起的美丽色调，就像从油画中调配出来的颜色，现实生活中并不存在，美得让人眩晕。他更紧地拥住她。

她回过头，被他拥吻。不知不觉中，太阳已跃出地平线，放射出万丈光芒。

写戏，抄书，弹琵琶，与丈夫相伴外出。陪他去靶场练习枪法……他们还没有孩子，夫妇俩神仙眷侣一般过着优哉游哉的生活。平时丈夫工作忙，她独自在家的时候也不觉得无聊，闲来无事，用蝇头小楷抄写《红楼梦》。

这是她年幼时在师父家养成的习惯。当她抄到《红楼梦》第三十八回"林潇湘魁夺菊花诗，薛蘅芜讽和螃蟹咏"的时候，忽然想起这不也到了吃螃蟹的季节，要是在家中办一场螃蟹宴，想必家人会很开心吧？

她是一个心血来潮的主妇，平时上班事情不多，评弹团下班也早，她有很多时间等在家里，做自己想做的事。她爱设计一些快乐游戏来丰富生活，比如说在家中约朋友小聚，再比如说周末外出郊游，徒步沿湖行走十公里。

这个周末她决定学《红楼梦》，也办一场螃蟹宴。看了下日历今天刚好是星期六，星期六晚上特别适合请客。说干就干，马上行动起来，叫来满姨布置好今日要买的酒菜，当然还有螃蟹。螃蟹要买带黄肥厚的那种。

满姨问："今天晚上要来几个客人？"

柳叶眉想了一下说："一共四位。"

吩咐好满姨去供销社买菜，柳叶眉提起小楷毛笔重新蘸墨铺开宣纸，继续抄写《红楼梦》。她喜欢用小楷笔写字，细细密密，或婉转如戏，或挺拔如松，每一个字都有它独特的字形，端庄的自是端庄如玉，泼辣的恰如风中热舞，都有独特韵味。

赵局长的同事都赞嫂子的字写得好看。甚至有位赵局长的老部下夏女士央求赵局长给嫂子带个口信，说可不可以给她写一幅小楷书画，她装裱好之后挂书房里。

这天，赵局长下班后将这个消息转告柳叶眉。柳叶眉说："呦，我一个唱评弹的，怎敢给人题字？"话是这样说，心里还是喜欢的。赵局长说："柳叶眉，你就别谦虚了，都知道你字写得好。"说着搂过妻子的肩，亲了亲她。

夫妇俩关系极为融洽。丈夫在文化局是局长，回到家就是个听话的"小学生"，无论柳叶眉怎么安排他们的业余生活，何时何地，请哪几位客人一起聚餐，都由妻子决定，丈夫只是顺从，到时笑眯眯地出席即可，从不发表多余意见。

"他呀，就像一只可爱的大熊猫，人见人爱。"柳叶眉夸他的时候，像在夸一个孩子。

周末的螃蟹宴就这样定了下来。一想到请客吃饭，柳叶眉就觉得心里有个小人儿在那里欢呼雀跃。她是个喜欢热闹的女子，又有一点热心肠，能帮别人办的事，她尽量帮忙。这顿螃蟹宴从表面上看，就是吃一餐饭，实则她是想帮杨细雪一个忙，让杨细雪直接见到局长，问问有关她丈夫职务安排之事。

"螃蟹宴"原本是个很好的机会，可偏偏又让杨细雪给搞砸了。那天满姨做的菜真是没得说，除了刚蒸好的新鲜螃蟹外，还做了一道清蒸鱼，一个芋头烧肉。酱鸭也是满姨亲手做的，鸭肉酥软，酱香浓郁。

星期六下午，下班铃一响，柳叶眉和杨细雪就结伴到自行车棚去推车，她们推着自行车有说有笑往剧院外面走，正好遇见辛团长背着钓鱼竿也往外走，穿了条黑色油亮的防水胶皮裤，戴了顶黑色歪歪遮阳帽，两个女人见团长这一身装备，顿时笑弯了腰。

"不是……我说，你们笑什么呀？"

"团长，我们没笑您！"

刚说了一句，又是笑得不行。团长说："我不是去钓鱼，我是去摸塘里的螃蟹。"

杨细雪说："哎呀，那正好呀，柳叶眉他们家今晚有螃蟹宴，团长不如跟我们一起去吧？"

辛团长说："螃蟹宴哪有捉螃蟹有意思啊？我已经跟几个老哥们儿约好去塘里，走啦！走啦！"说着一骗腿跨上自行车，一溜烟儿似的去了。

两个女人也骑上自行车朝另一个方向去。一路上树影婆娑，风景如画，她俩沿湖骑了一段路，前面有个下坡距离很长，杨细雪问柳叶眉，"敢不敢松开手，双手离把？"柳叶眉说，"那有什么不敢的？来吧！"柳叶眉平伸双臂抢先冲下坡去。杨细雪紧随其后，也学她的样子双手平伸，感觉像飞一样。她俩再次唱起歌来，一路骑行回到家。

客人们已经到了。除了高子文和杨细雪夫妇，还有上回在靶场认识的肖处长和妻子。三对夫妇一共六人入席，把圆桌坐得满满的。满姨开始上菜了。

先上的是时令蔬菜。茭白炒肉丝、海米烧小油菜、菠菜炒小豆腐干、西红柿炒鸡蛋。都是爽口的时令菜。有好菜就得有好酒，三个男的提议喝上几杯。女人们唧唧歪歪，先是不肯，后来不自觉地也拿了小酒杯跟男人们碰起杯来。

杨细雪没什么酒量，几杯酒下肚人就醉了。

她说话声音越来越高，如入无人之境。她和柳叶眉说："我杨细雪这辈子最后悔的一件事，就是嫁给你师兄高子文。他一没钱二没地位，从剧团调到局里，也就是小职员一个。"

"细雪，你喝醉了！"

"我没醉，我清醒得很。我结婚是无条件的，我什么都没要就嫁给了他。现在我后悔结婚啊，悔得肠子都青了……"

"细雪，你给我闭嘴！"

"不好意思啊，你们大家先吃。我们家细雪她可能是喝醉了，我扶她到一旁休息一下，待会儿再来陪大家喝。"

柳叶眉连忙喊来满姨帮忙，让她帮忙扶细雪到另一个房间去休息。过了一会儿，满姨过来附在太太耳边低声说道，刚才那两个客人已经回去了。柳叶眉手里拿着筷子嗔怪道："你干吗放他们走啊，今天的主菜螃蟹还没上呢。"赵局长说："不舒服就让他们回去算了。你那师兄倒是个知道疼老婆的细心男人呢。"

柳叶眉心想，这个杨细雪，关于她丈夫职务的事，话还没有说，她倒先把自己给灌醉了。这个成不了气候的女人啊！这时，满姨端着满满一大盘子大螃蟹上桌，又把蘸料在每人面前放一份。大家甩开腮帮吃起肥美的蟹来。

2

就在螃蟹宴第二天，家里来了一个人，将柳叶眉平静美好的生活彻底打破了。这个人的出现，像魔鬼派来的黑色怪影，有时隐匿在暗处，有时又会突然出现，不可预知，令人心惊肉跳。

星期天下午三点多钟，柳叶眉刚从火车站回到家，气还没喘匀，就听满姨说是家里来了客人。局里的人都知道赵局长去北京出差了，这不柳叶眉刚刚把他送到火车站，还站在车窗旁跟局长老公说了不少悄悄话呢，直到火车开走,才让司机把她送回来。刚脱下外套坐下,就听说家里有客人来,这人会是谁呢?

"是什么样一个人?"柳叶眉问。

"一个男的。"满姨支支吾吾地说。

"他好像是个瘸子。"

"你把那人带到客厅去,我换件衣服就来。"

"嗳。"

满姨应了一声就出去了。柳叶眉拉开大衣橱在里面左翻右找想换件衣服,却一时拿不定主意该穿什么。其实她心里乱的原因,并不是因为衣妆,而是猜不出来者到底是谁。一个"男人"、"瘸子",满姨给出的信息实在是太神秘了,让人无从猜想。

柳叶眉在镜前发了一会呆,隐隐约约觉得来者可能跟失踪多年的母亲有关。这想法让柳叶眉倒吸一口凉气,她连忙换上一件浅绿色针织衫,摘掉戒指和耳环,把自己打扮得尽量朴实一些出去见客。她知道来者不善,善者不来。

柳叶眉随手拿了件白色羽毛的小披肩搭在肩上,走出房间。穿过二楼的玻璃走廊的时候,阳光一棱一棱地照在她脸上,犹如快速掠过的一寸寸的回忆,此前的故事全都在她脑海里复活:父亲,日本人,刺刀,争吵,咒骂,血泊,母亲,喊叫,吉普车,孩子的哭声……

许多回忆在眼前闪过,凝聚成一张脸——母亲年轻时的面容。柳叶眉想,来者一定跟母亲有关。说不定会带来什么好消息。这样想着,就快速走下楼。等她到客厅门口朝里一望,她又一下子失望了。只见来者穿着黑布衫裤,有些歪斜地站在窗前,扭过身,也是一脸黑。

"是柳叶眉吧?"那人一瘸一拐地走近她,说道。

"你是谁?"柳叶眉问。

"你可以叫我瘸老七,我不会介意,大家都这么叫我。"

柳叶眉双手抱在胸前，问："那你找我到底有什么事？"

"什么事？事大了。可不可以赐个座，咱们坐下说话。"

"就站在这说吧。"

"站在这说？我跟您说啊，这可不是一时半会儿能说完的。说来话长了。"

柳叶眉将瘸老七带到自己的书房，叫满姨搬了张方凳给他坐下。他说口渴，又给他倒了碗茶，然后让保姆先出去忙。来者瘸老七自称知道柳叶眉母亲的下落。这真把柳叶眉吓了一跳，她立刻让他带自己去看母亲。瘸老七说："不行，你母亲的脸毁了，她不愿见任何人。我是背着她偷偷跑来找你的，一来是想替你妈看看你的新家，二来你也知道，我一直替你照顾你妈，我们的日子过得挺紧的，如果你有闲钱，那就帮一帮你的亲生母亲。"说着，还拿照片给柳叶眉看。柳叶眉看到面容全毁的母亲，伤心极了，立即再次恳求瘸老七带自己去见母亲。谁知老七却始终吞吞吐吐，推三阻四，甚至威胁柳叶眉要将李兰的过往公之于众——虽然，瘸老七并不确切地知道李兰曾经经历过什么，但她夜夜为梦魇所扰，一定有着不堪回首的过往。所谓兵不厌诈，老七一早便打定主意，以此要挟柳叶眉。果然，柳叶眉当即给了瘸老七一笔钱，叮嘱他照顾好母亲。

从此以后，瘸老七更加确定，无论是李兰，还是柳叶眉，她们对过去的事都不愿多提。虽然他还不知其中缘由，但这也足以让他"生活无忧"了。因此，瘸老七越发变本加厉，隔三差五就上门去讨要现金。一想到母亲曾经经历的苦难，柳叶眉便没了主张，每次他要，就拉开抽屉给他一些。抽屉里的现金亏空不少。柳叶眉对钱没什么概念，有时候，评弹团里的小姐妹想借点钱，她也随手抓过几张钞票来，数也不数，就塞给人家。

这一天，丈夫从北京开会回来，一时兴起想买一个稀罕物件，拉开抽屉一看，钱竟然少了许多。想叫来柳叶眉问一下，又恐伤了和气，就只好打电话叫司机备一笔送来，便同司机一同去了古玩市场。

司机小杨也懂一些古玩，他一边开着车，一边跟局长聊天："局长是不是还惦记那块古钱币呢，上回您去北京出差前，过去看了几回，都没下决心买下它，今天就下个决心吧。"

赵局长说："就是下了决心，那东西也未必还在。"

那块战国时期的古钱币，赵春雷出差前去看过几回，当时觉得贵就没有买下来。在北京出差的时候，遇到一位老先生，对古钱币收藏很有研究，与之聊天大开眼界，一路盘算着回到云城之后就拿钱去买那块币。

此次从外地出差回来，他发现夫人从外表到内心都有些许变化，变得不太爱说话，好像有什么心事似的，抽屉里的钱也没缘由地减少许多，她是不是遇到什么难事了？一想到这儿，赵局长立刻吩咐司机调转车头回去，说是落了一样什么东西，得转回去取。小杨二话没说，就开车在马路上划了一个"U"字，调转车头往回奔。

回到家，赵春雷一个屋一个屋地寻夫人，却都不见她人影儿。心想这女人到底遇到什么事了，如此魂不守舍的。这个家到底怎么啦？去北京出差前还是好好的，夫妻恩爱，双入双出。一起看月亮，一起看日出，好得就跟一个人似的。可半个月的工夫，一切全都变了，她变成一条冷冰冰的小白蛇，体温变冷，少言，多思，常托着下巴坐在窗口想心事。

出了什么事……难道是那个姓甘的男友又回来找她了？两人旧情复燃？他缺钱用，她就从抽屉里拿钱给他，帮他救急……许多想法翩然而至，像一部脑海里的小电影，快速闪过，反复播放……

赵春雷找了很久，终于在一间空屋子里找到她。她说："你不是出去了吗，怎么又回来了？我正给小蛇搬家，你快点走吧，不要惊扰了它们。"她把她收藏的那些纸蛇统统放出来，又从书房搬到这里，这间屋子朝西，拉上窗帘，非常阴凉。如果不开灯，满屋子的小蛇真会吓人一跳。

"抽屉里的钱少了好多。"

"哦,钱啊,钱的事你不用担心,是我拿去借给小姐妹了,她有急事呢。"

"小姐妹,哪个呀?"

"哦,就是丽丽呀!我们团那个赛丽丽,长得好水灵的那个,对,就是她,我把钱借给她了,过一段她就还咱们了。咦?你不是要去古玩市场吗?怎么还不快走,去晚了人家就关门啦!"

事情偏就这么凑巧,赵春雷到古玩市场寻找那块古钱币,古钱币还没找到,倒先撞上一个人,赛丽丽——评弹团的大美人儿,连司机小杨都跟她很熟,隔着熙攘的人群冲她招手,激动地大声叫她:"赛丽丽!丽丽姐!"

丽丽拨开人群挤了过来。小小的鹅蛋脸涨得通红。"局长好!小杨好!想不到在这儿碰到你们了。局长也有这个雅兴,对这些老古董感兴趣啊?眉姐怎么没跟你们一块儿啊?"

赵局长说:"哎,丽丽?你们家出什么事了?"

丽丽眨眨大眼睛,说:"我家里并没有出事呀。"

"那你问小柳借钱做什么用呢?"

"我并没有问眉姐借钱呀。"

"噢,那可能是我弄错了。我们到前面看看啊。"

"好啊好啊。"

"丽丽姐再见!"小杨说。

赵春雷带着小杨继续在古玩市场转悠,满眼都是收藏人士眼中的宝贝:雕花木板,瓷器,古旧首饰盒,古钱币。女人用的东西:旧银镯,头饰。甚至连清代妇女穿过的衣服,也有人在那儿悄悄兜售。原本那个售卖战国时期古钱币的小个子男人应该就在附近,却是左寻右寻不见踪影。赵春雷诚心诚意带着钱来买那块币,可越是心诚就越办不成事,再加上刚才丽丽说的那件事,心里越发乱了,叫上司机索性打道回府,不再转下去。

回到家,柳叶眉正坐在餐桌边等他吃饭。他闷声不响地坐下来,夹菜,吃米饭，再夹菜，再吃米饭，一句话都没有，柳叶眉问他是不是在外面遇到了什么事。他只简单地说，没有。说话跟拍电报似的，又短又突兀，连眼睛都不带抬一下。到了晚上夫妻俩准备上床睡觉的时候，赵春雷却突然开口说话了。他说：

"小柳，咱们得好好谈谈了。"

"谈什么呀？难道又是钱的事？"

"还真是钱的事。你猜我今天在古玩市场遇见谁了？我遇见赛丽丽了。"

"遇见赛丽丽了，那又怎样？"

"她说她根本没管咱们家借过钱。"

"没借过……"柳叶眉愣了一下，然后立刻从容地说，"赵春雷，我问你，你信我还是信她？"

"那我当然是信我老婆的喽。"

"那不就得了，我跟你实话实说吧，丽丽的确问我借了一笔钱，但是碍于面子，她让我不要把这事告诉你，我同意了。"

"那好吧。我知道了。"

在卧室的谈话就此结束，话说到这儿，两人谁都没有力气再争下去。卧室的灯被"啪"地一下拧灭了，四周一片漆黑，窗帘上连一点点月影都没有，他们度过了结婚以来最黑暗的一个夜晚。

第十三章　赌徒水中捞月坠桥
　　　　　柳母千钧一发获救

1

　　瘸老七的出现就像一道黑色的影子，横亘在柳叶眉和赵春雷夫妇之间，两人从此有了秘密。夫妻二人之间最忌猜忌，一旦其中一人对另一个人产生了不信任，那日子过起来就会很累很沉闷。

　　赵春雷怎么也想不通，原本好好的日子，怎么出了一趟差回来，就全变了呢？答案很快就来了，一天杨细雪特意跑来文化局，说有重要情况要找局长汇报。

　　这天上午十点，赵局长原本是有一个重要会议要开的，已经派秘书通知到各科室，可临到会议前十分钟，局长办公室里来了一个女人，身穿红衣黑裤，脚蹬一双奶黄色高跟皮鞋。她这一身配色实在是太醒目了。

　　"赵局长，我有重要的事要找您汇报。"红衣女子杨细雪说。

　　"不会又是你跟高子文之间那点糟心事吧？"赵局长一边整理桌上的发言稿，一边问了专程跑到这儿找他的女人一句。

　　杨细雪说："还真不是我跟高子文之间的事，是您跟柳叶眉之间的事。"

　　"噢？我们之间的事？"赵春雷说，"这事倒奇怪了，我跟小柳之间的事，我们不知道，你倒比我本人还清楚？"

　　杨细雪坐在沙发上，喝了口水，眨了眨眼睛，点了点头。赵春雷见她是认真的，只好打电话通知秘书，会议延迟15分钟再开。他走过去把办公室的门仔细关好，又回转过来，坐到大办公桌后面，点上一根烟从容地吸了一口，说道："说吧。"

杨细雪正襟危坐，一双大眼忽闪忽闪，欲言又止的样子。她说："本来呢，我也不该大老远地跑来搬弄是非。你们夫妻是你们夫妻的事，外人无权说三道四。另外呢，我也不是嫉妒你们家柳叶眉比我杨细雪嫁得好，对，她嫁了大局长，我嫁了小职员，我……"

局长猛地打断她说："对不起，我马上还要开会，有什么话，就请你直说吧。"杨细雪说："哎，我这个人就是有点啰嗦，我直说，我直说，就是吧，我觉得你们家柳叶眉外边有人了。怎么说呢，两天前我亲眼看见有个陌生男人找柳叶眉，两人站在楼道里，那个男的伸手问她要钱，两人争吵了几句，但她还是把钱给了他。这种情况不是一次两次了，给我看见就有两回了。当然，我知道，那个来要钱的人不是那个人，他只不过是一个奉命跑腿的。"

局长问："这是为什么？"

杨细雪说："那还用说，背着局长找的人，一定长得年轻好看，而这个跑来要钱的是个老瘸子。"

"老瘸子？"局长重复了一句，就没再问下去，他竭力掩饰着内心的复杂情绪，抬起手腕来看了一下表，然后他说："这样吧，杨细雪，情况我已经知道了，谢谢你大老远跑来找我。我知道你是关心我们，才跑来说这些的。我马上得开会，就不送你了，你必须赶快离开这里，否则就影响我工作了。"

"我马上就从你眼前消失，局长。我不会影响你工作的。子文也常常跟我说起，文化局的工作很重要。开会很重要。那么，我走了，就不打扰了。再见！"

虽说杨细雪很快就离开了局长办公室，可还是被闻讯赶来的高子文在门口撞了个正着。高子文一把拉住她说："还真是你呀，大老远跑来打小报告，你就不觉得羞耻吗？"杨细雪奋力甩开高子文的手说："我的事不用你管。"

"可是，你都跑到我们单位来了。"

"跑到你们单位来？我又不是来找你的！"

"是啊，可你知道这儿有多少人认识你吗？你这样做，就不怕让你丈夫丢脸吗？你就不怕给你丈夫脸上抹黑吗？"

"抹黑？抹什么黑啊！你的脸难道还用别人抹吗？小职员一个，连个处长都当不上，还怕别人抹黑。你也不动动你那猪脑子想一想，抹黑了怎样，不抹黑又怎样？喊，还把自己当成人物啦！我呸！"说完，这红衣女郎气势汹汹地踩着高跟鞋冲出大门，扬长而去。

  局长的车已经离家很近了，司机小杨平稳地开着车，并不与他聊天，只是一路沉默着。赵春雷忽然有种冲动，想让司机调转车头往另一个地方开，他感觉自己此刻心里非常矛盾，不想回家，想找个地儿先静一下。今天发生的事——杨细雪跑来告状，不管是真是假，都让人挺寒心的。难怪抽屉里的钱少了那么多，原来是她有了外心，把钱大把大把往外送呢。

  车窗外是南方小桥流水的美好景色，有衣着艳丽的少女正在桥面上走。汽车经过的闹市区，有布衣铺、水果店、家具店、古玩店，电影院大概刚刚散场，从里面一下子涌出许多人来，把路面都塞住了。司机嘀嘀按着喇叭，而那些行人突然间集体失聪，人人假装听不见，各走各的，摇摆不定。

"小杨，你在这里掉个头，我想到空山茶室去喝个茶。"

"咱们不回家了？"

"先不回家。这样啊，你先把我送到空山茶室，然后回家帮我接一趟你嫂子，就说我说的，让她务必来一趟。"

小杨说："这天色已晚，等嫂子赶过来，想必天都快黑了。"

局长说："没关系，我会等她。"

小杨在前面岔路口调了个头，朝另一方向开去。局长坐在后排座位，眼睛不时朝车窗外望着，风景如画，他却无意欣赏，只在内心翻来覆去想着上午柳叶眉女同事说的话。老婆与那个神秘陌生人……一幕幕情景再现眼前，犹如亲眼所见。"不如放手吧，顺其自然。"他看到另一个自己坐在身旁，打着手势，说着话。

空山茶室布置得颇有禅意，空旷，幽暗，适合休息。他坐在茶室里很快眯着了。这一次，他做了奇怪的梦，梦见柳叶眉变成一条通体透亮的白蛇，忽是人形，忽是蛇形，反弹琵琶，令人惊骇。

忽然，有人沉甸甸伏到他背上来，他本能的反应是用手一打，然后他听到尖声惊叫的声音。这声音把他拉回到现实中来。梦醒了。

"原来是你！"醒来后他发现伏在身上那人正是妻子柳叶眉。

"干吗那么使劲啊？"柳叶眉说，"你都弄疼我了！"

"我梦见一条蛇。"

"蛇？什么蛇？"

"白蛇。"

"白蛇？你梦见一条白蛇？"

"是啊，看得真真的。"

柳叶眉忽然捂着肚子大笑起来。"一条白蛇？"柳叶眉说，"我说局长大人，您是《白蛇传》听多了吧？"

局长忽然一脸严肃地对柳叶眉说："别开玩笑了，我有正事要跟你谈。"柳叶眉在对面坐下，眼睛眨眨头晃晃，样子很调皮。"什么正事呀？你说吧！"

"好吧，我说。我们俩的结合，也许是我一厢情愿的事，我比你大将近十岁，固执，呆板，不懂风趣幽默，我承认我不是你理想的爱人，如果他真的回来找你，你就跟他走吧，我不拦着你。"

"赵春雷，你到底想说什么呀？"

"我的意思你还不明白吗？你是自由的。柳叶眉，不如我们离婚吧。"

"这日子过得好好的，为什么忽然想到要离婚？"

"你不要什么事都瞒着我。不要怕我接受不了。我再说一遍，柳叶眉，你是自由的。"

"我是自由的？这话什么意思，我怎么听不懂啊？我只知道我是一个已婚女人，有家，有丈夫，我很幸福。"

局长忽然垂下头来说："杨细雪来过了，她告诉我有关你的一些情况。"

"我明白了。"

赵春雷跟柳叶眉提出离婚，柳叶眉知道丈夫误会自己了。她把母亲跟瘸老七的故事，一五一十讲给丈夫听。丈夫听后立刻说："那这样可不行，咱们得设法找到你母亲，把她接过来跟咱们一起生活。"柳叶眉说："母亲现在还不愿意见我。"

这天晚上，瘸老七赌博输掉所有的钱，又喝了许多酒，摇摇晃晃走到桥顶，只见桥下水面上有个亮晃晃的东西在那儿，他手扶栏杆弯下腰身，手臂一直伸向水面，却始终够不着那个亮东西。

他喝醉了酒，感觉自己的手臂能够无限伸长。他就快要触碰到水面了。就在他一再向下伸胳膊的同时，他感觉滞胀的身体忽然间变得轻盈无比，他向那水面飘去，落入水中，无声无息。

瘸老七坠桥而死。尸体在三天后被人打捞上来，无人认领。

次日，赵春雷让司机开着车，在云城的大街小巷寻找李兰的住处。柳叶眉隐约听到若有若无的评弹声，凭直觉他让司机把车开进一条小巷。柳叶眉看到了花婆婆，看到了坐在窗前弹琴唱评弹的女子，一路走过去就像看到一幅风景画。走到巷子尽头，走到一扇门前，推门而入，他们果然找到了奄奄一息的李兰。

他们急忙送李兰去医院抢救。医生说再晚来半个小时，病人恐怕就没命了。

2

柳叶眉在医院碰见了杨细雪。杨细雪告诉柳叶眉,她已经怀孕了,但马上团里要去北京汇报演出,她不想失去这次机会,她想把孩子做掉。她让柳叶眉帮她跟高子文谈谈,放弃这个孩子。

柳叶眉不知如何帮她开口。孩子的事,事关重大,但去北京汇演也是机会难得,两件事绞在一起,真是难坏了一直很要强的杨细雪。她说:"要知道,我是一个女演员啊,一个女演员的青春有多长,你是知道的。我杨细雪,不求大红大紫,不求扬名立万,但去一次首都北京总是要得的吧?要不我这一辈子不就白活了吗?不管怎么说,这北京我是去定了!不惜一切代价,反正我就是要去北京!"

柳叶眉知道杨细雪的性格,她是说到做到敢爱敢恨那种人,但要做掉孩子,这样天大的一件事,还是必须跟高子文好好商量的。杨细雪手里拿着一张薄薄的纸,上面写着化验结果。那不是一个简单的符号,而是一条生命啊!

"那我去帮你试试吧!"

"拜托拜托。阿眉,你对我总那么好!"

杨细雪在医院的走廊里大呼小叫,并跳起来去搂柳叶眉的脖子,过路的人全都扭过脸来看她俩。他们看到两个异常美貌的女子相拥而立,怎么看怎么觉得她俩是从画片上走出来的人。

春雷告诉她,那天在空山茶室小憩,梦见她变成一条白蛇。这使柳叶眉总是想起小时候自己手中那条"小白蛇"。那个冬日的清晨,一个身穿缎子棉袍的女孩,正在家门口的空地上玩一条"小白蛇"。这是一个再平常不过的早晨,然而,命运就在这样一个早晨发生了转折。

就像师父和师娘说的那样,阿眉是个有福的人。嫁了这样好的丈夫,他们脸上也有光。星期天,柳叶眉到师父家去吃晚饭,她想趁机把杨细雪怀孕的事告诉高子文,并转告他细雪并不想要这个孩子。

晚饭后,他俩到高子文的房间说话。柳叶眉说有重要的事要跟他商量。

"是不是你嫂子让你来的？"

"你怎么知道的？"

"猜还猜不到？你都有多长时间没到家里来了，你师父念叨你都念叨疯了。"

"我知道，师父是怪我不常来看他。因为忙嘛，马上就要到北京去参加文化汇演，你知道，我的节目《暗战》也选上了，要去北京……那个什么，其实我今天来，是想说，嫂子的节目也被选上了，她也想去北京。"

"真的吗？那太好了！"

"可是……最近检查出来，她已经怀孕了。为了能去北京，她打算打掉这个孩子……让我来问问你的意思。"

高子文的脸"唰"地一下拉下来，说："这事我不同意。没商量！"这时候，师父和师娘推门而入，原来他俩躲在门外偷听，把柳叶眉和高子文的对话听得一清二楚，两位老人态度坚决地说，孩子坚决不能打掉，北京就不要去了。

柳叶眉突然意识到，有时候，人的命运是很难改变的。

3

母亲在医院住了几日，渐渐恢复了元气，就闹着要回家看看。局长说："妈，您不要急着回家，在医院多住几日。以后您就搬回家里住了，想怎么看就怎么看，我们那个家呀，让您看个够。"母亲靠在枕头上不住地点头。她对这个局长女婿怎么看怎么喜欢，人长得高大，模样好，又稳重又气派，真是千里挑一的好女婿。

"你们俩是怎么认识的？"

"这个嘛，说来话长了。解放前，我做地下工作，机缘巧合，有一次被敌人围捕，正好遇见小柳和她朋友在一个地方见面，他俩设法掩护了我。"

母亲趁女儿不在，凑近赵春雷的耳朵小声说："阿眉对你好不好？"

"当然好。"

"你俩在一起幸福不?"

"当然幸福。"

母亲受伤的脸上突然绽放出不可思议的笑容来。赵春雷从这笑容可以判断,母亲年轻的时候也是个美丽温良的女子。虽然日后被岁月折磨得容颜憔悴,伤痕累累,但她的本色还是没有改变,一旦遇上合适的土壤,她很快又将恢复成原来那个能干的、爱美的、不停操劳的家庭主妇。

全团都在为去北京汇报演出做准备。柳叶眉被选中的剧目是《暗战》,这个新节目是柳叶眉结婚以后在丈夫的指导下编写创作的,描写地下工作者的惊险战斗,在云城试演过多场,场场爆满,反响热烈。

辛团长很看好《暗战》,希望这个节目能拿奖。他反复看了几遍,亲自提出修改意见,丽丽她们都说,全团最看好的节目,就是《暗战》了,大家都拿柳叶眉开玩笑,说她是双喜临门,既找到了失散多年的母亲,又有了新段子新节目,什么好事全都让她赶上了。

杨细雪为大家去借服装,她怀了孩子,去不了北京,因此满腹委屈,见谁都想诉说一把。

"阿眉啊,这次北京我是去不成了,真羡慕你们能去。医生说我肚里怀的是个女儿。哎,这孩子来得真不是时候啊!"

"怎么不是时候?我倒觉得她来得刚刚好。都说女儿是妈妈的贴心小棉袄,你就等着享福吧。"

"女儿"这个词触动了柳叶眉。在排练场聊天,周围总有形形色色的人来回走,她克制着自己的情绪,不想让人看出她的感情波动。这天排练场来了一群头扎蝴蝶结的孩子,十三四岁的样子,纤瘦,美丽,刹那间,柳叶眉像是被什么东西点燃了,她愣在那里,一动不动,几秒钟过去了,她才回过神来,发现刚才与她聊天的杨细雪已经不见了,早已忙她的去了。

孩子们发出潮水般的喧哗。导演正带领孩子们练习入场,有个节目需要孩子们做开场，以烘托那种热烈欢腾的气氛，孩子们一遍遍试着跑进场的时机和表情，一张张笑脸好像葵花开放一样。

有个穿白纱裙的小女孩跑过来，捡起柳叶眉掉在地上的白手绢，仰着头，把小手绢递给她。女孩有一双清澈的大眼睛，看着她，没说话，然后她就跑开了。

小万万的事，柳叶眉一直没跟家里人提起。掐指算来，如果女儿还活着，差不多也跟这帮小孩一样大，她也像这些女孩一样可爱吧？新婚时错过了机会，她一直没有把自己怀孕生过孩子的事告诉丈夫，如今母亲找到了，兴高采烈地搬回到家里来住，一家人其乐融融，她可不想破坏气氛，说什么孩子不孩子的事。太煞风景了。

谁也不能再伤老人心。

那天夫妇俩来接母亲出院，周围的医生护士全都心生羡慕，她们说李兰老人家好有福气啊，虽然过去吃了好多苦，但这回总算苦尽甘来了，回家好好养着吧，好日子可还长着呢。

母亲在众人的簇拥下坐着轮椅走出病房。司机小杨把车开到医院门口，夫妇俩亲自扶母亲上车。推开家门，母亲惊讶地发现女儿的家正如她千百次梦中见到的景象一样：宽敞，漂亮，充满艺术气质。楼顶还带着个小花园，她太喜欢这里了。

"你们这个家，我好喜欢！"

"喜欢您就好好住下来，以后这儿就是您自己的家了，想住多久，就住多久，我们给您养老送终，我们照顾您一辈子。"

母亲在客厅里这儿看看，那儿看看，她在一幅风景画前停住脚步，沉思良久，突然说："这个家，我在梦里曾经来过。"柳叶眉夫妇俩相视一笑，他俩真为母亲感到高兴。柳叶眉拉起母亲的手说："走吧，妈妈，我带你去看你的房间。"

母亲的房间，布置得很像以前在南京开店时的样子，橙黄与酒红两种绚烂花朵交织在一起的大幅织锦窗帘，整整占满一面墙，好像气派的舞台幕布，拉开来后面又是另一番世界。

房间中央摆放着一张法式花纹铁艺大床，床头床尾的栏杆都被漆成若有若无的淡蓝色，就像天空尽头的颜色，接近无限透明的蓝。床上铺的是白色的蕾丝花纹床单，摆的是纯白缎子绣枕一对，这一切的一切，都跟南京家里的摆设一模一样，母亲望着这似曾相识的景象，忍不住背过身去，轻轻抽泣。那天在医院第一次相认，她们都没有哭，这会却抱头痛哭，母女俩在新家里痛痛快快地哭了一场。

"娘，你坐吧，来听我唱一曲。"

柳叶眉去书房取了琵琶来，为母亲唱了一段《白蛇传》。她们分开的时候，她只有九岁，关于她后来的一切，母亲知道的并不多。她惊讶于阿眉的歌声和她弹琵琶时微微俯身的优美姿态。眼前一切宛若梦中。

3

列车北去，发出隆隆声响。评弹团许多人都是第一次去北京，辛团长带队，大家都很兴奋。柳叶眉的新节目《暗战》也被选上去北京参加汇演，全家人都很为她高兴，母亲早早起来亲自熬粥，搞得比她晚起的满姨都心慌起来，连声让老太太放下手中的活儿，回房休息，厨房的活儿由她来干。

母亲说："你出去买早点吧，春雷马上就要起床了，阿眉要去赶火车。厨房这点粥，倒也累不倒我。"

自从母亲搬回到家里来住，日子过得相当舒坦，身体也比从前好许多，只是从来闲不住，干这干那，倒比柳叶眉这个上班的人还要忙。阿眉出差之前，母亲还连夜赶踩缝纫机，为她做了一条布拉吉。柳叶眉就是穿着这条碎花的布拉吉出门的，柔软细密的布料包裹着她纤美柔软的身材，让她每走一步路都会想起母亲来。

大家在站台上集合完毕，依次上车。火车刚一开动，辛团长就带领大家唱大合唱，鼓舞士气。辛团长是部队下来的，擅长拉歌，一二三四五六七，你方唱罢我登场，搞得车厢里热气腾腾的。

辛团长说："这次去北京，咱们就来个猛虎下山，一举拿下'金葵花'奖。""对！一定要拿金奖！"大伙儿七嘴八舌地议论道，"依我看啊，柳叶眉的《暗战》最有希望。"

柳叶眉说："大家都有希望，都有希望！"

她正处在一生中最幸福的阶段，母女团聚，丈夫事业蒸蒸日上，夫妻俩感情又好，应该说要什么有什么。说实在的，当然，站在团长的立场上，是非常希望她得奖的，《暗战》立意好，题材又新，再加上柳叶眉的演唱已到了炉火纯青的程度，在全团人眼里，柳叶眉获奖只不过是囊中取物，轻轻松松。

大家都在唱歌，她却躲在一个角落里打瞌睡，养精蓄锐。在梦中，出现了一条小蛇，通身雪白，眼睛却是血红的。它随列车前行，有时在行李堆的缝隙里游弋，有时跳跃到灯罩上方的横梁上张望，用惊奇的眼光打量下面这群唱歌的人。

不知何时，她从梦中醒来，站起身在行李架上四处翻找，旁边的人都问她找什么，她不敢说出来，火车上有条蛇。

也许，就只是个梦吧。

一觉醒来，车厢里显得异常安静，柳叶眉看看前后左右的队友，他们一个个互相叠靠着，睡得东倒西歪。他们就像在欢腾中突然被某种药水凝定，每个人的姿态都保持着原有欢乐的形态，生动可爱。柳叶眉耳边响起了昨天响彻车厢的歌声，唱了一首又一首，把车厢盖都快掀翻了。

她太累了,居然在震耳欲聋的歌声里睡着了。母女团聚耗尽了她的力气,她需要养精蓄锐,重新聚拢力气,才能更好地生活下去。

众人还未醒来,沉潜在各自的梦境之中,柳叶眉是第一个看到雪的人。

11月初的天气,北方大地已是一片萧索,看不到一丝绿色。树木的叶子都快脱落殆尽,庄稼也已收割干净,空剩下深棕色的田垄一垄一垄快速从车窗外闪过。就在这时,一片雪花从天空飘落下来,斜插在车窗玻璃上。柳叶眉侧过脸,细看那片晶莹的小雪花,完美无缺的六角形,精致透亮,天赐的小礼物,细幼微小的神。

然后,大片雪花接踵而至。

车窗外的地面上已经能够看到大面积的白色。

雪花飞舞。雪花飞舞。

柳叶眉摇醒身边的赛丽丽。说,快看啊,下雪啦!于是车厢里一传十,十传百,乘客们像接力赛一般一个接一个醒来,从梦境直接跳入到雪野里,都有些不适应,一个个揉着眼睛,不相信眼前看到的一切都是真的。

最后一个醒来的是辛团长。他穿上棉袄,系上皮带,一手叉腰,另一只手搭凉棚做眺望状,高声朗诵起一首关于雪的诗。作者是他自己。

第十四章　北京汇演大获成功
　　　　　　母亲失踪另有蹊跷

1

　　生活永远无法预设情节。命运之轮不停向前转动。

　　北京金碧辉煌的剧场里空无一人，空气中充斥着大战前的寂静。柳叶眉独自一人去看场地，她步行走了很远的路，她需要在大赛前先去看看比赛现场，这样好心里有底。

　　她没跟任何人商量，独自一人前往。

　　秋天的北京，天气与南方明显不同，虽说前一天下了一场雪，但天空依旧澄清碧蓝，路面上铺着稀稀落落淡白色的薄雪，不冷，也无风，像一个清凉幽蓝的新世界。

　　柳叶眉穿着黑色长呢大衣，脚下一双黑色牛皮靴子长及膝盖。她的身影被淡金色的斜阳拉得很长。她走在路边的一排白杨树下，身影和白杨树修长的影子相互重叠，一会儿是那树的影子吞没了她，一会儿她又从那笔直的树影中分离出来，成为一个独立的存在。她来到北方，只是想要一个在首都表演的机会，想不到她还遭遇了比赛之外的一些事情。

　　舞台上，深玫瑰红的大幕向两旁安静地敞开着，想要走入其中，仿佛是一件不可能的事情。北方室内有暖气，柳叶眉脱掉大衣，里面只穿了后天的演出服——一件嫩绿色夹旗袍。她噔噔噔快步走上楼梯，登上舞台。她在舞台上走了一个来回，然后在舞台中央停下来。

一束灯光从头顶上倾泻下来。大概是上次演出忘记关掉，在玫瑰红的大幕里，这束光亮就像花蕊一样静静生长。柳叶眉置身其中，想到一天后的演出，心思起伏。舞台下面，一排排圆弧形的大红座椅齐整地空着，没有人来回走动，更没有一点声音。

就在这时，舞台下面突然出现了一个人，由于下面光线较暗，看不太清他的面孔，只能看清他的轮廓。那是一名穿黑呢大衣的男子，头戴一顶英式礼帽。六十年代初，已经很少有人这样打扮了——柳叶眉的心突然"突突突"跳得很快，难道是他？

"柳叶眉，你好吗？"

"真的是你，老甘？你吓死我了！你怎么会出现在这儿？"

"说来真是巧了，刚到这家剧院来跟一位老朋友告别，寒暄完了到剧场来看一眼，也许你不知道，我曾为这家剧院画过舞台背景，有感情。我刚一走进剧场，就看见了站在舞台上的你。"

"告别？你要离开吗？"

"是的。"

"要去哪里？"

"先去香港，然后转机去美国。"

"跟家人团聚？"

"是去离婚。"

"噢。"

他俩一个台上，一个台下，仿佛隔空喊话，进行到这儿又突然进行不下去了，相互僵持着，似有千言万语要说，又不知从何说起。

柳叶眉说："三天之后，我在宾馆等你。我得把这场比赛应付过去。"

老甘说："祝你成功！"然后挥挥手，转身离开。

望着他的背影，柳叶眉愣了足足有五秒钟，她忽然想起什么，快步冲下舞台，沿甬道追了出去。

"老甘！"她冲着他的背影喊。

老甘回过头来，用那样一种迷茫的眼神看她。她走近他，两人面对面站着，相互看着，却一句话也说不出来。不远处的马路上车来车往，自行车急速穿梭，没有人注意到他俩。

她身上嫩绿色的旗袍，在初冬深棕色的街道上显得极为跳跃。对面是一个穿深色大衣戴礼帽的男人，他俩站在那里说话的侧影简直就像一幅三四十年代老上海的电影海报。如果有人恰好骑车经过那里，瞥见他俩，一定以为在这个晚霞满天的傍晚，自己一不小心掉进了一幅画里。

在柳叶眉最不该遇见老甘的时候，他却像影子一样自动出现。如今她事业蒸蒸日上，婚姻稳定，母女团聚，小日子算得上幸福，老甘偏偏在这种时刻出现了。老甘，在她眼里就像前世的恋人。经历过"解放"这样的社会大变革、大震荡，像柳叶眉这样的小女子，人生的小船，早已起起伏伏，几经历练，已变得不那么在乎儿女情长。但面对昔日恋人，她依旧有那么一种喘不过来气的感觉，昔日重来，宛若梦中。

"我还没有告诉你，我旅馆的房间号。三天后，你到哪里来寻我？"柳叶眉望着老甘说道。

"鼻子底下有嘴，我不会打听啊。"

"何必那么麻烦？"柳叶眉笑了起来，"我和你，我俩之间从来就没有简捷过，从来都很麻烦。不是吗？"

"这可能就是命吧！"

柳叶眉从包里掏出圆珠笔和一个小本，在上面沙沙地写着字。老甘看着她写字的手，想起她弹琴唱评弹的样子，心中忽然一痛。"她是仙女啊！对我来说她一直在飞。"

2

评弹《暗战》在北京参加文艺汇演,大获成功,一举拿下"金葵花"奖。这天演出结束后,同事们都去餐馆喝酒庆贺了,辛团长拉着柳叶眉的手说:"走,走,一起去庆祝,你是主角,你不去可不行啊。"柳叶眉推说有事,一个人急匆匆赶回招待所。

柳叶眉回到招待所,看见老甘正坐在大堂椅子上等她。三天之约,他很守时。只见他端坐在一台收音机旁,很认真地听着什么。

"在听音乐吗?"

"不,我在听新闻,你们得奖了。金葵花奖。"

他俩相视一笑,站起来就往楼上走。他俩一前一后走在楼梯上,老甘走在阿眉身后,过了一会儿忽然冒出一句:"阿眉,你的腰还是那么细。"阿眉回过头来,笑了一下,小声说:"老甘,我结婚了。""我知道。"

两个人很快走到了三楼的一个房间。楼道里亮着空寂的灯,静默无声地望着这对久别重逢的人。房间在走廊尽头的拐角处,两人打开房门进去。

房间里的布置柔和,浅米色的窗帘将无尽的夜色阻挡在窗外。室内灯光让人感觉舒适,一架立式落地灯引起了柳叶眉的注意,这是她以前没见过的,她竟然像个调皮的孩子似的,将灯的开关捏在手里,忽开忽关。灯光起伏明灭,老甘站在这光束里,宛若隐身人一般,忽然出现,又忽然消失。

她轻轻笑了起来。"呵呵!呵呵!"

"真像回家一样了呢!"老甘环顾四周,轻轻叹道。

"家?可惜不是真的。老甘,我已经结婚了。"

"别老强调这个行吗?"老甘说,"其实我也没别的意思,就想看你一眼。"

房间靠墙放着一张方桌,左右各有一张老式木座椅,他俩一左一右坐下,好像在照相馆等待照相师父拍照,姿态端庄,心中忐忑。

柳叶眉告诉老甘，自己已经结婚了，生活得很幸福。老甘说那就好，那就好，他在国内也就没什么牵挂了。自己当初留下来，是心甘情愿的。如今这形势，老甘说他出身不好，留下来只会给柳叶眉增添麻烦，不如一走了之。

房间里有一只钟，嘀嗒嘀嗒响个不停，仿佛提醒他俩，在一起的时间不多了。

柳叶眉说："今天晚上，我只给你一个人演出。"她转身去拿琵琶，给老甘唱了一段《白蛇传》，琴声绵绵，如泣如诉，他俩仿佛又回到了旧时光，一个坐在茶馆的小舞台上慢拨琴弦，一个坐在台下喝茶听唱。

老甘说，他此番去香港，也是费尽周折，好不容易离开苏北那穷地方，也算死里逃生。此刻，两个人的情绪都有点不同寻常，似乎马上就要旧情复燃。但阿眉还是克制住了自己，她想起婚后赵春雷对自己可以说是百依百顺，阿眉不想做一星半点对不起丈夫的事。

阿眉起身给老甘泡了一杯茶。盖热水瓶盖子的时候，阿眉的手指被热气熏了一下，她本能地把手指往后一缩，老甘见状连忙凑过来问："怎么啦？烫着手没有？"

说着便拉住阿眉的手指细看。阿眉用力抽回自己的手说："我又不是豆腐做的，一碰就碎，哪那么娇气？"说完继续给他泡茶。

老甘拿起茶杯喝了一口，说道："说起豆腐，倒真是说到了我的痛处了。阿眉，你知道这几年我在苏北劳动改造，一直在干什么吗？就是一直在磨豆腐啊！生产队里有驴，他们不让用，他们说我就是来接受改造的，他们把我当驴。每天早晨鸡还没叫呢我就得起床，把头天晚上泡软的豆子倒进磨里磨成浆。全是人工的，费时又费力，我就是那头拉磨的驴，围着磨盘转了一圈又一圈，那时我的心灰暗到了极点，以为这辈子就这样了，再也见不到我的阿眉了。"

阿眉说："这不是见到了吗？"

阿甘试探着问:"不如……跟我一起去香港吧?"

阿眉垂下头,睫毛弯成两枚细细的芽儿,半天没作声。

32岁的柳叶眉再次站在情感的十字路口,犹豫彷徨。何去何从,不知如何选择。

柳叶眉在北京,云城这边又出事了。她母亲李兰上街买菜,人就不见了。赵春雷急坏了,派人到处寻找,就是不见李兰踪影。从下午三点一直找到晚上九点,确定柳叶眉的母亲李兰已经失踪,这才叫秘书往北京打长途电话。

电话打到酒店总机,总机又转分机。在柳叶眉与老甘坐在红沙发上絮谈的时候,电话铃声骤然响起,"铃铃铃——",那声音有些刺耳,他俩像是被人从梦中唤醒,同时打了一个机灵。

"喂?什么?"

"……母亲不见了?"

黑色塑胶听筒滞重笨拙地从她手中滑落下来,垂在木桌一旁。弯弯曲曲的导线好像弹簧一样,拉着那个掉下去的"消息"上下跳动,从里面传出嗡嗡的声响。"母亲不见了!""母亲失踪了!"

这关键时刻打来的电话,一下子使这对昔日恋人清醒过来,他们明白了自己的处境,收回恍惚的神思,收敛情绪,又回到原来的轨道上来。老甘说:"我明天就要去香港了,今生今世,也许不会再见面。说着他摘下手指上的一枚戒指,将它套在阿眉纤细的手指上。他说,这枚金戒指是祖母传给他的,这么多年,他一直随身携带,小心收藏,如今将戒指送给阿眉,做个纪念。柳叶眉有些犹豫,将戒指从手指上取下,放在手里摆弄着,她发现这金子很软,指环的圈是可调大小的。

终于,柳叶眉将戒指攥在手心里说:"好吧,明天我们就各奔东西了。彼此珍重。"

3

一列从北京开来的列车缓缓进站。赵局长的司机小杨站在站台上焦急地张望着,汽车已开进站台,就停在他身后。局长家里出了大事,小杨奉命来火车站接嫂子,局长叮嘱小杨,别说得太多,先把她接回来再说。

云城站台上,站满了熙熙攘攘的人。从这里出发的人和进站的人全都各怀心事。离别和归来都不是件容易的事。列车到站,人们突然看到一个年轻女子在站台上奔跑,身上穿着黑呢大衣,头戴一顶黑色贝雷帽。人们纷纷投来异样的眼光,猜测女子的身份。有平素里喜欢听评弹的人,忽然间反应过来女子的身份,大叫一声:"快看!柳叶眉!"大家回头看时,她已上了一辆黑色轿车,车子一溜烟地开走了。

在路上,司机小杨跟柳叶眉先把情况介绍了一下。他说:

"局长正在家里召开简短会议,分析案情。"

"有没有什么线索?"

"线索倒是有一些,就是不知道方向对不对。"

"那你说说看,我也帮着想想。我母亲应该没得罪什么人呀,怎么就会被绑架了呢!"

"大家猜测老太太被绑架,是如意酒厂的人干的。"

"如意酒厂?就是那家生产黄酒的厂家?我母亲怎么会跟酒厂扯上关系?"

"老太太以前不是跟一个叫瘸老七的人住在一起嘛,听说那人吃喝嫖赌,样样都来,他失足坠桥之后追赌账的人就找上门来,发现老太太已经搬走,经过多方打听,才摸到老太太的新住所,就潜伏着,瞧准机会将老太太给绑架了。"

柳叶眉赶回家,看到家里来了许多人,甚至还有警察。丈夫坐在沙发上正听他们分析案情。她意识到事情的严重性,母亲有伤痕的脸开始在她眼前闪现。她感到头晕，脚底下也变得软绵绵的。丈夫把她扶到另一个房间休息，刚一关上房门，她就伏在丈夫的肩膀上抽泣起来。

丈夫拍着她的肩膀说："没事，没事啊，有我呢。"

"一路上我就有不好的预感，母亲肯定找不回来了！"说着，就哭得越发厉害起来。

丈夫说："你先在这儿躺一会儿，那边还有警察呢，我得跟他们一起去查那些罪犯。你放心好了，我一定把那些坏分子绳之以法，救回母亲，你就等着我的好消息吧。"

丈夫抱起妻子，把她平放在大床上，帮她脱掉脚上的黑色靴子，又拿过一床被子来盖在她身上。这些举动以前是没有的。夫妻二人固然恩爱，倒也止于"相敬如宾"，并不像一般小夫妻那样没大没小，可以没有底线地胡闹。他俩一直都是另一种好法，相互关心，说话客气，不像世俗夫妻，倒像默契好友。

"春雷，母亲的事全靠你了。"

"一家人，说这些客气话干吗？"

"我已经没有力气再说什么了。我想闭上眼睡一会儿。"

"你睡吧，要是不舒服就叫满姨送你上医院。别妈这边还没找到，你这边倒又病倒了。睡一会儿！"

柳叶眉的头像枕在棉花上一样，软绵绵一直向下坠。蒙眬间，她仿佛听到汽车喇叭的声响，就想，他们已经出发了，母亲有救了。随后她就一头跌进深邃无边的梦境，铅灰色的雾霭一团一团扑面而来，她伸手拨开迷雾，发现自己正坐在一趟高速行驶的火车上，火车座位上罩着白布套，对面人的面孔很陌生。

"我们这是要去哪里？"

"难道你不知道吗？"

"不知道。"

"不知道也好。你不需要知道什么。"

对面的男人看上去有点冷。说完这句话,他就像戴上面具一样,任你如何发问,就是不做回答。脸上一点表情也没有。这时,他们听到飞机隆隆作响的声音,从车窗里可以看到一架飞机正从头顶上飞过,由于飞得过低造成巨大响声。"老甘是不是就坐在这架飞机上呢?"这时,她隐隐约约听到有人在叫她的名字"柳叶眉!""柳叶眉!"她回头看时,车上的人一个都不见了,就连对面那个冷面男子也消失得无影无踪……紧接着第二个梦来袭,她居然一下子"空降"到医院大厅里。这一情节让梦里的她都觉得很离奇,摸一摸背后并没有降落伞之类的东西,她是如何"空降"成功的呢?

她看见医院的取药窗口前站着两个女人。光线从窗口里面透出来,看起来一片雪白,两个女人的身形好似剪影,根本看不清楚颜面,但柳叶眉还是认出了她们,她俩一个是母亲,另一个是同事杨细雪。她想接近她俩,却无论如何也无法靠近……在万分焦急之中,她醒了过来。

中午一点醒来,满姨刚好给她煮了碗虾仁面,摆好碗筷正要去卧室叫醒她,她却穿着黑色毛衣神情恍惚地晃过来了,满姨上前扶住她问:"阿眉,要不要上医院?"这句话倒提醒了柳叶眉,她想起梦中的情景来,大家都找不到母亲,说不定她就在那里。

"是啊,医院?我吃点东西就去。"柳叶眉说,"满姨,你去叫司机,待会儿送我上医院。"

满姨说:"司机刚好不在,要不我打电话……"

"算了,算了,我吃完这碗面再说吧。"

"噢。"满姨拿着盘子安静地走开。

碗里的面很可口,味道极鲜,但她来不及细嚼慢咽,而是三口两口吞进喉咙。她想,得尽快去医院看看。梦里的提示说不定有用,母亲说不定就被人藏在医院里的某个地方。

吃完面，司机还没回来，柳叶眉等不及，就决定自己骑车去医院。她跟满姨说了一声，从院里推了辆车就骑了上去。满姨冲着她的背影喊了几句什么，柳叶眉一概没听见。车骑得很快，不一会儿医院就到了。她在医院门口意外地遇到了高子文。

高子文看到她，也很意外。"阿眉，你怎么来了？"

阿眉说："母亲不见了。我来这里找找看。"

"母亲不见了？真是家家有本难念的经。我老婆产后需要输血，这不，我在等血库的人。"

"杨细雪生了啊？男孩女孩？"

"是个女孩，挺好的，六斤六两重。不过我老婆生产后大出血，急需输血，但是医院血库里的存血不多了……"

"我是O型血，抽我的血吧！"

"那怎么行？你最近身体也不怎么好。再说赵局长他……"

"我说师兄，咱们两个可是一起长大的，跟我还那么客气，你就见外了吧？事不宜迟，快走，咱们现在就去抽血。"

柳叶眉把车往门口随便一放，拉上高子文就去化验科抽血。她想起小时候，他俩常在一起玩捉迷藏，她藏在花坛后面，高子文总是找不到她，"阿眉""阿眉"地叫她，求她快点出来。阿眉总是从他意想不到的地方跳出来，吓他一大跳。

护士在她的胳膊上用力拍了拍，抹上两遍碘酒，一根长针就开始在柳叶眉纤细的胳膊上试探起来。她别过脸去，不想看见自己的血。血液顺着血管汩汩流出，坐在对面的高子文感动得要落泪。他想起小时候的许多事，眼前这个女子变成了一个小女孩，"哥哥""哥哥"地追着他跑，要与他玩耍，讨好他，有小礼物送给他，目的是能偷会儿懒，少练一点唱，少弹一会儿琴。

4

　　母亲的解救过程实际上是相当顺利的。就在柳叶眉在医院给生孩子的同事杨细雪献血的同时，警察已带领一队人马冲到酒厂仓库，在危急时刻救出李兰。

　　原来，下午李兰外出买菜，被早已埋伏在院墙外的麻三和阿旺一伙人用麻袋套住脑袋拖进一条乌篷船。李兰眼睛看不见，身体的感觉变得敏锐起来。她不断地被人推推搡搡，然后扔上一条颠簸的破船。没有人跟她解释什么。

　　噩梦又回来了……日本人的刺刀，推搡，蹂躏，歇斯底里的狞笑……船的摇摆，晕眩，被人撕扯衣服的感觉，许多只手不由分说地乱摸、撕扯、捏掐——暴力李兰再次掉进这场噩梦，时光倒流，她再次落到日本人手中。

　　"不许哭！不许喊叫！乖乖听我们安排！"

　　船上的人说的是本地话。过了很长时间李兰才弄清楚，这伙人抓她的目的只是为了钱。瘸老七那"死鬼"在活着的时候欠下不少赌债，现在他人死了，按照那帮赌徒的逻辑，李兰就该替他偿还。麻三那伙人，消息灵通得很，在他们眼里，李兰是个筹码，她有既有名又有钱的女儿，有当大官的女婿，他们就想狠狠敲她一笔。

　　母亲被抓到船上去的时候，女儿正给另一个女人输血，鲜红的血液汩汩流入那人的血管，救活了一条人命。这女人是个产妇，那一天，她把一名女婴带到这世界上来。七天之后，产妇出院。柳叶眉第一眼看到小雪生的那个女婴时，她的脑子"轰"地一下，她一下子想起自己的秘密来。

　　十多年前，她曾被软禁在万家，怀胎十月，生下跟眼前这婴儿一样娇嫩可爱的小女孩。这是她隐藏多年的秘密，她几乎没跟任何人提起过。就连那次剧团里闹运动，有人贴她的大字报，她都愣是没承认有这回事。

　　柳叶眉觉得自己最对不起的人，就是自己的丈夫赵春雷。新婚之初，她一直想找个机会把自己曾经生过孩子的事跟他谈一谈。她认为丈夫有权知道这事。可随着时间的推移,她连张开嘴的勇气都没有了,因为丈夫对自己实在是太好了,时时处处呵护,让她生活平静无忧,富有快乐。

生活太平静了,她不忍心用孩子的事来打破这种平静。平静就像一块玻璃,一旦打破了就很难再复原。再说,她也不忍心伤害丈夫,虽说"小万万"的事跟他毫无关系,那已经是许多年前的事啦,但这段个人的隐秘历史,对丈夫或多或少是种伤害吧?但另一方面,婚姻需要坦白,她应该向他坦白,和盘托出。她就是这么纠结,左思右想,最后还是没跟丈夫说出真相。

这次看见杨细雪生的孩子,柳叶眉再次产生想要说出真相的冲动。可惜机会好像还是不对,因为母亲失踪了。在这种情况下,全家人的注意力都转移到老人家身上,说什么孩子不孩子的事,显然时机不对。

"小万万"这孩子就像隐藏在她和丈夫之间的一个隐身人,说她不存在吧,还真是看不见,摸不着。说实在的,十几年过去了,柳叶眉对那孩子的样子已经记不清了,就算是那孩子在街上面对面走过来,她也不一定认不出那就是自己的女儿。

5

母亲被绑架事件之后,夫妻俩的感情也日渐升温,关系你侬我侬,非常亲密。丈夫几乎每晚都要伏案工作,柳叶眉就坐在一旁结毛线陪着他,累了,还帮他去煮一碗夜宵,冰糖莲子粥,或者上海小馄饨。两人坐在灯下亲亲热热一起吃。

赵春雷工作之余,还在翻译英文小说。1954年,海明威因《老人与海》获诺贝尔文学奖。这让一直痴迷于阅读海明威作品的赵春雷兴奋不已。国内能找到的关于海明威的资料不多,只有图书馆才有。夫妇俩周末便去泡图书馆,这样清雅安静的地方,对柳叶眉来说既陌生又喜欢。

赵春雷常跟夫人提起海明威,他说这位美国作家是条"硬汉"。柳叶眉听得入迷。两人感情很好却一直没有孩子。母亲李兰一直催女儿，说："你也不小了，都三十多岁了，该早点要个孩子了。"柳叶眉却抱着顺其自然的想法，照样风风火火忙工作。

"雷，我今天上高子文他们家了。"

"噢？去看孩子了？孩子怎么样？"

"那孩子好可爱啊！是个小女孩儿，小名叫乐乐。雷，你说要是咱俩也有这样一个孩子，你觉得好不好？"

"怎么？你终于想通了？想要孩子了？"

"如果咱家也突然出现一个孩子，你会怎么想？"

赵春雷伸手刮一下柳叶眉的鼻子说："突然出现一个孩子？那是不可能的。哈哈！"

柳叶眉知道自己又一次失去了跟丈夫提"小万万"之事的机会。上海一家电影制片厂想拍摄一部与评弹演员有关的电影《白蛇仙女》，邀请柳叶眉出演电影中的女一号白娘子。丈夫很支持她开拓艺术新战场，支持她去杭州试镜。

第十五章　拍电影巧遇掌上珠
　　　　赵春雷家中遭变故

1

柳叶眉开始了全新旅程，去杭州试镜。虽说云城距杭州并不远，但这段旅程似乎特别长，火车咣当咣当走了很长时间的夜路，依旧没有到站的迹象。

这一趟旅行将会带给她什么，到目前为止她还不太清楚。原本，她可以守着花好月圆的小家，过她的舒服日子。母亲找到了，一家人团聚在一起，家里有老人，有保姆，有先生，有太太，一家人日子过得井然有序，恩爱和美，这是她小时候梦寐以求的生活。

夜色在车窗外渐次展开，黑丝绒一般的夜幕上，跳跃着糖果般点点晶亮的星光，那些光亮就像一个梦连着另一个梦，这个梦凸现出来，那个梦就隐藏到暗处，仿佛光亮不见，等待下一次重现。

回忆与列车同步。列车仿佛进入另一空间，她又看到九岁的她：裙子，长筒白袜，手里拿着一支蜡烛，用手小心地护着。她爱那女童，不知道看到的影像究竟是谁。她年轻的时候，听算命的说，她命中注定要"聚散离合"几个回合。一开始她并不相信此言，可当她蹬上这列去杭州的火车，她心里忽然"咯噔"一下，她爱那女童，不知她是九岁的自己，还是另有其人？

车厢里已经熄灯，黑黢黢的一片，乘客们都已进入梦乡，只有柳叶眉一个人醒着，她站起身穿过东倒西歪的人群去车厢连接处的盥洗室，她想洗把脸。盥洗室被两盏日光灯照得雪亮苍白，冰冻一般，令人不敢进入其中。真的走进去，却并无凉意。她看到镜中的自己，面色很白，连嘴唇几乎都是白色的，她正凑近镜子去看自己的脸，身后却出现一个小姑娘。柳叶眉一惊，回头看时，身后却是空空荡荡的，小姑娘消失不见了。柳叶眉站在那儿愣了好一会儿，不知是自己眼花了，还是身后真的有人。

清晨，列车缓缓开进站台，四周雾气弥漫，白雾中站着一个手拿蜡烛的小女孩，只见她披散着弯弯曲曲的长发，一双大眼睛宝石般明亮。柳叶眉忽然想起，昨夜在镜中看到的那个女孩，跟眼前这女孩长得一模一样。

"柳叶眉，我是来接你的。"

"咦？你怎么知道我的名字？"

"我在画报上见过你的照片。"

"那么，你拿着蜡烛干什么？"

"刚才天黑，我怕认不出妈妈的脸。"

"妈妈？"

"是电影里的妈妈。"这个从雾中走出来的小女孩，年龄大约十四五岁的样子，名字叫做陈乔美，大家都叫她小美。"是我养父姓陈，我随他的姓。我自己真实姓名是什么，没有人告诉我。"

"是啊，你演她妈妈。"不知从哪儿钻出个年轻男人，他把手伸向柳叶眉，落落大方地说道："你好！我是从上海电影厂来的演员，我叫孙明明。"后来柳叶眉得知，他们都搞错了。小美在电影《白蛇仙女》中并不管柳叶眉叫妈妈。她俩的戏是分开来拍的。

试镜很快就通过了，确定故事片《白蛇仙女》的女主角为柳叶眉，男主角为孙明明。小美演柳叶眉的童年。这女孩是从杭州几百名中学生中挑出来的，能被选出来就跟中大奖的概率差不多。《白蛇仙女》拍摄顺利，拍戏间隙，柳叶眉教孩子弹琵琶。她总觉得和小美之间有某种默契。导演给柳叶眉看孩子们的照片，他说他是从几百张照片中一眼看中小美的。柳叶眉问为什么?导演说还用问为什么?因为长得像呗,简直是一个模子里刻出来的。

夜晚,柳叶眉手里拿着小美的照片,坐在镜前仔细比对,看自己跟小美到底长得像不像。电影制片给了柳叶眉一大沓照片,有小美的,也有其他女孩子的,她们姿态各异,笑容灿烂,每个女孩都很美,但是各有各的美法。

女孩子们的照片铺了满满一床,柳叶眉正欲拾起一张细看,这时候,宾馆的门铃叮咚响起,柳叶眉起身去开门,只见门口站着个油头粉面、每一个毛孔都光洁如新的男人。

"哎哟,是孙明明呀!打扮得这么漂亮,我差点都没认出你!"

"我可以进来吗?"

"当然可以。进来一起喝杯茶吧?"

"我也是这么想的。"

孙明明一进来就抱怨,说拍戏现场太脏,整天弄得灰头土脸的。今天正好收工早,傍晚舒舒服服地洗了个澡,换了衬衫擦了皮鞋,人嘛一定要清爽。他又看见床上铺着的照片,拿起一张来,正好是小美的,他手托照片细细端详,然后"哇"的一声怪叫,吓了柳叶眉一大跳。

"又怎么啦?"她问。

"我觉得这个小美啊,跟你长得实在是太像了。会不会真是你女儿……"

"胡说!我怎么会有这么大的女儿?"

"也是啊,年龄上也不对啊!"

小孙说话的样子嘴有点瘪,眼睛很大,标准杏眼,这双眼如果长在小姑娘脸上就更好看了。眼睛水汪汪的男人,坐在柳叶眉对面吧哒吧哒说着话,柳叶眉却走神儿了,刚才说到那孩子的年龄,她掐指算了一下,这小美还真跟她的"小万万"年龄一般大,而且她自己还强调说,她是被收养的。这就是说,她现在的父母不是她的亲生父母。

列车盥洗室那一幕又出现了,苍白的镜中出现另一个人影,手拿蜡烛,样子楚楚可怜。她是一个幻影还是一个真实的存在,难道这些年来,她跟万叶轩生的孩子小万万一直没有走远，一直用另一种形式存在于她身边？

"叶子姐，你在听我说话吗？"

"啊，在听。"

"我刚才说的是什么？"

"对不起……我有点走神儿了，你再说一遍。"

小孙却说："有些话，是不能重复第二遍的。"

柳叶眉走神了。其实，她刚才没听清楚的那句话是："柳，自从我第一眼看见你，我就知道有什么事情要发生了。我喜欢你！"

灯光变得幽暗，房间里的气氛变得莫名地紧张。柳叶眉这才意识到孙明明今天有些不对劲，他这到底是怎么啦。柳叶眉故意岔开话题跟他聊，聊电影里的角色，聊明天要拍的"长桥相会"，每一句道白，每一个细节都聊到了……直到孙明明伸直了身子打了一个哈欠，用手捂了捂嘴说："啊！我有点困，要回去休息了。"

"好的，晚安！"

柳叶眉如释重负地站起身，送他出门。她赶紧把门关好，插上插销，这才靠着房门长长松了一口气。她来杭州拍戏已经好几天了，家中情况如何，全然不知。

家里果真出大事了。真可谓天有不测风云，仕途一向顺利的赵春雷突然遇到某种阻力，有人写匿名信揭发他，说他懂英文，看英语小说，是披着"地下党"外衣的大特务。市里暂时停止他的职务，要调查之后才有结论。妻子在杭州拍戏，他一个人待在家中异常苦闷。

李兰眼看着女婿寝食难安，焦急万分。

有人来家中寻找"证据"，李兰不懂，开门放人进来。果然，他们在赵春雷的书屋里找到一本英文小说。赵春雷因"历史问题"被停职检查。关在小黑屋里写检查，未经允许，不准回家。

李兰眼看着女婿被人带走，家变得空荡荡的，她坐在地板上放声大哭起来。满姨也被调查人员遣散回家，连声再见都来不及说，就被推推搡搡弄上卡车，李兰追到门口，只见卡车已经拐弯了，也不知满姨路上盘缠带够了没有。

傍晚，家里空旷冷清，偌大的房子，只开了厨房一盏灯。厨房有很长的一张桌子，李兰就坐在桌子旁，大灯照在她头顶上，她脸上的皱纹如同刀刻一般明显。

在灯下，她喃喃自语地说："都怪我！都怪我呦！"她用手捶打自己的头，她感到头痛欲裂。"是我害了他们啊！害了这一大家子！"祸起都是因为书房里那本英文书。她不认识英文字，以为那包装得花花绿绿的仅仅是一本好看的书。当那些人闯进来，闯进女婿的书房，她没能及时阻拦他们，或者，没能及时地把那本英文书藏起来，就这样一个偶然的疏忽，才惹来这样大的麻烦，她内疚、自责、伤心，认为自己是个不折不扣的灾星。

她已欲哭无泪。无意中，她看到了桌角那团麻绳。

2

这天傍晚，杨细雪抱着八个月大的女儿乐乐上柳叶眉家来串门。乐乐牙牙学语，正是好玩的时候。杨细雪将她抱在手里，一路走来，人见人爱，谁见了都要伸手逗弄那孩子一番。杨细雪见状甚是喜欢。这孩子是她的宝，也是她的骄傲。只要一有时间，她就抱孩子到处玩，走东家串西家，寻个乐子。

自从生了这孩子，她跟丈夫的关系也有所缓和，以前是针尖对麦芒，现在看在孩子的面子上，她总是让他一步。两人都喜欢孩子，共同语言就比从前多了一些。这天晚饭后她抱着孩子出去溜达，高子文也没问她上哪儿，以为她就在楼下大院里散个步。

没想到杨细雪这无意之举，倒是帮了柳叶眉家一个大忙。她抱着孩子站在柳叶眉家门口按门铃的时候，已然忘了柳叶眉去杭州拍戏，已去十好几日，她只当柳叶眉在家，拿着纸剪的衣裳样子过来，跟她讨教一下一件女式上衣的裁法。

"柳叶眉！柳叶眉！开门啊！是我！"

她像往常那样边拍门边大喊大叫。她兴致极好，敲了会儿门，又用手逗逗怀中的女儿，接着再敲。要是往常，她家保姆早就连跑带颠跑来开门了，这回可倒好，里面死一般沉寂。

她有一种不祥的预感：出大事了！

用手推推门竟然是虚掩着的。她手里抱着孩子不顾一切地冲进去。她感觉头皮一阵阵发麻，她对自己说，出事了，出事了，出大事了。她手软脚软，但她必须坚持，因为她手里还抱着孩子。

她蹒跚着朝着有光亮的地方冲去。她看到柳叶眉的母亲李兰已经在厨房水管上系好上吊绳，下面的板栗色方凳小椅也已摆好，正用下巴颏在绳子上试高度……这一幕，让杨细雪惊呆了，顾不得多想，冲上去一把拉住老太太的衣襟，将她从小凳上拽下来。

"阿姨，你怎么这么想不开啊？"

李兰从方凳上摔下来，跌在地板上，呜呜恸哭起来："我闯了大祸！我该死！你还是让我去死吧！"怀中的小孩见状也跟着哇哇大哭起来。

命运就是这样巧做安排。这个傍晚，杨细雪偶然抱着孩子来串门，正好撞见柳叶眉家的老妈妈欲寻短见，她出手相救，这才把李兰救下来。要不是来得及时，这一条多灾多难的生命，恐怕就要无声无息地在地球上消失了。

杨细雪把李兰接到自己的家中，两口子细心照料，就像对待自己的母亲。李兰是个爱动的老太太，手脚利索，勤快，走哪儿收拾到哪儿。手里拿着一块抹布，桌腿椅边，窗台灶台，但凡她能够得到的地方，全都擦了个遍。

杨细雪走过来，从李兰手中抢过那块抹布扔进水池子里，说道："阿姨，我们接你过来住，可不是让你来家干活的。"

李兰摊开双手，一脸无辜的样子，说："可是，我这个人就是闲不住啊！"她放下抹布就去抱孩子，抱着孩子到厨房去看糯米泡得如何。李兰包得一手好粽子，她先用酱油和自己调的独家秘方腌制肉和糯米，等米和肉吃透了酱油再把它们包成粽子。她一心一意在杨细雪家等女儿回来。

3

春天的庭院里开满小朵的玫瑰，有淡白色和红色两种。大清早柳叶眉手拿一只装满清水的广口瓶，想在院里剪几朵花来插。她刚从房间里出来，就看见小美独自站在庭院里做体操，她身体柔软，可以很轻易地把腿踢到头顶，然后停留几秒钟，再把腿放下来。柳叶眉手拿玻璃瓶，倚门站在那儿愣了好一会儿，她看着眼前这女孩，总觉得她跟自己有着某种联系。在这部电影里，小美的戏份不多，昨天收工时听导演说她的镜头已经拍得差不多了。小美得赶回学校上课，不能耽误太多时间。

满院小玫瑰被风一吹，摇动起来，如轻纱拂面，柳叶眉心中萌动起一股柔软的情绪，心想，这孩子跟我家小万万一般大啊。

"叶子！"这是小女孩给柳叶眉起的名字，在这部电影的拍摄期间，她一直叫柳叶眉"叶子"而不是老师。

"我明天就要回学校了。"

"这么快？"

"我的戏拍得差不多了。"

"我们还会再见面吗？"

小美冷淡地说："不知道。"

柳叶眉看得出这孩子的心思，她用表面上的冷淡来掩饰心里的难过。柳叶眉一时间竟不知说什么才好，只是低头剪花，剪了一枝又一枝，插在瓶中整整齐齐一把，煞是好看。

柳叶眉把那瓶花放在房间窗帘后面。她在窗台上发现一张纸条,并未展开细看,放在桌子上就睡午觉了。这一觉睡得很沉,就像夜间睡眠一样,只觉得被什么东西拖着,一直拖向深海。奇怪的是,海底深处,有一个似曾相识的庭院,她在玫瑰园里修剪枝桠,四周空荡无人,像是傍晚,又像是午夜。她的剪刀在梦里显得格外黑。她听到剪刀和玫瑰枝条发出的格格声,像是某种发条玩具的声音。这种声音一直延续着,然后,被一个女孩柔软的声音覆盖了。

"妈妈!""妈妈!"

女孩子穿着红裙子,双腿并拢站在花丛后面。柳叶眉一直想看到女孩的脸,不知怎么却无法看到。正在着急之时,却被"笃笃"的敲门声吵醒了。

她睡眼朦胧起来开门,只见孙明明站在门口,穿一件深色两用衫,衬衣领子却像女人般翻在两用衫外,分外刺目。

"你收到了吗?"他在门口探头探脑,神秘兮兮地问。

"收到什么?"她说。

他大步走进房间,在窗帘后面、挂衣间、枕头底下各找出巴掌大小的一张小纸片,他把那些纸片往她手里那么一塞,红着脸说道:"你自己看嘛!"

柳叶眉关上房门,展开那些小纸条一张接一张地看,都是些肉麻的情话,什么"我爱你"、"不能没有你"、"早晨一醒就开始想你"之类,难怪他会脸红,如果直接说,他肯定说不出口。

"孙明明?"

"嗳!"

"我不是告诉过你了吗,我已经结婚了。"

"可我就是爱你,连我自己也控制不了自己。你让我怎么办呢?"

"孙明明,你过来,咱俩好好聊聊。你呢,年龄还小,从来也没谈过恋爱,所以你现在的感觉纯粹是幻觉,等再过一些日子,你的想法就会有所变化。"

"叶姐，我不会变的。我不像社会上那些没头没脑的小青年，今儿爱这个，明儿爱那个，我不会的。请相信我这份爱情的纯洁性，我这一辈子只爱一个人，那就是叶姐你！"

说着话，他伸手拉住柳叶眉的手，两人身体挨得很近，正欲继续说点什么，就在这时，恰好有人推门而入，误以为自己撞见了亲热场面，"呀——"的一声惊叫，夺路而逃。

窗帘飘动，他和她，两人惊立于窗边，面面相觑。

"刚才那人是谁？"

"好像是晶晶吧？我也没看清。"

"是晶晶？"柳叶眉说，"要是晶晶就糟了。她那张嘴呀，呱嗒呱嗒，还不定把咱俩的事传成什么样了呢！"

孙明明说："怕什么，有我呢！"

柳叶眉抬眼望他一下，被他那副又傻又认真的样子给气乐了。她说："明明，你知不知道，巫晶她一直暗恋你呢。其实，说正经的，我倒觉得你们两个挺合适的。"

孙明明一下子急了，脸红脖子粗，争辩道："谁要她喜欢呀？谁要她暗恋？像她这样一个疯疯癫癫的小姑娘，我怎么可能喜欢她？"

"你喜不喜欢她，是你的问题。她喜不喜欢你，又是另一个问题。"

"叶姐，你在说什么呢，你都把我绕糊涂了。什么她喜不喜欢我，我喜不喜欢她……巫晶暗恋我，这些都是无稽之谈。我刚才已经说过了，我这辈子心里只装得下一个女人——那就是叶姐你。别的女人就算她美若天仙，在我眼中也只不过是个零。虽然你已经结婚了，但你一定不幸福。恩格斯说过，不幸福的婚姻是不道德的。"

"你确定这句话是恩格斯说的？"

"管他谁说的呢！反正我能感觉得到，你是不幸福的。"

"何以见得?"

"你的眼睛时常流露出忧郁。"

"我?我忧郁?"

她和他在湖面上泛舟。西湖水忽然变得很高,仿佛高山湖泊,三潭印月也不见了,明月高悬,仿佛一面水银玻璃镜,映照着世间一切。他的脸藏在暗影里,他用力划船,并不言语。

她问他上哪儿。

他小声说道:"带你去见一个人。"

熟人?她又问。

"是的。"他答。"你一定认得他。"

然后,西湖水继续高涨,变得高出堤岸,高出柳树冠。高密度的湖水使小船凌空而行,树木房屋在低而远的地方,看不到一个人,整个世界没有了人烟,船只宛若在天上飞。

他们终于接近了目标,那是一座没有人烟的孤岛,岛上的泥土呈红褐色,灌木丛生,植物疯长。她跟着他上岛,被他牵着手,不知去向哪里,只是脚下盲目地跟着走。她看到那幢爬满常青藤的小屋的时候,心里已经有所预感。小屋里关着一个人,这个人与自己有着亲密关系。小屋门打开那一刹那,带她来这儿的那个人瞬间不见了。屋内光线幽暗,有一束光投射于屋中央的长条木桌上。有人伏案写着什么,背对着她。

——你是谁?

——你为什么被关在这里?

——你是谁?

——你为什么被关在这里?

她反复问了几遍,始终没有得到回答。房间里寂静无声,只听得到钟表缓慢行走的声音。一道闪电之后,柳叶眉终于认出,那个被关在小黑屋里写材料的男子，就是自己的丈夫赵春雷。

一阵雷声将柳叶眉惊醒。原来是个梦。

3

柳叶眉开始暗中调查小美，她想查查她的养父养母到底是谁。这个"小美"跟自己的女儿"小万万"到底是不是一个人，这个问题一直困扰着她。为了找到小万万，她在旅馆夜不能寐，经常翻来覆去睡不着，手里拿着小美的照片，边看边流泪。

自从离开家到外面来拍戏，她发现自己无时无刻不在想念女儿小万万。她想起《白蛇仙女》在西湖边拍摄，小女孩穿着条红纱裙，在湖边跳舞的情景。那时她想，世上不会有这么巧的事情吧？小美如果真是她的女儿，她俩的接头暗号又是什么呢？换句话说，就是你拿什么来证明小美的身份。

这天一大早，柳叶眉匆忙吃完早饭，到宾馆门口搭公车去小美所在的中学"青春中学"了解情况。她想知道陈乔美养父母的一些事，甚至想搞到小美家的地址，有机会可以登门拜访。

早晨雾大，柳叶眉身穿一条浅蓝色裙子，手里拎着一只白色皮包，整个人看起来就像一汪清水一般，干净，漂亮。她皮肤很白，适合穿浅色系裙装。皮鞋也是白色的。

一辆红公共汽车在淡紫色的雾霭之中无声地开过来，车门打开，从中走下来三名乘客。上车的人只有柳叶眉一人，她买了一张票，然后找个座位坐下。车上人并不多。公车沿着湖滨的一条公路蜿蜒而行，湖光山色，尽收眼底。她一边欣赏风景，一边回忆自己的前半生。从童年起，一路颠沛流离，被命运之手安排，人生如戏，她不知接下来等待她的，又将是什么。

吴主任介绍了小美家里的情况。小美的养父母都是当地工艺美术厂的工人，父亲叫陈天顺，母亲叫王喜妹，父母二人视美丽的小女儿为掌上明珠。

这次参加电影选拔赛，她爸妈没少为她操心，连吴主任都知道，小美如果选不上，受到伤害最大的不是小美本人，而是她父母。

吴主任是一个说话小心翼翼的中年男人。他在他的办公室接待了来自云城评弹曲艺团的女演员。这一大早，他简陋的办公室里来了一位倾国倾城的美人，真让他紧张得说不出话来。

"你别紧张，我是为一个孩子的事来的。"

"我不紧张。我给你倒杯水。"

"不用麻烦了，我坐一下就走。我来是想问——"

事情说来也巧。就在柳叶眉想要说出"陈乔美"这个名字的同时，有人轻轻敲门。吴主任尴尬地笑了一下，说了一句"对不起"，起身去开门。

没想到敲门进来的人正是陈乔美。她睁着一双无辜的大眼睛看着柳叶眉，没有一句话。她来找教务处吴主任问学生汇演的事，正好撞见柳叶眉来查她的底细，小美心中其实有些预感，她会在某一天，某个场合见到柳叶眉，但没想到这一天来得这样快。

"吴主任，您这儿有客人，我过一会儿再找您。"

"那也好，你先去上课，汇演的事不必着急，还有两星期的准备时间，咱们学校出的那个小合唱本来就是现成的节目，汇演拿第一是十拿九稳的事。"

"好的，吴主任再见！"

对柳叶眉这边，小美并没有道再见，只是微微俯一俯身，介于鞠躬和点头之间。这样小的孩子就这样有礼貌，柳叶眉很是喜欢。这都是在电影厂拍电影与成人打交道学来的，少年老成。

小美走后，柳叶眉跟吴主任说明来意。她是来调查刚刚进来这个女孩子的。她怀疑这孩子是她失散多年的亲生女儿。她的话把谨小慎微的吴主任给吓了一跳。他从柜子里拿出厚厚一叠卷宗，一页一页翻找着，终于，他的手停留在某一页上，说道："陈乔美的家庭住址找到了，我抄给你一份。"

第十六章　寻访南方河岸人家
揭开小美身世之谜

1

　　穿过南方特有的幽暗狭长的老弄堂，前面就是那片河岸人家。柳叶眉拍电影的工作在傍晚结束，她让剧组里的一辆车将她送到这里。刚一下车，河岸人家的生活就映入眼帘，那热气腾腾的生活场景让她顿生感慨。

　　河岸人家都是平实朴素的小门小户，他们在树下支起小饭桌，小板凳围成一圈，全家人围坐在一起吃晚饭。男主人腰间系着略带油渍的小围裙一盘盘上菜。有一些菜他们是装在碗里端上来的，有炒螺蛳、炒鸡蛋、千张包子、小青菜、海带汤，这些菜大都带汤带水，用大碗来装最为合适。

　　柳叶眉一路走过去，小饭桌旁的人纷纷侧过脸来张望，然后交头接耳，议论猜测这个打扮入时的漂亮女人到底来找谁。柳叶眉往前走，凭直觉停下脚步问其中一家，"请问陈乔美家住在哪儿？"其中一个黑脸汉子站起来说："谁找她？我是她爸。"

　　他们家的饭桌比较简单，别人都围坐着一大家子人，大人跑，孩子叫，他们家饭桌上却只有两个人，两双简单的碗筷，男人脸黑，女人脸白。男人客气礼貌，女人反应比较冷淡，眼神中含有明显的敌意。

　　那女人声音朗朗地说道："你也是来找孩子的？趁早回去吧！都惦记上我们家小美了！告诉你吧，小美是我亲生的，你不要听那些不三不四的人乱讲，说什么小美是我们抱养的——啊，呸！他们有什么证据说我们女儿是领养的？他们那些人根本就是妒忌，才编出那些鬼话来骗人的！"

她男人沉着一张脸，闷声不响，只顾低头吃菜。

女人接着又说："总有人打我们女儿的主意。上回有个女的穿得老好、看上去老有钱的样子，一走进来抱着我们女儿就哭，非说小美是她失散多年的亲生女儿于小慧。你倒是说说看，于小慧是谁啊？我一把屎一把尿养大的孩子，怎么就成了别人的？"

柳叶眉站在那里，听她说了这许多，竟不好意思再开口说什么了。

傍晚，巫晶趁柳叶眉请假外出的机会，向孙明明发出了邀请，邀他一起到外面餐馆吃一餐饭，并红着脸对孙明明说，自己有话要跟他谈。

孙明明年轻单纯，心里一味只想着自己那点事。电影片场收工，导演一声"咔"，所有人都以最快速度散开去，孙明明抓紧时间问柳叶眉，待会儿会去哪儿吃饭。柳叶眉说，已跟制片借了一部车子，要去河边办点事，马上就得走。孙明明"噢"了一声，又多此一举地说了句："那我等你回来。"一转身只看见柳叶眉纤长秀丽的背影，她正朝着一部车子走去。

孙明明心想，这正是我跟她的关系。但他不灰心，他对自己说，我还年轻，没有什么不可能的。他独自一人朝片场外的那条街巷走去，偶然瞥见天边那片粉红色的晚霞，心里也会莫名其妙高兴好一阵。

巷子里聚集着许多各具特色的江南小馆，巫晶约的一家叫做"醉三春"，据说他们家鱼做得很好吃，孙明明没来过，一路东张西望着，寻找"醉三春"三个字。

夜幕刚一降临，整条巷子就迫不及待地亮起一串串小红灯笼，看得人心里暖洋洋的。这时，有人在二楼冲他招手，大声叫着他的名字："明明！明明！"抬头一看，巫晶已在二楼等他了。

孙明明来到二楼，首先映入眼帘的是一大桌子菜，然后才看到点菜的人——巫晶。巫晶换了一套衣服，碎花连衣裙，大裙摆。裙腰处系着一条细腰带。她把头发扎在脑后，耳环什么的一个也没戴，文文静静地坐在那儿，看上去与戏里的那个小妖精判若两人，变化太大了。

"这满满一大桌子菜，都是给我点的？"孙明明坐下来问。

"是呀，不够再添。"巫晶递过筷子来，说道。

"巫晶，你为什么要对我这么好？"

"哪儿来的那么多为什么，吃吧，吃吧！"

于是，两人低头不语开始吃饭。"醉三春"的鱼最有名，孙明明拿起筷子夹了一块，放进嘴里品尝，鱼肉果然很嫩。孙明明吃着吃着饭，后脖颈微微开始出汗，兴奋劲儿上来了，他竟然开始大谈起他的"爱情"来，他说柳叶眉怎样地吸引他，拍戏的时候怎样，日常生活中又是怎样，总之眼里看的是她，心里想的是她，嘴里嚼的是她，看得出来，柳叶眉在孙明明眼中就是一个神。

巫晶坐在对面，冷不丁冒出句："柳叶眉可是结过婚的人。"

孙明明说："可那不是爱情。她从没体验过什么是真正的爱情。"

"你怎么知道人家没体验过真正的爱情？"

"我就是知道。"他像赌气似的连续吃菜，嘴巴里塞得满满的。巫晶说："这辈子我不会放过你的，无论如何你也逃不出我的手心。"她的话让孙明明受了惊吓，一根鱼刺趁机卡进他的喉咙，让他再也无法吃下别的东西。

巫晶陪孙明明上附近口腔科拿鱼刺。值班医生双手插在口袋里，不动声色地说："又是'醉三春'惹的祸吧？这个月已经是第三例了。他们家的鱼也太好吃了吧？"

巫晶说："他疼着呢。你快点帮他把刺取出来吧。"

年轻男医生斜了她一眼，说道："他疼不疼，你怎么知道……噢，我知道了，谈恋爱了，你们俩，是不是？"

巫晶的脸一下子红到脖根。她太喜欢眼前这个穿白大褂的医生了，在巫晶眼里，这个年轻男人简直就是天使。医生拿着手电在孙明明口腔里照来照去，巫晶坐到门口的椅子上去等他。她心里充满幸福感，她想，今天这餐饭算是请对了，他俩的关系前进了一大步。

处理好鱼刺，他俩从医院大门里走出来，恰好遇见柳叶眉急匆匆走过来。柳叶眉的面色有些苍白，好像遇到了什么不顺心的事。看见他俩，只礼貌性地点点头，算是打个招呼，然后就匆匆离去。

巫晶用手捅捅孙明明说："哎，你那位伟大的'爱情'脸色可不怎么样啊！"

孙明明甩开她的手说："你少讽刺人！"说着，调转身子就走。巫晶追在后面边跑边问："哎！你生气啦？""没有。跟你这种人，有什么气可生的！"

电影《白蛇仙女》拍摄还算顺利，导演催促各部门赶工，不是抢早晨的太阳，就是抢夕阳西下时的晚景，弄得演员们都跟着忙碌起来，有时化好妆马上就得上场拍摄，有时因为光不好，化好妆等很长时间也不见有动静。

这天下午四点多钟，全体演员在西湖边等待拍摄新的镜头。由于光线不够理想，导演让大家原地待命，一旦光线达到要求，立刻就可以开工。

演员们正三三两两坐在西湖边大柳树下休息，这时，有个黑脸膛的中年男人手拿包袱急匆匆走过来，见人就问柳叶眉在哪里。问到穿着小妖精服装的巫晶，巫晶眨眨长睫毛，以夸张的舞蹈动作仙人指路，中年男人顺着她手指的方向一看，果然看见柳叶眉正站在一棵树下，跟一个男的说着什么。

那男的正是《白蛇仙女》的男主演孙明明。此时，他正一手撑着树，一手叉着腰，跟站在面前的柳叶眉说着什么。中年男人走了过去，巫晶注意到男人手中拿了一个白底蓝花的素色包裹。

2

那中年男人正是小美的养父陈天顺。陈天顺满心希望找到柳叶眉，可等真的见到她,又突然不敢相信了似的向后倒退两步,紧紧护住手中的包袱。柳叶眉知道孩子的养父一定是为孩子的事来的,她将身边的孙明明支开,把孩子的养父叫到一个僻静的角落,问他为何事而来。孩子的养父亲叹了一口气说:"柳女士,你看看这东西,你还认识吗?"就在养父将手中那东西小心翼翼放在地面上,准备打开包袱皮的时候,柳叶眉看到一条小蛇在树尖儿上盘着,午后灿烂的阳光照在它的脊背上,使它原本青白色的蛇皮染上了一层火红的色泽,如同金属一般。

"柳女士,这东西你看看。"

听到耳边有人跟她说话,柳叶眉这才回过神来。她看到黑脸汉子已将一层又一层的包袱皮打开,露出里面漂亮的古董花瓶来。柳叶眉认出,那是一只雍正粉彩。她的脑子发出"嘭"的一声巨响,一道道透蓝色的笔直光束向她袭来,将她推进另一时空,仿佛进入无底深渊,树和小蛇,黑脸男人和西湖,一切的一切都不见了。

她记得那一年,她跟哥哥到万家去唱戏祝寿,哥哥被灌醉了。她被带到一个有异香的房间里,房间摆满各种各样的东西,有紫砂茶壶、玉器、瓷器、屏风,各类奇珍异宝。其中八宝格里就摆放着这只"雍正粉彩"。后来,她怀了孕被人关在这间屋子里将近一年,这只"雍正粉彩"是她再熟悉不过的物件。

养父终于跟柳叶眉说了实话。解放前夕,有一个叫万叶轩的古董商人打算离开大陆去香港,临行前把一个不满三岁的小女孩托付给他,说如果这孩子的亲生母亲找了来,就拿这只"雍正粉彩"给她看,这原是她屋里的物件,她会认得的。养父说,小美她妈一直把孩子当掌上明珠,所以她上回说了瞎话,说孩子是她亲生的。柳叶眉决定暂时隐瞒孩子的身世,不去认回女儿,让她过平静的生活。养父给柳叶眉跪下,感谢她的宽容,并把"雍正粉彩"交给柳叶眉,说是物归原主。还说,合适时候会把孩子送还给亲妈。

孙明明假戏真做，在拍一场戏时跳进西湖，以死相逼，要求柳叶眉接受他的爱情。为挽救他的生命，在病床前柳叶眉只好暂时答应他，明明也答应柳叶眉要好好活下去。

一天，放在宾馆的"雍正粉彩"不翼而飞了。柳叶眉想外人不可能知道这件宝贝，只有剧组内部的人有可能进房间来把宝贝偷走。在粉彩瓶失窃的同时，扮演小妖精的女演员巫晶也不见了。领导派了一辆车，司机跟保卫科的人还有失主柳叶眉一起去追巫晶。

在杭州附近的一家小旅馆里，柳叶眉他们找到了"小妖精"和那只瓷瓶。巫晶哭得很厉害，她说："我拿走这只粉彩瓶就是想让你着急，因为你抢走了我心爱的人。"柳叶眉哭笑不得，说，所有人都为爱情发疯了。"雍正粉彩"终于又回到柳叶眉手中。

3

拍戏结束，柳叶眉回到家中，才知道家里出了大事。她去杨细雪家打听情况，才知这两个月以来，都是小杨替她照顾母亲，柳叶眉很感动。杨细雪说，我生孩子的时候，你不是也帮过我吗？你先别急着把你妈接走，你先去看看赵局长吧。

柳叶眉去见丈夫。他被关在小黑屋里写检查。丈夫说他愿意离婚，只要阿眉过得幸福，怎么选择他都同意。柳叶眉哭了，她知道杭州拍戏期间发生的事，丈夫已有所耳闻。但她一点也不爱那个追求者。柳叶眉告诉丈夫，"真假地下党"的事早晚会调查清楚的，她让丈夫别太悲观，"有我在，希望在。你会没事的。"

果然，没过多久丈夫就官复原职，还高升了，由文化局长升为副市长。柳叶眉也把母亲接了回来，一家人和和睦睦，生活又恢复了原有的平静。

4

杨细雪帮柳叶眉的母亲联系了一家医院,说这家医院有个鞠大夫,可以帮李兰治疗脸上的伤痕,问李兰愿不愿意去。柳叶眉估计母亲岁数大了,不愿意再折腾那些麻烦事。

这天吃过晚饭后,丈夫一头扎进书房研究他的学问,柳叶眉收拾好碗筷,用干毛巾擦干双手,准备去母亲房间跟她聊聊。她也是大难不死,后半辈子也该享享清福了。手术的事也不知是对是错,柳叶眉心里倍感纠结。生活中往往有一些事谁也拿不准,是往前一步,还是退后一步;是激进向前,还是保守停留、原地不动,这都取决于当事人的一念之差。有时候,头脑中会出现灵光一闪,这"灵光一闪"说不定就决定你后半生的命运。

柳叶眉手拿青花瓷茶杯,在母亲房门口站立许久。她犹豫着该不该把整形外科专家的事告诉她。茶在手中渐渐变凉了。她决定进去问一问。

柳叶眉推门进去,见母亲正在一盏乳白色的台灯下做针线活儿,这情景使她宛若回到从前,那时她还是个八九岁的女童,母亲是个年轻女子,经常坐在流苏灯下做针线活儿,绣的是荷花和鸳鸯。

"妈,我给您泡了杯茶,是今年上好的龙井。这是上个礼拜肖处长和他爱人来看老赵,顺便带过来的,昨天我泡了一壶尝尝,味道还真不错,极香。"

"叶儿,你还记得妈年轻时候的样子吗?"

"记得啊!"

母亲放下绣花用的竹绷子,将细细的绣花针别在胸口,两人开始说起从前的事。母亲说:"那时候,你八九岁,我们住在南京一条繁华的街道上,咱们家是临街的房子,开着一家不大不小的百货店,日子富足安逸,要不是战争爆发,我可以一直坐在灯下绣花,你爸爸料理生意,忙前忙后,生意打理得很有起色。"

柳叶眉将母亲的话题截住,生怕她回忆起父亲,又要伤心一场。她看着母亲的脸,那块日本人给她留下的伤疤在灯下格外触目。她委婉地将杨细雪联系那家医院的事,跟母亲简单说了说,不承想母亲立刻两眼放光,放下手里的一切,直起身子来说:"做呀,干吗不做?"

听了母亲的话,柳叶眉觉得,那绣花绷子上的荷花和鸳鸯全都动起来,活过来一般。

5

孙明明来了。他居然找到柳叶眉家里来,这让柳叶眉两口子都颇感意外。事情是这样的,这天,柳叶眉吃完中饭,提着一兜子水果要去医院看望母亲。老赵说:"不如你叫司机接上杨细雪一起去,她对母亲也很关心。你在杭州拍戏那段时间,多亏人家杨细雪照顾老母亲。"柳叶眉说:"对,给我母亲做手术的鞠大夫,也是小杨帮咱们联系的呢。"

于是,两个女人到医院去看望病人,留下赵春雷和新来的保姆小绢在家。这个小绢是个勤快人,手里拿块白色绢布,这儿擦擦,那儿抹抹,手不停脚不停的,就连门铃都没有听到。赵春雷在书房听到门铃一直在响,就放下手中的纸笔到大门口去开门。

打开门,门口站着个陌生小伙。眉眼清秀,相当年轻。

"请问,这儿是柳叶眉家吗?"他问。

"是的。你是?"

"她没跟你提起过我吗?我是从上海来的——她的朋友孙明明。"

赵春雷大度地笑道:"孙明明?啊!提到过,提到过。快请进!"随即给客人泡了茶,两个男人到客厅沙发上坐下,边喝茶边聊起了国家大事。国家到处都在搞建设,需要大量人力、物力,赵春雷说,前一段时间,就连文艺工作者都下到基层厂矿去搞建设了。

孙明明忙说:"是的呀,去年我也有幸扮演了一回钢铁工人,头戴钢盔,手拿钢钎,在炼钢炉前挥汗如雨地干活儿。那钢火四溅的场面太让人感动啦，整个世界都红彤彤的。"他喝了一口茶，脸涨得通红，看得出来，他很激动。

赵春雷从容淡定地坐在那里喝茶，听他讲文艺界的趣闻轶事。赵春雷想问他此趟从上海到云城目的为何，但又怕他尴尬，就不再追问什么，而是陪他喝茶聊天，任他信马由缰。孙明明把话题聊开了，似乎也忘了此行的目的，从国内谈到国外，再从国外聊回到国内，棋逢对手，酣畅淋漓。

柳叶眉回到家，看见沙发上一左一右坐着两个人。一个是自己的老公赵春雷，另一个是在杭州拍戏时认识的孙明明。柳叶眉心想，坏了！这人怎么追家里来了？而他俩却好像没看到她似的，谈兴正浓，倒让柳叶眉觉得自己是一个多余的人。

夜晚，柳叶眉早早地洗完澡上床睡觉。丈夫也跟了过来，躺在床上跟她说话。卧室的流苏灯式样很美，光线迷离，是柳叶眉特意托人从灯具厂的出口部买来的。这个厂的产品大部分远销欧洲，为国家换取外汇，这批灯是柳叶眉通过关系特批才买到手的。她没有跟"领导"汇报，怕他小题大做，又要把灯退回去之类的，那样就太扫兴了。

他们躺在那里，享受难得的幽静。那两三只台灯所营造出的特别光线，令人浮想联翩。

"是追求者吧？都追家里来了，他也够勇敢的呀！"

"你就别讽刺我了，快帮我想想办法吧。"

"你先跟我说说看，他那么喜欢你，你对他到底什么态度，有没有一点动心？"

"动心，非常动心。人家那么年轻，长得又好看，你说我动心不动心？"

"呵呵，叶儿，我知道你在说反话。你是在故意气我，对吧？"

"不是的。我在说实话。"

"你的实话在这儿呢！"他指指她的心窝。"你爱这个家，没有人能走进你心里去，除了我。叶儿，我爱你！"

"我也爱你！"

他充满疼爱地搂过她，跟她说了许多贴心话。他告诉她第一次在春纷旅馆见到她时的情景。他说那时兵荒马乱，他被几个宪兵队的人追赶，走投无路，闯进柳叶眉的房间。他说："你跟你当时的恋人在一起，他很和善，他为人很好，是你们两个掩护了我。叶儿，不怕你笑话，我当时命都快没有了，还在贪恋你的美色呢！我偷偷看了你好几眼。当时心想，如果全中国解放了，我能娶上像你这样美的一个老婆，那还不把我美死啊。"

柳叶眉说："现在梦想成真了？"

"是的，梦想成真了。"赵春雷更加搂紧她说，"叶儿，有时我想，如果有一天我死了，你会怎样？还会想起我……"

柳叶眉连忙用手去捂他的嘴，说道："不许胡说！说完伸手把床头灯关掉，在黑暗中轻轻抚摸他的身体。月色透过窗帘照射进来，在纯白色被褥的床面上又铺上一层银白。窗台上放置的几盆花，轻轻舞动着月影，就像人体般轻轻摇摆。他们开始恩爱。动荡，潜伏，忘我，奔波，枪林弹雨，生死线。战争年代的记忆就深藏在赵春雷心底，它们像一部电影，会在黑暗中滋生，放映。

"我并不懂得爱情。翻译西方文学作品，他们对爱情的阐释也是各有千秋。有一种比喻很有意思，我翻译成'一物降一物'，就拿你、我、老甘、孙明明四个人来说，孙明明他很爱你，爱得要发疯，都找上门来了……但你却并不爱他。你嘴上不说，其实你最爱的人是老甘，但阴错阳差，你们又不能在一起。后来你遇到了我，我从第一眼看见你，就爱上你。我们幸运地结合在一起……我知道，在我们的婚姻关系里，我爱你比你爱我要多一些，这世上每一对夫妻都是这样，一个人爱另一个人多些。这样就很好。"

6

孙明明的事就像他们生活中的一朵小浪花,并没有激起多大风浪。送走了孙明明,母亲也出院了。出人意料的是,母亲的脸经过两次手术,疤痕被完全掩盖了,如果不是凑到她跟前细看,根本看不出从前的伤痕。伤痕这东西很奇怪,当它存在于你的脸上,你的心仿佛也被人蒙上一块黑布,伤感,别扭,心灵扭曲。手术后的母亲就像变了个人,热情开朗,有说有笑,好像一下子年轻了十几岁。

早年间,李兰被日本鬼子抓到751集中营,受尽凌辱。长期以来,她一直生活在噩梦里,只要一闭上眼睛,耳边就会响起日本人那野兽般的嚎叫声……为此,她从来不敢去动物园,只要一听到动物的吼叫声,她就会四肢冰冷,全身僵直,几近晕厥。尝试过一次就再也不敢去。

刚搬到女儿住的这所大房子里,由于不习惯,她也时常做噩梦,把花园里的工人当成鬼子,他们的影子映在窗帘上,晃动不止,李兰披头散发,惊慌失措,她从卧室跑到客厅,从一楼跑到二楼,边跑边喘,尖声惊叫:"他们来啦!""他们来啦!"

柳叶眉将母亲惊慌的身体抱进自己怀里,像怀抱一个婴儿。她想象着当自己还是个婴儿的时候,母亲就曾这样抱着自己,抚摸,安慰,轻轻哼着歌,喃喃自语。如今母亲受到惊吓,反过来成为自己的婴儿。她是她的孩子,胆小怕事的孩子,听不得某种声音的孩子。

"妈,咱不怕。他们在院子里除草种花,明儿一早你就看到了,园子里种了新品种的花,多来了几个花工帮忙,并无鬼子来这儿抓人。"

"他们不是鬼子?真的吗?真的吗?"

"当然不是。现在解放了,人民当家做主。那小日本哪敢再来欺负咱们?要是他们胆敢再来侵犯,咱们解放军的炮火肯定饶不了他们。妈,您就放宽心吧。"

"受了那么大刺激,我怎么能放宽心?如今稍微有个风吹草动,我这心啊，就扑通扑通都快跳出嗓子眼儿了。阿眉，如果你知道当年妈在751里受的罪，你就能理解妈为什么这么胆小了。妈是从死人堆里爬出来的啊。可恨的日本鬼子！"

整容手术后，母亲终于脱离那场噩梦，成为一个新人。

第十七章　女儿小万不请自来
　　　　　母亲阿眉悉心呵护

1

　　这日，天气晴好，李兰独自一人坐在院子里剥毛豆，听到有人敲门就起身去开门。她开门一看，只见门口站着一个姑娘。

　　"你找谁呀？"李兰问。

　　姑娘眨着大眼睛问："你就是外婆吧？哎呀，外婆，我可见着你了！"说着就扑上前来搂李兰，弄得李兰一个趔趄。

　　"我是柳叶眉的女儿小万万啊！"

　　姑娘已自作主张恢复了原来的名字，并改口管李兰叫"外婆"，弄得李兰一阵发懵。小万万在宽敞明亮的大房子里这儿摸摸，那儿弄弄，没拿自己当外人。外婆追在身后叫她不要动，她却大大咧咧，一副满不在乎的样儿。

　　李兰给姑娘倒了杯水，一边盯着她问："你这样跑出来你爸妈知道吗？"

　　"我爸妈？哦，你是说我养父母吧？他们待我特别好，比亲生的还好。我爸妈以前不让我来找柳叶眉，后来不知从哪儿打听到柳叶眉嫁了个大干部，他们又改变主意了，睁一只眼闭一只眼，于是我就溜出来啦！"

　　她说话俏皮可爱，红唇小嘴，上下一碰，吧啦吧啦，吃葡萄不吐葡萄皮，说话好像在说绕口令，有的没的不说则已，一说能说一大堆。

　　李兰跟小万万聊了一会儿天，忽然想起家里来了客人，晚饭不能太简单，于是拿了菜篮子外出去买菜，留下小万万一个人在家，叮嘱她别乱翻东西。

"外婆，放心走你的吧！我，小万万，咱是自己人，是你的亲外孙女，有什么不放心的呀？再说你这个家啊，也没什么好翻的，空空荡荡，一看就是个清官的家。"

"哟？小小年纪，你懂的还挺多呢！"

"那当然！"

李兰走后，小万万反客为主，坐在客厅里吃水果，听唱片。就在她自在得意之时，柳叶眉下班回家了。

柳叶眉面对小万万，是有些尴尬的。她想，得找时间跟丈夫解释清楚。李兰去厨房烧菜，知道小万万是杭州人，特意加了道西湖醋鱼，全家人总算吃了顿团圆饭。这个家里突然冒出个小姑娘，最高兴的人当属李兰。她做梦也没想到，就在离云城不远的杭州城，还有一个小姑娘在静静生长。她是她们家的血脉，她继承了她们家族的全部优点：皮肤白，鼻梁高，眼睛大。

她是个活泼好动的孩子，喜欢到处走走看看。李兰站在楼梯底下满心欢喜地想，这下好了，家里可热闹了。过了一会儿，侧耳听听，楼上又没动静了，李兰放心不下，又一步一挪地上楼去，挨个儿房间寻那姑娘。

李兰见一个房间的门敞开着，就走过去。那是最大的一间收藏室，里面的博物架上摆满了瓶瓶罐罐，墙上挂满了纸质玩偶，风筝，小蛇，长蜈蚣，戏剧脸谱。李兰见那女孩蹲下去，在架子下面飞快地抽出那条小白蛇，她吃了一惊。

"外婆，您在那儿发什么呆呀！这条小蛇好漂亮啊！"李兰赶过去，从孩子手里夺过那纸蛇，说："这东西可别弄坏了，这是你妈妈最喜欢的东西！"

李兰说："当年，我怀上你妈妈的时候，去找花婆婆算过命，那算命的说，你妈妈前世是一条通体雪白的小白蛇。所以，她从小就喜欢蛇，还不会走路，就敢伸手去抓蛇，因为她觉得亲近。"

"呵呵！这听起来有点像《白蛇传》了。"小姑娘说，"难怪有人请她去拍《白蛇仙女》，原来是看透了她的本质啊。"

"有你这样说话的嘛！小姑娘，她可是你妈呀！"

"我们关系很好的。拍戏的时候，经常在一起聊天——"

话说到这儿，柳叶眉推门进来了。看到这一老一少乐乐呵呵的样子，她一下子全明白了。她的女儿小万万自作主张找了来，这一老一少马上欢喜做一团，可私生女的事她一直是瞒着爱人赵春雷的呀，这下可好，来了个大揭底，她潜心保守多年的秘密就这样暴露在光天化日之下。她感到羞愧、自责，爱人对她这么好，可她还是向他隐瞒了天大的秘密。真不知怎么办才好。

柳叶眉独自坐在书房沙发上想心事。李兰蹑手蹑脚地走来。自从医好了脸上的伤，李兰的性情变得越发活泼起来。爱人老赵曾开玩笑地说："小柳啊，你别说，妈自从把脸上的疤治好，就像换了个人，说不定哪一天，找个可靠的人，当真谈起恋爱来。"

柳叶眉说："那还真说不准呢。妈要是真有了喜欢的人，我举双手支持她，老赵你也不许反对啊。妈这一辈子苦的——"

赵春雷拍拍柳叶眉的手背，从容说道："行了，亲爱的，我支持你还不行吗？"

柳叶眉一想到丈夫的好，脸上不自觉地露出一抹微笑来。这时李兰蹑手蹑脚走进来，在旁边沙发上坐下，望着正在出神的女儿，发出咝咝的吸气声。过了好一会儿，柳叶眉才扭过脸来看到母亲，她用嗔怪的语调对母亲说："妈，您吓我一跳，进来怎么一点声音也没有啊？"

古灵精怪的李兰转着眼珠子说："我怕打扰到你，所以才没有弄出声响。"

"妈，您还是弄出点声响来吧。赵春雷这又不在家，您这一阵风似的飘来飘去的，怪吓人的。"

母亲说："瞧你说的，女儿来了，就跟妈不亲了是吧？阿眉呀，你还别说，这孩子，我实在是太喜欢啦！"

"是呀，您的亲外孙女，您能不喜欢吗？"柳叶眉愁眉不展地说，"可我现在还是发愁呀，发愁赵春雷要是问起这孩子的事来，我该如何回答他。"

"有什么不好说的？就照实说嘛！实话实说。"

母亲走过来搂住她的肩，把脸贴住她。从九岁开始，柳叶眉就跟母亲分开来住，已经不习惯像这样脸挨着脸身子挨着身子了，母亲张开双臂搂住她的时候，她的身子轻微地颤动了一下，昔日的景象在眼前快速闪过：她在奔跑，她在哭嚎，她在叫"阿眉"、"阿眉"，鬼子的汽车在后面追她，她的丈夫刚刚惨死在她面前——被日本鬼子捅了几刺刀，肠子和血流了一地。

然后，她看见母亲受伤的、有疤痕的脸。面目有些狰狞。柳叶眉从来也没这样近距离地看过母亲，待侧过脸仔细看时，母亲的脸像被岁月的魔术刷轻轻刷过，又重新恢复到年轻时光滑如玉的状态。一想到母亲这辈子受了这么多苦，柳叶眉感到她的喉咙就像被人塞入一团冰凉的棉花，上不去也下不来。

忽然，母亲像是从自己的影子里跳出来，变成了另外一个人。母亲说："过去的事，我统统都忘记了，我现在就是想着我外孙女儿，她从天而降，简直太好了！你千万不要把她送回去，她是我的外孙女，我的心肝宝贝。"

母亲说完这番话，像片影子似的，一下子就消失不见了。剩下柳叶眉一个人，独自面对残局，自己当年造下的孽，还得自己来承担。她后悔结婚的时候，没把孩子的事直接跟丈夫说清楚，以至于拖到现在，孩子自己冒出来，那么活蹦乱跳的一个大活人，藏也藏不住，躲也没处躲，真不知该怎么办才好。

这时,她听到外面汽车响,知道丈夫已经在外面开完会回来了。她连忙起身去吩咐张妈到厨房去煮火腿粥。其实,那用火腿熬的白粥早已用砂锅煨好放在炉火旁边,待到夜里要吃时一热就成。张妈是新来的保姆,有点笨手笨脚。满姨被遣散后,就再也没了音信。柳叶眉和母亲每每提及,心中便放心不下。但家里少不了人手,只得再找新的保姆。柳叶眉喊了张妈几声,她才从楼梯旁边的小门里探出头来,睡眼惺忪地问:"是春雷回来了吗?"

"我听到汽车响,肯定是他。除了他,谁会加班到这么晚啊?你快去热粥,他开了一晚上会,这会儿定是饿了。"

"噢噢。"张妈快速点着她的小头,然后迅速缩进她的厨房里去了。这一瞬间,柳叶眉倚着门,她忽然有点不认识这个家了。那方正客厅里式样典雅的米色沙发,那放在角落里高大摩登的玻璃柜橱,另一面墙上的文玩古董,这个空间似曾相识。她回想起了许多年前万叶轩的客厅,也有这样一面文玩古董墙,墙里嵌进观音、瓷瓶、玉器和鼎,据说每一样都价值连城。

张妈慌里慌张把砂锅端了来,朝着餐厅方向走,过了一会儿,不知道怎么,竟又退回去。柳叶眉望着她的背影发呆,恍惚间觉得张妈的样子也很像多年前万家的那个佣人"张妈"。时光像快速叠加在一起,面孔、玉器、婴儿、道路、树、落英缤纷、花瓣、微起涟漪的水。

"你怎么站在这里?当心受风,回头又喊头痛了。"

说话的工夫,柳叶眉感觉有一只大手压在头上,抚弄她的头发。那是丈夫的手,不用看她也知道。她扭过脸,眼睛睁得很大,表情怔怔的,像是受了什么惊吓。

丈夫说:"小叶子。我的小叶子怎么啦?看你这副表情真是惹人怜爱呀!"说着便将她搂进怀里,极为动情地吻她。

"别这样,回头让张妈看见。"

"看见怕什么？夫妻俩还不兴亲热亲热？"

"你瞧你！你是干部啊，干部就得注意影响不是？"柳叶眉略微整理了一下衣服，又用手捋捋头发。

"嗬？在家里注意什么影响啊？"赵春雷说，"我这开了一整天会，没想到下了班，还有人要给我开会呀！"说着便放下手中的公文包，一把抱起柳叶眉就往卧室走。这套房子从客厅到卧室，途中要经过一条较窄的小走廊，柳叶眉最担心的是，张妈在这种时刻，端着个砂锅在走廊尽头出现——

果然，她在走廊尽头出现了。手里端着一只锅子，里面装着热乎乎的火腿粥。

柳叶眉贴近丈夫耳朵小声说："快点放我下来！张妈在那儿呢！"丈夫哪肯就此罢手，相反，他钳子般的大手用力抱住他，雄赳赳气昂昂往卧室方向走。柳叶眉感觉自己此刻像极了战士手中的一把枪，这个高大的男人正怀抱着这把枪准备上战场去冲锋陷阵。一想到这儿，她也就不再挣扎，任由他抱着她，在自己的家里冲冲撞撞地往前走。那张妈是个老派人物，帮佣帮了一辈子，什么样的富豪大户也都伺候过，妖娆美艳的太太，刁钻古怪的太太，幼小如少女的太太，她全都见识过，唯有这样恩爱的一对儿，闻所未闻，从未亲眼看见过。他们互相搂抱着穿过厅堂，直奔卧室。丈夫一抬脚将门勾上。卧室门发出"砰"的一声响。张妈心想，得，这锅火腿粥算是白熬了。

卧室里，夫妇俩早已躺到床上。赵春雷用手摸着妻子的脸说："等我等急了吧？瞧我这一天会开的，晕头涨脑的。后面我都有些盯不住了，好想我的白娘子啊！"说着话，便把一只手伸到柳叶眉的毛衣里，摸索了一阵子说："原来你没穿胸衣啊！"说着便掀起她的薄毛衣，让两只形状姣好的乳房暴露在空气中。

他爱怜地看着她，喃喃自语般地说着情话。屋子里飘荡着甜蜜的情绪。柳叶眉低头望着这个连亲她都如此认真的男人，心中越发愧疚。心想，小万万的事一分钟也不能耽误了，是时候跟丈夫一五一十说清楚了。丈夫很动情地搂抱着她，她却突然直起身子来说："哦，不。春雷，我有话跟你说。"

丈夫平躺在枕头上，有些顽皮地用眼睛斜瞄着她，说道："小叶子，难道有什么秘密瞒着我？"

柳叶眉说："还真有一个天大的秘密，我都不知从何说起。"赵春雷问："哦？有这么严重？"说着他便直起身子来，将一只枕头竖在身子后头垫着，顺手拿起床头柜上的一支烟，拿火柴"嚓"的一声将其点燃，深深吸了一口，说："说吧，我扛得住，到底发生了什么？"

柳叶眉说："你最好穿上衣服跟我来。"

赵春雷说："我在我家里，大晚上的我穿衣服干什么？"

"叫你穿，你就穿。我带你去见一个人。"

"你这越说越有点恐怖兮兮的了。带我去见什么人呀？这么晚了，你要带我去外面？我可不去，我怕黑！"

说着话，他竟然像个小孩子似的钻到被窝深处，头脚不见，整个人消失了一般。柳叶眉从床上跳起来，一件一件穿好衣服，并且郑重地穿好鞋袜，而不是拖鞋。弄完这一切，她把丈夫的衬衣、裤子以及皮带一股脑儿地堆在床上，让他快起床去见那个人。丈夫感觉到了事情的严重性，便连忙起身穿好衣裤，跟着妻子走出卧室。

"我有一个私生女。"

"你拍电影拍多了吧？大半夜的讲故事给我听。"

"这是真的。"

"是真的？那我就不走了。"

他停在那里，背靠着窄窄走廊的墙壁。柳叶眉站在他对面，两人面对面对峙着，好像电影中的静止画面。有那么一两秒，时间仿佛停止了，柳叶眉看不清对面男人的脸，虽然离得很近，可她还是看不清。就在这时，电话铃清脆响起，响彻整幢房子。

接完电话，他跟她一起去看孩子。孩子早已睡下，客房里一片漆黑。柳叶眉拧亮床头一盏小灯，一圈桔黄色的光晕照在孩子脸上，眉毛弯弯，眼睛低垂，小红嘴唇一点点。这简直就是一个玉做的小人儿，太美啦。

返回卧室，赵春雷抚摸着柳叶眉的身体，让她感觉一阵阵快意。他说："眉，你什么都别说了，孩子我也见着了，是个好孩子。我已经接受她了，咱们两个抓紧睡吧。"原本是个长故事，柳叶眉没想到这么快就解决了。小万万在灯下熟睡的样子，让人动容。她实在太美、太招人怜爱了。

刚才那通电话是上级打来的，通知他明天去北京出差。赵春雷有个习惯，出差前一定要抓紧时间跟妻子亲热一下。他们感情很好，彼此形成了许多默契的习惯，可是他们没有孩子，这不能不说是一个遗憾。"我会把小万万当成我亲生女儿的。"他跟她缠绵着，极尽温柔。不管以后会怎样，她此刻感到幸福。睡意渐浓。他却搂着她的肩，不许她睡去。

他说："我这次去北京，要走很长时间。这么大的一个家，要靠你一个人照顾了。别太累着自己。"

她说："我有妈妈和孩子陪着，不会寂寞的。反正单位里的事又不多，家里有保姆做家务，累不着我的，你就放心走吧，公事要紧。"

"凡事都别太拼命。单位里的事，有团长和副团长呢，你别什么事都冲在前面，什么事都往自己身上揽，天塌下来有个儿高的顶着，你们女同志都是被保护对象。"

"瞧你说的，就跟我在评弹团有多逞能似的。我现在是孩子的妈妈了，多一事不如少一事，我现在的重心在家里。"

"你这样说我就放心多了。"

他搂过她来一边抚摸一边用力亲她，堵住她的嘴不让她说话。她感觉今晚好像还有千言万语要说，却统统被他拦截回去。他的手像带电一样摸遍她全身，有生离死别的意味。做爱持续了很长时间，她脑子里闪过一些愉快和不愉快的片断，她甚至想到了许多年前的那个下午，万叶轩搂抱着她，向她求爱的样子。

后来就有了小万万。她抛下小万万离开晏城来到云城,以为从此就能告别那个旧的肉身,重新捏制一个新的自己,重新开始新的人生。她的确也逃离得很彻底,在云城生根开花,有了自己的一大摊子事,有家有爱人,在外人眼中,基本上已看不出她身上的伤痕,要不是小万万的突然出现,柳叶眉觉得自己已经将那个"旧我"忘得干干净净,不留痕迹。

现在她身边这个男人,搂抱着她,温柔,一味对她好,甚至对她的过去并不多问,一味包容。他又是个有权有势高大威猛的男人,这更让柳叶眉觉得心虚。难道这世上的好事全都让自个儿给遇上了,后来的日子会怎样呢?想着想着,她也就睡过去了。

2

这一觉睡得很长,柳叶眉梦见自己的前世:一条身材娇小通体雪白的蛇,在雪后的湖边秘境里穿行。它所到之处,冰雪融化,地面露出原本的棕红色来,有蚯蚓和蚂蚁爬过的痕迹。小白蛇昂着头,沿弯曲的堤岸灵巧地摆动身体快速前行。它想要越过湖面爬到湖对岸去。

对岸是现世的景象。歌舞升平。有五个女子一字排开坐在岸边,她们端坐在跟雪一样白的白漆描金椅子上,身上的白缎子旗袍在日光下闪闪发光。她们个个怀抱琵琶,身怀绝技,美艳动人。就在她们手指轻轻触碰琴弦那一刹那,柳叶眉忽然认出了坐中间位子上的那个女人——她不是别人,正是自己。

孩子来了,柳叶眉突然找到了当妈的感觉。赵春雷在见过孩子一面之后,就到北京学习去了,剩下柳叶眉一个人来管家。生活中突然出现一个十六岁的女儿,还是让柳叶眉感到自己身上的担子一下子变得很重,孩子的基本生活问题,学习问题、思想教育问题,甚至日后的工作问题……这些都需要柳叶眉从长计议。身为母亲她要挑起这副担子，哪怕要独自一人走夜路。当然，眼下最要紧的，是要给孩子在云城找到一所合适的中学，从杭州到云城，这一来二去的，孩子的功课可耽搁不少了呢！

这个念头一冒上来，柳叶眉浑身上下就像着了火，她连觉也睡不着了，一大早5点钟就醒来，窗外已有了轻微的人声，是一大早赶去上早班的工人。

她要到一中去见校长。她决定早早起床梳洗打扮。她不知要穿怎样的衣装才算得体。想象中的一中校长胡润民，应该是个穿中山装的严肃老头，戴副金丝边眼镜，或许还有些木讷。柳叶眉一想到要见这样一位守旧的老校长，就决定自己也穿得保守些。

因为要去见女儿未来的校长，柳叶眉做了"隆重"的打扮，在镜前磨蹭许久，把头发盘上去又放下来。最后决定盘一个低低的髻，简简单单，干净爽利的样子。

打扮好了之后，柳叶眉就决定出门了。她打电话吩咐司机把车开到门口来接她，又利用这个小小的时间差对镜端凝了一番，拔出口红细细涂抹，然后细抿嘴唇，使其均匀。就在这时听到汽车喇叭响，柳叶眉挽上白色小皮包足踏高跟鞋腰肢款摆出了门。

"嫂子早上好！"

"小杨，今天穿的这一身蛮精神的嘛！"

司机正站在一旁掰反光镜，大清早被柳叶眉这样一夸，一下子腼腆起来，脸变得绯红，像大清早刚刚升起的太阳，通红明亮。

"您今天好漂亮！"

"谢谢！"

司机小杨殷勤地帮她拉开车门，她坐到副驾驶的位子上，太阳正好照到脸上，她感到神清气爽。她已经想好见到校长该怎么说了，她决定从自己的身世讲起，从九岁时那条用硬纸折成的纸蛇谈起，家门口的玩耍，战争爆发,父亲被日本鬼子用刺刀捅死,自己变得无家可归,孤零零一人……这些可怜的身世想想她都要掉眼泪,就不要说从她口中再复述一遍了。

汽车走在风景如画的翠玉湖边,司机好像有意让她看看风景,车开得比较慢。柳叶眉想到自己今年虽然只有三十三岁,但却好像已经经历了别人几辈子的事情,闭上眼一帧帧、一幕幕全是小电影,悲欢离合比电影还要精彩。

胡校长的办公室比想象中的要简洁雅致,窗台上用白瓷花盆种着精致的芦荟,墙上挂有字画,书桌上摆放着花色雅致的大瓷瓶台灯,灯下有笔、笔筒和台历。

他正打开杯盖专心品茶,心无旁骛。猛一抬头,只见一位身材窈窕的绝色女子突然走进他的视线,让他愣了一下。她说:"胡校长,我是本市评弹团的柳叶眉,冒昧打扰,不请自来,有些失礼了。"

她就站在他办公桌前,像亭亭玉立的一株植物,那样好看。胡润民的手悬在半空中,似乎忘了盖茶杯盖。他说:"你是谁?再说一遍。"柳叶眉就把自己的名字又说了一遍,胡校长这才定下神来,细细打量这位女子,并问她来有什么事。

"我女儿想来您的学校上学。"

"你女儿,她几岁?"

"十六岁。"

"你这么年轻,居然有个这么大的女儿?真是不可思议!"

"我女儿是私生女。"

"私生女?"

"是的。"

谈到这里,话匣子算是打开了。她从日本人打进南京城聊起,聊自己是如何跟师父学弹琵琶,琵琶初学成又是如何被大古董商万叶轩强占,怀孕生下这个名叫"万红"的小姑娘……就这样,他俩从早上一直谈到夕阳西下,太阳快要落山的时候,他俩已经成为好朋友了。

小万万顺利地进入一中读高中,柳叶眉也交到了一个琴棋书画样样精通的文人雅士做朋友,心里颇为高兴。胡校长虽是典型的知识分子,却并不老派,闲暇时间喜欢到华侨俱乐部去跳舞,柳叶眉正好是个不错的舞伴。两人一拍即合,在相识后的第一个周末就约好一起去参加舞会。电话打得极勤,中间还商量了几次,最后定下来周末晚八点半见面。

华侨俱乐部是一座欧式小楼,1949年以前这里曾是一幢私人住宅,解放前夕房屋的主人逃去香港,小楼就此改为"华侨俱乐部"。听说小楼主人的女儿并没有跟去香港,而是改名换姓留在本地,淹没在千条万条的小巷之中,过起了市民凡人的布衣生活。

"留春不住,费尽莺儿语。
满地残红宫锦污,昨夜南园风雨。
小怜初上琵琶,晓来思绕天涯。
不肯画堂朱户,春风自在杨花。"

每当柳叶眉走过街巷,听到有人弹着琵琶唱这首宋词,都会想起传说中那位小楼主人夏小姐的故事。传说夏小姐跟家里的一位车夫要好,一直密谋着私奔,1949年前夕,本城形势吃紧,她索性纵身一跃,跟着那姓祝的车夫跑掉了。

当然这些都是传说,并无真凭实据的。只是柳叶眉听说这个女子会弹琵琶,并且会用宋词编进曲子来弹唱,心中就十分向往,想有朝一日与传说中的这位小姐相遇,一定要与她切磋技艺,向她学习填词谱曲,做个同道中人。

与胡校长约在八点半钟见面。柳叶眉早早吃过晚饭,让女儿在家好好做功课，她便打扮得漂漂亮亮地出了门。司机问她去哪儿，她香风阵阵地说，当然是去华侨俱乐部啦。司机见她如此高兴，就知她又要去跳交际舞了。

　　柳叶眉的舞姿是远近出了名的。她又有车接送，再远的地方对她来说也不是什么难事。只要她一下舞场，人们眼前就会"唰"地一亮。她实在太美了，跳起舞来就像一片轻盈的影子，舞裙飞过来又晃过去，以为她在这里，她却早已飞到了那里，让人肉眼看不清楚，只留下一缕缕清幽的女人香。

　　胡润民站在华侨俱乐部门口等她。

　　他穿着中山装、白色衬衣，装扮隆重。头发向后梳，一丝不乱。

　　她的汽车缓缓开入他的视线，他心一紧，莫名地有些紧张。他不明白自己为什么会紧张，不就是周末一起参加个舞会吗？她还是她，我还是我，什么事也不会发生。黑色轿车缓缓停住，从车上走下来一个女子，裙裾飘飘，笑靥如花。她站在他跟前，明亮的眸子定定地看着他。

　　"来啦？"

　　"来了。"

　　他们相视一笑，挽着胳膊进入舞场。俱乐部里挤满了人，舞会已经开始了。

第十八章　周末舞会倩影如织
　　　　　微雨泛舟三人成行

1

　　胡润民是华侨俱乐部的常客，他不仅风度好、待人有礼貌，带来的舞伴也都不同，每一个都很美，而且美得有特色。了解胡润民的人都知道，他早年间曾留学英国，是个独身主义者。这一次他带来的是市评弹团唱《白蛇传》的名角，风度做派自是不一般。好多人都伸长脖子等待他俩出现，好看看这一对新舞伴如何出场，如何表现。

　　他俩走了进去，先是站在场边，并不多言，神色轻松地看着大伙儿跳。柳叶眉是城中名媛，有不少人看过她的演出，一见到真人出现，难免有人兴奋，凑过来跟她打招呼，或者不为打招呼，只为凑近点儿，看个庐山真面目。

　　胡润民是场面上的人，似乎早有准备，只见他满面红光地站在那里，挥着小手，好似长官检阅士兵。柳叶眉是个演员，人越多她越兴奋，回转身对胡校长说："校长，来一曲华尔兹吧？"

　　校长说："请。"

　　于是，两人便满场飞跳起了华尔兹。

　　她的红裙子转成了一团火。她的水滴形耳环悬浮在空气中，飘荡，飘荡，好像流动的液体一般。胡润民的大圈带得好，走的是真正圆弧形的路线，与其他高手交叉相错，既不会缠绕到一处，又有擦肩而过的惊险之感，二人在音乐中畅游，引来艳羡目光无数。

"快看，那个穿红裙子的就是评弹团的柳叶眉！"

"那个男的是谁？"

"那人你都不认识呀？他就是大名鼎鼎的胡校长啊。"

"市一中的胡校长？"

"没错啊。"

"绅士派啊。"

这样的议论声在灯影交错的暗影里飘来飘去，像长了翅膀的小飞人，从一个人的耳边又飞到另一个人耳边，大家都相识了，一起欢歌，一起跳起舞来，场面越来越热烈，整个舞场好似沸水一般，腾腾然冒着热气。

在这样热烈的气氛中，柳叶眉忽然不见了。在一支水兵舞之后，她忽然说有点口渴，要去拿饮料，就钻入人群不见了。胡润民独自坐在一张座椅上，等得有些心焦。他眼中的世界混乱而多彩，有许多面目不清的女子从他眼前掠过，他看得清她们衣服上的细节，旗袍上的盘纽，小腿上跳丝的丝袜，尖头舞鞋的颜色，就是看不清她们的脸。

不知柳叶眉去了哪里。

柳叶眉跳舞时用余光看见一个人，这人让她心神不宁。

从舞厅的侧门看出去，可以望见一个五彩斑斓的拱形门，一名身穿白衣白裙的女子从门旁经过，她看上去有点奇怪，行走的速度并不快，却像扁片纸人一般没有立体感。她是不是一个幻影不得而知，但柳叶眉感觉那是一个走错时空的女子，在喧闹的舞场背后，隐匿着一个非常安静的角落，那里正发生着一段不为人知的故事。

"你看见了什么？"

"没什么。只想离开一会儿。"

"上哪儿？"

"想喝杯咖啡。不知这里有没有。"

"我去帮你找找看。"

"不用。你休息一下,我自己去端咖啡。"

刚才那支舞,他俩就聊了这些。声音轻轻柔柔,类似耳语那种。然后乐曲停止,柳叶眉抽身离去,不见了踪影。实际上,她并没有离开这幢小楼,而是沿着白色门廊一直往里走,去查寻那白衣女子的踪迹。

柳叶眉跟进走廊尽头一间空屋子,里面只有一把座椅,一盏落地灯和一个茶几。茶几上有一杯茶还冒着热气,只是不见人影,好像这杯茶是自动蓄上的,由看不见的隐形人在喝。

"你怎么在这儿啊?"胡润民不知何时出现在门口。他斜倚在门框上,目光温柔地看着她。

"刚才似乎看到一个熟人,就跟了来。"柳叶眉说。

"人呢?"他问。

柳叶眉摊开双手做了一个无辜的姿势,说道:"也许是我看错了。走吧,跳舞去。"

"你没事吧?"

"没事。"

"怎么看上去心事重重的?"

"是吗?可能是刚才跳舞有点累吧。"

"你累了?不如我们回去吧?"

"也好。司机来接我,刚好,先送你一程。"

"走吧。"

这样,两人就从那空屋里走了出来。胡润民舞瘾大,看得出来显然还没跳够,但舞伴看上去若有所思的样子,也不好勉强她,就随她一起拿了外套走出舞场。

司机在门外的空地上等候着。柳叶眉说,先送胡校长吧。胡润民说:

"这样好吗，也不顺路。"柳叶眉笑了一笑，说道："我说顺路，就顺路了。"两人相视一笑，十分默契。

司机小杨问了校长的地址，就把轿车发动起来，笔直向前开去。秋天的夜晚，湖边的道路上没有多少车，也没什么人。柳叶眉和胡润民两人并排坐在后排，便于说话聊天。柳叶眉把车窗摇下来，让夜风吹进来一些。果然，夹着桂花香味的晚风，徐徐而来，再看湖面点点渔火，如临仙境一般。

"怎么样，孩子在我们学校读书，还习惯吧！"

"还好吧。万红功课一般。这孩子太贪玩了！从小谁都拿她当宝贝疙瘩一般。"

"呵呵。你要有什么事，就直接找我好了。你女儿刚转学来，功课难免吃力一些。要是数学需要开小灶找个老师给她补课的话，你就直接跟我说，我来帮你安排，准保找个全校最棒的数学老师。"

"那太好了。"静了一会儿，柳叶眉忽然又说："润民，我对刚才那座小楼的传说很感兴趣，想把它写成评弹。"

"这个主意好啊！那个传说中的夏蓝悦小姐，听说最近频频在各大舞场出现，是精灵式的人物，来去无影，出没无常。"

"给你这么一说，倒更激起了我想要追寻她的愿望，好想认识她啊！"

胡润民说："这好办啊，每个周末，我都带你到各个舞会上去转转，兴许能看见夏小姐的身影呢。"

"真的？"

"当然是真的。"

车子沿着湖边平缓的坡路照直向前开去。车灯明晃晃的，把前面的路照得像雪地一样白亮。车内有了小小的寂静，两人同时不做声了，各自想着心事。柳叶眉忽然想起了老甘。老甘与眼前这个男人，不知哪点竟然有些相像。当然不是长相，而是身上的某种气质。柳叶眉还想找些话题来跟胡校长谈谈，又唯恐司机听去太多，有朝一日会跟赵春雷学舌，要是真搬弄出是非就不大好了。

汽车终于开到了胡校长的家门口。胡校长谢了又谢,这才下车。柳叶眉望着胡润民的背影,反复回忆她跟老甘分手时的情景,却发现自己的记忆已被清空,什么都想不起来了。

2

三人一起撑伞去看荷花,是一个月以后的事了。真是心想事成,在胡校长第二次约她去跳舞的那个晚上,她就认识了夏蓝悦,三人随即成为好朋友。夏蓝悦穿湖蓝色长裙,白袜,平底鞋。她并不跳舞,到那个舞会上是去会朋友,而她的朋友许伯兆又是胡校长的朋友,因此几个人就聊了起来,柳叶眉也在场,两个女子就认识了。

夏蓝悦面目清新,写得一手娟秀的小楷。她现在已单身一人,与她私奔的那个男人早已不知去向,柳叶眉也不便细问,只顾欣赏她的字。

清平乐

王安国

留春不住,费尽莺儿语。
满地残红宫锦污,昨夜南园风雨。
小怜初上琵琶,晓来思绕天涯。
不肯画堂朱户,春风自在杨花。

"好字啊,好字!"

看到她抄写的这首宋词,围在周围的人纷纷竖起大拇指,赞不绝口。夏蓝悦把字送给初次见面的胡润民,又引起大家一阵叫好。那时柳叶眉还不知胡校长是单身,她对大家的哄笑感到莫名其妙。就这样,他们三个成为好友。

这天下午，天空中飘着若有若无的微雨，柳叶眉刚吃过午饭，坐在窗边品一杯热茶。粉紫色的小瓷盖碗，杯盖严严地捂住香气，她手指轻轻环住杯托，那种温热的感觉从指尖直传到心里去。好像有预感似的，她眼睛盯着那白色的电话机，电话就响了。她轻轻笑了两声，就拿起电话来听，一下子就听出是胡校长的声音，又连续笑了两声。

"什么事这么好笑呀？说出来让我也笑笑。"

"我正盯着电话机瞧，电话铃就响了，你说好笑不好笑？"

"这有什么好笑的？这叫心有灵犀。走吧，趁着小雨，咱们去看荷花。"

"你还约了她吗？"

"是啊，三人一起去。"

"呵呵，那你来接我吧。"

柳叶眉穿了件湖蓝色的薄呢大衣，想必夏蓝悦会穿粉红色。只见她穿过一次，印象深刻。粉红是最难侍弄的颜色，娇嫩欲滴，成年女子穿上它，弄不好会显得轻浮。夏蓝悦却不会。

柳叶眉依然坐在窗边喝茶，等他们两个来。日子过得恍惚，丈夫赵春雷去北京学习，一去已两月有余。孩子上学上得还不错，每天都高高兴兴的，回来常讲学校里的趣闻轶事。母亲一大早亲自出门买菜，回来后指导保姆烧菜，一日三餐，乐在其中。剧团里演出不多，班也是可上可不上，工作十分清闲。有空就与新结识的朋友夏蓝悦一起去胡校长家的小院闲坐，三人一起制作风筝、纸蛇，往灯笼上题诗，在庭院里听胡先生讲《红楼梦》，抚琴，唱评弹。就这样，三人一起度过了一个又一个美好的下午和晚上。两个女人就像彼此的影子，相互欣赏，彼此依恋。

他们坐三轮车来的，在门口丁零零地按门铃。柳叶眉从屋里走出来，见夏蓝悦撑着把蓝色纸伞站在小雨里冲她微笑，忍不住跑过去跟她拥抱。胡校长在一旁看得笑了起来，说道：

"天天见面。怎么还至于这样？"

"她先生不在家，她把我当成她想象中的'那一位'啦！"

柳叶眉笑道："越说越不像话啦！"

在柳叶眉面前，夏蓝悦是活泼温暖可人的，一点也看不出她曾经受过什么感情伤害。为了一个男子而放弃家族，跟自己的过去彻底决裂，那是需要勇气的。柳叶眉在认识她之前，想像着她的传奇故事，以为她会是一个深不可测的女子，认识后才发现，她竟然清淡如水。而且，柳叶眉从看到夏蓝悦第一眼起就知道，她不会再问夏小姐的往事，更不会将她的故事写出来。

三人挤在一辆三轮车里去了湖滨码头。

他们在码头上租到一艘小木船，需要人力划船到湖心亭。从目测距离看，至少有几百米。两个女人都用开玩笑的口吻问胡校长到底会不会划船，胡校长"嗵"地一下跳到船上说，你俩都上来吧，大不了咱们三个一起同归于尽。

听罢，两个女人笑弯了腰。

她们一个船头一个船尾地坐上去，胡校长坐在船中央，摇动船桨奋力划起来。远远地看去，他们三个像幅画一样，船头船尾各坐一名衣着艳丽的女子，一叶轻舟，在水上轻轻荡漾。这个画面是柳叶眉在梦里见过的，如今变成现实，好像能够自由出入梦境一样，新奇极了。

下船时，雨并不大，他们三人共撑一把伞去"荷花茶室"品茶看荷花，这场景正好被依窗而坐的杨细雪看到了。她已怀孕六个多月，肚子隆起很高，依栏凭窗眺望，正好望到了与别的男子有说有笑共撑一把伞的柳叶眉。

"柳叶眉——"

她唱戏的嗓子又高又亮。三人在伞下被那声音惊得同时抬起头来，朝着同一个方向看去。只见一个描眉画眼的女人坐在窗内朝外拼命挥手绢，边喊边挥，热络得很。胡润民和夏蓝悦都不认识她，觉得这湖心岛竟然有人喊出柳叶眉的名字，实在诧异。

柳叶眉说："噢，是我评弹团的同事。"

杨细雪像个小姑娘似的过分热情，她从茶室的大门里跑了出来。在窗里没看出来她是个大肚子，从里面走出来竟然吓了他们一跳。柳叶眉把杨细雪介绍给另外两人，四人一起找座位坐下。茶室四周全是荷花。荷叶在风中翻卷着，荷花摇曳，无边无际。

3

他们三个陷入一个怪圈之中，胡润民对柳叶眉暗生情愫，夏蓝悦对胡润民颇有好感。这层关系就像一层纸，谁也不敢捅破。一天，胡润民到柳叶眉家来做客，特意带了张调理气血的方子来。在电话里说了半天也没说清，索性亲自送过来解释一番。

门铃响的时候，母亲和张妈出买菜，留她一人在家。小孩早早就上学校去了，中午是不回来的。家里显得有些空。听到门铃，柳叶眉亲自跑来开门，门一打开，就看见西装笔挺的胡润民站在门口，手里拎着一包纸包的点心，笑容可掬地站在那里，轻微有些拘谨。

"就知道是你！弄什么方子嘛，我气血又不亏，还特地让你跑一趟。"

"不单单只是送方子，顺便也来看看你。"

"昨天不是刚见过嘛，我们——"

柳叶眉嗔笑着把客人让进门。她今天穿了薄浅蓝羊绒衣和黑色长西裤，米色半高跟白皮鞋，人越发显得高挑娇俏，让校长忍不住朝他身上多看了两眼。

"你今天真漂亮。"他说。

柳叶眉笑道："你们这些老夫子啊，去西方留过几天学，别的没学会，就学会资产阶级那一套了。"

"这不挺好嘛！"

"问题是你们的赞美都是礼节性的,就像外交官去拜访官员,吻官员夫人的手,赞美她,这一套都是程式化的东西,没有一点诚意。"

"可是……我对你是有诚意的呀!"

这话一出口,男女双方两个人脸都红了。柳叶眉把他让进屋,给他泡了冰糖菊花茶。那茶素洁沁香,色泽透亮,花朵徐徐下降,真是美不胜收。"人美,连泡的茶都这样美!"他见她端茶过来,就一把抓住她的手背,感觉到她手背上的皮肤如丝缎一般光滑。

"别,校长,你千万别这样!"

柳叶眉连忙把手从他的掌心里抽出来,可是已经有些晚了,抬头时正看见张妈站在客厅门口看着他俩,接着,母亲也走了进来。

这事就这样从张妈嘴里传了出去,再加上杨细雪在单位里添油加醋那么一说,柳叶眉和胡校长的"绯闻"就像长了翅膀一样,在小城上空飞来飞去,弄得尽人皆知。柳叶眉的丈夫赵春雷从北京讲习班上请假赶回来,特意来处理此事。

他是有修养的人,又有职务在身,不便把事情搞得沸沸扬扬。他爱柳叶眉,但也尊重她的选择。他想,如果柳叶眉真的选择别人,自有她的理由,他不会多说什么,会选择离婚,放手让她去追求属于自己的幸福。他和柳叶眉之间虽恩爱,但毕竟性情迥异。他是一个搞政工的人,不苟言笑,连跟老婆开个玩笑都不会。在他眼中,老婆是个风花雪月之人,琴棋书画,跳舞吟诗,风雅之事样样精通,自己却像个呆木头。

"小柳,不如我们离婚吧?"

柳叶眉从来没想过要跟自己的丈夫分开。她从九岁起就没了家,孤身一人长大。她多么渴望有一个完整的家!如今她拥有了一个女人能够拥有的一切:有地位又会体贴人的好丈夫,慈祥安静的母亲,活泼可爱的小女儿。她还想要什么呢?她早已心满意足。与胡校长的友情,纯属锦上添花,并不想有别的发展。柳叶眉倒觉得夏小姐和胡校长是很般配的一对,她也有心撮合他俩。

"……离婚说不定对你和他都好些。"

丈夫的一句话,好像兜头一盆冷水,泼向沉思中的柳叶眉。听了这话,柳叶眉倒有些气了,心想,赵春雷啊赵春雷,你是不是非得把我跟别人"合并同类项"啊,"离婚""离婚",你还说顺嘴了。这样想着,正欲发作,客厅的玻璃门被人推开了,女儿气呼呼闯进来,略带哭腔地大声说:"你们要离婚了?"

给孩子这样一搅,事情倒变得平和许多,两人连忙从沙发上站起来,一个拉住孩子的左手,另一个拉住孩子的右手,笑容可掬,左解释,右解释,话说得漂亮,配合默契。一人说,爸妈闹着玩呢。另一个说,是呀是呀,在做游戏,在演戏。在编评弹段子说故事,不是真的不是真的。

孩子说:"是这样子啊!那我就放心了!"

听了这话,夫妻相视一笑,冰释前嫌。离婚之事,从此不再提。

4

杨细雪快要生了。这是她怀的第二胎,肚子大得出奇。别人都说是个儿子,她自己虽嘴上说谁知道呢,也不一定,但心中早已把肚里的孩子定位为"男性",因为生理反应跟怀第一胎那个女孩完全不同。"是个儿子"的想法支撑着她,东跑西颠,想在生孩子之前,把一系列她认为重要的大事办完。

这天,杨细雪挺着大肚子来找柳叶眉,气喘吁吁,嘴上的皮干裂翘起,看上去好像刚从沙漠赶来的样子,看着让人心疼。柳叶眉连忙将她搀扶进客厅,盼咐保姆泡茶,又说:"细雪,你看你这个样子,还到处跑。有什么事,你打个电话让我跑一趟,多好。"

杨细雪说:"那哪能?是我有事求你们两口子。做人要讲究礼数,轻重缓急我还是分得清的。"说着,杨细雪一屁股坐下来,一副说来话长的样儿。

"啊呀，柳叶眉啊，你也知道的，你师兄这个人啊，呆头鹅一个。他吃评弹这碗饭呢，总归有些吃力，虽说他也是科班出身，父亲是江南一带有名的评弹艺人高满天，可他不会创作呀，光会唱两句有啥用？他不像你，会耍笔杆子，动不动写个新段子，叫好又叫座。再说你家老头子也有故事啊，现在新社会了，不兴什么才子佳人——《白蛇传》《红楼梦》了，兴的就是好人打坏人的战斗故事。"

"哪里，师兄唱的评弹是极好的。"

"你是他师妹，你当然夸赞他。但我心里清楚，他唱评弹没有什么前途，所以之前我让他调到文化局里去干政工。可干政工呢，其实他也不是那块料。他人太老实，总归给人欺负的。"

她兜兜转转说了一大车皮话，柳叶眉也没搞清楚她的真正意图。她是想夸丈夫呢还是想损丈夫呢，是想赞美他还是打击他？这天直说到日落西山，杨细雪才真正说到正题上："听说文化局又要提拔一个处长，处长这个位子呢，虽说不是什么大官，但也不错，所以我想……"后面的话不说柳叶眉也明白，她的真正动机是想求赵春雷帮忙，把她家高子文扶上处长的位子。

"这个忙我不能帮。"柳叶眉说。

"为什么呢？"

"赵春雷这个人，你不了解他，他是死脑筋，一根筋，他一贯坚持原则，找他说情的人统统被他拒绝了，不留一点情面。"

杨细雪说："听说你俩前一阵子差点离婚啊？"

"你听谁说的？没有的事。"

"那你为什么这点小事都不敢跟他说？"

"提拔的事可不是小事啊，多少双眼睛盯着呢。"

"可我这不是近水楼台……哎哟——"

"细雪，你怎么啦？"

"忽然之间肚子痛得要命。哎哟——"

"不会是要生了吧?"

"不会吧?"

柳叶眉见她疼得厉害,自己又没有经验,只好将张妈喊来帮忙。她生过三个孩子,一来就知道杨细雪是怎么回事了。"可不是嘛,这就快要生了!还不赶紧送医院!"

就这样,聊着聊着天,杨细雪竟然要生孩子了。大家都很紧张,柳叶眉打电话叫救护车,张妈慌慌张张去拿棉被。天虽不算太冷,但她还是想到产妇可能体寒,要多准备几床被子。她跑到楼上去拿,锦缎棉被红一床绿一床整齐叠放,令人眩晕。她从中间抽了一床,红绿颜色泻了一地。

5

救护车很快就来了。穿白衣的护士走进屋来,手脚麻利地将杨细雪抬上担架,抬起就走。杨细雪伸出手来,生离死别一般,对站在一旁的柳叶眉说:"千万别忘记我跟你说的话啊!"

"什么话?"

"你师兄提拔的事呀。"

"好了好了,你都这样了,还想这些呢。"

杨细雪疼得头上冒出大颗大颗的汗来。柳叶眉拿出一块白手绢来帮她擦汗,说道:"你放心去吧,生孩子要紧!"

转眼白色救护车就开走了。

张妈抱了一床红被追了下来,问:"人呢?"

柳叶眉笑道:"等你来,人家孩子都生出来了。"

张妈说:"突然就要生了,慌都慌死了。"

"你生孩子的时候慌吗?"

"那倒是不慌。"她说。

第十九章　万红叛逆乖张不羁
　　　　　细雪产后抑郁多疑

1

这天，马亮背上手风琴吹着口哨出门去学琴，并不知道课堂里正坐着一位姑娘，留着男孩似的一头小短发，伶牙俐齿，娇俏可爱。

他推开教室门，发现自己来早了，音乐教室里只来了一个人，是个女孩，她背冲着门，正用手指在玻璃窗上画着什么。马亮看到的正是柳叶眉的女儿，万红。

"喂，你画什么？"

"画什么用你管！"

"到现在还没有人吗？"

"我不是人吗？"

说着话，万红回过头来，她看到一个高个子的男孩正从身上往下卸手风琴琴箱的背带，他们目光相遇，电光火石在瞬间爆发，他俩都被巨大的电力灼伤，目光胶着在一块，久久不能分离。

老师还没来，他俩就像老朋友似的聊天。都是相熟的人和事，比如说万红在歌舞团的朋友，竟然跟马亮是朋友。万红的邻居，跟马亮是小学同学，这些事凑到一起，使他俩又有了一分亲近感。

"我妈是柳叶眉。"

"就是唱评弹的那个柳叶眉吗？名角啊！"

"听口气,好像有点不屑。"

"没有。评弹很好,就是太传统了。"

"那你妈妈是干吗的?"

"女高音。"

"美声?"

"嗯。"

"太高了,我够不着。"

"可我不是男高音啊。我只是个普通人。"

"真的呀,你好普通啊!"

两个孩子相互看着,哈哈大笑起来。就在这欢闹的笑声中,一个表情严肃的女老师走了进来,手里拿着一根又细又长的教鞭,仿佛她不是来教人拉手风琴的,而是来给人上物理课的。她用教鞭啪啪敲着讲台,对只有两个孩子的课堂大声宣布:"现在上课!"

台下鸦雀无声。一分钟前,两个孩子还有说有笑,这会儿却像掉进了冰洞,连大气都不敢再喘一下。

下了课,两个孩子背着沉重的琴盒,两条修长的影子斜映在田字格的人行道上,像两个梦境中的人物,他们就像老相识一样,一起拉琴,唱歌,谈论有趣的人和事。他们都忘记了,今天是他俩第一次见面。

万红讲述她独特的经历。她说她曾经参演过一部电影《白蛇仙女》,她在戏中扮演她母亲小时候。当时剧组在杭州挑选十四五岁的小姑娘,万红也去报了名。没想到竟然还被选上了,不仅拍了戏,还找到了自己的亲生母亲柳叶眉。

马亮说:"你的经历本身就像一部电影,太传奇了。"万红说:"好了,现在轮到你了,说说你吧。"马亮用手挠挠头说:"跟你相比,我的经历简直就像一杯白开水,淡得没有一点味道。"

马亮说:"我倒是希望我是垃圾箱里捡来的,可惜我是我父母亲生的。"

我倒是希望我从小没吃没喝，一肚子苦水没地儿倒，见个人就唠唠叨叨说个没完，可惜我从小是蜜罐里泡大的，饭来张口，衣来伸手，没啥烦心事。"

万红说："听说在好环境长大的男孩，性格特别好。"

马亮说："还行吧。"

万红说："幸福啊。"

万红看着对面这男孩，他浓密的睫毛低垂着，一缕阳光正好照在他脸上，让他看上去像一尊小佛一样好看。

"你就像一尊小佛一样好看。"

"你也好看。"

话说到这里，两人竟然有些害羞了，万红心中充溢着前所未有的愉悦与满足，她不知道自己是怎么了，马亮的一举一动、一言一行，似乎都震颤着她的心灵，让她愿意将自己和盘托出。这种没来由的信任，让万红既兴奋，又慌张。然而，她没有想到的是，自己与母亲的战争却也从此拉开了序幕。

青春终究是骚动的。一个夏天的时间，万红都将心思花在了手风琴课上。这倒不是因为她对音乐本身有多大的兴趣，她更期待的是在手风琴课上与马亮的说说笑笑、吵吵闹闹。一来二去，万红跟马亮谈起恋爱来，青春年少，一见钟情，不知道有多快乐。母亲却看着女儿一天天不着家，越发着起急来。一场母女大战也在悄然酝酿。

这天早晨，柳叶眉和丈夫正坐在餐厅里吃早餐，保姆买了刚炸好的油条和热腾腾的白米粥，几样小菜用小碟、小碗精致地码放着，摆在桌子中央颇为精致。鸡蛋是带壳煮的，用小篮子盛着，一只只擦得晶亮。柳叶眉注重营养，常跟保姆说鸡蛋不要炸着吃，要煮着吃。原汁原味，有营养。

赵春雷拿起一个鸡蛋在桌上笃笃轻敲两下，一边剥着鸡蛋皮一边问道："女儿怎么还没起床？"

"现在放暑假，就让她多睡会儿吧。"

"你总是这么惯着她，孩子都让你给惯坏了。"又说，"你今天要排新节目吧？"

"嗯。得准时去，不能迟到的。"

他拿油条给她："那你就别磨蹭了，快吃吧。"

这时，保姆张妈又端了一盆雪白的清粥来，说刚才粥盛少了，怕小姐醒来后粥不够喝。赵春雷说："新社会的家庭，不要叫她小姐。"

"是的，先生。以后不叫就是了。"

保姆走后，柳叶眉对赵春雷说："你现在对家里的事也苛求起来了。单位里的事，我从不多嘴。是的，你是单位里的领导，是上级，可是在家里你就是一个普通的丈夫和爸爸，你看你整天那么严肃，连点笑容都没有。一说到孩子，你就是训斥的语气，好像她整天就知道淘气，就知道闯祸。其实万红这孩子还是挺可爱的，比如说这个夏天，她主动到音乐教室去学琴，这就是优点啊，你当爸爸的，要看到孩子的进步才是。"

赵春雷端起大碗，把一碗喷香的清粥喝得呼噜呼噜响。放下筷子喘了一口气，说："孩子的事，我劝你还是抓一抓。市里的事已经够我忙了，家里这些鸡毛蒜皮的事，你就别再让我操心了。"

夫妻俩正边吃边聊，只听到女儿的房间里发出叮叮咣咣一阵响，然后，女儿万红就跟个小强盗似的背着个大包冲了出来。"啊呀，啊呀！来不及了！我跟朋友约好早上一块儿去游泳呢！"

柳叶眉说："小万万，吃了早饭再走呀！"

赵春雷说："总是这样，心里跟住着一匹野马似的。"

小万万说："不吃啦！爸妈再见！"

从餐厅的大玻璃窗可以看见女孩骑着自行车飞快离去的背影。她真年轻，动作敏捷，轻盈得好像一只燕。

2

1963年夏天,杨细雪生下一个男孩,取名"高兴",高兴的姐姐高乐乐已满两周岁。高子文喜得贵子,自然乐得合不拢嘴,逢人便说:"生啦!生啦!是个男孩!"

"高子文,你一儿一女,好福气啊!"

"谢谢!谢谢!"

高子文一路走,不断遇到熟人。这些人就像事先埋伏在这条路上,等待他的到来。笑脸相迎,不问恩仇,只拱手相贺,好话说了一箩筐。他们平时在单位里勾心斗角,争职位,将别人踩在脚下,求提拔,求上升,放低身段使坏招,这会儿却摇身一变成了大好人。仿佛因为"高兴"这个胖小子的到来,前世恩怨一笔勾销。

这是他一生中最幸福的一天。他一边走路一边对着路的前方傻笑。杨细雪平时爱使小性子,人又唠叨,心眼儿小。可这会儿在丈夫眼中,她身上的缺点统统不见了。

这时,他遇见了迎面走过来的柳叶眉。她穿一条浅粉色的连衣裙,衬得肤色越发粉嫩,高子文觉得,她好像越变越年轻了。她太美,他有些不敢直视她。

"细雪和孩子都好吧?"她问。

"母子都很平安,多亏你那天帮忙张罗,细雪一到医院就生了,是个小男孩,七斤六两重。"

"噢,平安就好,平安就好。"

他问:"你这是去团里排练吗?"

"是啊,要排新节目了。"

高子文低下头说:"新节目好。新节目好。"

他俩站在一棵大柳树下说话。千言万语,不知从何说起。高子文陷入复杂情绪,他俩从小一起长大,两小无猜,原以为今生今世都会在一起,没想到现在却是各过各的,她嫁她的大首长,他过他的小日子。世事难料啊。当初要不是因为古董商万叶轩的出现,他们俩现在会是什么样子?

他这是回家拿红糖,一路牵绊着,耽误了不少时间。柳叶眉见他愣神儿的样子,就催促他道:"时间不早了,你赶紧走吧。细雪刚生了孩子,家里一定有不少事等着你去办呢。"

高子文说:"我爸说让你有空去他那儿一趟,说有重要事找你商量。"

"我知道了。"

这样,两人便匆匆各自赶路了。柳叶眉知道师父高满天叫她去是何用意,如今他年事已高,急需后辈整理关于评弹的历史资料。整理,录音,写回忆录。她跟师父情同父女,要不是师父当年收养了她,她现在还不知道在哪儿呢。

整理录音工作,终于在评弹团领导的大力支持下如期展开。师父的身体已经开始走下坡路,如不及时抢救这批宝贵的声音资料,这批艺术瑰宝就将在这个世界上消失。

这阵子,柳叶眉除了吃饭、睡觉,就一门心思扎在录音室里,好像着魔似的,眼睛盯着那台慢慢旋转的老式磁带机,听声音从它内部慢慢流淌出来,眼睛时常是湿润的。过去的岁月一幕幕出现在眼前,这一切都让她感觉像做梦一样。她伸出手在空气中抓了一把,想让时间停住。

录音室外的敲门声响了两次。第一次很轻,第二次重了一些,柳叶眉都没听见。她沉浸在自己的情绪里,波涛起伏,已忘记身在何处。等她反应过来去开门,高子文已在门外站了好久,手里的两根雪糕都快化成水了。

门打开。他说:"雪糕要化了,快接着!"

柳叶眉说:"听录音听入迷了,没听见你敲门。"

高子文说:"我想是这样的,就没使劲敲。"

两人坐在椅子上吃雪糕,又聊起小时候的事来。高子文说柳叶眉小时候就喜欢吃冰,那时候有一种小点心叫梅子冰,酸酸甜甜的,小孩子们都喜欢吃。高子文说，那时候柳叶眉总是趴在卖梅子冰的玻璃窗外面，把鼻子压得扁扁的朝里面看。

两人有说有笑吃雪糕。

就在这时，"砰砰砰"，凶悍的敲门声响起，他俩止住笑，高子文把食指放在嘴唇上，做了个"嘘——"的手势，意思是"别出声"。这个动作决定了后面一系列事情的发生，此时，杨细雪就在录音室的门外，她看到两双并排摆在一起的鞋，气就不打一处来。那两双鞋，一双是她丈夫的，黑色三截头皮鞋，另一双是尖头红色小皮鞋，一看就知道是谁的。

"柳叶眉，你给我出来！"杨细雪在外面用力敲门，一边敲门一边骂："我知道你们俩都躲在里面，赶紧开门！没做什么见不得人的事，为什么藏在里面不敢开门？肯定有鬼！开门！开门！"

柳叶眉和高子文躲在门后小声说话。

"怎么办？"

"你别管，就不给她开门。我看她还能疯成什么样。"

"把事情闹大了就不好了。"

"我们又没做什么，怕什么？虽然从小一起长大，但我们从小到大都是干干净净的，我们怕什么？"

柳叶眉说："怕是不怕，可我们为什么不把门打开呢？越是这样僵下去，对我们越是不利，你那个老婆你还不知道呀，她会把事情闹大的。她那条好嗓子，会把咱们的故事编成歌来唱，荤的素的，有的没的，统统唱出来。到那时，咱俩这点事就闹得全世界都知道了。"

高子文忽然拉住柳叶眉的手说："阿眉，如果全世界都知道了，我——"

这时候，录音室的门开了，高子文的老婆正好看到高子文拉着柳叶眉的手，她的想法得到进一步印证：他俩关系果然不一般。他俩一直在骗我。一直在骗我！

杨细雪拿出她唱戏的精神跳着脚跟丈夫闹。她说道："我早就看出来了，你跟她根本不是什么兄妹关系，你们就是一对狗男女！"

"细雪，你听我给你解释。"

"我不听。我不听。我早就受够了！"

"杨细雪，你到底想怎么样？"

杨细雪指着自己的鼻子说："我想怎么样？你们俩想怎么样？想离婚吗？老子不怕，老子奉陪到底！"

高子文气得嘴唇发紫，揪住杨细雪的衣领说："杨细雪，你看看你像什么样子？一个女人，说话还老子老子的，跟个女流氓似的。赶紧回家去，别在这儿丢人现眼！"

"我是女流氓？喊，我是女流氓，那她是什么？他勾引人家丈夫，跟一个又一个男人关在这屋子里不清不楚的，哼！"

柳叶眉上前解释道："细雪，咱们都是多年的老朋友，我是什么人，你还不知道吗？"

"我知道，我当然知道啦。你不就是一条钻进革命队伍的'美女蛇'吗？除了会唱《白蛇传》，你还会什么？除了会拿琵琶勾引男人，你还会什么？你说，你们两个今天关在这黑屋子里，都做了些什么？"

"你那肮脏的脑袋，除了男女那点事，你还会想点别的不会？"

时间停止了一小会儿。录音室里听不到任何声音。然后，就听到杨细雪聒噪的声音响起。"不会！我就想那事，就想！我说他怎么一到晚上就不愿跟我做那事呢，原来肥水都流了外人田啦！"

"下流！"

听了杨细雪的话，高子文动手打了她。直打得她眼冒金星鼻子出血为止。这时，不知从哪儿冒出来许多人，面目愤怒，摩拳擦掌，想要动手却不知该帮谁，只好原地观望，随时准备冲上去混战一场。

这个夏天他们的故事就这样流传开来。柳叶眉的评弹《白蛇传》场场爆满，有些人不是去听戏的，而是专程去看"绯闻女主角"柳叶眉长什么样的。他们鼓倒掌，喝倒彩，弄得礼堂里乌烟瘴气，别的节目也受到了影响，团长只好找柳叶眉谈话，让她离开舞台一阵子，专心搞创作，等风头过去了再说，这样对大家都好。

3

不能再唱《白蛇传》了，评弹团也不用每天都去，柳叶眉把精力转移到家庭上来，她每天盯着孩子，观察她的一举一动，跟在她后面唠唠叨叨，不许这，不许那，弄得小万万烦死了，一见她妈就想躲起来。

这天晚上，家里静得出奇。赵春雷在外开会还没回来，小万万一大早出去也没回来，保姆早早睡了，客厅里只剩下柳叶眉和母亲两个人，她们手里织着毛线，有一搭没一搭地聊天。

李兰说："阿眉啊，孩子大了，你别一天到晚说她，伤她自尊心。"

柳叶眉说："自尊心？我都不知道这孩子长心没有？一天到晚就知道出去疯，也不知道跟什么人混在一起。今天学手风琴，明天拉大提琴，瞧把她给能的，我都不知道她到底想干吗。"

"孩子嘛，总归是孩子。她年纪小，对新生事物感兴趣，这也是正常的嘛，你干吗一天到晚跟个苍蝇似的盯着她？孩子活泼好动，叫我说是件好事，要是一个十六七岁的小姑娘蔫得跟个腌黄瓜似的，我倒觉得不对劲了。孩子就得折腾，就得上蹿下跳才叫孩子。你十七岁的时候不都怀上小万万了……"

"妈，我担心的正是这个。咱们孩子年轻、单纯，万一被哪个男的骗了，那可怎么办啊！我可不想让孩子重蹈我的覆辙。"

"唉，女孩子家大了，看也看不住，只有看她自己的悟性了。"

"问题是这孩子从小不在我身边，性子都玩野了。她养父母倒是很疼爱她，就是没给她立下规矩，她从小想干什么就干什么。这个暑假，她一天到晚不着家，我估计她是谈恋爱了。"

"谈恋爱了？那男孩是谁，你见过他吗？"

"我要是知道他是谁就好了。问她也不肯说呀，反正就是折腾我一个，她爸爸一天到晚在单位开会，哪有时间过问孩子的事呀。我一个人，又没长三头六臂，我要是一天到晚跟着她，那可好了，孩子没出事，我倒是先累倒了。"

"是的呀，你也该好好歇一歇，调养一下身子了。身体最重要。刚刚我熬了粥，我这就去给你盛一碗，你别着急，别上火，孩子的事，咱们慢慢说。"

柳叶眉说："妈，您别盛了，我吃不下。"她抬起手腕来不停看表，焦躁地说："这都几点了？老的小的都不回来……不行，我得出去找找。"

柳叶眉从沙发上站起来，换了双鞋，顺手从门厅柜抽屉里拿了只手电筒，急匆匆走出家门。李兰站在客厅门口望着女儿远去的背影，心里充满担忧，她预感到要出大事了。

"小万万——"

"小万万——"

她听到一个母亲在夜里呼唤女儿的声音。

第二十章　小万万酿错知悔改
　　　　　　评弹女变身美女蛇

1

　　花园里很安静,有虫草的鸣叫声。夜空大而广阔,星光闪烁。柳叶眉喊叫自己女儿的小名,喊了几声之后,她突然停止发声,决定悄没声地先找找看——说不定女儿就在附近。她有一种预感,她仿佛闻到小万万某种特殊的气息。

　　她手中的电筒已经攥出汗来,不知为何,她心里有种莫名的紧张感,她既想看到女儿,同时又害怕看到她,她头脑中浮现着各种各样可怕的猜想……手电筒发出笔直银亮的光束,像一把宝剑直刺进树丛,东晃西晃,最后落到一对青年男女脸上,那男的,柳叶眉不认得,那女的,正是自己的女儿万红。

　　他们躲在树丛中接吻。要不是手电筒的亮光把他俩分开,待会儿还不定干出什么事来呢。柳叶眉气哼哼地跳入树丛,拎起自己女儿的脖领子就往外拽。

　　"哎哎哎,你干吗?"男孩说。

　　"你说我干吗?你欺负了我女儿,我还没连你一块儿抓呢!"

　　那男孩立刻抒胳膊挽袖子,露出紧实漂亮的肌肉块儿,说:"来呀!你来呀!把我一起抓走啊!"

　　"你以为我不敢啊?我这就打电话叫警察把你抓走。"

小万万一边挣脱母亲的手,一边扯开嗓子冲着那男孩子大喊:"大亮,快跑!"

男孩犹豫了一下,就撒开腿一溜烟地跑走了。

"小万万,你也太不自重了,这大半夜的,跟男孩子在树丛中搂搂抱抱。"

"什么叫不自重啊?人家这叫正常恋爱。你别管!"

柳叶眉说:"我不管?就算是把你关起来,把你管傻了,也总比让坏人把你糟蹋了强!"

"妈你心理变态吧?是不是因为你十七岁的时候发生了不愉快的事,你就把所有不愉快强加到我身上?"

柳叶眉愣了一下,多年前的场景一幕幕出现在眼前。那古董商脱掉白袍朝她走过来,一步步逼近她,她感到茫然,直到天旋地转他们撞倒了一只古董花瓶,她才意识到发生了什么。然后有了小万万。有了今天这个处处跟自己对着干的小冤家。命运的安排真是捉弄人啊。就像事先安排好的戏一样,今天这一出,明天那一出,纷繁复杂,令人眼花缭乱。

2

万红被柳叶眉关了起来,在暑假剩下的十几天里,柳叶眉要求她不许跨出小楼半步。柳叶眉叫保姆张妈一步不离地看着她。万红冲她大喊大叫,跳脚,她装聋作哑,假装什么也听不见。

万红说:"为什么你要让你当年受过的苦,在我身上活活重演一遍呢?自从我从养父养母家来到您身边,您好像不只一次地跟我谈起过您的过去,您的十七岁。这些都是您不喜欢回忆的过去,可您却叫人看着我,不许我出去,关我禁闭,这不是跟当年那个坏蛋对您做的事如出一辙吗?"

"我是我,你是你,我们生活在不同时代,所以看待问题的角度,处理问题的方法都不一样。"

"妈,我恨你!"

"恨就恨吧，反正我是为你好。"

说完，柳叶眉"砰"的一声关上门，离开女儿的房间，准备下楼睡觉去了。她来到楼下那间面向花园的大卧室，推开门，见丈夫赵春雷已经开完会回来，正疲惫地坐在窗前的沙发椅上伸着腿休息。

"春雷，开了一天的会，累了吧？"

"是有点累。女儿怎么样，睡了吗？"

"还没有。刚跟我吵了一架，说我不让她出门，就是关她禁闭。"

"孩子嘛，管严点儿是对的，可你也不能把她关起来啊。依我的意思，趁着暑假这点时间，你可以让孩子多接触接触社会。"

柳叶眉过去给丈夫揉着肩说："还多接触社会呢，就这样麻烦就够多了。你记得前一段孩子不是闹着要咱们给她买个手风琴吗？"

"是呀，记得啊。她不是说找了个老师要去学琴吗？"

"没错，她是找了个音乐教室学拉手风琴，钱都交了，人也去上课了，可问题出在哪儿呢——咱们的宝贝女儿去上课的第一天，就一眼看上了一个没头没脑的男孩子。"

"没头没脑？"

"哦，我只是这样形容……"

他们说着话，她见丈夫的头渐渐垂下去，就扶他上床去睡觉。这一阵子，他在单位连轴转地开会，缺乏休息，精力耗费得厉害。每次饭菜还没端上桌，丈夫就已经困得不行，匆忙上床休息，顾不上吃饭，都便宜了保姆，保姆的身形日渐肥胖起来。

这天晚上，他们夫妇俩宽衣后躺到床上，丈夫忽然紧紧抱住妻子的头说："小柳，我真的很累。""要不要我陪你一起到外地疗养一阵子？""不用。"丈夫微弱的声音已经小到几乎听不到。柳叶眉心里"咯"地一动，她有一种非常不好的预感，担心丈夫会突然离开她。当然这种想法只是一闪而过，后来她又责怪自己多心了。

3

  到了开学的日子，柳叶眉忧心如焚，担心女儿一离开自己的视线，又做出什么出格的事来，犹豫再三，她决定亲自去学校一趟。谁知，骑车赶到学校一问，女儿果然没到学校来报到，班主任老师说，她忙完学校里这摊事，正准备到家里去家访呢，没想到柳叶眉正好骑车来学校了。

  老师是一位衣着得体的大脸盘女士，穿着深蓝色棉布衬衫，胸口还别着一枚铜色徽章，上面写着"热爱祖国"四个小字，字体上方的一颗红色五角星显得格外耀眼。她挺严肃地问柳叶眉，万红同学这个暑假究竟做了些什么，以至于开学第一天就要逃学。

  柳叶眉说："作为母亲，我必须向老师坦白，这个暑假，我跟女儿闹了点别扭。"老师说："这么说，责任在你喽。"柳叶眉点头说是。老师就把柳叶眉带到了空无一人的教研室去训话，仿佛柳叶眉是一个犯了错误的高中女生。

  "孩子十六七，很敏感，你们这些做家长的是怎么搞的，偏偏爱惹孩子生气。如今是和平年代，小孩子个个都是温室里的花朵，娇嫩得很，说不得碰不得。不瞒您说，我家里也有一个十六七的姑娘，天天想要跑出去，我得像看贼一样看着她。"

  老师的话，说得柳叶眉后脊梁一阵发凉，"像看贼一样看着她"，这话似乎给柳叶眉原本甜美的日子瞬间罩上了一层阴影。她对生活的理解不是这样的，她把孩子从养父母身边接过来，就是为了对孩子好，让孩子快乐，如果孩子在自己身边不快乐，她心里会觉得很内疚。她是限制过孩子的自由，但只想让她跟那男孩子分开，不想让她陷入一段要死要活的恋情。孩子如今年纪还小，柳叶眉担心她还无法驾驭一段惊心动魄的爱情。搞不好，她会被那团红彤彤的、滚烫高温的情感灼伤，到那时再阻止她，可就来不及了。说一千道一万，母亲都是为孩子好。

到学校寻找无果，柳叶眉只好骑上自行车，在街上漫无目的地找。她心里苦啊，老师的训斥犹在耳边，就好像是她犯了错，犯了天大的错，而她本人又什么都没做。一直以来，她是团里的业务尖子，琴弹得一流，歌唱得一流。上部队，下矿山，去海岛慰问演出，她总是不等领导点名，第一个报名，冲在最前面。她是那样优秀。她从来没被人当做反面典型训斥过，而现在却因为孩子的教育问题，被老师当面批评，想到这里，柳叶眉心情为得更加复杂。

　　自行车像小船一样从街上飘过。她没有目的地。她不知要去哪里。车子路过某个街区，一扇门紧挨着一扇门，每一个门里都有一户小小的人家，每个人家里都藏着一个小小姑娘。

　　她又路过一片热闹的街市。

　　"是柳叶眉吧？"

　　一个苍老的声音从柳叶眉身后响起，她没有影子，玻璃上没有她的脸。她是先以声音形式进入柳叶眉的感官的，然后才是形象。柳叶眉回头，看到了那个跟她说话的女人——她的样子看起来有点可怕。

　　她在大夏天还戴一顶古怪的帽子，帽子店里绝对没有的帽子式样——灰色帽筒上插满颜色鲜艳的羽毛，看起来很像一只不伦不类的鸟。

　　"你是谁？"

　　"怎么，你不认识我啦？我是从小看你长大的。你小的时候在南京，就爱玩风筝、玩纸蛇什么的，后来你搬到晏城又搬到云城，我们又再次相遇。千万别说怎么那么巧，什么叫缘分，这就叫缘分。我是花婆婆。"

　　"花婆婆？真的是你吗？"

　　柳叶眉一把抓住花婆婆，将她枯瘦的手抓得紧紧的，像捞到一根救命稻草。她急于找个人聊聊孩子的事，而此时此刻又正好碰到了能掐会算的花婆婆。她说："花婆婆，能再帮我算一卦吗？我真是遇到坎了。"

　　"那还等什么。走！"

花婆婆的家在这条繁华大街的某条巷子里。柳叶眉推着自行车跟在花婆婆身后,两人一前一后往前走。柳叶眉恍惚间觉得,她的身子在午后阳光下一截一截变小,昔日时光重又再来。日光中她变成了一个俏眉俊眼的九岁小姑娘,手里拿着一条纸质的小白蛇,小蛇是她喜欢的玩具,从小玩到大,爱不释手。

如果没有那场战争,小蛇将随她一起长大。她的人生将全部改写。她想,人啊,再硬也硬不过命。

4

她们来到花婆婆的房间。墙上有挂毯。水晶球旋转依旧。柳叶眉坐在花婆婆对面,气息略有些急,心中忐忑,生怕命运中一些深藏不露的东西被花婆婆一眼识破。

花婆婆用苍老的声音对她说:"你女儿近段时间会有一难,待到这一难渡过去之后,一切就会好起来。"

柳叶眉问:"有一难?什么难?请明示。"

花婆婆的老花眼镜在水晶球后面诡异地脱落下来。花婆婆说,有些事,只可去做,不可明说。到时你就知道了。从花婆婆那儿出来,柳叶眉显得心事重重。她手里拿着车钥匙,却发现找不到停在花树下那辆自行车了。

她想,一定是花婆婆找人把那辆车"收"了。收就收了吧,这也是她该得的。柳叶眉回头,看见模糊的窗玻璃上映现出一张年轻的人脸。为了留作纪念,柳叶眉走到那花树旁折了一枝不知名的白色小花,用鼻子凑近嗅嗅,淡香宜人。她大大方方将那花放进提包,然后对着模糊的玻璃窗轻挥了一下手,转身离开。

"小柳,今天你可回来晚了。"柳叶眉一进门,赵春雷就说,"干吗去了?"

"找女儿。"

"怎么？她又没回家？找到了吗？"

"何止是没有回家！她一天都没有去学校！我找了一天，也不见她的踪影。"

"嗯。你看上去脸色可不太好，别急，总归会有办法的。"

这时，窗外传来"嘟嘟"汽车喇叭声，显然是在催促什么人。赵春雷拿起桌上的皮包要走。说："我已经吃过了，晚上还有一个紧急会议，车在外面等着我呢，我得走了。"

柳叶眉一个人坐下来吃饭。保姆把饭菜摆上桌，又说要去热个汤。柳叶眉一双筷子停在空中，不知该往何处下筷。她夹起一块腊肠来放进嘴里，却半天尝不出滋味来，形同嚼蜡。

这一晚发生了许多事，柳叶眉却全然不知。她早早上床睡了。梦里看见许多年轻人骑着自行车，像鸽子一样一闪而过。她却不见了自己的自行车，正在寻找之时，一阵刺耳的铃声将她吵醒。她拿起电话来听，里面却没有人声。她突然心里一紧，料定这是小万万打来的电话，又希望这只是一个打错的电话。猜了一夜，想了一夜，柳叶眉终于挨到了天亮，却仍不见小万万回来，心里愈发焦虑了起来。

其实电话确实是小万万打给她的。只是小万万听到母亲在电话里焦急的声音，心中很不是滋味，可她又不知如何安慰母亲，只好一言不发，挂断了电话。

第二天早上，柳叶眉到单位去上班，听同事说昨天夜里杨细雪跟踪丈夫并且大吵大闹"捉奸"之事，同事说得绘声绘色，越说得详细，柳叶眉心里越难过，毕竟高子文是她师兄，从小一起长大的。高子文与杨细雪的婚姻，从一开始就已埋下隐患。一次，高子文跟柳叶眉聊天，他说，这场婚姻，说到底就是一场陷阱啊。

他说："她不爱我，她只想占有我，折磨我。她是一个疯狂变态的女人，想到什么就做什么。对事物总有预想，心思诡异。如果事情不按照她想象的轨道发展，她就不满意，会找机会大吵大闹。心中总有假想敌。与全天下所有女人为敌。疑神疑鬼，怀疑我有情人。同事，新结交的朋友，外出开会认识的女子，全都在她的假想之列。我们闹过多少场啊，干过多少架，人都被她榨干了啊。"

他说："她不爱我。她谁都不爱，她只爱她自己。她是一个自私自利的女人。别看她一天到晚忙忙叨叨，干的全是劳而无功的事，跟踪，调查，四处打听，找人给我拍照。合作过的女演员全都是她潜在的情敌，人家打扮得漂亮点儿就是想勾引我，人家打扮得土一点就是装模作样，假装朴实暗地里发骚。在她嘴里女人全都是婊子、骚货。她的人生梦想就是早晚有一天会捉到我……"

他说："这种猫捉老鼠的游戏我早已玩累了……"

由此推断，这次高子文被老婆"捉奸"，有可能是有意为之。他就是要找个缺口，制造一个事件与老婆分开。你不是跟踪我吗？好啊，来吧，我就让你跟着我。我走路，你也走路。我上公共汽车，你也上公共汽车。我去了一家饭店，与女人面对面，故意坐在窗边，有说有笑。大窗帘松松地挽着，我知道你躲在哪里。看吧，看吧。

杨细雪确实冲进了这家环境不错的饭店里大吵大闹。当时她揪住了那个女演员的脖领子，拖着人家往外走，说要上公安局。高子文说，公安局不会管这种事的，你到底抓住了什么？杨细雪说，要不是我及时赶到，接下来还不定会发生什么事呢，你们这对狗男女。

高子文觉得这人已不可理喻，当场提出离婚。

5

这天，柳叶眉从剧团下班回来，看到女儿正坐在她的房间里，样子看上去非常文静，就像变了个人。看到母亲回来，她脸上泛出一丝苦涩的笑容，说:"妈,你回来了。"

柳叶眉放下手中的提包,站在床前,呆呆地望着女儿苍白的小脸,好像不认识她似的。整个房间像被一股神秘的气体包围,没有一点声音。柳叶眉忽然觉得,自己置身于一个氢气球内部,这只氢气球正在缓缓上升,脱离地球表面,带着她和女儿去到另一个遥远的地方。

窗外的雷声惊醒了她俩,黄豆粒大的雨点随之而来,噼里啪啦敲打在窗子上,好像一种有节奏的鼓点,敲在妈妈和女儿的心尖儿上。妈妈知道女儿遇到什么难事了,说:"说吧,出什么事了?"万红小声说:"妈,我怀孕了。"

柳叶眉说:"我知道结果会是这样的。这一切都是命。"

在一家医院,柳叶眉托人给万红找到一个妇科大夫,约时间见面,安排人流手术。这天下午,柳叶眉悄悄带着女儿万红出门,没敢让司机开车,母女俩内心都感到些许羞愧,特别是女儿万红,一直低着头,脸上红一阵白一阵,看来她是知道错了。

那妇科医生姓白,他将柳叶眉她们约进里间诊室细谈。他说话的声音细细碎碎,好似耳语,让原本紧张的母女俩一下子放松下来。这个下午他们谈得很好,约好手术就在明天。

晚上,女儿给柳叶眉泡了一杯热茶。"妈,谢谢你啊。""哎呀,我是你亲妈,说什么谢。"

小姑娘说:"我憋了一下午了,就想对妈妈说声谢谢。妈,我错了。手术后我要专心用功了,还有两年就要考大学,我要考上上海的好大学。"

"别说了,妈懂的。"柳叶眉拍拍姑娘的头,又叮嘱她早些休息,睡足了觉,养足了精神,也好应付明天的各种情况。女儿乖巧地亲了妈妈脸一下,钻进被窝睡了。

这天夜里,柳叶眉梦见自己在花树下丢失的那辆自行车,那辆车被擦得很干净,车轴部分闪着异样的光亮,看上去就像一辆新车。那棵花树上开满大朵白色的花，花冠部分向下垂坠，风吹过来轻轻摇动，发出噗噗的声响。

花婆婆出现在花树下，她突然以年轻的面目出现——是柳叶眉从未见过的年轻。她身穿雪白紧身衬衫，黑色大裙子，美艳动人。年轻时的花婆婆笑吟吟地站在那棵花树下，身体靠着自行车。

柳叶眉看见两个女人站在花树下说话，一个是花婆婆，另一个正是白天里的自己。

"花婆婆，你怎么变年轻了？"

"我是另一个你。你时常看不到我，因为我就在你身上。"

"那你为什么有时会出现？"

"为你修改命运的曲线。"

"可以修改吗？"

"我要拼尽最后一点力气保护你。"

"发生什么事了？"

"都还没有发生……但我预感到要出大事了！"

花婆婆说她从来都不是现实世界里的真实人物，她是一条小白蛇，或者说她是另一个柳叶眉。

柳叶眉从梦中醒来，以为天快要亮了，而实际上时间指针只挪动了一点点，在外开会的丈夫还未归来。保姆在厨房煮粥，亮着一盏小灯。

生命说到底就是一条春天的小蛇，在它慢慢啄开蛋壳，睁开眼看到这个世界的时候，它一生的命运已定，就好像有一只手在暗中操纵，起始、过程、结局，都已注定，只是小蛇本身并不自知。

柳叶眉躺在卧室里，听到先生的汽车在院里发出机械摩擦的声响。声音很轻，但她在暗夜里还是可以仅凭耳朵就辨认出赵春雷的车与其他车辆的细微差别。她披衣起床，迎了出去。她站在门口，接过赵春雷手中的公文包，看到他疲惫的脸，心里不是滋味。

保姆端了一碗粥向他俩走来。赵春雷叫住她说:"今天不想吃夜宵。你去休息吧。"

保姆说:"火腿粥都熬好了,火候刚刚好。要不我给您和夫人一人盛上一小碗?"

"不用了。谢谢!"

他带夫人回卧室,很仔细地锁好门,用手揽过她来,一言不发,用头抵在她的胸口,过了一会儿,又把耳朵贴近,听柳叶眉心跳的声音。他这样抱着她很久,然后小声说:"刚才开会的时候就走神来着,一直想你。"

说着,他就动手帮她宽衣解带,帮她把身上的衣服一件件脱下来。他把她姣好的身体移到台灯下。他的手很大。她感觉自己变成了一只好看的布娃娃。耳边絮絮的全是他的声音。这个摆弄她的男人轻声说:"柳叶眉,让我好好看看你!"柳叶眉感觉到台灯的光线产生的光压环绕着自己,皮肤有些发紧,她低头看见金色的光晕分布在她光洁如玉的肌肤上,有点不能相信那竟然是自己的皮肤。然后,他的手在她细滑的皮肤上游走,他们关上灯上床做爱。

她一再说:这样累了,你还……

他也一再说,不要等明天,明天就没有时间了。

6

手术过后,万红就像变了个人,她不仅搬回家来住,而且学习刻苦,成绩很快在一中名列前茅,柳叶眉和赵春雷都很高兴,外婆更是赞不绝口,逢人便说,"我家万红可是第一名哦!"大家都渐渐淡忘了那件事,一家人重又过上平静的生活。

1965年夏天,柳叶眉的女儿万红参加全国高考,成绩优异,考上了上海第一医学院,全家人都为她高兴。拿到录取通知书的那天晚上,全家人一起外出庆祝,连家里的保姆司机都跟着一起去了,闹哄哄一大家子人,在苏俄式建筑的餐厅里叫了一大桌子菜,服务员端着菜碟汤盆来回穿梭。赵春雷举起酒杯对大伙儿说:"今天都来喝点酒,小孩子也可以来一点!"

万红就站起来大声起哄说:"是爸爸说的,我也可以喝点酒!"

没想到这句话竟然赢得了掌声。保姆忙着给大伙儿盛汤,见状也忙放下碗鼓起掌来。这一天真是高兴,柳叶眉远远地望着喝红酒的万红,心想着,女儿啊,你终于长大了。

开学前一天,柳叶眉将女儿送到火车站。她们行李不多,万红说到上海上大学不需要带太多东西,只需要带些书就可以了。柳叶眉和万红站在站台上,叮嘱的话说了一火车,在火车即将开动前五分钟,柳叶眉才肯让万红上车。万红在车窗里使劲儿向母亲挥手,可惜车厢玻璃反光,母亲并没有看见。

这年秋天,柳叶眉参加慰问解放军的演出,回来后看到正在餐桌旁剥毛豆的母亲,头歪向一边靠在椅背上,眼睛是闭着的,一动不动。她已经去世了。衣着整齐,神态安详,走得从容。

柳叶眉耳边响起隆隆的锣鼓声,刚刚的演出甚是热闹。她想,就这样告别,也是极好的。

7

这一年,云城街面上变得动荡起来,有一些人开始在街上贴大字报,脆弱的纸片被风吹得残破了,随风而舞,人走到哪儿,这些纸片就跟到哪儿,满城满院地飞。那时,城里一时间贴满了赵春雷的大字报,"特务赵春雷""假地下党员赵春雷"铺天盖地地出现在了云城街头。赵春雷不明白,这些问题在好多年前已经解决,为何如今又被重新翻了出来呢?前思后想,他决定自己去街上一看究竟。然而,赵春雷手里拎着公事包,走进这漫天飞纸的春天里,就再也没有回来。他是在去看大字报的途中突然倒地的,公事包丢在一边,里面装有还没来得及看的公文。

评弹团里已经没有戏可以排。评弹已经不让唱了，说评弹是"封资修"的东西，应该遭到批判。柳叶眉从剧团回到家，家中空无一人，丈夫不知为何还不回来。电话打到他办公室，一直没有人接。

夜幕降临，四下里黑极了，静极了。突然间狂风骤起，窗外的树木被狂风摇动，不堪重负，天空仿佛要塌下来一般。随即，雨点从天而降，噼里啪啦敲打着玻璃窗。柳叶眉一夜无眠，第二天早上就传来消息，她的丈夫赵春雷心脏病突发，已死在医院里。

安葬了丈夫之后，柳叶眉回到空荡荡的家。这一年，她只有三十八岁，却忽然间觉得自己已经老了。收拾丈夫遗物，偶然间发现丈夫夹在书里的一张纸条："爱妻，无论发生什么，希望永远都在。"

由此看来，赵春雷对自己的死似乎早有预感。

柳叶眉潜心研读师父留下来的评弹唱词，并把它们整理入册。一页页的稿纸在眼前翻动。柳叶眉手握小楷毛笔在稿纸上从容书写。稿纸上重叠着柳叶眉身穿艳丽旗袍唱评弹时的一幕幕画面。字和影像重叠。画外若有若无的评弹声，内容唱的是《白蛇传》。

第二天清晨，柳叶眉在家门上看到一块纸牌，上面用黑墨水写着斗大的三个字"美女蛇"。柳叶眉知道这块纸牌意味着什么，她并没有害怕，反而被这张牙舞爪的三个大字给逗乐了。她微微一笑，把手伸向虚无的空中，做了一个蛇舞的姿态。

第二十一章　红灯记里铁梅甩辫
　　　　　　现实世界细雪凝眉

1

1969年秋，万红从上海回到云城，在宣传队里扮演铁梅，柳叶眉在台下观看女儿演出。深红色的帷幕徐徐拉开，柳叶眉终于见到了久未谋面的女儿，心情激动，戏还没有开始，竟然带头鼓起掌来，弄得全场的人都回过头来看她。有人认出了她，大叫一声"柳叶眉"，这就使得更多人扭过脸来看她，一度场面有些混乱，不过很快就平复了。

演出开始了，万红第一个出场，她抹着红脸蛋，描着黑眼圈，梳着一条大辫子扮演《红灯记》里的铁梅。柳叶眉注意到戏中还有一个身材细高的青年扮演反角——叛徒王连举，这人模样倒还端正，可惜演了坏人。

柳叶眉对京剧不太懂，唱腔略觉刺耳，草草听过一段，耳朵里竟然自动跳出评弹的唱音，委婉、柔美，如一朵荷花在水中轻轻开放，花开有声，听似却无；又如一束华美缎带抛向空中，千朵万朵地散开，收拢来却只是纤纤一握。声音这东西就是这样奇怪，无形，如烟，却又像一束耀眼的光焰，照亮人心。

柳叶眉来看女儿演戏却走神了，想起了好久未唱的曲调，在心里哼唱一小段《白蛇传》，心里的滋味有些酸涩，如今，凡是旧的、传统的东西，都被列为"破四旧"的范畴，京戏只能唱新戏，唱八个样板戏。万红的学业也被迫停止了，学校里停课闹革命，她先是跟着同学们到处搞串联，后来又参加了业余宣传队扮演李铁梅，唱着红彤彤的戏，谈着红彤彤的恋爱。当然，这是后话了，就在看这场戏之前，柳叶眉还不知道女儿万红又恋爱了。

终于一曲结束，柳叶眉拨开人群冲到后台，尖着嗓门大声喊叫"小万万——""小万万——"那口气像是在喊一个年纪很小的婴儿。

"妈妈，我在这儿呢！别喊了！"化着浓妆的万红从演员堆里冒出来。

"瞧你这孩子，妈喊你两声怎么啦？"

"人家叫万红。以后别叫我小万万了，难听死了。"

"好好。万红，万红。"

"妈，我的戏唱得好不好？"

"是京戏，你知道的，我又不懂。"

"您是不懂京剧，可您的评弹唱得好啊，戏跟戏都是相通的，快给我点评两句。"

"那还用说吗，我女儿演得……"

这时，突然有个声音插进来，站在万红身后大叫："万红，万红，我今天演得怎么样？"

万红回头，看见身后说话的人，就一把将他揪过来拖到母亲跟前，大大方方地介绍道："妈，这就是我男朋友薛一冰。"那"王连举"连忙脱下帽子深鞠一躬，叫了声"阿姨好"。

柳叶眉有些拘谨地说："你好，你好！演得不错……要不然，一起去吃点东西吧？"万红立刻跳起来，用手勾住母亲的脖子，说："好啊好啊，咱们走吧！"

柳叶眉想，这姑娘活泼可爱的个性依然没有变啊。交了男朋友之后，性格会往更好的方向发展。女孩子都是这样，这是普遍规律。

三人一起走到街上。他们想找一个环境好一点的地方一起吃宵夜。到处都在闹运动，许多餐馆都被迫关门了，特别是做夜里生意的，被人称作是"资本主义的尾巴"，开门一家让人割一家，小馄饨、小笼包、小烧饼、小粉皮，统统没得吃。"割资本主义尾巴"就是天一黑就得回家，没娱乐，除了"样板戏"也没什么戏看。这样的苦日子不知何时才能到头。

三人一起在大街上走。夜色暗淡。路灯把三个人的身影拉得忽长忽短，谁也不说话，只安静地往前走。柳叶眉突然有种恍惚的感觉，此情此景好像在什么地方见过。她这是头一回见这个身材高挑的白皙青年，不知为什么却觉得眼熟。

她想起了许多年前，她、杨俊才、甘嘉义三人在一起的情景。那时的街道比现在热闹，街上到处都是卖小馄饨的，还有彻夜不眠的跳舞场、咖啡店，灯红酒绿。一天，他们三人看了一场夜场话剧，散场出来，三人余兴未尽，手挽手一字排开在街上走。无所忌惮，大声点评，妙语连珠。当时也是像这样，三条影子忽短忽长。灯影摇动，仿佛整个世界都在轻微摇摆。

前面还真有一家店亮着灯。

日光灯轻微闪烁，有一支灯管的整流器大概是坏了，那灯一会亮一会灭。店堂惨白一片，空无一人。桌子椅子仿佛张着嘴，空空的，饿得慌。

"今天我来请客，你们敞开点吧！"

柳叶眉笑吟吟地坐在两个孩子对面，感觉神清气爽。她知道她面对的是什么。她面对的是未来。热气腾腾的馄饨端上来了，两个孩子也不谦让，拿着勺子呼噜呼噜吃起来。

柳叶眉看着他俩，只觉得喜欢。女儿笑谈男友为什么要演叛徒，边说边笑搞得直喷饭。她说，他一直想演英雄人物，但由于身材过于纤细，宣传队只能让他演叛徒。薛一冰在旁傻傻地听着，并不反驳。两人有说有笑，看上去真是默契。

"妈，您倒是也吃啊，馄饨都凉了。"

"妈看着你们吃比自己吃都高兴。"

"妈，您吃，您吃。"

薛一冰随着女儿万红自然而然改口叫"妈"了，这让柳叶眉心生感动，心想，这女儿真是没白养啊。她平时很少想到"幸福"这个词，今天居然想到了。她吃着馄饨，嘴里发出"咝咝"的响声，连赞好吃。女儿问，要不要再来一碗。柳叶眉回答，每人再来一碗，真是太好吃了。其实是心情好，胃口就好。三人一起吃着东西，其乐融融。

2

  自从母亲和丈夫赵春雷先后去世，她独自一人过着安静冷清的生活，再加上外面闹运动，她自然把所有兴趣爱好都削减为零，一支小楷毛笔就是她的全部生活，晨起研墨展纸，喝上一杯清淡的豆浆，然后开始抄写伟人语录。所有旧书都被清理，不可再用，破四旧，古书都被人抄去焚烧了。

  她练小楷毛笔字，只为静心，并无实际用途。她已经过了四十岁，忽然体会到了一种想要清静的心境，纵使外面喧嚣热闹，大字报贴满楼道，她关起门来还是可以静一静的。为了防止高音喇叭的日夜"轰炸"，她特地找人重新封了窗户。独来独往，与世事并无牵连。

  人的弱小她早有体会。童年时在南京，原本过着无忧无虑的生活，九岁那年日本人的一声炮响，炸碎了她的整个生活。她亲眼看到鬼子的刺刀插进父亲的腹腔，鲜血直流。又亲眼看见母亲受人凌辱，被鬼子推搡着弄上军用汽车，扬长而去。

  九岁，她变成一个孤女，幸亏有戏班子将她拾了去，才不至于冻死饿死。她是见过生死、经历过苦难的人，她是一个懂得顺境和逆境都要以平常心对待的女人。宠辱不惊，温和待人。不要稍有风吹草动，就兔子般惊跳起来，狂奔不止。她以静制动，修缮内心，让内心的疤痕慢慢愈合。

  长大成年，好容易有家、有母亲、有丈夫、有女儿，以为这样的花好月圆能够长久，却不知轮回来得这样快，转瞬间又是两手空空，丈夫、母亲相继离开，女儿又有了自己的生活。花园里繁花落尽，万木凋零。这天半夜醒来，柳叶眉睡眼惺忪中，似乎看见丈夫站在床前，一言不发，轻飘飘如纸人。

"春雷,你去了哪里?"

"很远的地方。"

"去干吗?"

"我还能去干吗?去打仗嘛。"

"敌人赶走了吗?"

"敌人还在门后。我赶了来,是为辞谢。夫人辛苦。"

"一家人,说什么辛苦不辛苦。"

"春雷,你的手怎么这样凉?"

他把手抽出来,说:"我要走了。"

她睁开眼,看见他的中山装挂在床头。她记得这件衣服几年前早已收入箱底,如今它自动跳出来竖在这里,一定是他的魂来过。他要帮助她,帮她恢复元气,一家人虽不能再次团聚,但家里至少可以多些人气,温暖一些。

女儿回来,家里增添不少人气。万红和薛一冰都在本市工艺美术厂工作。小薛是绘图员,专门往花瓶上绘制图案。小薛对古董瓷器很有研究,柳叶眉跟他说家里有个古董花瓶"雍正粉彩",说有时间想请他鉴赏一下。小薛说,妈您谦虚了。您是前辈,我该向您讨教才是。这孩子真会说话,话说得柳叶眉心里极其舒坦。

柳叶眉这边生活和美,杨细雪那边倒又生出事端来。

这天,柳叶眉挎着菜篮子上街买菜,遇见一左一右领着两个孩子在街上走的杨细雪。她们迎面相遇,就站下来说话。她们从年轻时就认识,浮沉半生,有时吵,有时闹,有时又和好如初。她们的故事,是最典型的"两个女人的故事",曾经爱恋同一名男子,是情敌又是故友。曾经从事同一行曲艺,同是琵琶女,解放后在同一个曲艺团工作,同样被后辈艺人尊称为"前辈艺人""评弹艺术家"。然而,她俩走上的道路却完全不同。柳叶眉对评弹艺术始终不离不弃,不管大环境怎样恶劣,她都没有放弃艺术,不能弹琴就钻研琴谱，练小楷毛笔字，整理评弹话本，乐在其中。

杨细雪则陷入家庭琐事之中不能自拔。丈夫因受不了她整日怀疑、跟踪、无休止的盘问，索性跟她闹翻了，跟单位里的一个叫夏琪琪的打字员要好，气得杨细雪嚷嚷着要自杀。

离婚时，高子文净身出户，走的时候只带了一件演出时穿的大褂，别的什么都没带。两个孩子趴在窗台上"爸爸""爸爸"地叫，高子文头也不回地走了。可惜好景不长，高子文跟夏琪琪刚结婚半年，急风暴雨式的政治运动就来了，夏琪琪爱上造反派头头胡晓军，公开宣布要跟高子文划清界限，高子文的婚姻再次面临破裂。

3

他们在大游行前进行了一次谈话。

高音喇叭发出尖锐刺耳的嚣叫，穿军绿上衣的人群云一样聚集起来，精神亢奋，喊着各式各样的口号。大旗猎猎，他们聚集在一起为的是出发。队伍长龙一样排列起来，越来越长。

夏琪琪也穿着一身仿制的军装，腰里扎着宽皮带。她这身打扮让高子文觉得陌生，她站在熙熙攘攘的队伍前面，像一个立体面的前景，突出在画外。她一手叉腰，一手撩动头发。她像一个战士，又像一个女疯子。

她说："高子文，我不想再跟你稀里糊涂过下去了。"

"怎么是稀里糊涂？"

"革命的队伍，你根本不知道站在哪一边。你没有立场，没有原则，只知道过卿卿我我的小日子。什么吃饭呀，睡觉呀，这种生活没有追求你懂不懂啊！"

"没有追求？我要追求什么？"

她忽然像被什么东西附了体，说出话来完全不像她。她又一手叉腰一手撩动头发，说："君不见大江东去浪淘沙，君不见革命洪流滚滚来。你，高子文,一个俗人,你怎么还吃得下饭,睡得着觉?"

"我为什么要吃不下饭,睡不着觉?"

"你怎么不睁开眼看看呢!革命形势如火如荼,全国形势一片大好,就你这个落后分子还打算窝在家里老婆孩子热炕头,你不睁眼看看外面的世界变得有多快呀!"

"外面的世界变化快不快,跟我有什么关系?"

"你这个人啊,根本就是顽石一块,我不跟你多啰嗦,明天我就从你那儿搬出来,我一个人单过。"

"恐怕不是一个人吧?"

"你管我几个人呢!"

"可是,我现在还是你丈夫呢。"

"马上就不是了。"

"这事你一个人说了不算。"

"那你还要怎么样?"

"我……"

大旗猎猎从他们身边走过。他俩就像两个画外音,站在队伍的外面。高子文想,琪琪所厌恶的,恐怕就是这种感觉吧——站在队伍之外,人群之外,潮流之外。她是潮流之人,激进,爽朗,清脆。要与之相配,须走到时代的潮头。

这时,那个戴军帽的男子走过来。他军装上别着像章,很年轻,个子高挑。高子文远远地看见他,猜想此人大概就是老婆经常挂在嘴边上的能人胡晓军。

"胡晓军!"

夏琪琪看见他,朝他招手。他走过来,眉头微锁,神情似乎略带几分不耐烦。"琪琪,游行的队伍已经出发了,怎么还不走啊?"

"噢,来了!"

就这样，琪琪头也不回地跟那男人去了。他们融化在队伍里，瞬间就不见了。

柳叶眉和杨细雪站在路边一棵大树下说话，两个孩子一个六岁、一个八岁，绕着大树跑来跑去玩捉迷藏。他们正是天真无邪的年纪，并不理会大人们说什么，为什么发愁。在他们眼中，天空永远湛蓝；花儿永远开放；池中的小鱼游来游去，永远不会长大；风筝在天上飞来飞去，永远没有掉下来的时候。

大人们却在为家事发愁。杨细雪站在树阴下，眉头紧锁，絮絮地说着家事。她说老高目前正打算跟她复婚呢，可这事她还得考虑考虑。柳叶眉就问她："那你还考虑什么呢，为了孩子你也该赶紧跟师兄复婚呀。"杨细雪说："本来我也是这么想，可后来我一盘算，那个女人生了病，要是高子文放不下她，执意要把她带在身边，那三人在一起的日子可怎么过呀。"

柳叶眉想了想说："那倒也是呀。"

4

夏琪琪在运动中受了刺激，变得有些疯疯癫癫。她先是喜欢在头上戴红花，很大很大一朵山茶花，再把军帽挖一个洞，让里面的花露出来。她被红小将捉到，他们拿着剖鱼的大剪刀来剪她头发，她被吓得坐在地上捂着头发大哭。

事实上，她跟高子文离婚后就开始不正常了。胡晓军发现，此女经常自言自语，她的脑子好像出现了漏洞，她想到的东西经常从她口中"溜"出来，毫无遮拦，时而疯癫狂妄，时而又变得幼小可怜，男人有些害怕，不知道此女究竟有几张脸。

胡晓军只跟她发生了一次关系，然后就把她抛弃了。

她不知道这是第一次，也是最后一次。她反复纠缠他，用头发缠住他钮扣，用舌尖抵住他的嘴唇，用胳膊紧紧地搂他的脖子，一开始他还在笑，后来渐渐感觉不对劲了，她越勒越紧、越勒越紧，胡晓军感觉自己几乎窒息，他差一点就被勒死，幸亏他反应快，及时脱身，否则后果不堪设想。

胡晓军与夏琪琪的恋爱，说来也是一本伤心史。晓军虽年轻，但性事上却并不太行，跟曾经的一个女友试过一次，结果却完全败下阵来，被女人说了几句奚落的话，情绪一直低落。暴风骤雨的"大运动"来了之后，晓军忽然找到一个新的出口，他扯起大旗造起反来，成为运动中某派的头头。就在他最为春风得意的时候，他一眼看中了刚结婚不久如花似玉的夏琪琪，他决定追求此女。

这天，夏琪琪穿着新买的连衣裙美颠美颠来上班。新连衣裙是当年的新式样，蓝绿色的底子，上面跳跃着桃红色的朦胧花朵。夏琪琪身材很好，上身瘦而纤巧，腰很细，适合穿连衣裙。她裙子上扎着一条细细的腰带，腰带上打满圈圈点点的孔洞。胡晓军一开始就是先对这些孔洞感兴趣，然后才注意到细腰和人的。

她一走进来，看到机关办公室的人一个都不见了，有个陌生人跷腿坐在桌上，歪戴军帽，嘴里叼了根牙签。

"你是这儿的？"他吐掉牙签，问。

"嗯。"

"你是谁？"

"连我你都不认识？我的名字你应该如雷贯耳，听说过无数次了，我就是造反派头头胡晓军。"

"胡晓军？你真的是胡晓军？这是真的吗？"

"那还有假。"他眼睛盯住她的细腰看了一小会儿，说，"你这腰带不错。好看！不过，现在闹运动了，我劝你还是穿得朴素点，免得惹麻烦。"

他走过去，直接动手解下她的腰带，麻利地扔到楼下去，动作之快令人咋舌。就是这一系列轻微粗鲁而又果敢的动作彻底征服了夏琪琪，她在一秒钟之内疯狂爱上了这个男人，竟然勾住他的脖子亲吻了他。

"你们这儿已经被工宣队占领了。"

"那我呢？"

"你也被占领了。"

"可是——"

没等夏琪琪下面的话说完，男人就开始回吻她。刚才是她主动的，这一回轮到他了。一只吊在窗台外面的高音喇叭，响得震天动地，而沉浸在另一个世界里的他俩，却什么也听不见。

琪琪后来发疯，据说常常会听到高音喇叭的嚣叫声，其实外面云淡风轻，什么也没有。晓军年轻，但性事上并不太行，潦草慌张，只做了一次就兴趣寡然。然而，此举撩拨起琪琪的欲望，非要跟他干到底不可。她跟刚结婚半年的丈夫离婚，一心一意跟着胡晓军，他上哪儿，她上哪儿，走哪儿跟到哪儿，跟个小尾巴似的。

一天，晓军跟其他几个兄弟躲在一处大宅里休息。他们刚从某大学教授家中缴获了一罐德国咖啡，正躲在这处有大窗的宅子里享用，忽然有人伸手一指大窗外面的一个人影问：

"司令，那女的是谁？"

胡晓军看到了令他厌恶的影子。

"不认识。就是一神经病。"

"不然，我们过去把她揍一顿吧，让她别老跟着您啦！"

"不用。我派人直接把她送精神病院去。"

"这样行吗？"

"怎么不行？有病就得治。"

夏琪琪被胡晓军强行送入精神病院长达两年之久，出来的时候已被折磨得骨瘦如柴，不成人样了。高子文去医院接她出院，看到她怀里抱着个脏兮兮的娃娃，他试图把那娃娃拿过来扔掉，可抢夺了两次都未成功。她以疯子的蛮力，紧紧攥住那娃娃，娃娃的一个眼珠子掉了出来，那玻璃珠子骨碌骨碌滚好远，掉进阴沟里去了。

高子文吓坏了，他以为琪琪会冲他大吼大叫。可接下来戏剧性的一幕发生了，琪琪居然冲他阴森地一笑，柔声说道："队伍已经出发了。"

5

"复婚可以，但我得带着夏琪琪一起过。"

高子文对前妻杨细雪说出这样不讲理的话，旁人却并不觉得意外，细雪本人也不觉得意外。这两年，关于晓军与琪琪的故事，已传得沸沸扬扬，尽人皆知。特别是1969年秋，胡晓军在一次武装械斗中身中数枪，流血而亡，这些事别人都没怎么敢跟已经发疯的夏琪琪说，只说让他自生自灭好了。

高子文把夏琪琪从精神病院接出来，带着她在街上兜了一圈，无处可去，就只好把病人领回到自己家来。他感觉惭愧。当初是他抛家舍业追求夏琪，豁出命也要跟这个女人在一起。如今兜兜转转又回来了，还要带着这个病人，他心里别扭，又不好说出来，就只好深深地低着头，整个人好像霜打了的茄子。

夏琪琪却一进门就来了精神，进门就抢孩子们的饭吃，她夺过老大的饭碗，又抢过老二的筷子，大碗捧在嘴边就像喝汤那样哗啦哗啦往嘴里扒饭，看起来就像饿了千年的妖精。

孩子们没见过这阵势，老大高乐乐、老二高兴，两个孩子都被吓得大哭起来。杨细雪连忙弯下腰来哄孩子："好了好了，别害怕，阿姨饿了，阿姨渴了，让她吃点东西就好了。"可孩子们不知被点动了哪根筋，哭闹声如海浪，一波高过一波，震得整个房子都晃动了，菠菜汤洒了一地。杨细雪一边收拾一边说："哎，不要说孩子们哭了，连我都想哭了。"

"这日子没法儿过了！"杨细雪说，"我看还是不要复婚了吧？你带着这个疯女人随便上哪过去，我收留不了她。不是我没善心，实在是降不住她。我还有俩孩子呢！"

高子文见状也不说什么，拉起夏琪琪的手就走。杨细雪起身拦住他说："你还真走啊？你已经没有家了。"

6

他俩真的复婚了。柳叶眉也常过去串门。大伙儿冰释前嫌，乐乐呵呵地过日子。大家一起照顾病人，帮她洗澡、换衣服。柳叶眉利用"运动"无戏可唱这段空暇时间，学会了裁剪衣服，她托人买来上海的成衣纸样，再买来布料和纸样一起铺在方桌上。大方桌底下衬着厚实的绒布，熨斗走在上面有非常殷实稳重的感觉，让人心里觉得不空。

唱评弹的日子，琵琶声声，人影幢幢。场面上的华丽、笑脸、人情、赞美统统都是不缺的，而等到一个人静下来，没有了从前的华丽空间，真像是被人掰去一块心尖儿，心里空落落的。一个人，喝水觉得水很淡，吃饭觉得饭不香，琴面上落满了灰，也没想起拿抹布擦一下，人和琴都是心灰意冷的样子。

学习制衣对柳叶眉来说是一件新鲜事。在这件事上她和杨细雪不谋而合，找到了相同的兴趣点。杨细雪小的时候曾在一家裁缝铺当过几天学徒，对做衣服的事略知一二。年轻时候，杨细雪就常拿衣料找柳叶眉帮忙出谋划策。柳叶眉虽颇感兴趣，却从未自己动手制衣。如今要亲手裁剪，柳叶眉发现制衣可是件大学问，便向杨细雪柳叶眉问这问那，虚心请教，两人的关系渐渐好起来。

这天，她们买了块上面印有莲花图案的花布，准备给夏琪琪裁件棉袄罩衫。杨细雪学了个新样子，叫做"中西结合袖"，迫不及待想要做一件成品出来。她们把已经下过水晾干的棉布平铺在地桌上，又把牛皮纸样压在上面，再把一盒桃心画粉放在旁边，待会儿打纸样的时候要用它来画线。

就在一切准备就绪的时候，搅局的人来了，夏琪琪披头散发地冲进来，手里拿着把大剪刀，见东西就铰。好在柳叶眉动作快，把那块莲花图案的花布收起来，藏到桌子底下，不然新衣也就做不成了。她们捉迷藏似的藏东西，夏琪琪就真的找不着，大家都觉得又好气又好笑，正闹着，高子文从外面回来了，两个孩子一起扑上去叫爸爸，都说肚子饿了，高子文连忙帮着做饭，一大家子人倒也苦中有乐。

第二十二章　雍正粉彩惹出祸端
　　　　　　阿峰贪财换走真品

1

　　1970年的春天来得特别早，云城桃花开得极艳，许多人骑着自行车赶去市郊赏桃花，柳叶眉却无暇顾及自然风光，她的生活重心发生了转移，女儿万红成为她的生活中心，她似乎不再相信那些风花雪月的事，开始围着女儿及未来女婿两个年轻人转，生活渐渐有了起色，也变得丰盈热闹起来。

　　这一年，政治环境开始有所松动，云城的古玩市场暗地里又开始恢复起来，有人在早市上偷偷交易，买回宝贝来装饰自家的客厅，随后，雅致的"博古格"也在民间流行起来。

　　柳叶眉也赶了回时髦，找人做了个两米高的博物柜，里面有大大小小、形状各异的"博古格"，有方形的、菱形的、六角形的，不放实用器，只放艺术品。里面展示着她的两件宝贝：雍正粉彩花瓶和小观音像。其他格子也不空着，摆着柳叶眉以前唱评弹时获奖的各种奖杯，有玻璃的，有金属的，有长形的，有圆球形的，每座奖杯上都刻着获奖时间。岁月就在这些金属和玻璃的物体上凝固下来。如果没有这些，那些关于演出、舞台、灯光、丝缎旗袍、琵琶小音、袅袅人声的一切的一切，会不会都是虚构的呢？

　　显然，那些虚无缥缈的东西已经离她很远了，她眼中的现实世界里只有女儿。女儿万红的男友薛一冰也喜欢古董，他们三人常常聚在一起切磋玩赏，一串手串，一只玉镯，一个花瓶，一尊小金佛，都凝聚着他们的乐趣和心血。

一天，薛一冰带了一个名叫阿峰的人到家里来玩，说此人也爱好古董，是慕名而来。这个阿峰，眼睛大大的，一脸诚实相，人长得一表人才。

柳叶眉见这年轻人长得舒舒服服，并无其他怪异之举，就一下子相信了他，将博古格上的"雍正粉彩"古花瓶交予他观赏把玩，几人坐在葡萄架下喝茶聊天，聊到雍正、康熙年代，官窑烧制瓷器的特点，大家蛮有共同语言，你一言我一语，相谈甚欢。不知不觉间，天边已飞满金红色的晚霞，柳叶眉张罗晚饭，留客人吃饭。阿峰也不推辞，稳稳地坐在桌边，笑而不语。

真假瓷瓶的故事，就是在这个彩霞满天的傍晚，神不知鬼不觉地悄悄展开的。阿峰趁柳叶眉离开小院进厨房炒菜、其他人忙着拿餐具的工夫，悄然做了置换。他随身携带的旅行袋里，有一只跟柳叶眉家的瓷瓶一模一样的"雍正粉彩"，他把假的放在桌上，真的已流入他的口袋，事后，他眨着一双无辜的大眼睛，神情自若地坐在桌边，拿起筷子来该吃吃，该喝喝，就当什么也没发生过。

事情被揭露出来是在一星期以后，那天只有柳叶眉和女儿两个人在家。女儿坐在饭桌旁研究上海纸样。她打算做一条新近时兴的裤腿略宽的裤子，已经买了衣料在那儿比划着，柳叶眉走进来，问她在干什么。女儿回答："我也要自己学做衣服啦。"

柳叶眉手拿抹布边擦柜子边跟女儿说着话。

她说："学做衣服？我看你还是别找那个麻烦了吧。要画线要剪裁，还要锁边什么的，可麻烦了。"

"那你为什么要学？"

"我？因为我是妈妈。"

"总有一天我也要做妈妈。"

"万红，说到这儿我倒想起来了，你小时候那件事，不要说。噢，是不要跟你男朋友说。"

"哪件事呀？"

"就是……怀孕那件事。"

"为什么？"

"你傻呀，你跟他说了，他就会戴有色眼镜看你，觉得你不纯洁了，不再珍惜你。"

"不说，那不是骗人吗？"

"姑娘，妈告诉你，在这个世界上，你要有所选择，内心有个沉淀，不是什么事都能往外说的，特别是对你爱的人，说话一定要小心，该说什么、不该说什么，要讲分寸。你这不是骗他，而是爱他。妈妈告诉你，没有一个成年人心里没有秘密的，女人要会过日子，先要学会保守秘密，女人要学会保护自己才会过得幸福。"

女儿无语，默默点头。

女儿继续低头研究她的衣服纸样，柳叶眉也继续她手头的活儿，继续擦拭博古柜上那些宝贝，擦着擦着忽然感觉不对劲儿，花瓶底部的颗粒摸上去有些棘手，她愣在那里，回忆起上星期家里来的那个大眼睛客人，就抱着花瓶尖声惊叫起来。

柳叶眉发现价值连城的古董被人用计调包，接连几天情绪低落，自己亲女儿的朋友领来的人，鉴赏之际偷偷调包，她又能怪谁，女儿万红也知道了这事，她说："有这种事？妈你怎么不早点跟我说呀？"

"说了又有什么用？人家就是冲着那件瓷器来的，设好计谋，让咱们上当，咱们防不胜防啊。"

"防不胜防？妈您的意思是说，这件事就这样算了？您也太好欺负了吧？"

"不这样，又能怎样？天气这样热，我可不想上火动气。"

母女俩坐在客厅中央一张圆桌旁，一把硕大的吊顶电扇正在头顶不紧不慢地转动着，清风徐徐，母女二人裙裾飘飞，像浮在水面上的两朵莲花那样美。

柳叶眉说："花瓶的事，睁一只眼、闭一只眼也就过去了，最多损失一些钱财，只是男朋友的事，你一定要看准啊，这可是一辈子的事。你和小薛的事，到底定下来没？"

万红不语。母亲斜过脸看她，见她坐在电扇下微闭着眼运气。她的上眼皮看上去好像馄饨皮那样薄，她虽闭着眼，薄而洁净的眼皮却在轻微波动着，一旦睁开，双眸明亮，水波粼粼。

这一瞬间，柳叶眉心中总是"哒"地一震。这个有血有肉、如花似玉的生命真是自己创造的吗？她有些疑惑，又有些赞叹，万红在她眼中，是美若天仙的女孩。她真是生不逢时，现在到处都在搞运动，没有人再培养艺术接班人，要不然她可是一块搞艺术的好料呢。

万红坐在那儿运气，她是在生自己男朋友的气。薛一冰这人什么都好，就是太单纯了，他还当那"大眼仔"阿峰是什么好人呢，两人称兄道弟，好得穿一条裤子还嫌肥。万红越想越气，她从椅子上"嚯"地站起来，在桌上拿起自行车钥匙就往外走。脚下生风，呼呼带着气。母亲追在后面问："万红，你这是要上哪儿？可别出去惹事啊！"

万红不理，出了门骑上车飞一般地走了。万红去工艺美术厂她男朋友宿舍找他。他不在，又去车间找。

车间里到处堆满了一人高的大瓷花瓶，万红裙裾飘飘，就像一只走在花间的蝴蝶。那些花瓶上的花朵画得可真漂亮啊，万红犹如走进万花丛中，她东看看、西看看，刚才的气早已消了一半。

万红远远地看见薛一冰，就站在原地不动了。车间逆光。只见薛一冰正半蹲在一个大花瓶旁描花。他手执毛笔神情专注的样子令人心动。他是那样瘦弱纤细，看起来就像古代书生。这也正是风风火火的万红喜欢薛一冰的原因之一。

薛一冰忽然感觉到了什么，他停下笔，看到了甬道尽头的万红。

"万红？你怎么来了？"

"都什么时候了，火烧眉毛了，你还有心思画这个。"

"什么就火烧眉毛了？到底怎么了嘛？你家着火了？"

"嗯，跟着火差不多吧，你还记得上次在我家看那只花瓶吗？我妈发现花瓶被人调包了，真品被人换走了。我妈都快急死了！"

"被调包了？那只雍正粉彩？是谁干的？"

"还说呢，还不是你那个朋友阿峰干的！"

"阿峰？怎么可能？我找他去！"

说着话，他丢下万红就往外跑，万红冲着他的背影喊："一冰，你回来！你那么瘦，你打不过人家的！"

薛一冰哪肯听，一溜烟似的跑掉了。

薛一冰并不知道，接下来有一场硬仗在等着他。他约阿峰在湖边见面是一个阴雨绵绵的下午，说好下午三点在江边谈事，他骑自行车去的时候，已经有一帮黑衣人撑着伞在那里等着他了。

湖边杨柳低垂，细雨微风，原本是满眼含绿的江南美景，却因这一群面无表情的黑衣人往岸上一站，变得肃杀阴暗，天阴得就像一只倒扣的碗，随时可能扣下来，将天地万物掩埋其中。

薛一冰一捏闸，单脚点地从单车上下来。阿峰拨开人群，从那帮黑衣人中出来，双脚叉开，稳稳地站在薛一冰对面。

"你要干吗？"

"你说呢？"

"你还我花瓶！"

"什么花瓶？"

"我女朋友家的古董花瓶。"

"你女朋友是谁，没印象了。"

"少废话！还我'雍正粉彩'，你这无赖！"

阿峰走过来，当胸推了薛一冰一把，说道："喵！你小子还挺凶！粉彩花瓶就是我拿走的，你敢把我怎么着吧？"

"怎么着吧！怎么着吧！"

那群黑衣人黑着脸拥上来，一个个脸色铁青，就像黑脸包公在一秒钟之内被复制了若干个，一模一样的脸型，一模一样的神情，虽没有哇呀怪叫，但感觉他们头顶呼呼冒着黑气，一场恶战就在眼前。

就在这千钧一发之际，有个白衣人飞车而来，裙裾飘飘，动作敏捷，那帮黑衣人都看傻了，以为是哪个大侠从天而降，吓得都快抱头鼠窜了。薛一冰定睛一看，发现那从天而降的人竟是柳叶眉。

"住手！"

她大喝一声从车上跳下来，一把拉住薛一冰的手就走。"古董我们不要了！一冰，走，我们回家！"

没等那帮人反应过来到底发生了什么，柳叶眉骑上自行车带上体格瘦弱的薛一冰就走。

"什么情况啊？"

"不知道呀！"

大雨从头顶噼里啪啦地落下来，江边那群黑衣人呼啦一下散开来，好像一群聚在一起的乌鸦，大难当头，各自奔命。

柳叶眉骑车带着未来的女婿行走在湖边的石子小路上。她感觉自己就像一个江湖上的大侠客，飞刀断水，营救亲人。她骑着那辆带二道加固梁柱的28自行车，车子是以前丈夫留下来的，还很结实、坚固。车子在石子路上轻微颠簸着，薛一冰坐在后座上，由于身材瘦小，他看上去就像个小孩子。

天空渐渐放晴了，就像小孩子的脸，一天三变。柳叶眉骑着车，哼起歌来。她心中感到很自豪。在她这样的年纪，还能带着小伙子上路，像英雄母亲一样保护他们，这让她感到很开心。

"东西丢就丢了，命要紧。"柳叶眉说。

"阿姨，对不起……"

"没关系。记得我以前写过一段戏，有一句台词叫做'人在阵地在'，以后我们还有的是机会再收藏好东西，何必为这一个花瓶打得头破血流呢！"

"可是，阿姨，那是你们家的传家宝啊！"

"我们家的传家宝只有一个，那就是我女儿。"

"我明白您的意思，等我们结婚之后，我一定会对万红好的。但在结婚之前，我一定要想办法把花瓶夺回来。"

柳叶眉一捏车闸单脚点地停下来。"一冰，这说着说着怎么又回来啦？"

薛一冰"呵呵"一笑，轻快地从柳叶眉车后座上跳下来。"阿姨，咱们坐会儿吧，这儿的风景多好啊！"

他们支上自行车，一老一少在湖边的草地上坐下来休息。湖边水波平静，微风徐徐。柳叶眉忽然想起许多年前的一个下午，也是在湖边，她跟当时的朋友甘嘉义一块儿散步，也是这种天气，天色微蓝，轻风徐徐，水波不惊。

甘嘉义说："忽然想起一件事，十年之后，你我不知在哪里。"

柳叶眉说："我可从没想过那么远的事。"

"十年还算远？十年、二十年，一眨眼就过去了。"

"二十年，一眨眼就过去了？"

此时此刻，她和一个叫做薛一冰的年轻人坐在这里，时间一晃，的确过去了二十年，天空、湖水容颜未改，她也未见老去，而下一辈年轻人业已成长起来，她的女儿和这个叫做薛一冰的年轻人就快要结婚了。

2

男友带万红去见奶奶。薛一冰的奶奶住在湖边的一幢房子里，那边风景很美，云雾缭绕，碧波粼粼，如入仙境一般。两个孩子骑着自行车在"仙境"里穿梭，绿树森森，有时道路几乎被遮天蔽日的树盖住，看不见天空，也无飞鸟从头顶经过。

万红坐在男友的自行车后面，风景如画，从眼前掠过。她一手搂着薛一冰的腰，絮絮地说着话。

"这地方好美啊，"她说，"应该有人来这儿拍电影才对。"

薛一冰说："听说你小时候还拍过电影呢。"

"是啊，在杭州拍电影，正巧遇见我妈。"

"那你以前生活在哪里？"

"养父养母家啊。"

"你养父养母对你好吗？"

万红用力点头。"嗯，好，特别好。"

"万红。"

"嗯？"

"你是个幸运的女孩子。"

"为什么呢？"

"你看呀，我，还有你妈妈，还有你的养父养母，我们都对你特别特别的好，待会儿你会见到我奶奶，我奶奶也会对你特别特别的好，你是一个多幸福的小姑娘啊！"

"可是，我从来都没见过我父亲。"

"呃……"

薛一冰不再说什么，只是闷头骑车。终于来到奶奶的房子。奶奶和梳着盘头的妇人站在门口迎接他俩。奶奶的眼睛已经看不见了，她伸手来抓万红的手，抓得牢牢的。

"奶奶眼睛看不见,但她的手上好像长有眼睛,她一摸,就什么都能感觉得到。"

果然,奶奶摸摸万红的脸说:"哎哟,这孩子长得好美!"

"奶奶,她叫万红。"

"万红,万红。奶奶记住啦!"

奶奶硬要磕磕绊绊地拉着万红进屋,薛一冰忙搀扶着奶奶,祖孙三人乐呵呵地进了大屋,奶奶让薛一冰搬两把椅子摞到一起,爬到柜顶去拿东西。薛一冰唧唧歪歪,跟奶奶撒着娇,不肯上去,被奶奶捶了几下背,这才腿脚伶俐攀爬上去。

薛一冰从柜子顶端抱下来一只大盒子,大盒子里套着小盒子,小盒子里套着更小的盒子,就这样层层叠叠一共六层。奶奶虽然看不见,一层层剥开盒子的速度竟比明眼人还快。

"奶奶,里面包的是什么呀?神秘兮兮的。"

"奶奶一直给你留着一只老镯子,想等你娶媳妇的时候拿给她,想不到这一天这么快就来了。"

"奶奶,您这是嫌我结婚太快了,是吧?"

"这孩子!"奶奶脸上笑成一朵花。

古董手镯是用蓝宝石镶成的"孔雀手镯",万红细看手镯背面刻的一行小字,竟是"万叶轩"三个字。她从没见过父亲,想不起他的模样,却知道万叶轩是怎么回事。万红觉得这都是命运的安排,造化弄人,父亲以这样一种形式,在这里与她见面。

"谢谢奶奶,我喜欢这个。"万红接受了奶奶的礼物,从此她就是奶奶的孙媳妇了。

1971年秋,万红和薛一冰正式结婚,最高兴的人当属柳叶眉这个当妈的了,千辛万苦,历经磨难,孩子终于长大成人,翅膀硬了,要去飞了,多么令人高兴啊。婚礼那天早晨，柳叶眉起了个大早，照例先做软体体操。软体体操是她自己发明的一套操，对保持身材很有效，这些年来她从未间断过。

她先在面对庭院的那扇大窗前铺上一块绛紫色的绒毯，用手将它撸平，出其不意一个倒立，然后慢慢软下去，身体向后翻，形成一个拱形。她这一套绝活儿类似于杂耍，从未跟外人亮过，她从前的丈夫偶然撞见一回，也是惊叹不已，他说："你这以后不用到评弹团上班了，干脆到杂技团上班得了。"

柳叶眉用倒立的角度看世界，她每天早上看到的世界跟普通人有所不同。软体体操做完后，她去浴室洗了个澡，然后坐到镜前吹头发。洗发水的香气飘散到空气中，让人觉得恍惚。"万红就要结婚了吗？印象中她还是个很小的小孩。时间过得真快。"柳叶眉用手推推堆在肩头的松散卷发，准备给自己化个清爽的淡妆，出席婚礼。

3

婚礼的早晨，坐在赵春雷的照片前，柳叶眉自言自语说了一会儿话。她说："春雷，我们的女儿要嫁人了，希望得到你的祝福。"万红虽说不是赵春雷的亲生女儿，但赵春雷活着的时候，对这个孩子疼爱有加，就像自己亲闺女一样。

柳叶眉43岁了，身材依旧纤瘦娇小，从前的苦难经历穿过她的身体，就像湖水穿屋而过，并没有留下痕迹。人间疾苦是她创作的源泉，她现在已经能够利用自己学到的知识，创作几段评弹，试音，并且演唱，只可惜大环境又不允许她开口演唱，只有在小范围、小环境的集会上，她才可一展歌喉，唱上一曲。

婚礼在云城最好的饭店"彩云间"举行。来了不少客人，笑容绽放，衣着光鲜。其中最引人注目的是杨细雪的两个孩子——一男一女，高乐乐和高兴，他们身上穿着杨细雪特意缝制的绿色小军装，模样招人怜爱。看见的人都说杨细雪有福气，有这样一双漂亮可爱的好儿女。杨细雪听后涨红着脸，高兴得不知说什么好。

婚礼也出现了一个小插曲，弄得大家措手不及。在婚礼进行到一半的时候，夏琪琪突然穿着一身崭新的蓝色制服闯进会场，抢过麦克风用力吹气，场上有好多人以为又来了位新娘。一场婚礼怎么会有两个新娘？到底谁跟谁结婚呢……场上一片哗然。

夏琪琪不知从哪儿弄来一件新衣服，胡乱套在身上，一手拉着衣角，一手拿着话筒在台上又叫又跳，哈哈大笑。

"你们知道我是谁吗？在场可能有人认得我，我的名字呢叫做夏琪琪，今天是我大喜的日子，我，夏琪琪，跟他，高子文，今天我俩喜结连理。喜结连理是什么意思？你们懂得哈？喜结连理就是男人跟女人住在一起生娃娃，我男人他……"

这时候，有人冲上台把她拉下来。

疯癫的夏琪琪哪肯离开，又是跳脚又是大叫："今天是我结婚！高子文，有人打我！快来救我！"

好容易把夏琪琪拖走，婚礼才得以照常举行。一对新人在《东方红》的乐曲声中，迈着铿锵有力的脚步步入会场，大家则随着乐曲齐声高歌，祝福他俩。

1972年，小万万的第一个孩子出生。大家都叫她万红了，可柳叶眉还是习惯叫她小万万，小万万是她的乳名，尽管她自己对这个乳名并不那么喜欢。新生婴儿带来的喜悦让柳叶眉昏了头脑，她从医院妇产科出来的时候，在台阶上摔了一跤，撩起裤腿一看，膝盖摔破了一小块皮。问题不大，她没那么娇气。她兴冲冲地走在马路上，手里拿着医院给产妇开的证明，准备去买红糖和鸡蛋。

突然，有一辆黑色轿车向她开来。

她听到剧烈的、刺破耳膜的刹车声。

柳叶眉连做梦也没想到会在女儿生孩子这一天连摔两跤。并且，更加奇异的事情还将接二连三地上演，就在她应声倒地还没醒过来的时候，汽车稳稳地停下来，从车上下来一位西装革履的男士，竟然大声叫出她的名字。

"柳叶眉！"

原来，汽车里的人竟是杨俊才。多年不见，他依旧保养得很好，还是年轻时的基本轮廓，只是发型变了，头发向后梳，梳得一丝不乱。他是老甘的朋友，年轻时他俩就跟连体婴儿似的，走哪儿都是一块儿。这会儿他单枪匹马地冒出来，真让人有些不能适应。

"原来是你！"

"是我。"

"老甘呢？"

"多年没联系了。听说他在美国。"

她上了他的车，两人并排坐在后排座上，司机开车。她告诉他，女儿生孩子了，她刚得到票证，要去买鸡蛋和红糖。他就说："那我陪你一起去，你坐我的车。司机是本地人，他对这里很熟悉的。"

他们坐上车，从容不迫地说笑聊天，好像中间从未隔着几十年的时间，仿佛就在昨天，她和甘嘉义、杨俊才三人还在湖边散步聊天，转眼就已人到中年，而且女儿都已结婚生子，这日子过得真是快啊！

"你不是在香港吗？你怎么回来了？"

"回来寻找乡音嘛，想听你唱的评弹了。"

"还乡音呢，快别酸了，现在不是从前了，评弹都不让唱了，那些旧东西基本都被破四旧了。"

杨俊才凑近她说："你可以唱给我一个人听啊。"

"凭什么？再唱那些是要犯错误的。"

"就凭这个。我从香港给你带了这个……你肯定喜欢。"

杨俊才从包里摸索半天，掏出一样东西交给柳叶眉。

"啊，原来香港也有这个。"

第二十三章　青春重现故人缘来
　　　　　上海探母玉镯相赠

1

　　汽车在云城秋意正浓的街道上缓行。司机老吴是杨家的老佣人，颇懂得主人的心思。他知道主人此时希望车子开得慢一点，稳一点，好让他跟这个巧遇的女子多聊上几句。

　　他在后视镜里观察他俩，知道他俩并不是一般关系。他手中拿着一只纸制的小蛇给她，她仿佛想起了什么，拿着那小蛇的手都在微微发抖。

　　"小白蛇，我九岁那年就玩它。可惜日本人打进来，玩具被逃难的人踩碎了。"

　　"所以我要赔你一个啊。"

　　"那不关你的事。"

　　"你的事就是我的事。"

　　"那是日本人的事。"

　　"鬼子投降都那么多年了，你还记得他们欠下的债。"

　　"国恨家仇，哪么那么容易忘记啊！"

　　他们聊了一路，关系渐渐近起来。到了供销社门口，杨先生叮嘱司机在门口等候，他亲自陪柳叶眉进供销社买东西。柳叶眉说："我们要是回到二十年前就好了。"杨先生说："那就让我们回到二十年前。"

　　"文革"还未结束，市场并不丰富，只有有限的几样东西，而且还要凭票供应。柳叶眉手里拿着医院给开的证明，可以买二斤红糖和五斤鸡蛋。杨先生热心地帮助柳叶眉挑鸡蛋，把鸡蛋一枚枚地放到灯箱上去照。

灯箱是一个带灯泡的盒子，灯泡放在下面，鸡蛋放在上面，可以照见鸡蛋内部的情况。如一枚鸡蛋内部发黑，或者已经散黄，都可以要求售货员予以退换。

杨先生见柳叶眉绷着脸很认真地挑选鸡蛋，就也学她的样挑鸡蛋。他说自己在香港从未进过菜市场，百货商店他倒是经常去的，里面的东西应有尽有。还说如果柳叶眉有机会去香港，他将带她去香港最繁华的街上逛逛。

柳叶眉想，眼前这个人，如果换成老甘，该多好。杨先生好像听见了她心里的声音，马上又找补一句："甘嘉义如果回来，就更好了，咱们仨一起去。柳叶眉眼前出现三人一起走在繁华街道上的景象。那些事仿佛发生过，留在记忆里，沉淀下来。她在灯箱里看到了从前的景象，她对杨俊才说，这些年，不知老甘在哪里。

杨先生听后愣了一下，就说："老甘啊，我帮你找找看，听说他人在美国。"买好东西，柳叶眉邀请杨俊才回家小坐。杨俊才一进门就看见挂在墙上的琵琶，说："现在还唱评弹吗？"柳叶眉说："不让唱了，剧团都解散了。"杨先生说他这次从海外回来，就是太想听评弹了，有种声音牵引着他回来。

想当初，在落雨过后的清凉午后，清茶一杯，邀三五好友一起听曲，是何等雅事。到如今物是人非，老友远走他乡，茶室征为它用，雅趣不再。然弹琴之人风韵依旧，楚楚动人，乃不幸中的万幸。

柳叶眉请他入座，亲手泡了清香的绿茶给他喝。二人喝茶、聊天，其乐融融。光阴仿佛倒退到二十年前，他和她，还有老甘，三人泛舟湖中，谈天说地。那时年轻，以为时光永远不会退色，天蓝水绿，双颊绯红。船漆是新的，桨是新的，天上的太阳也是新的。

她坐下来，试着拨动琴弦。他看着她，她还是那样美。身上穿的虽然只是最简朴的装束：上身是白色的确良衬衫，下配碎花大摆裙，衬衫扎进腰里，但纤腰一束，静动生香。

"柳叶眉，你好像被人放进冰箱，一点都没变，永远那么美。"

"冰箱是什么？"

"冰箱，怎么跟你说呢，冰箱就是一种低温的、存放食物的盒子。"

"食物为什么要放进去？"

"保鲜啊。就像你一样，永葆年轻。"

柳叶眉摸摸自己的脸说："哪有人永葆青春的？我这是外表看上去光溜溜没什么变化，内里已是伤痕累累，横一道、竖一道，无处不伤了。"

"你还想着他吗？"

"谁呀？"

"你说谁呢？"

紧接着杨先生又补上一句："反正不是我。"

明里暗里，他们都知道是谁，可就是不捅破那层窗户纸。他们所说的那个"他"就是老甘。柳叶眉一直爱着甘嘉义，这种爱，可以漂洋过海，可以远在天边，可以音讯全无，可以断绝一切联系，可以生死不知，可就是有一根看不见的线连接着他俩，彼此想念一生。

再次坐下来，拨动琴弦。还未开口发声，就听有人用锤子叮叮当当敲成一片。柳叶眉放下琴，对杨先生说，你先喝点茶，等我一下，我上楼去看一下，是谁在那里叮叮咚咚。

杨先生说："好的好的，你去。"

柳叶眉咚咚咚跑上楼去，过了一会儿，又咚咚咚跑下来。

她说："我女婿在给他新生的小宝贝钉小摇床。他手巧，什么都会做呢！"

"你现在生活得很幸福。"

"没办法。老公走了,剩下我一个人,日子也得过下去啊。"

楼上的敲击声停止了。柳叶眉刚才上楼跟女婿讲了几句,说家里来了客人,要听她弹琴,要他先不要做木工活儿了。女婿点头称是,说:"妈,你放心。"柳叶眉这才走下楼来,大裙摆飘逸如仙人。她再次坐下来拨动琴弦,未成曲调先有情。杨俊才半闭上眼睛,往日的岁月纷至沓来,如歌如泣。

杨先生在云城住下来,日子过得安逸。他时常过来串门,找柳叶眉聊天。杨先生今年五十岁,仍是单身。他母亲已是九十高龄,还很健康,杨先生说,母亲好像忘了时间,还当他是小孩子,时常写信来问他何日成婚。"姑娘生辰八字问好寄给我,我来算算看。"从杨先生转述上看,这位九十岁的老母真正不知岁月为何物,她一直活在自己的世界里,在那个世界里,她是一位温婉和煦的中年女子,有着一位海外留学归来年富力强的儿子。和所有母亲一样,她一直催他的婚事,而他太贪玩,心性不定,就没成家。

这个过程拉得有些长,一等就是几十年,但她仍没失去耐心,她生性快乐、富足,知足常乐。殷实的家境使她无需外出工作,只需待在家里修身养性,听戏,浇花,养鱼,看电影。即使外面闹翻了天,她一个人关起门来成一统,外面的血雨腥风对她侵扰甚少,长寿是自然而然的事。

但她有一个问题,那就是忘记了时间为何物。她儿子已经五十岁了,她还在催婚……杨先生跟柳叶眉聊到这个事的时候,二人哈哈大笑,眼泪都笑出来了。

"为什么会有时间这个东西?人为什么会变老?那些死去的人究竟去了哪里……"谈着谈着,他们的话题深入起来,涉及哲学问题。柳叶眉是可以和他对等谈话的女人,并不是因为她受过多么高深的教育,而是因为她的生活经历太丰富,她本人经历过的事就像一本书,杨俊才觉得,他就是那个翻开书能读懂这个女人的男人。

这天，杨先生手里拿着一本外文书，装做到湖边散步读书读累了的样子，就绕道来找柳叶眉说话。他说这两天，他在一家小馆里吃到一种鳝丝面，味道倒是很正的，比香港大饭店的鳝鱼面一点不差。他说："要是晚上没什么事的话，就一起去吃一碗。"柳叶眉说："家里有小婴儿呢，等过两天小婴儿被他奶奶家接了去，咱们再约好吧？"

过了几天，杨先生又来约柳叶眉去吃鳝丝面，好像那是一件很重要的事情。他就像一个涉世未深的少年，双手插在口袋里，站在小楼外吹口哨。

"柳叶眉！柳叶眉！"

"你别大声喊，邻居们听到了不好。"

"我偏喊，柳叶眉！柳叶眉！"

她站在二楼的阳台上拼命挥动纱巾，意思叫他不要再大喊大叫，而在杨先生眼中，那简直就是风情万种的召唤，他忍不住要向柳叶眉发起第二次追求了。

2

就在吃鳝丝面的那个下午，杨先生提出了要带柳叶眉去上海的事情。那家点心店在南方典型的巷子深处，路两旁有青苔。他俩一前一后地走着，柳叶眉忽然觉得心跳加快，仿佛前面青灰色的砖墙后面有一扇木门，只要"吱扭"一声推开那扇门，他们就可以回到过去，回到年轻的时候。光阴可以像布匹一样剪一段回来，那匹布还是全新的。

可惜那扇门并不存在。摆在他们面前的是精美绝伦的两碗面。

这鳝丝面一定要趁热吃。杨先生递过筷子，眼睛殷殷盯着柳叶眉的脸。"趁热吃。"他说。

他盯着她挑起面来放进嘴里，看她就像服下一片药剂。她大概是被烫了一下，眼睛闭起来一下又睁开，很可爱的表情。杨先生在旁呵呵笑了起来，柳叶眉嗔怪道："你还笑。"

"鲜不鲜?"他问。

"还可以。"

"你今天找我来,一定不只是吃面吧?"

"是有事找你。不过你先吃鳝丝面,凉了就不是这个味了。"

"你先说。"

"你先吃。"

"你不说,我吃不下。"

杨先生说:"好吧,那我说。我母亲今年90岁高龄了,她老人家想听一曲评弹,我找不到合适的人选,就想你能不能跟我走一趟,去为她老人家一个人演唱一曲?"

"去哪儿?"

"上海。"

"那还等什么,明天咱们就出发!"

事情就这么顺利地解决了。

第二天,杨俊才带着柳叶眉登上了去上海的火车,一路上,杨先生高兴得像个孩子,一会儿剥个桔子,硬往柳叶眉手里塞,一会又唱歌又打拍子,如果施展得开,他恨不得在车厢里拿大顶、翻筋斗,再招呼全车厢旅客都来观看才过瘾。

在上海的一幢高级公寓里,柳叶眉见到了杨先生的母亲周丽娜。令人吃惊的是,90岁的老母亲依然很美,思路清晰,在她口中杨先生仿佛还是一个孩子,她依旧逼问:"俊才,你和小眉,你们俩什么时候结婚呀?"

杨先生忙把话题岔开。"妈,您不是想听评弹吗?人家柳叶眉把琴都带来了,要不然现在就听一段《白蛇传》?"

老母亲周丽娜说:"那要看人家小眉的意思了。"说话的时候表情羞涩竟有些像个少女。然后,她看到柳叶眉打开琴套,拿出琵琶,转轴拨弦。静默三两刻,如有清灵灵的泉水从她指尖流出,开始是细的,柔的,弱的,然后逐渐变成乳白色的绸缎,凌空而舞,遮天蔽日。

"真是太美啦!"

曲毕,老母亲掌声响起,真挚热烈,虽是一个人的掌声,但在柳叶眉听来,犹有千军万马踏歌而来,赞美和鲜花在眼前瞬间堆成了山,这一生,能为一两位像老母亲这样的知己演奏一回,何等满足。

第二天,杨先生的母亲拿出贵重礼物相赠,一对祖传的玉镯。柳叶眉知道,母亲误会她跟杨俊才的关系了,正不知如何是好,看见杨先生一个劲儿地给她使眼色,只好先收下。上海之行非常圆满。

回到云城,杨先生正式向柳叶眉求婚。柳叶眉拒绝了他。杨先生说他知道柳叶眉心里一直有个人。他们都不说出那个人的名字,但也心知肚明,知道那三个字是"甘嘉义"。老甘一直住在柳叶眉心里,没缘由的,她就是喜欢他,想要等着他。

"用一生去等一个吻?"

"是的。"

杨先生说:"那我也可以等。"

柳叶眉说:"就别等了,你岁数也不小了,赶紧成个家吧。"

杨先生笑道:"怎么连你也说这种俗话?口气倒像我妈。"

柳叶眉也笑。"我要是能活到你妈那个岁数就好了。她老人家身体倒是真好哦。"

"是啊,一辈子不打针,不吃药,这辈子除了生我住过几天院,一辈子就没上过医院,身体太好了,乐观开朗,精神头足。柳叶眉,你的身体跟我妈好像有一拼,你要是活到90岁,那我就得100岁了。

"活得长并不难,难的是不仅要活着,还要活得硬朗,耳聪目明,米饭还能吃一大碗,红烧肉还能来好几块。见人就聊天,还爱打抱不平,有时候,你感觉她活得就像个年轻人一样,甚至有时比年轻人还活泼。"

"真好！"

"我妈常说的一句话：女人来到这世上，是来找乐子的，不是来受气的。"

"是的。赞成！"

"她还特爱逛商场，一逛起商场来比我走得还快。买衣服都买颜色鲜亮的，裙子买了几百条，还是要买新的。钱对她来说就是为人服务的，她从不在乎花钱，也不太会理财，这辈子她从来不缺钱花。人各有命，她的命就是富贵安逸，游戏人间。"

"柳叶眉，还是那句话，我可以等你！"

"我也还是那句话，别等了，听我弹琴吧。"

她拨动琵琶，琴声幽幽，如泣如诉。杨先生坐在柳叶眉对面，两人就像已经对峙半世纪的两座山峰，在旋转中二人的位置不断变化，背景也在变，时而是蔚蓝的大海，时而是鲜花盛开的村庄，时而是落叶飘舞的秋日大道，时而是深蓝色的星空，这种奇妙的变化令两个当事人都略感惊讶：为什么会这样？为什么会这样？

然而，她没有停止弹琴。

他也没有停止倾听。

母亲赠送的那对老玉的镯子，他们经常拿出来把玩。雪白的羊脂玉，母亲随口称它为"透雪"，他们也都跟着那么叫。柳叶眉把两个镯子一左一右地戴上，旗袍穿起来，环佩叮当，在客厅中央的地毯上走来走去。

"在母亲面前，咱俩扮演的假情侣，怎么看都是真的，要不怎么连我母亲那种眼很毒的人，都没看出一点破绽。"

"那是她爱子心切，希望你快点结婚。俊才，不是我说你，这些年过去了，你就没遇见一个让你动心的姑娘？"说着话，柳叶眉把"透雪"摘下来，递给杨先生。

"姑娘倒是遇见过几个，心却没动过一回。"

"为什么？"

"那还用问？"

"杨俊才，你是个怪人。"

"还不答应嫁给我吗？下个月我就要回去了。"

"回去了？回哪儿？"

"回香港啊。生意上的事一大堆，老在云城待着，生意上的事荒废了，可是不得了的事。工厂里一大堆工人等着吃喝呢！"

"我还以为你住下来，永远不回去了呢。"

"你希望我这样吗？其实我可以……"

"你还是回去吧，生意上的事要紧，赚钱要紧。"

夜幕降临，两人点上灯，拉上窗帘，坐在餐桌旁喝酒聊天。柳叶眉烧了杨先生最喜欢吃的松鼠桂鱼，还有两个凉菜：芹菜拌豆腐皮和糖拌西红柿。内地食品供应还很紧张，但柳叶眉总能想办法弄到鱼票肉票，每回杨先生来看她，都有好酒好菜款待。

杨先生吃了一口菜，说："镯子你先留着吧！说不定哪一天，你还用得着。"

柳叶眉用筷子拨开松鼠鳜鱼上的细葱丝，夹了一筷子厚实的鱼肉放在杨先生碗面上，白米饭将那块鱼肉衬托得格外美。"这么漂亮的鱼肉，我都不敢下筷子了。"

"玉镯你拿去。"柳叶眉说，"那是你母亲的一片心意——给未来儿媳妇的。"酒过三巡，杨俊才忽然满世界找包。他随身带的那只公文包忘记放在哪儿了，他上上下下到处找，甚至踩着凳子到书柜上层去找。

柳叶眉放下筷子，单手托腮，笑道："什么宝贝啊，至于你那么抓狂？""非常非常重要的东西"，杨先生说，"我走之前一定要跟你交代清楚。"

经他这样一说，气氛变得严肃起来，柳叶眉不知道接下来会发生什么事。杨先生的屡次求婚，都被她拒绝了，因为她知道她心里一直在等的人不是杨先生——虽然他是一个好人。

杨先生的包终于在椅子底下找着了，他吹了下皮包表面的灰尘，"嗞"的一声拉开拉链，从中掏出一大堆照片和信。他面色苍白，表情严肃，那样子把柳叶眉给吓住了。

"这、这是什么？"

"眉，我骗了你。"

"什么？"

"我因为喜欢你，所以隐瞒了老甘的消息。"

"你和老甘一直有联系？"

"是的，我们一直有联系。他在美国，我在香港，我们俩的通信来往是很方便的。"

"甘嘉义，他怎么样了？"

"你别急，他很好。他在海外还出了名，是位了不起的画家和收藏家。"

杨先生拿出老甘的书信和照片给柳叶眉看。从照片上可以看出，老甘在海外生活得很好，他现在成了一名画家，同时还在研究中国刺绣，生活得很充实，却还是单身一人，没有结婚，独来独往。

这天早晨，天空中飘着若有若无的小雨，柳叶眉身穿淡蓝色长裙举着一把透明伞走在江边。她是来给杨俊才送行的。他们约在码头见最后一面，不料天又下起雨来，心头别有一番惆怅滋味。

杨先生身穿风衣举着一把黑色雨伞朝她走过来。

她站在原地没动。江风拂动她淡蓝色的裙摆，一层层如水波荡漾，她纤秀的双腿在裙中若隐若现，美若天仙。

杨先生手里拿着那对镯子。他说："要走了，这对镯子留给你，留个纪念。"

"还回来吗?"

"这个……说不好,保重吧!"

"保重!"

风吹云动,两个告别的人,站立不动。心中深知今日一别,明日天涯。再见面时,不知又要等到何年何月。云层越来越低,杨俊才看着飘动的蓝裙子转身离开的背影,有一滴泪顺着他眼角轻轻滑落。他背过身去,抹掉那滴泪,不让世人知道。

第二十四章　琵琶女子屡被纠缠
　　　　　苦中作乐迎来春天

1

杨俊才回香港以后，柳叶眉的生活重又恢复了往日的平静，她用小楷抄写戏文，整理录音，沉浸在自己的精神世界里。评弹不能在公开场合唱，就来家里演，组织街坊邻居三五好友自带小板凳来家里听戏，隔三差五就有一场小型演出，倒也自得其乐，大家都很开心，可是有一天，家里来了一位不速之客。他长着一双三角眼，脸很黑，一进门就黑着一张脸，装腔作势地做着手势，说："谁都不许动！我们是来突击检查的！"

"大家还不认识我吧？我是街道革委会的李主任。"

话音未落，就从身后蹿出个半边脸一抽一抽的小个子男人，说话略微有些结巴，他说："大、大、大家还不快鼓掌欢迎！"

这个人名叫薛小三，是新调来的李主任的跟班。李主任名叫李强，一年前老婆得重病死了，他正处壮年，老婆死后自然寻花问柳，大姑娘小媳妇一个都不放过。

一天，李主任正在单位附近的小酒馆喝酒，看见有位女子打着伞从窗前经过，女子穿着淡蓝色长裙，打着一把透明伞。女子的长裙像琴键一样在风中被弹奏，她款款走动的样子一下子打动了李主任，他托薛小三去打听，此女究竟是谁。反馈回来的消息是：此女乃琵琶女，评弹团的角儿，恰逢盛年，无戏可唱，赋闲在家，有时聚众，人缘极佳。

"我问你，她叫什么名字？"

"柳叶眉。"

柳叶眉。这下他记住了这个名字。他开始搜寻有关她的资料，年龄，爱好，家庭，工作单位。他在搜索完成之后发现，这美妙的成熟女子竟与自己是同年的。李强开始头脑发热，他决定追求柳叶眉。他是一个相当自负的人，他决定的事就是十匹马也拉不回。他打听到柳叶眉经常在家中搞小型聚会，弹弹唱唱，就决定从此入手，跟她来个"不打不成交"。

"大家都别动！也别害怕！我们是来突击检查的！"

李主任说话是北方口音，腔调倒也字正腔圆的，柳叶眉家的客人们听他说话，倒也安静下来。这年月，大家各自夹着尾巴做人，生怕因一点小事惹出事端，被人揪住尾巴，那事情可就闹大了。

柳叶眉怀抱琵琶，坐在众人中间。她不知道早在几天前就有人捏着胡子开始苦思冥想，他要设一个局、编织一张网，将她套进去。柳叶眉被人暗算了自己还不知道，此刻定定地坐在那儿，气定神闲，宛若一尊佛。

"柳叶眉，街道革委会接到群众举报，你们家里有人在搞'封资修'，我们专门过来看一下，果不其然，有这么多人坐在这儿听你唱评弹。"他从她怀中将那支琵琶抽出来，那手势好像将一棵树连根拔起。"这东西得没收。现在搞运动，旧式小曲都属于封资修范畴，既然群众举报了，我们就得查办。琵琶我带走了，要想取回琴，柳叶眉你写份深刻检查交到革委会。薛小三，拿着琴，咱们走！"

说着话，他忽然摇身一变成了一个杂耍者，他将柳叶眉的琴抛向空中，柳叶眉的心就跟着悬到空中，她不忍再看下去，心想，这下完了，琴要碎了。在她的想象中有"砰"的一声巨响，然后是满地碎片和四分五裂绷断的琴弦。而事实上，那薛小三身上功夫了得，他个儿虽小，马步却扎得结实，能抗八级地震。那琵琶如脱缰之马，在空中盘旋，呼呼带着风声。只见那薛小三脚一跺、头一昂，伸出手"啪"的一声将那琴牢牢攥在手中，纹丝不动。

众人看得呆了过去，情不自禁鼓起掌来。

2

琴被李强没收了，柳叶眉感到心中空空落落，像是被人用刀子剜心，剜去一块，留下的空当，既不流血，也不见伤，却比血流不止还要痛。"封资修"三个字到底是什么意思，柳叶眉左思右想还是搞不懂，戏戏不让唱，琴琴不让弹，这日子过得好像白水煮面，好生寡淡。

没了琴，她更多时间待在厨房，给孩子们煮饭吃。这会儿，正在煮一锅银丝细面，锅中的水咕嘟咕嘟冒着白色泡沫，面条在锅里翻滚着，她用筷子用力搅着，耳边却响起琵琶的音律。她关火，侧耳细听，却并未捕捉到琴声。

她叹了一口气，又继续煮面了。

晚饭上桌，小万万跟她的丈夫薛一冰都大呼面条好香，只有柳叶眉唉声叹气，愁眉不展。薛一冰手里端着碗，一边吸溜着面条一边说："妈，你放心，我有办法把你的琵琶搞回来！"

柳叶眉眼前一亮："真的？"

小万万问薛一冰："什么办法？"

薛一冰故作神秘道："保密。"

月黑风高夜，薛一冰拉着小万万怀里揣着电筒出发了。小万万咋咋呼呼问丈夫拉她去做什么，丈夫说："嘘——什么也别问，跟着我走就是了。"

薛一冰手脚轻灵，天生像个盗贼，他带着小万万翻墙进院进了工艺美术厂的仓库，仓库里黑压压的一片，全都是用于出口的瓷瓶，走路得非常小心，如果绊倒一只瓶，后果不堪设想。

"哎，你偷偷拿一个厂里的外贸花瓶做什么？"

"找人去做旧，冒充康熙年制，然后拿着这只瓶去找李主任，用古董换回妈妈那只琵琶。"

小万万在黑暗中露出一排雪白牙齿，开心地笑了。她不管不顾地搂住丈夫的脖子想要亲他，丈夫忙推开她道："小心小心，这可不是亲热的地方。"

"这有什么？亲一下又不会天崩地裂。"

小万万搂住老公的脖子，在他脸上狠狠地亲了一下。没承想这回真的天崩地裂了——她可能碰翻了一只铁器，其他东西产生了多米诺骨牌效应，纷纷歪的歪、倒的倒，响成一片。

薛一冰拿出手电筒照了照，松了口气道："唔，好在没碰到瓷器，若要把出口瓷器撞烂，厂长不把我劈成两半才怪！"

小万万受到惊吓，慌乱中在出口瓷器中摸到一只大瓶，抖出包袱皮来将其包好，压低声音对老公说："齐活了，赶紧撤！"

就这样，薛一冰和小万万从他们工作的工艺美术厂里拿出一只出口花瓶，花十块钱找人做旧一下，冒充"康熙年制"，拿去送给李主任，换回了母亲那支琵琶。

3

李强发现薛一冰他们送来的花瓶是赝品，带人来砸薛一冰的家。孩子吓得哇哇大哭。小万万已怀上第二个孩子，大受惊吓。幸亏柳叶眉及时赶回，李强正要摔她的琵琶，她冲上去夺下。

次日，李强派人来找柳叶眉去"革委会"谈话，他说对昨天的冲动行为道歉。柳叶眉不想把跟他们的关系搞僵了，就接受了道歉。李主任说不打不成交，咱们交个朋友吧。

李强追求柳叶眉，有天将她约到云城最好的宾馆吃饭，趁喝醉酒之际，想要跟她发生关系，被柳叶眉严厉拒绝。李强恼羞成怒，破口大骂，并扬言要把柳叶眉的名声搞臭。

街道"革委会"把柳叶眉定为"宣传封资修唱黑戏"的"坏分子",命令她到街上去扫大街。李强给她两种选择,要么屈服于他,做他的情妇,吃香的喝辣的;要么去扫大街。柳叶眉选择了后者。

　　冬天的一个中午,已怀孕的小万万挺着大肚子,一手提着饭盒,一手牵着三岁的孩子红梅,到街上来给母亲送饭。天很冷,柳叶眉围着邋遢的头巾,在街上扫地。一群半大的孩子追在她身后,朝她扔脏东西,一边扔一边骂:"柳叶眉,唱评弹,搞破鞋,扫大街。"小万万冲上去轰走那些孩子,愤怒伤心,替母亲丢掉那把破扫把,拉着母亲说:"走,咱们回家!不干了。"母亲又把扫把捡回,说要忍。

　　李主任把柳叶眉叫到"革委会"办公室,问她想通了没有。他想叫柳叶眉低头。柳叶眉坚决不从。柳叶眉再次被羞辱。

　　一日,小万万又来看望扫街的母亲,结果她突然肚子疼,要生了。母亲情急之下,用运送垃圾的三轮车将小万万运到医院。

　　响亮的婴儿哭声传来。1975年冬,小万万的儿子红雷出生。这是她的第二个孩子,老大红梅已经三岁。柳叶眉在医院遭到医生护士耻笑,说她是个扫大街的女人。柳叶眉忍受冷嘲热讽,看到可爱的外孙红扑扑的小脸,依旧开心地笑。

　　她是个坚强的女人,虽然身处困境,依然笑对生活。扫大街的时候,看看左右没人,依然悄悄哼唱一段评弹《白蛇传》,把手中扫把当成琵琶,自娱自乐,苦中作乐。

　　评弹团早已名存实亡,柳叶眉的工资也已停发了。小万万两口子工资也不高,又有两个孩子需要抚养,家里钱不够花,柳叶眉很着急。薛一冰一直对古董感兴趣,有个朋友打听到,柳叶眉手中有一对老玉镯,就想上家来看看。薛一冰问岳母老玉镯可否让他的朋友老周一睹风采,柳叶眉答应了。

为了两个小外孙的生活费，柳叶眉决定出让一只玉镯，换钱来给孩子们买吃的。这镯子是杨先生的母亲送的。柳叶眉觉得内疚。但生活所迫，也没办法。

　　薛一冰手巧，买了些原木材料自己动手打家具。他打了一套式样新颖的捷克家具，引得左邻右舍都来参观，赞不绝口。生活有了新起色，一家人苦中作乐，快乐地生活着。

4

　　夏天的一个傍晚，柳叶眉带着两个外孙红梅、红雷去一个部队礼堂看电影。那天放映的是朝鲜的《摘苹果的时候》。柳叶眉喜欢那部电影，已经看了许多遍，可还是要去看。小万万他们小夫妻俩厂里有事，没时间带孩子，柳叶眉只好怀里抱着一个小的、手里牵着一个大的，哼着歌将两个孩子一起带着出去。

　　那个部队大院的看门的，柳叶眉是认识的，统共那么几个小战士轮换着站岗，柳叶眉进进出出全都混熟了。战士们亲切地叫他"柳姨"。他们说，柳姨又来看电影啦，柳姨今天天气好热啊。逢到八一、十一有个节假日什么的，柳眉也亲自带上一篮子水果、一篮子粽子去慰问解放军。

　　他们进去的时候，是战士小乐在站岗。

　　后来出了事之后，小乐回忆起来，说柳姨的确是带着两个孩子走进大门的，进门的时候，小乐还看了眼柳叶眉左手牵着的那个身穿红裙子、头上扎着一个鬆鬆的小姑娘。

　　"小姑娘的眼睛非常大，好像会说话。"战士小乐后来回忆道，"他们进去的时候是三个人，出来的时候，就只剩下两个人了。"

　　要不是去看那场电影，柳叶眉的外孙女红梅也不会丢。电影刚开始，红梅说要去上厕所，结果一去不回。孩子走丢了。柳叶眉抱着红雷去找红梅，焦急呼喊，电影也没看成。四处找遍了也不见孩子。

5岁的小红梅上完厕所从另一个门出来,她没有碰见在门口等她的外婆,就自作主张离开了。小姑娘独自走在马路上,这时,迎面走过来一名中年男子,弯下腰,跟孩子说话,给孩子一颗糖,将孩子抱走了。红梅前脚刚走,柳叶眉后脚就跟了出来。就在那片空地上,柳叶眉大声叫孩子的名字"红梅!""红梅!"

红梅丢了。柳叶眉急得生了一场大病。薛一冰和小万万都安慰母亲,说红梅一定会找回来的。这孩子命好,错不了。为了医好母亲这块心病,小万万再次怀上孩子,暗自祈祷再生个女孩。

1977年恢复高考,高子文很高兴,把这个消息告诉了柳叶眉。高子文女儿高乐乐学习很好,明年十七岁就可以参加高考。大学入学考试又恢复了,人们奔走相告。

次年,柳叶眉的女儿小万万又生了一个女孩,取名红花。红花就是小一号的柳叶眉,模样长得好看,生又逢时,柳叶眉对这孩子疼得啊,真是捧在手里怕摔了,含在嘴里怕化了。

1978年末,"改革开放"的春风吹遍中国大地。杨细雪兴奋地跑来找柳叶眉,云城评弹曲艺团即将恢复。她俩今年正好50岁,但艺术热情未减,忙着把从前演出时穿的服装找出来。又把琵琶拿出来调音,只弹几个音符,从前的日子就仿佛又回来了。

5

柳叶眉还记得那天,她的剧团同事杨细雪门也不敲就冲进来,汗把额前的刘海儿粘成一绺一绺的,气喘吁吁,脸红成苹果。她进门就说:"柳叶眉,艺术的春天就要来了!"

这句做作的、好像话剧台词一样的语言,放在此情此景却一点儿也不突兀。"艺术的春天来啦""艺术的春天来啦",街头巷尾,人们嘴边挂着的都是这句话。就连街上卖炒瓜子的人,满脸黢黑,一笑一口白牙,给你炒捧喷香的葵花籽，装在纸袋里递给你的时候，也会诡异而轻松地来一句"艺术的春天来啦"，让人感觉这是一句接头暗号，对得上暗号的人，都是跟得上时代的人。

满街都是喜气洋洋的人。姑娘们敢于穿裙子了，虽然颜色较暗，深蓝和灰，但比起一年到头穿裤装的女人来，她们显然时髦了许多，是一大进步。小商小贩也一夜之间冒出来，他们有的卖水果，有的卖小吃，有的卖奇装异服，花花绿绿什么都卖。这种被称为"资本主义尾巴"的经营方式在一夜之间就变得名正言顺，小贩们的吆喝声都透着幸福的底气：鱼圆汤，两角钱一碗！好鲜！快来买！

她们俩穿着也很鲜艳：一个是洋红色小风衣，一个是水绿色小风衣，穿的是同一款，因为两个身材都好，走在街上十分抢眼。

柳叶眉说："想不到都这把年纪了，还能穿得这样俏！"

杨细雪说："艺术的春天来了，人们不再受禁锢。你看人家外国人穿的，不管是十七岁还是七十岁，只要适合自己，多花都能穿得出去！"

"可是我们已经被禁锢惯了，一下子松了绑，还真有些不适应。"柳叶眉一边说一边摸摸身上洋红色的小风衣，心想着如果赵春雷还活着，迎面走来，看到自己穿的这一身清新艳丽的小衣裳，他会作何感想？

柳叶眉正想着，对面正好走过来一个人，只见他长得肤色黝黑身材高大，宛若黑铁塔一般。柳叶眉一惊，觉得此人非常眼熟——他长得太像她死去的丈夫赵春雷了！世界上竟有两个如此相像的人？简直不可思议……

那人走过去。柳叶眉正要回过头去看，身边的杨细雪拍了她一下，说："哎，你快看！那人不是李主任吗？"

柳叶眉扭脸一看，只见马路对面有个人，扭曲着身子脸一歪一歪地往前走。那样子看上去十分可怕。路过的人全都闪身绕着而过，生怕碰撞到他，引起不必要的麻烦和争端。

"那是李主任吗？他怎么变成这样了？"柳叶眉问。

"李强已经中风了，现在嘴眼歪斜，能走路已经不错了。"

"啊？中风了？"柳叶眉喃喃自语道。

她站在那里，像是被什么东西定住了。她想，这也许就叫做"命运的惩罚"吧？

李强中风了。他现在变得嘴眼歪斜，走路一挪一挪的，想当年，他当"革委会"主任的时候，可是个趾高气扬的壮汉……柳叶眉想起了一群小孩追着她扔石子，边跑边骂她的情景：

"柳叶眉，唱评弹，搞破鞋，扫大街。"

恍惚间，原音重现，斜刺里又冲出一群小孩儿，手里拿着小石子和脏东西，追在一拐一拐走路的李强身后，边跑边唱儿歌。那儿歌唱道：

"打倒四人帮，国家得救了。欺男霸女李，看你还逞强。"

柳叶眉不顾一切冲过去，上前制止那群小孩。只见她双臂张开，像老鹰捉小鸡游戏里的老鹰。"老鹰"对"小鸡"们说："小朋友们，别打了！叔叔病了！"

那群小孩原本就是欺软怕硬的，见飞身过来一衣着亮丽的女子，气势上便弱了几分，又听女子说出"叔叔病了"几个字，那群孩子立刻做鸟兽状，四处散开。

街面上只剩下他俩。李强笨拙地回过头来，用陌生的眼光看着她，问道："你是谁呀？"

柳叶眉并不回答，只是走过去往李强手里塞了十块钱，然后转身跑掉。鞭炮声突然响起。柳叶眉看见杨细雪在街对面向她挥手。兴高采烈的人们，开始重建他们的生活，柳叶眉也感觉自己重新站起来了。

6

文化局派人来请柳叶眉出山，说评弹团就要恢复了，想请柳叶眉去当团长。柳叶眉毫无思想准备，如今她柴米油盐惯了，舞台对她来说已是一个遥远的事物，不会和自己发生半点联系，从没想过有一天还会再返舞台。

她听到评弹团即将恢复的消息，先是愣了一会儿神儿，然后给客人倒了杯茶，放到他面前，慢慢地说："这个消息来得太突然了。先前嘛，零零碎碎的，倒是有些传闻。小道消息听过不少，但我从来也没当过真，以为我这辈子呢，也就这样了，虽有一身技艺，却再也上不了舞台。评弹无人传承，心中虽有遗憾，但也无能为力。因为这都是命运的安排，人呢，总归是抗不过命的，你说是吧？"

文化局派来的干部闷声喝着茶，坐了三刻钟他就走了。因为柳叶眉说："复出的事可以考虑，但我得先去办一件事，非常非常重要的事，完成一个心愿。"文化局的干部说："好的，我回去跟领导汇报。"

柳叶眉心里有个愿望，那就是一定要给已经去世的丈夫赵春雷平反。他曾被人诬陷"地下党身份是假的"，还说他"翻译英文小说，是特务"，这些都让赵春雷感到很心酸，导致他患了心脏病。柳叶眉想为丈夫讨要清白，了却心愿之后，她才能安下心来继续工作。这样想着，就觉得一刻也不能等了，即刻收拾行李打算乘第二天一早的火车上北京。

50岁这一年，青春又重新回到柳叶眉身上来。她步履轻盈，样子看上去十分年轻。她站在站台上，看着南来北往的火车，对自己说，50岁，生活刚刚开始。

7

柳叶眉为赵春雷的事积极奔走。在北京，她无意中走进一个画展，那是一个海外艺术家的画展。其中展出了属名"云城甘嘉义"的三幅画作，生动描绘了云城的小桥流水风景。柳叶眉在画前久久站立，耳边响起苏州评弹那委婉动听的唱腔。

平反受到一些阻力，主要是赵春雷当年从事地下工作的证据不足，战友都牺牲了。柳叶眉跟人在香港的杨先生取得联系——当年他为掩护地下党赵春雷受到牵连,这才举家搬到香港的。

杨先生从香港寄来的证明材料很有用。柳叶眉为赵春雷的事积极奔走。寻找一些老前辈,老战士,听他们讲从事地下工作的精彩往事。

50岁的柳叶眉迎来了第二个春天。赵春雷历史问题查清楚了。她当上云城评弹团的团长,领导决定重振评弹这门传统的艺术。杨细雪也回到团里,协助柳叶眉工作,大家夜以继日排练歌颂改革开放题材的新段子《春天》。柳叶眉带领演员们到厂矿基层去搞演出,大受欢迎,上了报纸,市里点名表扬。

日子一天天过去,小红花长到四周岁时,正式开始学弹琵琶,成为当地有名的琵琶小神童。

8

一日,柳叶眉带着小红花参加一台晚会表演,意外看到一个来自安徽杂技团的车技节目。有一个穿红衣、骑独轮车的10岁小姑娘引起了柳叶眉的注意,她追到后台询问女孩的名字。果然,那女孩名叫"红梅"。柳叶眉紧紧抱住红梅,泪如雨下。

回想起五年前的那个晚上,柳叶眉带着两个孩子红梅、红雷去看露天电影《摘苹果的时候》,红梅在去上厕所的路上走丢。后来,她遇到了杂技世家齐家班的班主齐永辉。齐班主捡到这小孩后,抱着她找来找去,找不到孩子的爸妈。

当时,齐永辉总是跟焦急寻找红梅的柳叶眉擦肩而过。

齐永辉只好收留了红梅,从小教她练杂技。孩子一天天长大了,已经习惯了杂技团的生活。柳叶眉要带她回家,孩子倒是不肯了。她喜欢齐家班这个集体,喜欢到处演出,表演杂技。

"红梅找到了!"柳叶眉把这个好消息告诉女儿女婿,他俩都不敢相信母亲的说法，心酸地以为，母亲是思念小红梅成了病，看到年龄相仿的孩子，就以为是咱们家走丢的红梅。

小万万和薛一冰两口子都以为母亲出现了幻觉，又不敢当面说出来，只好含糊地答应着"红梅找到了"，并不当真。薛一冰和小万万两口子关起门来说："既然咱们家红梅找到了，那妈妈为什么不把红梅领回来呢？"

柳叶眉见他们不相信自己的话，第二天就带他们去昨天演杂技的那个剧场，没想到杂技团已经走了。小万万更怀疑母亲思念小红梅，产生了幻觉。柳叶眉觉得非常委屈，她告诉小万万，昨天她真的见到红梅了，但她确实拿不出证据来。

令人意想不到的是，小女儿红花竟然拿出证据来。原来，昨天见面时，姐姐悄悄摘下鸡心项链给妹妹，项链打开，里面有姐姐的照片。全家人终于相信母亲说的不是梦话，而是确有其事。薛一冰和小万万激动得不知说什么才好，他俩拥抱在一起，被母亲看见，又赶紧分开。小万万一边笑一边抹眼泪。薛一冰拿她开涮，说她一会儿哭，一会儿笑，人疯掉了。

9

杨细雪的女儿高乐乐学习虽好，但两次参加高考都失败了。杨细雪发现女儿真正的兴趣在于唱评弹，就找柳叶眉商量，孩子到底是继续参加高考，还是放弃上大学的机会，子承母业，学习传统文化，成为评弹艺人。

姐姐高乐乐没有考上大学，弟弟高兴倒是以全省第二名的成绩考取了北京大学，拿到录取通知书那一天，天上正飘着淅淅沥沥的小雨，她撑着一把油纸伞冲了出去，在雨中拼命地快跑，像是要把一生中所受到的委屈、尴尬、不顺都在这雨中挥发掉。

杨细雪想，别人一生都在跟时间赛跑，自己一生却在跟柳叶眉赛跑。论长相，她的确比自己长得好；论嫁人，她嫁高官，自己嫁的则是普通干部；论唱功，她唱评弹是江南数一数二的人尖儿，而自己唱得只是一般般，拿唱戏混口饭吃而已。

　　但说到孩子呢，就不一样了：她跟高子文的儿子——高兴，居然以全省第二名的成绩考上北大，这一回，总算扬眉吐气啦！她拿着一把深黄色油纸伞在雨中边跑边笑，雨水溅了她一身她也不管，后来索性扔掉雨伞，让雨水狂奔而来，淋个痛快。

第二十五章　琵琶声声光阴如梭
　　　　　一生等待修成正果

1

　　拜师的事，说是偶然，其实也是必然。柳叶眉收下一个弟子，正式教其唱评弹。这孩子不是别人，正是杨细雪的大女儿高乐乐。高乐乐从小耳濡目染听母亲唱戏，血液里已有了表演的种子。可惜母亲是野路子出身，唱评弹从未正式拜师学过艺，只是东拼西凑学会了唱《白蛇传》、《西厢记》和《晴雯撕扇》。

　　她《晴雯撕扇》唱得尤其好，并将这个小段教授其女高乐乐。柳叶眉发现高乐乐的才华，并决意要收她为徒，就是因为高乐乐在席间唱的一曲《晴雯撕扇》。

　　那天在"聚美园"吃饭，原本是为庆祝杨细雪儿子高兴考上北大，由杨细雪做东，招呼大家吃一顿的。"聚美园"属"杭帮菜"，甜腻鲜香，好吃是好吃，但似乎缺乏一点冲劲儿。为给大家助兴，性格活泼的杨细雪拿过琵琶挥指拨弦向大家说道："怎么样？让我女儿唱一曲《晴雯撕扇》吧？"

　　小姑娘身穿洋红色丝质连衣裙，脚上配一双乳白色皮凉鞋。裙子下摆的荷叶边走起路来如风吹过塘中的荷叶，美得让人心疼。她手拿琵琶给大家深深地鞠了一躬，然后转身端坐在木椅上，轻轻拨动几下琴弦，开口唱了起来。

　　唱罢，全场鸦雀无声。柳叶眉最先站起身来鼓掌，并当场宣布收高乐乐为徒。杨细雪高兴得哭了起来，高子文拍着她的肩说："好事，好事，你哭什么啊？"

杨细雪说："你不知道……你们男人不会懂的……"她边说边哭，泪珠子还是一个劲儿地往下掉。她内心是在感叹，她和柳叶眉之间一生的攀比和争斗，终于在下一代身上得到和解和释放。她为此感动，都是为了孩子。

与此同时，为了孩子，另一队人马也在星夜兼程。薛一冰和小万万坐火车到安徽去看女儿。路过一个古玩集市，夫妻二人逛了一下，薛一冰一眼看中一只"明代天启五彩人物罐"，他将身上仅有的300元盘缠全部拿出来，买下了这只五彩罐。离红梅的杂技团还有百十公里的路程，他俩决定步行走到那里。

一路艰辛，薛一冰夫妇俩终于来到杂技之乡，那里许多人都在练杂技，场面壮观。他俩见到了女儿红梅，发现她在这里生活得很好，多亏她的恩师齐永辉的照顾。齐永辉也是"古玩迷"，三人一见如故，聊得十分投缘。

夫妇二人踏上返程的火车，火车票是女儿红梅给买的。

火车开动了。光阴如梭，日子就像车窗外的风景，快速闪过。

2

1983年，55岁的柳叶眉再次结婚。

热闹的婚礼现场，一对新人正在红毯上缓缓前行，男的是从香港归来迎娶新娘的杨俊才，女的是已不再年轻但依旧美丽的柳叶眉。在婚礼现场，柳叶眉给大家讲述了老玉镯的故事。虽然玉镯只剩下一只了，但他俩终于还是结婚了。

柳叶眉站在小舞台上，讲述玉镯的故事。麦克风发出轻微的嚣叫声，"嗡——"在这尖细怪异的声浪中，红毯尽头出现一个人：只见他头发一丝不苟梳在后面，身上穿着黑风衣，手捧一束玫瑰花。他逆光而行，没有人看得清他的脸。

婚礼司仪朗声宣布：

"现在，请新郎新娘交换戒指！"

"等一等！"

黑衣人逆光而行，从暗处走到明处。光亮之处，柳叶眉看到男子的脸，他竟然是"从天而降"的甘嘉义。

甘嘉义站在台下的红色甬道上，仰头望着台上穿婚纱的柳叶眉，手中的红玫瑰在扑簌簌地抖。

"嘉义，你来啦？"

"这回，我又来晚了一步。"

甘嘉义走上前几步，送上那束红玫瑰，又敬了个俏皮的军礼，说道："杨俊才、柳叶眉，祝福你俩！"

老甘将自己创作的一幅绣画作品《纽约夜景》送给柳叶眉，柳叶眉将它挂在新房里。老甘、杨先生、柳叶眉，三个老朋友终于又重聚在一起了。他们在云城到处走，采购丝线，看小桥流水，看老房子。老甘用相机把它们拍摄下来，准备带回纽约。三人一起站在一座小桥上，甘嘉义感慨地说道："想不到最终还是你们两人在一起了。对我来说，也算一件好事吧。过两天，我就回美国去了。"

"干吗走得那么急啊，不在云城多住几天？"

"哦，我回美国还得参加一个拍卖会。日子早就定下来了，我有一件作品参加拍卖。"

杨俊才说："甘嘉义如今已然成了大名人了。可喜可贺！"

甘嘉义说："还请俊才老兄照顾好柳叶眉，我在美国，天高地远，也照顾不上她。"

杨俊才笑道："老甘，瞧你这话说的，倒好像柳叶眉是你老婆，而不是我老婆。哈哈！"

甘嘉义擂了他一拳说道："算你运气好！"

柳叶眉说："你们两个怎么还跟年轻的时候一样，打打闹闹的？"

老甘说道："我们老了吗？难道我们跟二三十年前有什么区别吗？"

"是啊，是啊，有什么区别吗？"说着，两个大男人相互看了一眼，然后肩并着肩摇晃着身体唱起歌来。

他俩在小石桥上的歌声引来了路人的驻足观看。他们有的挑着担，有的手里推着自行车，有的怀里抱着孩子，有的背上背着孙子，他们都被那奇异欢快的英文歌所吸引，停下脚步，仰头观看，他们像被时间凝固住了，一动不动，又像一幅黑魆魆的风俗画，一针一线绣在画布上那种。

月亮升起来。歌声渐渐走远。

风吹动树梢，让时间慢慢向前移动了一小格。

这一天，在柳叶眉心里留下了深刻的印记。这样美，美而苍凉。

参加完柳叶眉的婚礼，甘嘉义很快飞回美国参加拍卖会去了。柳叶眉和老甘之间那种说不清道不明的情感，让两人见面竟无法多言。千言万语，汇成了一个无言的眼神，一个挥手告别的手势。这一挥，又是千里万里，长路漫漫。再相见时，又不知是何年何月。

3

这日午后，柳叶眉正坐在窗口用钩针钩花。花影落在她脚背上，是一朵斜斜的小梅花。柳叶眉正定睛看那朵梅花时，小万万风风火火撞进来。

"妈，有个事想跟您商量一下。"她说，"我和薛一冰，我们已经商量过了，我们打算下海经商，开一家古玩店。"

柳叶眉放下手中钩织物，好像不相信自己的耳朵似的微微侧过一点头来，一字一板地说道："你刚才说什么？开一家古玩店？"

柳叶眉眼前出现许多年前万叶轩家古玩店的店面：高高的飞檐，阔绰的店面，堆成山的玉器古玩，连成片的博古架和架上的瓷器……突然之间，这些厚重的东西轰然倒塌，许许多多的碎片从空中飞向自己、砸向自己，将自己彻底淹没。

"不行！你们不能开古玩店！"

"不能开？为什么？我以为你们会支持我们。"

"别问为什么。不能开就是不能开。你和一冰你俩好好上班，踏踏实实过日子，别异想天开想什么开店的事。"

"妈，我就不明白了，为什么我想干什么事，您总是不支持我。"

柳叶眉说："干别的可以，开古玩店不行。"

"为什么？为什么？"

"原因很复杂，一句话两句话说不清楚。"

听了这话，小万万也不说什么，气哼哼地转身走了。柳叶眉被她这种行为气得直哆嗦，心想，这孩子太不懂事了。她明明知道那一段不堪回首的往事，万叶轩以演奏为名，将她骗到万府，发生了那些意想不到的事……想到这儿，柳叶眉失手打翻了茶杯，连茶杯盖也跌到地上摔得粉碎。

4

开店的事，小万万是铁了心的。他们去找"俊才老爸"商量。杨先生正在桥牌室跟人打桥牌，他手里拿着烟斗，烟雾缭绕，激战正酣。当他看到小万万和薛一冰他俩走进来，就知道他们有要事相商，他对小万万使了个眼色说："稍等。让我来完这一把，两三分钟就齐活儿！"

"不急，不急。"小万万说。

他们打桥牌的人，性子比一般玩牌的人要慢些，步步谨慎，出张牌磨死人。杨俊才说的"两三分钟"，其实用了五分钟都不止。打完这把牌，杨俊才领着两个孩子从棋牌室出来，到隔壁咖啡厅小坐。

坐定，杨俊才开门见山地问："说吧，找我有什么事？"

"俊才老爸，事情是这样的——"

小万万把他们想开古玩店的事，一五一十跟杨俊才说了。杨俊才听后一拍大腿，当场表示支持。"好事呀！好事！"

薛一冰和小万万相互看了一眼，高兴得跳起来。"噢！"

得到杨先生的支持，薛一冰和小万万就开始忙碌起来。先是选店址，跑东街、看西街、问租金、量行情。在初具规模的古玩一条街上，他俩看中一户店面，凭直觉他俩都觉得很适合开古玩店，进去一问才知，原来这里曾是云城最负盛名的古玩店"万叶轩古董行"。

小万万看到"万叶轩"三个字，瞬间思绪纷飞，想到年少时母亲常跟她提及的往事；想到一冰奶奶留给她的手镯；当然，她也想到自己记忆中从未曾存在的父亲，万叶轩……想到这里，她当场拍板租下那户店面，并用店里的电话给母亲办公室打了一个电话。母亲听到"万叶轩"三个字，手里拿着电话，半天说不出话来。她惊呆了。

柳叶眉不同意用"万叶轩"这个店名，小夫妻俩便起了一个"万明轩"作为折中，古玩店总算顺利开张了。

5

古玩店开张后做的第一单生意，竟是小万万夫妇俩上回去安徽看女儿时，在乡下买回来的那个宝贝"明代天启五彩人物罐"。这只大罐本来是小万万夫妇拿来当做镇店之宝用的，摆在"万明轩"大玻璃门门口最显眼的位置。

有一天，店里来了一位客人，他的头大脸大，两只耳朵向外支棱着，好似接收外星人信号的两个装置。见他进门，小万万的丈夫薛一冰忙迎上去招呼客人。

"这位先生，喜欢古玩，随便看看？"

"怎么？老薛？你小子不认识我啦？我是老冬瓜啊！"

"老冬瓜？"薛一冰满脸疑惑的表情，不知对方在说什么。

"是啊，老薛，你怎么忘了？去年咱们在赛宝大会上见过面的，我还请你喝过茶呢，上好的明前龙井，怎么样？想起来了吗？"

薛一冰眼神发愣，一脸茫然。

那老冬瓜又说："哎呀，我说你这个人，年纪轻轻咋那么健忘呢！在去年的赛宝会上，你不记得了？有个姓胡的姑娘拿个玉鼎让你帮她鉴定，你和她还……"

薛一冰赶紧示意老冬瓜不要再说下去了，可惜已经有些晚了，小万万耳朵尖，刚才老冬瓜说"有个姓胡的姑娘"几个字她听得真真的，她一袭白衣手执宝剑冲过来问："姑娘？什么姑娘？"

薛一冰连忙将话题岔开道："哪有什么姑娘，人家客人是看中咱家的镇店之宝五彩人物罐了，是吧？"

老冬瓜忙说："是的，是的。你确定这是明代的？"

"确定。"

"那就开个价吧！"

薛一冰伸出三根手指头，示意三万元。经过讨价还价，五彩罐终于以两万五千元成交。当初去安徽看红梅，他们是以300元把它收来的，典藏这几年，价格翻了不知多少倍，夫妇俩都很开心，关门之后坐在柜台后面数钱，一直数到手软。

可惜好景不长，老冬瓜听人挑唆，说那只罐是赝品，三天后反悔，带着东西来店里大吵大闹，正要砸场子，见多识广的杨先生及时赶到。杨先生巧舌如簧，教老冬瓜辨认古玩瓷器，把真假窍门传授给他。

杨先生说："五彩瓷器成熟于明代，据《陶雅》上说：'康熙硬彩，雍正软彩。'又据《饮流斋说瓷》中解释：'硬彩者彩色甚浓，釉付其上，微微凸起。软彩者又名粉彩，彩色稍淡，有粉匀之也。'明早期釉上五彩瓷器传世品不多见，因为当时景德镇延续元代制瓷主流产品青花、釉里红的生产。然而从所见到的为数不多的洪武釉上红彩可以判定，洪武时期的红彩瓷器已为'五彩'瓷的蓬勃发展造声蓄势，可以说洪武釉上红彩已拉开了明代五彩瓷辉煌的序幕。"

　　杨先生又说:"天启一朝仅有七年,正处于晚明的多事之秋。末年爆发了迅急如燎原之火的农民大起义,统治中国两个半世纪的明代政权,终于走上崩溃的穷途末路。此时,景德镇的御窑厂更是萧条冷落,逐渐停产歇业。所烧制的宫窑器物与昔日相比,其品类与产量已经缩减至历史上最低水平,以致当时的传世品现今极为罕见,你现在手里拿到的,就是罕见的珍品。"

　　杨先生令老冬瓜佩服得五体投地,他帮小夫妻俩的古玩店避免了一场恶斗。从此"万明轩"生意红火,蒸蒸日上。

6

　　快乐的日子总是过得快的,转眼间薛红花已长到九岁,模样跟九岁那年的柳叶眉一模一样。那一年,要不是日本人打进城,九岁的柳叶眉还在家门口玩耍,手里拿着造型逼真的小白蛇,边跑边唱。

　　现在,小红花手中也有一条小白蛇,竹节,纸质,跟当年柳叶眉玩的那条一模一样。杨先生和小红花在院中玩耍,孩子不时发出"呵呵"的笑声,柳叶眉在屋中隔窗向外张望,她看到像画一样美好安闲的景象。

　　这就是传说中的幸福吗?

　　但是隐隐约约地,柳叶眉似乎感觉到还缺点什么,她把目光停留在墙上的那幅画上——《纽约夜景》,这是一幅绣画作品,是甘嘉义回国时送给她的。也许今生今世再也不会见面啦。她想。

　　他们的笑声依然一阵一阵地传来。柳叶眉倚窗细看,她看到一个幼小的、肉身轮回之前的自己。那时的她,如果没有战争,又会不会走上评弹这条路呢?不得而知。

　　人这一生不是用来回忆的。日子过着过着,就成这样了。或许幸福,或许有些遗憾,这些都不重要,重要的是当下你已经得到了一些,这一些是实实在在用来享用的；而没得的东西永远是用来怀念的。对柳叶眉来说，老甘就是用来怀念的。可能在潜意识里，她一直在等的人，就是这个老甘吧。

杨先生太宠孩子了。自从老杨娶了柳叶眉，成为小红花的外公，他就一刻不停地宠爱着孩子，自称"老贱人"一个。孩子指东他不敢往西，孩子要星星他不敢给月亮。

杨先生一生阅人无数，可谓经验丰富，却从未有过一个完整的家。他母亲一直活到九十多岁才去世，杨先生一直单身，母亲一直把他当成一个孩子。杨先生从"孩子"直接过渡成一个"外公"是有些不适应的，他常常忘记自己的外公身份，跟可爱的小红花混在一起，把自己变成一个老小孩。

他们一起去游乐场玩，原本是不打算带柳叶眉一起去的。小红花说："外婆最啰嗦！不带外婆去玩！"老杨就也学小孩的样子撅着嘴说："对，外婆最啰嗦，不带她去！"

小红花长得可爱，带她的保姆又很会打扮她，粉色的小纱裙正好齐到膝盖，娃娃头，一排整齐的小刘海刚好齐眉，刘海下面是一双黑葡萄一样的大眼睛，谁见都说，这孩子眼睛长得太漂亮了。

有这么一个"洋娃娃"在，自然成了全家人的中心，杨先生更是带着"洋娃娃"看马戏，吃河鲜，玩游船。每天早上的小笼包都是老杨亲自去给孩子买的，专门要买老刘那一家的，皮薄料足，一口一个小肉丸。

这天他们去游乐场玩，老杨给孩子带了一大兜吃的东西。老杨问柳叶眉到底去不去，柳叶眉立刻从里屋冲出来说，当然要去，听说大摩天轮可漂亮了。这一年，云城有了第一架从国外引进的大摩天轮，高耸入云，成为云城的时尚标志。

三人一起坐在簇新的、还带着油漆味儿的大摩天轮上，小姑娘兴奋得直跳脚，开动那一刻却又安静下来，仿佛有些担心似的一只手揪住胸前的衣服，嘴微张着，观察动静。

摩天轮徐徐上升，带领他们逐渐脱离地面，脱离稔熟的日常生活和惯性，去往另一个地方。柳叶眉微闭上眼，仿佛听见岁月的年轮慢慢旋转的声响。她身边的景物不见了，她又重回九岁那一年的光景：父亲复活，母亲年轻温婉，面容姣好，他们坐在圆桌旁吃饭。寂静无声，光阴仿佛可以这样永远停留。

她，永远的九岁女童，永远不会长大的柳叶眉。

她，永远的母亲，脸上没有伤疤。受日本鬼子凌辱的记忆，不复存在。

他，永远的父亲，没有死，还活着，年轻力壮。

这样一家人无忧无虑地生活着。太阳透过玻璃窗，照在圆桌上，桌上摆满精美的菜肴，还有精致的法国葡萄酒和俄国香奶酪，面包切成片，像玻璃橱窗里的展品一样摆得整整齐齐。有刀叉也有竹筷，摆放有序，等待主人来欢宴。

如果没有日本人打进城，这场欢宴将永远继续下去，无人打扰，宁静悠远。

当大摩天轮转了一圈之后，柳叶眉发现从里面下来的三个人全都变了模样：她被缩小，红花被放大，而杨先生变得非常年轻。薛红花九岁生日那天，杨先生悄悄找律师立下遗嘱，单独给红花留下一大笔钱，放在粉彩瓶内。柳叶眉忙着整理评弹资料，去录音棚录音，并没有注意到那份遗嘱。

7

这一天，柳叶眉家的门被三个个头不高但壮实的男人敲开。他们说，他们是杂技团的，从安徽来，柳叶眉就明白，是在安徽练杂技的十五岁的薛红梅出事了。

果然，他们从面包车上抬下一个人来，柳叶眉扑上去看，只见十五岁的薛红梅面色苍白，一条腿被白色纱布裹得严严实实，看上去像是打了石膏。

"这是怎么了？红梅？"

"外婆，没事儿。演出的时候，不小心摔断了腿。"

"哎呀，这孩子，怎么这么不小心？我说我这两天怎么右眼老跳呢，原来是红梅的腿受伤了。哎呀呀，作孽呀！你们也是，好好的一个孩子，怎么也不照顾好了，弄成这样，将来要是腿上的骨头长不好，一个腿长、一个腿短，那可怎么是好？"

"外婆，不怪他们，怪我自己不好。"

大伙儿七手八脚把红梅抬进屋，三个小伙子就匆忙告辞了。他们走的时候，红梅一直望着窗外，目送他们远去，看得出来，她跟团里队友的感情很深。他们从小就在一起练功，一起长大，待在一起的时间比家里的亲人还要多。

接下来的日子，十五岁的姐姐薛红梅与十二岁的弟弟薛红雷和九岁的妹妹薛红花相处融洽，他们姐弟三人好成一个，有好吃的东西，掰成三块；有好玩的东西，三人一人玩一小会儿；家里有什么杂活儿，三人一起抢着做。柳叶眉看着三个外孙如此和谐美满，心里倒也一块石头落了地。人老了，世界总是要让给年轻人的。话虽是这样说，但她也看不惯年轻人猴急猴急，想要把整个世界生吞活剥，放进自己口袋里，归己所有的样子。团里就有这样一些年轻人，让她这个团长看着很不舒服。好在回到家又是另一番景象，这些生龙活虎的孩子们，懂得恩爱，必得福报。

红梅腿好后，柳叶眉劝她不要再回杂技团了。离家太远，全家人都很想念她。红梅考虑再三，在一个清晨，还是留下一张字条回安徽去了。

红梅走的那个早晨，弟弟妹妹们全都哭了。即使感情好，也还是要分离。柳叶眉明白，红梅是个事业心强的孩子，她热爱杂技。1988年，六十岁的柳叶眉举办了一场告别演出，在剧场里，她的丈夫杨先生听着优美的评弹，在他最喜欢的曲调中安然离世。

8

1999年8月19日，"红花评弹学校"正式成立。一阵欢天喜地的鞭炮声在云城上空响起,学校创始人薛红花和老艺术家柳叶眉在教学楼前剪彩。市里也来了许多大领导,他们都支持柳叶眉家个人出资办学,弘扬民族文化。

杨俊才临终前给薛红花留下一大笔遗产,这笔钱全家人一直封存着,一分钱也没花,直到1999年红花满二十一岁,她的评弹技艺日见精湛,办学时机也成熟了,这才把那笔钱拿出来办学。

鞭炮过后,满地红纸屑。柳叶眉和薛红花祖孙二人手拉手站在满地落红中间,像两朵开在广场中央的花,她俩今天恰好又穿着款式相似的荷花裙,一朵粉红,一朵大红,光彩夺目,把广场上其他景物全都比得黯淡无光。

红花评弹学校办得红火,还招收了外国学生,这让柳叶眉感到有些意外。一天,红花校长正在办公室里打电话,校长室的门被推开了,有个扎着小辫子的小姑娘悄无声息地走了进来。

她像一片影子。走路没有声音。

她像从天上掉下来的一个小姑娘,漂亮,洁白,干净。

红花怔怔地看着她,她也看着红花。这样持续了一两秒时间,小姑娘突然开口说话,她说:"嗨,你好!我叫丽莎,今年十一岁了。我来自新加坡,是跟爸爸妈妈到这里玩的。有一天,我们走在街上,突然听到有人在唱评弹,以前我从来没听过这种声音。我被它迷住了。我可以留下来学唱评弹吗?"

红花睁大双眼。小姑娘的话让她感到无比震惊。

就这样,丽莎成了"红花评弹学校"第一位海外学员,由老艺术家柳叶眉亲自教授她弹琵琶。柳叶眉惊喜地发现,丽莎这孩子很有灵气,天生与评弹有缘。

9

小万万夫妇俩恢复了老字号古玩店"万叶轩",忙里忙外。他们的儿子薛红雷二十四岁那年大学毕业,回到云城创业,经营一家江南特色的茶馆,茶馆的名字是柳叶眉给起的,叫"雨繁茶馆"。那是许多年前,她跟老甘第一次相遇的地方。

柳叶眉闲来无事,时常坐在"雨繁茶馆"边品茶边听年轻评弹艺人唱《白蛇传》。过去的岁月时常在眼前浮现。

10

2013年,上海百乐门舞厅。这座老派、优雅、有历史的舞厅,如同上海这座城市一样,散发着略带神秘感的光彩。舞厅里一开始没有人,灯光寂寂地转着,粉红色、紫色、黄色,无声诉说着历史。

这世界,一开始总是安静的。

要是没有那只白色小蛇,南京的战争或许不会发生?要是没有"雨繁茶馆",她与老甘或许不会相遇?要是没有那晚湖岸的悠悠歌声,他或许不会放弃全部家产,离岸而去,循声而来,只为隔窗看她最后一眼。

船,已徐徐离开,带着他的全部家产。老甘跳下船往回走,还是岸上踏实啊,岸上有歌,有诗,有琴。虽是飘渺,虽是断断续续不确定,但终归还是要去寻找。

人生是层层递进的过程,人生是锦上添花的结局,没到最后一刻,又有谁会知道,会有怎样的奇迹发生?会有怎样的邂逅,怎样的奇遇。一段荡涤心灵的爱情,会在下一秒重现。她和他,隔着茫茫人海,隔着时光,隔着地球两端的烈日与冰川,隔着一万米的高空,隔着两万海里距离,他们伸出手,就能相遇。

名门淑女柳叶眉身穿云锦缎子舞裙,裙摆摇曳,满目璀璨。这是她出席晚宴时才肯拿出来穿的华服,今天,她要等一位重要客人。刚才,她与邻桌的几个人聊天,顺便拿出她香奈儿手袋里的口红,对着小镜子补了补妆。

"待会儿有重要客人要来?"其中一位穿红裙子的女子凑上来问。刚才跟别人聊天，他们告诉她，红裙子是一位作家，准确地说，是一位对过去充满好奇的女作家。

柳叶眉坐在那里，专心补妆。她把口红一点点地抹上嘴唇，然后上下嘴唇用力抿抿，让口红变均匀。她手中那面小圆镜，亮如明月，仿佛谁把月亮的一角掰下来送给她。

镜中人，镜中物，一切如明镜，叫人看得清清楚楚。就在此时，从小圆镜中走出一个人。一开始，他是一个小黑圆点，后来，渐渐变大，能看出黑西装的轮廓，着装得体，衣料高贵。

"是他！是他！"

柳叶眉手抖了一下，小镜子掉到地上，在她香槟色舞鞋旁骨碌碌打着转。

柳叶眉站起身，用细长的手指轻轻整理云鬓，再整理衣裙，胸部起伏，呼吸略急。她的舞裙，如大海上的行船，波涛汹涌。

她走向他。

他站在原地有些迟疑，并未急走向前。

"甘—嘉—义！"

她冲着他喊，整个舞厅都是回声。

"柳—叶—眉！"

他也学着她的样子放声大喊，平生第一次这样放肆地喊出她的名字，竟然有一点害羞。

他们向前走，彼此靠近。冰雪融化，烈日收起光芒，茫茫人海瞬间消融……一万米的高空，云淡风轻，两万海里的海面，瞬间归零。

他们彼此靠近，伸手就能相遇，就在此时，一条小白蛇凌空而舞，发出滋滋的电锯声，试图阻止他俩。

"柳叶眉，不要怕，勇敢点！"

这时，女作家和她朋友们也围拢过来给他俩加油。只听得"柳叶眉""柳叶眉"的欢呼声响成一片,舞场上空,云开雾散,小白蛇早已逃得不知去向。

"世间万物,所有等待都是值得的。"

柳叶眉终于触到甘嘉义的手,拉起他一起跳了一曲华尔兹。灯影香衣,相拥起舞。他们转啊转,忘了世间的苦,淡了岁月的伤,他们终于又转回到年轻岁月里去了,你是美人,我是才子,才子佳人再轮回一次。

他们的爱终又相遇了。一生华丽,锦上有花。

（全文完）